Joseph von Eichendorff

Ahnung und Gegenwart

(Großdruck)

Joseph von Eichendorff: Ahnung und Gegenwart (Großdruck)

Erstdruck: Nürnberg (J. L. Schrag) 1815.

Neuausgabe mit einer Biographie des Autors
Herausgegeben von Theodor Borken
Berlin 2020

Der Text dieser Ausgabe folgt:
Joseph von Eichendorff: Werke. Nach den Ausgaben letzter
Hand unter Hinzuziehung der Erstdrucke herausgegeben von
Ansgar Hillach, Bd. 1–3, München: Winkler, 1970 ff.

Umschlaggestaltung von Thomas Schultz-Overhage unter
Verwendung des Bildes: Carl Blechen, Das Kloster Santa
Scolastica, 1832

Gesetzt aus der Minion Pro, 16 pt, in lesefreundlichem
Großdruck

ISBN 978-3-8478-4597-3

Die Deutsche Nationalbibliothek verzeichnet diese Publikation
in der Deutschen Nationalbibliografie; detaillierte
bibliografische Daten sind im Internet über www.dnb.de
abrufbar.

Henricus Edition Deutsche Klassik UG (haftungsbeschränkt),
Berlin
Herstellung: BoD – Books on Demand, Norderstedt

Erstes Buch

Erstes Kapitel

Die Sonne war eben prächtig aufgegangen, da fuhr ein Schiff zwischen den grünen Bergen und Wäldern auf der Donau herunter. Auf dem Schiffe befand sich ein lustiges Häufchen Studenten. Sie begleiteten einige Tagereisen weit den jungen Grafen Friedrich, welcher soeben die Universität verlassen hatte, um sich auf Reisen zu begeben. Einige von ihnen hatten sich auf dem Verdecke auf ihre ausgebreitete Mäntel hingestreckt und würfelten. Andere hatten alle Augenblick neue Burgen zu salutieren, neue Echos zu versuchen, und waren daher ohne Unterlaß beschäftigt, ihre Gewehre zu laden und abzufeuern. Wieder andere übten ihren Witz an allen, die das Unglück hatten am Ufer vorüberzugehen, und diese aus der Luft gegriffene Unterhaltung endigte dann gewöhnlich mit lustigen Schimpfreden, welche wechselseitig so lange fortgesetzt wurden, bis beide Parteien einander längst nicht mehr verstanden. Mitten unter ihnen stand Graf Friedrich in stiller, beschaulicher Freude. Er war größer als die andern, und zeichnete sich durch ein einfaches, freies, fast altritterliches Ansehen aus. Er selbst sprach wenig, sondern ergötzte sich vielmehr still in sich an den Ausgelassenheiten der lustigen Gesellen; ein gemeiner Menschensinn hätte ihn leicht für einfältig gehalten. Von beiden Seiten sangen die Vögel aus dem Walde, der Widerhall von dem Rufen und Schießen irrte weit in den Bergen umher, ein frischer Wind strich über das Wasser, und so fuhren die Studenten in ihren bunten, phantastischen Trachten wie das Schiff der Argonauten. Und so fahre denn, frische Jugend! Glaube es nicht, daß es einmal anders wird auf

Erden. Unsere freudigen Gedanken werden niemals alt und die Jugend ist ewig.

Wer von Regensburg her auf der Donau hinabgefahren ist, der kennt die herrliche Stelle, welche der Wirbel genannt wird. Hohe Bergschluften umgeben den wunderbaren Ort. In der Mitte des Stromes steht ein seltsam geformter Fels, von dem ein hohes Kreuz trost- und friedenreich in den Sturz und Streit der empörten Wogen hinabschaut. Kein Mensch ist hier zu sehen, kein Vogel singt, nur der Wald von den Bergen und der furchtbare Kreis, der alles Leben in seinen unergründlichen Schlund hinabzieht, rauschen hier seit Jahrhunderten gleichförmig fort. Der Mund des Wirbels öffnet sich von Zeit zu Zeit dunkelblickend, wie das Auge des Todes. Der Mensch fühlt sich auf einmal verlassen in der Gewalt des feindseligen, unbekannten Elements, und das Kreuz auf dem Felsen tritt hier in seiner heiligsten und größten Bedeutung hervor. Alle wurden bei diesem Anblicke still und atmeten tief über dem Wellenrauschen. Hier bog plötzlich ein anderes fremdes Schiff, das sie lange in weiter Entfernung verfolgt hatte, hinter ihnen um die Felsenecke. Eine hohe, junge, weibliche Gestalt stand ganz vorn auf dem Verdecke und sah unverwandt in den Wirbel hinab. Die Studenten waren von der plötzlichen Erscheinung in dieser dunkelgrünen Öde überrascht und brachen einmütig in ein freudiges Hurra aus, daß es weit an den Bergen hinunterschallte. Da sah das Mädchen auf einmal auf, und ihre Augen begegneten Friedrichs Blicken. Er fuhr innerlichst zusammen. Denn es war, als deckten ihre Blicke plötzlich eine neue Welt von blühender Wunderpracht, uralten Erinnerungen und nie gekannten Wünschen in seinem Herzen auf. Er stand lange in ihrem Anblick versunken, und bemerkte kaum, wie indes der Strom nun wieder ruhiger geworden war und zu beiden Seiten schöne Schlösser, Dörfer und Wiesen vorüberflogen, aus denen der Wind das Geläute weidender Herden herüberwehte.

Sie fuhren soeben an einer kleinen Stadt vorüber. Hart am Ufer war eine Promenade mit Alleen. Herren und Damen gingen im Sonntagsputze spazieren, führten einander, lachten, grüßten und verbeugten sich hin und wieder, und eine lustige Musik schallte aus dem bunten, fröhlichen Schwalle. Das Schiff, worauf die schöne Unbekannte stand, folgte unsern Reisenden immerfort in einiger Entfernung nach. Der Strom war hier so breit und spiegelglatt wie ein See. Da ergriff einer von den Studenten seine Gitarre, und sang der Schönen auf dem andern Schiffe drüben lustig zu:

»Die Jäger ziehn in grünen Wald
Und Reiter blitzend übers Feld,
Studenten durch die ganze Welt,
So weit der blaue Himmel wallt.

Der Frühling ist der Freudensaal,
Viel tausend Vöglein spielen auf,
Da schallt's im Wald bergab, bergauf:
Grüß dich, mein Schatz, vieltausendmal!«

Sie bemerkten wohl, daß die Schöne allezeit zu ihnen herübersah, und alle Herzen und Augen waren wie frische junge Segel nach ihr gerichtet. Das Schiff näherte sich ihnen hier ganz dicht. »Wahrhaftig, ein schönes Mädchen!« riefen einige, und der Student sang weiter:

»Viel rüst'ge Bursche ritterlich,
Die fahren hier in Stromes Mitt,
Wie wilde sie auch stellen sich,
Trau mir, mein Kind, und fürcht dich nit!

Querüber übers Wasser glatt
Laß werben deine Äugelein,
Und der dir wohlgefallen hat,
Der soll dein lieber Buhle sein.«

Hier näherten sich wieder die Schiffe einander. Die Schöne saß vorn, wagte es aber in dieser Nähe nicht, aufzublicken. Sie hatte das Gesicht auf die andere Seite gewendet, und zeichnete mit ihrem Finger auf dem Boden. Der Wind wehte die Töne zu ihr herüber, und sie verstand wohl alles, als der Student wieder weitersang:

»Durch Nacht und Nebel schleich ich sacht,
Kein Lichtlein brennt, kalt weht der Wind,
Riegl' auf, riegl' auf bei stiller Nacht,
Weil wir so jung beisammen sind!

Ade nun, Kind, und nicht geweint!
Schon gehen Stimmen da und dort,
Hoch überm Wald Aurora scheint,
Und die Studenten reisen fort.«

So war es endlich Abend geworden, und die Schiffer lenkten ans Ufer. Alles stieg aus, und begab sich in ein Wirtshaus, das auf einer Anhöhe an der Donau stand. Diesen Ort hatten die Studenten zum Ziele ihrer Begleitung bestimmt. Hier wollten sie morgen früh den Grafen verlassen und wieder zurückkreisen. Sie nahmen sogleich Beschlag von einem geräumigen Zimmer, dessen Fenster auf die Donau hinausgingen. Friedrich folgte ihnen erst etwas später von den Schiffen nach. Als er die Stiege hinaufging, öffnete sich seitwärts eine Türe und die unbekannte Schöne, die auch hier eingekehrt war, trat eben aus dem erleuchteten Zimmer. Beide schienen übereinander erschrocken. Friedrich grüßte sie, sie schlug die Augen nieder und kehrte schnell wieder in das Zimmer zurück.

Unterdes hatten sich die lustigen Gesellen in ihrer Stube schon ausgebreitet. Da lagen Jacken, Hüte, Federbüsche, Tabakspfeifen und blanke Schwerter in der buntesten Verwirrung umher, und die Aufwärterin trat mit heimlicher Furcht unter die wilden Gäste, die halbentkleidet auf Betten, Tischen und Stühlen, wie Soldaten nach einer blutigen Schlacht, gelagert waren. Es wurde bald Wein angeschafft, man setzte sich in die Runde, sang und trank des Grafen Gesundheit. Friedrich war heute dabei sonderbar zumute. Er war seit mehreren Jahren diese Lebensweise gewohnt, und das Herz war ihm jedesmal aufgegangen, wie diese freie Jugend ihm so keck und mutig ins Gesicht sah. Nun, da er von dem allem auf immer Abschied nehmen sollte, war ihm wie einem, der von einem lustigen Maskenballe auf die Gasse hinaustritt, wo sich alles nüchtern fortbewegt wie vorher. Er schlich sich unbemerkt aus dem Zimmer und trat hinaus auf den Balkon, der von dem Mittelgange des Hauses über die Donau hinausging. Der Gesang der Studenten, zuweilen von dem Geklirre der Hieber unterbrochen, schallte aus den Fenstern, die einen langen Schein in das Tal hinauswarfen. Die Nacht war sehr finster. Als er sich über das Geländer hinauslehnte, glaubte er neben sich atmen zu hören. Er langte nach der Seite hin und ergriff eine kleine zarte Hand. Er zog den weichen Arm näher an sich, da funkelten ihn zwei Augen durch die Nacht an. Er erkannte an der hohen Gestalt sogleich das schöne Mädchen von dem andern Schiffe. Er stand so dicht vor ihr, daß ihn ihr Atem berührte. Sie litt es gern, daß er sie noch näher an sich zog, und ihre Lippen kamen zusammen. »Wie heißen Sie?« fragte Friedrich endlich. »Rosa«, sagte sie leise und bedeckte ihr Gesicht mit beiden Händen. In diesem Augenblicke ging die Stubentür auf, ein verworrener Schwall von Licht, Tabaksdampf und verschiedenen tosenden Stimmen quoll heraus, und das Mädchen war verschwunden, ohne daß Friedrich sie halten konnte.

Erst lange Zeit nachher ging er wieder in sein Zimmer zurück. Aber da war indes alles still geworden. Das Licht war bis an den Leuchter ausgebrannt und warf, manchmal noch aufflackernd, einen flüchtigen Schein über das Zimmer und die Studenten, die zwischen Trümmern von Tabakspfeifen, wie Tote, umherlagen und schliefen. Friedrich machte daher die Tür leise zu und begab sich wieder auf den Balkon hinaus, wo er die Nacht zuzubringen beschloß. Entzückt in allen seinen Sinnen, schaute er da in die stille Gegend hinaus. »Fliegt nur, ihr Wolken«, rief er aus, »rauscht nur und rührt euch recht, ihr Wälder! Und wenn alles auf Erden schläft, ich bin so wach, daß ich tanzen möchte!« Er warf sich auf die steinerne Bank hin, wo das Mädchen gesessen hatte, lehnte die Stirn ans Geländer und sang still in sich verschiedene alte Lieder, und jedes gefiel ihm heut besser und rührte ihn neu. Das Rauschen des Stromes und die ziehenden Wolken schifften in seine fröhlichen Gedanken hinein; im Hause waren längst alle Lichter verlöscht. Die Wellen plätscherten immerfort so einförmig unten an den Steinen, und so schlummerte er endlich träumend ein.

Zweites Kapitel

Als die ersten Strahlen der Sonne in die Fenster schienen, erhob sich ein Student nach dem andern von seinem harten Lager, riß das Fenster auf und dehnte sich in den frischen Morgen hinaus. Auch Friedrich befand sich wieder unter ihnen; denn eine Nachtigall, welche die ganze Nacht unermüdlich vor dem Hause sang, hatte ihn draußen geweckt und die kühle, der Morgenröte vorausfliegende Luft in die wärmere Stube getrieben. Singen, Lachen und muntere Reden erfüllten nun bald wieder das Zimmer. Friedrich überdachte seine Begebenheit in der Nacht. Es war ihm, als erwachte er aus einem Rausche, als wäre die schöne Rosa, ihr Kuß und alles nur Traum gewesen.

Der Wirt trat mit der Rechnung herein. »Wer ist das Frauenzimmer«, fragte Friedrich, »die gestern abends mit uns angekommen ist?« – »Ich kenne sie nicht, aber eine vornehme Dame muß sie sein, denn ein Wagen mit vier Pferden und Bedienten hat sie noch lange vor Tagesanbruch von hier abgeholt.« – Friedrich blickte bei diesen Worten durchs offene Fenster auf den Strom und die Berge drüben, welche heute Nacht stille Zeugen seiner Glückseligkeit gewesen waren. Jetzt sah da draußen alles anders aus und eine unbeschreibliche Bangigkeit flog durch sein Herz.

Die Pferde, welche die Studenten hierherbestellt hatten, um darauf wieder zurückzureiten, harrten ihrer schon seit gestern unten. Auch Friedrich hatte sich ein schönes, munteres Pferd gekauft, auf dem er nun ganz allein seine Reise fortsetzen wollte. Die Reisebündel wurden daher nun schnell zusammengeschnürt, die langen Sporen umgeschnallt und alles schwang sich auf die rüstigen Klepper. Die Studenten beschlossen, den Grafen noch eine kleine Strecke landeinwärts zu geleiten, und so ritt denn der ganze bunte Trupp in den heitern Morgen hinein. An einem Kreuzwege hielten sie endlich still und nahmen Abschied. »Lebe wohl«, sagte einer von den Studenten zu Friedrich, »du kommst nun in fremde Länder, unter fremde Menschen, und wir sehen einander vielleicht nie mehr wieder. Vergiß uns nicht! Und wenn du einmal auf deinen Schlössern hausest, werde nicht wie alle andere, werde niemals ein trauriger, vornehmer, schmunzelnder, bequemer Philister! Denn, bei meiner Seele, du warst doch der beste und bravste Kerl unter uns allen. Reise mit Gott!« Hier schüttelte jeder dem Grafen vom Pferde noch einmal die Hand und sie und Friedrich sprengten dann in entgegengesetzten Richtungen voneinander. Als er so eine Weile fortgeritten war, sah er sie noch einmal, wie sie eben, schon fern, mit ihren bunten Federbüschen über einen Bergrücken fortzogen. Sie sangen ein bekanntes Studentenlied, dessen Schlußchor:

»Ins Horn, ins Horn, ins Jägerhorn!«

der Wind zu ihm herüberbrachte. »Ade, ihr rüstigen Gesellen«, rief er gerührt; »ade, du schöne freie Zeit!« Der herrliche Morgen stand flammend vor ihm. Er gab seinem Pferde die Sporen, um den Tönen zu entkommen und ritt, daß der frische Wind an seinem Hute pfiff.

Wer Studenten auf ihren Wanderungen sah, wie sie frühmorgens aus dem dunkeln Tore ausziehen und den Hut schwenken in der frischen Luft, wie sie wohlgemut und ohne Sorgen über die grüne Erde reisen, und die unbegrenzten Augen an blauem Himmel, Wald und Fels sich noch erquicken, der mag gern unsern Grafen auf seinem Zuge durch das Gebirge begleiten. Er ritt jetzt langsam weiter. Bauern ackerten, Hirten trieben ihre Herden vorüber. Die Frühlingssonne schien warm über die dampfende Erde, Bäume, Gras und Blumen äugelten dazwischen mit blitzenden Tropfen, unzählige Lerchen schwirrten durch die laue Luft. Ihm war recht innerlichst fröhlich zumute. Tausend Erinnerungen, Entwürfe und Hoffnungen zogen wie ein Schattenspiel durch Seine bewegte Brust. Das Bild der schönen Rosa stand wieder ganz lebendig in ihm auf, mit aller Farbenpracht des Morgens gemalt und geschmückt. Der Sonnenschein, der laue Wind und Lerchensang verwirrte sich in das Bild, und so entstand in seinem glücklichen Herzen folgendes Liedchen, das er immerfort laut vor sich hersang:

»Grüß euch aus Herzensgrund:
Zwei Augen hell und rein,
Zwei Röslein auf dem Mund,
Kleid blank aus Sonnenschein!

Nachtigall klagt und weint,
Wollüstig rauscht der Hain,
Alles die Liebste meint:
Wo weilt sie so allein?

Weil's draußen finster war,
Sah ich viel hellern Schein,
Jetzt ist es licht und klar,
Ich muß im Dunkeln sein.

Sonne nicht steigen mag,
Sieht so verschlafen drein,
Wünschet den ganzen Tag,
Daß wieder Nacht möcht sein.

Liebe geht durch die Luft,
Holt fern die Liebste ein;
Fort über Berg und Kluft!
Und sie wird doch noch mein!«

Das Liedchen gefiel ihm so wohl, daß er seine Schreibtafel heraus-
zog, um es aufzuschreiben. Da er aber anfing, die flüchtigen
Worte bedächtig aufzuzeichnen und nicht mehr sang, mußte er
über sich selber lachen und löschte alles wieder aus.

Der Mittag war unterdes durch die kühlen Waldschluften fast
unvermerkt vorübergezogen. Da erblickte Friedrich mit Vergnügen
einen hohen, bepflanzten Berg, der ihm als ein berühmter Belusti-
gungsort dieser Gegend anempfohlen worden war. Farbige Lust-
häuser blickten von dem schattigen Gipfel ins Tal herab. Rings
um den Berg herum wand sich ein Pfad hinauf, auf dem man
viele Frauenzimmer mit ihren bunten Tüchern in der Grüne
wallfahrten sah. Der Anblick war sehr freundlich und einladend.

Friedrich lenkte daher sein Pferd um, und ritt mit dem fröhlichen Zuge hinan, sich erfreuend, wie bei jedem Schritte der Kreis der Aussicht ringsum sich erweiterte. Noch angenehmer wurde er überrascht, als er endlich den Gipfel erreichte. Da war ein weiter, schöner und kühler Rasenplatz. An kleinen Tischchen saßen im Freien verschiedene Gesellschaften umher und speisten in lustigem Gespräch. Kinder spielten auf dem Rasen, ein alter Mann spielte die Harfe und sang. Friedrich ließ sich sein Mittagsmahl ganz allein in einem Sommerhäuschen bereiten, das am Abhange des Berges stand. Er machte alle Fenster weit auf, so daß die Luft überall durchstrich, und er von allen Seiten die Landschaft und den blauen Himmel sah. Kühler Wein und hellgeschliffene Gläser blinkten von dem Tische. Er trank seinen fernen Freunden und seiner Rosa in Gedanken zu. Dann stellte er sich ans Fenster. Man sah von dort weit in das Gebirge. Ein Strom ging in der Tiefe, an welchem eine hellglänzende Landstraße hinablief. Die heißen Sonnenstrahlen schillerten über dem Tale, die ganze Gegend lag unten in schwüler Ruhe. Draußen vor der offenen Tür spielte und sang der Harfenist immerfort. Friedrich sah den Wolken nach, die nach jenen Gegenden hinaussegelten, die er selber auch bald begrüßen sollte. »O Leben und Reisen, wie bist du schön!« rief er freudig, zog dann seinen Diamant vom Finger und zeichnete den Namen Rosa in die Fensterscheibe. Bald darauf wurde er unten mehrere Reuter gewahr, die auf der Landstraße schnell dem Gebirge zu vorüberflogen. Er verwandte keinen Blick davon. Ein Mädchen, hoch und schlank, ritt den andern voraus und sah flüchtig mit den frischen Augen den Berg hinan, gerade auf den Fleck, wo Friedrich stand. Der Berg war hoch, die Entfernung und Schnelligkeit groß; doch glaubte sie Friedrich mit einem Blicke zu erkennen, es war Rosa. Wie ein plötzlicher Morgenblick blitzte ihm dieser Gedanke fröhlich über die ganze Erde. Er bezahlte eiligst seine Zeche, schwang sich auf sein Pferd, und stolperte so schnell als möglich den sich ewig windenden Bergpfad hinab; seine Blicke und Gedanken flogen wie Adler von der Höhe voraus. Als er sich endlich bis auf die Straße hinausgearbeitet hatte und freier Atem schöpfte, war die Reuterin schon nicht mehr zu sehen. Er setzte die Sporen tapfer ein und sprengte weiter fort. Ein Weg ging links von der Straße ab in den Wald hinein. Er erkannte an der frischen Spur der Rosseshufe, daß ihn die Reuter eingeschlagen hatten. Er folgte ihm daher auch. Als er aber eine große Strecke so fortgeritten war, teilten sich auf einmal wieder drei Wege nach verschiedenen Richtungen und keine Spur war weiter auf dem härteren Boden zu bemerken. Fluchend und lachend zugleich vor Ungeduld, blieb er nun hier eine Weile still stehen, wählte dann gelassener den Pfad, der ihm der anmutigste dünkte, und zog langsam weiter.

Der Wald wurde indes immer dunkler und dichter, der Pfad enger und wilder. Er kam endlich an einen dunkelgrünen, kühlen Platz, der rings von Felsen und hohen Bäumen umgeben war. Der einsame Ort gefiel ihm so wohl, daß er vom Pferde stieg, um hier etwas auszuruhen. Er streichelte ihm den gebogenen Hals, zäumte es ab und ließ es frei weiden. Er selbst legte sich auf den Rücken und sah dem Wolkenzuge zu. Die Sonne neigte sich schon und funkelte schräge durch die dunkeln Wipfel, die sich leise rauschend hin und her bewegten. Unzählige Waldvögel zwitscherten in lustiger Verwirrung durcheinander. Er war so müde, er konnte sich nicht halten, die Augen sanken ihm zu. Mitten im Schlummer kam es ihm manchmal vor, als höre er Hörner aus der Ferne. Er hörte den Klang oft ganz deutlich und näher, aber er konnte sich nicht besinnen und schlummerte immer wieder von neuem ein.

Als er endlich erwachte, erschrak er nicht wenig, da es schon finstere Nacht und alles um ihn her still und öde war. Er sprang erstaunt auf. Da hörte er über sich auf dem Felsen zwei Männerstimmen, die ganz in der Nähe schienen. Er rief sie an, aber niemand gab Antwort und alles war auf einmal wieder still. Nun nahm er sein Pferd beim Zügel und setzte so seine Reise auf gut Glück weiter fort. Mit Mühe arbeitete er sich durch die Rabennacht des Waldes hindurch und kam endlich auf einen weiten und freien Bergrücken, der nur mit kleinem Gesträuch bewachsen war. Der Mond schien sehr hell, und der plötzliche Anblick des freien, grenzenlosen Himmels erfreute und stärkte recht sein Herz. Die Ebene mußte sehr hoch liegen, denn er sah ringsumher eine dunkle Runde von Bergen unter sich ruhen. Von der einen Seite kam der einförmige Schlag von Eisenhämmern aus der Ferne herüber. Er nahm daher seine Richtung dorthin. Sein und seines Pferdes Schatten, wie er so fortschritt, strichen wie dunkle Riesen über die Heide vor ihm her und das Pferd fuhr oft schnaubend und sträubend zusammen. »So«, sagte Friedrich, dessen Herz recht weit und vergnügt war, »so muß vor vielen hundert Jahren den Rittern zumute gewesen sein, wenn sie bei stiller, nächtlicher Weile über diese Berge zogen und auf Ruhm und große Taten sannen. So voll adeliger Gedanken und Gesinnungen mag mancher auf diese Wälder und Berge hinuntergesehen haben, die noch immer dastehen, wie damals. Was mühn wir uns doch ab in unseren besten Jahren, lernen, polieren und feilen, um uns zu rechten Leuten zu machen, als fürchteten oder schämten wir uns vor uns selbst, und wollten uns daher hinter Geschicklichkeiten verbergen und zerstreuen, anstatt daß es darauf ankäme, sich innerlichst nur recht zusammenzunehmen zu hohen Entschließungen und einem tugendhaften Wandel. Denn wahrhaftig, ein ruhiges, tapferes, tüchtiges und ritterliches Leben ist jetzt jedem Manne, wie damals, vonnöten. Jedes Weltkind sollte wenigstens jeden Monat eine Nacht im Freien einsam durchwachen, um einmal seine eitlen Mühen und Künste abzustreifen und sich im Glauben zu stärken und zu erbauen. Wie bin ich so fröhlich und erquickt! Gebe mir Gott nur die Gnade, daß dieser Arm einmal was Rechtes in der Welt vollbringe!«

Unter solchen Gedanken schritt er immer fort. Der Fußsteig hatte sich indes immer mehr gesenkt, und er erblickte endlich ein Licht, das aus dem Tale heraufschimmerte. Er eilte darauf los und kam an eine elende, einsame Waldschenke. Er sah durch das kleine Fenster in die Stube hinein. Da saß ein Haufen zerlumpter Kerls mit bärtigen Spitzbubengesichtern um einen Tisch und trank. In allen Winkeln standen Gewehre angelehnt. An dem hellen Kaminfeuer, das einen gräßlichen Schein über den Menschenklumpen warf, saß ein altes Weib gebückt, und zerrte, wie es schien, blutige Därme an den Flammen auseinander. Ein Grausen überfiel den Grafen bei dem scheußlichen Anblick, er setzte sich rasch auf sein Pferd und sprengte querfeldein.

Das Rauschen und Klappern einer Waldmühle bestimmte seine Richtung. Ein ungeheurer Hund empfing ihn dort an dem Hofe der Mühle. Friedrich und sein Pferd waren zu ermattet, um noch weiterzureisen. Er pochte daher an die Haustüre. Eine rauhe Stimme antwortete von innen, bald darauf ging die Türe auf, und ein langer, hagerer Mann trat heraus. Er sah Friedrich, der ihn um Herberge bat, von oben bis unten an, nahm dann Sein Pferd und führte es stillschweigend nach dem Stalle. Friedrich ging nun in die Stube hinein. Ein Frauenzimmer stand drinnen und pickte Feuer. Er bemerkte bei den Blitzen der Funken ein junges und schönes Mädchengesicht. Als sie das Licht angezündet hatte, betrachtete sie den Grafen mit einem freudigen Erstaunen, das ihr fast den Atem zu verhalten schien. Darauf ergriff sie das Licht und führte ihn, ohne ein Wort zu sagen, die Stiege hinauf in ein geräumiges Zimmer mit mehreren Betten. Sie war barfuß und Friedrich bemerkte, als sie so vor ihm herging, daß sie nur im Hemde war und den Busen fast ganz bloß hatte. Er ärgerte sich über die Frechheit bei solcher zarten Jugend. Als sie oben in der Stube waren, blieb das Mädchen stehen und sah den Grafen furchtsam an. Er hielt sie für ein verliebtes Ding. »Geh«, sagte er gutmütig, »geh schlafen, liebes Kind.« Sie sah sich nach der Türe um, dann wieder nach Friedrich. »Ach, Gott!« sagte sie endlich, legte die Hand aufs Herz und ging zaudernd fort. Friedrich kam ihr Benehmen sehr sonderbar vor, denn es war ihm nicht entgangen, daß sie beim Hinausgehen an allen Gliedern zitterte.

Mitternacht war schon vorbei. Friedrich war überwacht und von den verschiedenen Begegnissen viel zu sehr aufgeregt, um schlafen zu können. Er setzte sich ans offene Fenster. Das Wasser rauschte unten über ein Wehr. Der Mond blickte seltsam und unheimlich aus dunkeln Wolken, die schnell über den Himmel flogen. Er sang:

»Er reitet nachts auf einem braunen Roß,
Er reitet vorüber an manchem Schloß:
Schlaf droben, mein Kind, bis der Tag erscheint,
Die finstre Nacht ist des Menschen Feind!

Er reitet vorüber an einem Teich,
Da stehet ein schönes Mädchen bleich
Und singt, ihr Hemdlein flattert im Wind,
Vorüber, vorüber, mir graut vor dem Kind!

Er reitet vorüber an einem Fluß,
Da ruft ihm der Wassermann seinen Gruß,
Taucht wieder unter dann mit Gesaus,
Und stille wird's über dem kühlen Haus.

Wann Tag und Nacht in verworrenem Streit,
Schon Hähne krähen in Dörfern weit,
Da schauert sein Roß und wühlet hinab,
Scharret ihm schnaubend sein eigenes Grab.«

Er mochte ungefähr so eine Stunde gesessen haben, als der große Hund unten im Hofe ein paarmal anschlug. Bald darauf kam es ihm vor, als hörte er draußen mehrere Stimmen. Er horchte hinaus, aber alles war wieder still. Eine Unruhe bemächtigte sich seiner, er stand vom Fenster auf, untersuchte seine geladenen Taschenpistolen und legte seinen Reisesäbel auf den Tisch. In diesem Augenblicke ging auch die Tür auf, und mehrere wilde Männer traten herein. Sie blieben erschrocken stehen, da sie den Grafen wach fanden. Er erkannte sogleich die fürchterlichen Gesichter aus der Waldschenke und seinen Hauswirt, den langen Müller, mitten unter ihnen. Dieser faßte sich zuerst und drückte unversehens eine Pistol nach ihm ab. Die Kugel prellte neben seinem Kopfe an die Mauer. »Falsch gezielt, heimtückischer Hund«, schrie der Graf außer sich vor Zorn und schoß den Kerl durchs Hirn. Darauf ergriff er seinen Säbel, stürzte sich in den Haufen hinein und warf die Räuber, rechts und links mit in die Augen gedrücktem Hute um sich herumhauend, die Stiege hinunter. Mitten in dem Gemetzel glaubte er das schöne Müllermädchen wiederzusehen. Sie hatte selber ein Schwert in der Hand, mit dem sie sich hochherzig, den Grafen verteidigend, zwischen die Verräter warf. Unten an der Stiege endlich, da alles, was noch laufen konnte, Reißaus genommen hatte, sank er, von vielen Wunden und Blutverluste ermattet, ohne Bewußtsein nieder.

Drittes Kapitel

Als Friedrich wieder das erstemal die Augen aufschlug und mit gesunden Sinnen in der Welt umherschauen konnte, erblickte er sich in einem unbekannten, schönen und reichen Zimmer. Die Morgensonne schien auf die seidenen Vorhänge seines Bettes; sein Kopf war verbunden. Zu den Füßen des Bettes knieete ein schöner

Knabe, der den Kopf auf beide Arme an das Bett gelehnt hatte, und schlief.

Friedrich wußte sich in diese Verwandlungen nicht zu finden. Er sann nach, was mit ihm vorgegangen war. Aber nur die fürchterliche Nacht in der Waldmühle mit ihren Mordgesichtern stand lebhaft vor ihm, alles übrige schien wie ein schwerer Traum. Verschiedene fremde Gestalten aus dieser letzten Zeit waren ihm wohl dunkel erinnerlich, aber er konnte keine unterscheiden. Nur eine einzige ungewisse Vorstellung blieb ihm lieblich getreu. Es war ihm nämlich immer vorgekommen, als hätte sich ein wunderschönes Engelsbild über ihn geneigt, so daß ihn die langen, reichen Locken rings umgaben, und die Worte, die es sprach, flogen wie Musik über ihn weg.

Da er sich nun recht leicht und neugestärkt spürte, stieg er aus dem Bette und trat ans Fenster. Er sah da, daß er sich in einem großen Schlosse befand. Unten lag ein schöner Garten; alles war noch still, nur Vögel flatterten auf den einsamen kühlen Gängen, der Morgen war überaus heiter.

Der Knabe an dem Bette war indes auch aufgewacht. »Gott sei Dank!« rief er aus Herzensgrunde, als er die Augen aufschlug und den Grafen aufgestanden und munter erblickte. Friedrich glaubte sein Gesicht zu kennen, doch konnte er sich durchaus nicht besinnen, wo er es gesehen hätte. »Wo bin ich?« fragte er endlich erstaunt. »Gott sei Dank!« wiederholte der Knabe nur, und sah ihn mit seinen großen, fröhlichen Augen noch immer unverwandt an, als könnte er sich gar nicht in die Freude finden, ihn wirklich wiederhergestellt zu sehen. Friedrich drang nun in ihn, ihm den Zusammenhang dieser ganzen seltsamen Begebenheit zu entwirren. Der Knabe besann sich einen Augenblick und erzählte dann: »Gestern früh, da ich eben in den Wald ging, sah ich dich blutig und ohne Leben am Wege liegen. Das Blut floß über den Kopf, ich verband die Wunde mit meinem Tuche, so gut ich konnte.

Aber das Blut drang durch und floß immerfort, und ich versuchte alles vergebens, um es zu stillen. Ich lief und rief nun in meiner Angst rings im Walde umher und betete und weinte dann wieder dazwischen, da ich mir gar nicht mehr zu helfen wußte. Da kam auf einmal ein Wagen die Straße gefahren. Eine Dame erblickte uns aus demselben und ließ sogleich stillhalten. Die Bedienten verbanden die Wunden sehr geschickt. Die Dame schien sehr verwundert und erschrocken über den Umstand. Darauf nahm sie uns beide mit in den Wagen und führte uns hierher auf ihr Schloß. Die Gräfin hat beinahe die ganze Nacht hindurch hier am Bette gewacht.« – Friedrich dachte an das Engelsbild, das sich wie im Traume über sein Gesicht geneigt hatte, und war noch verwirrter, als vorher. – »Aber wer bist denn du?« fragte er darauf den Knaben wieder. »Ich habe keine Eltern mehr«, antwortete dieser, und schlug verwirrt die Augen nieder, »ich ging eben über Land, um Dienste zu suchen.« Friedrich faßte den Furchtsamen bei beiden Händen: »Willst du bei mir bleiben?« – »Ewig, mein Herr!« sagte der Knabe mit auffallender Heftigkeit.

Friedrich kleidete sich nun völlig an und verließ seine Stube, um sich hier umzusehen und über sein Verhältnis in diesem Schlosse auf irgendeine Art Gewißheit zu erlangen. Er erstaunte über das Altfränkische der Bauart und der Einrichtung. Die Gänge waren gewölbt, die Fenster in der dicken, dunklen Mauer alle oben in einem Bogen zugespitzt und mit kleinen runden Scheiben versehen. Wunderschöne Bilder von Glas füllten oben die Fensterbogen, die von der Morgensonne in den buntesten Farben brannten. Alles im ganzen Hause war still. Er sah zum Fenster hinaus. Das alte Schloß stand von dieser Seite an dem Abhange eines hohen Berges, der, so wie das Tal, unten mit Schwarzwald bedeckt war, aus welchem die Klänge einsamer Holzhauer heraufschallten. Gleich am Fenster, über der schwindlichten Tiefe war ein Ritter, der sein Schwert in den gefalteten Händen hielt, in Riesengröße, wie der steinerne Roland, in die Mauer gehauen. Friedrich glaubte jeden Augenblick, das Burgfräulein, den hohen Spitzenkragen um das schöne Gesicht, werde in einem der Gänge heraufkommen. In der sonderbarsten Laune ging er nun die Stiege hinab und über eine Zugbrücke in den Garten hinaus.

Hier standen auf einem weiten Platze die sonderbarsten, fremden Blumenarten in phantastischem Schmucke. Künstliche Brunnen sprangen, im Morgenscheine funkelnd, kühle hin und wider. Dazwischen sah man Pfauen in der Grüne weiden und stolz ihre tausendfarbigen Räder schlagen. Im Hintergrunde saß ein Storch auf einem Beine und sah melancholisch in die weite Gegend hinaus. Als sich Friedrich an dem Anblicke, den der frische Morgen prächtig machte, so ergötzte, erblickte er in einiger Entfernung vor sich einen Mann, der hinter einem Spaliere an einem Tischchen saß, das voll Papiere lag. Er schrieb, blickte manchmal in die Gegend hinaus, und schrieb dann wieder emsig fort. Friedrich wollte ausweichen, um ihn nicht zu stören, aber es war nur der einzige Weg und der Unbekannte hatte ihn auch schon erblickt. Er ging daher auf ihn zu und grüßte ihn. Der Schreiber mochte eine lange Unterredung befürchten. »Ich kenne Sie wahrhaftig nicht«, sagte er halb ärgerlich, halb lachend, »aber wenn Sie selbst Alexander der Große wären, so müßt ich Sie für jetzt nur bitten, mir aus der Sonne zu gehen.« Friedrich verwunderte sich höchlichst über diesen unhöflichen Diogenes und ließ den wunderlichen Gesellen sitzen, der sogleich wieder zu schreiben anfing.

Er kam nun an den Ausgang des Gartens, an den ein lustiges Wäldchen von Laubholz stieß. An dem Saume des Waldes stand ein Jägerhaus, das ringsum mit Hirschgeweihen ausgeziert war. Auf einer kleinen Wiese, welche vor dem Hause mitten zwischen dem Walde lag, saß ein schönes, kaum fünfzehnjähriges Mädchen auf einem, wie es schien, soeben erlegten Rehe, streichelte das Tierchen und sang:

20

»Wär ich ein muntres Hirschlein schlank,
Wollt ich im grünen Walde gehn,
Spazierengehn bei Hörnerklang,
Nach meinem Liebsten mich umsehn.«

Ein junger Jäger, der seitwärts an einem Baume gelehnt stand und ihren Gesang mit dem Waldhorne begleitete, antwortete ihr sogleich nach derselben Melodie:

»Nach meiner Liebsten mich umsehn
Tu ich wohl, zieh ich früh von hier,
Doch sie mag niemals zu mir gehn
Im dunkelgrünen Waldrevier.«

Sie sang weiter:

»Im dunkelgrünen Waldrevier,
Da blitzt der Liebste rosenrot,
Gefällt so sehr dem armen Tier,
Das Hirschlein wünscht, es läge tot.«

Der Jäger antwortete wieder:

»Und wär das schöne Hirschlein tot,
So möcht ich länger jagen nicht;
Scheint übern Wald der Morgen rot:
Hüt schönes Hirschlein, hüte dich!«

Sie:

»Hüt schönes Hirschlein, hüte dich!
Spricht's Hirschlein selbst in seinem Sinn,

Wie soll ich, soll ich hüten mich,
Wenn ich so sehr verliebet bin?«

Er:

»Weil ich so sehr verliebet bin,
Wollt ich das Hirschlein, schön und wild,
Aufsuchen tief im Walde drin
Und streicheln, bis es stillehielt.«

Sie:

»Ja, streicheln, bis es stillehielt,
Falsch locken so in Stall und Haus!
Zum Wald springt's Hirschlein frei und wild
Und lacht verliebte Narren aus.«

Hierbei sprang sie von ihrem Rehe auf, denn Pferde, Hunde, Jäger
und Waldhornsklänge stürzten auf einmal mit einem verworrenen
Getöse aus dem Walde heraus und verbreiteten sich bunt über die
Wiese. Ein sehr schöner, junger Mann in Jägerkleidung und das
Halstuch in einer unordentlichen Schleife herabhängend, schwang
sich vom Pferde und eine Menge großer Hunde sprangen von allen
Seiten freundlich an ihm herauf. Friedrich erstaunte beim ersten
Blick über die große Ähnlichkeit, die derselbe mit einem älteren
Bruder hatte, den er seit seiner Kindheit nicht mehr gesehen, nur
daß der Unbekannte hier frischer und freudiger anzusehen war.
Dieser kam sogleich auf ihn zu. »Es freut mich«, sagte er, »Sie so
munter wiederzufinden. Meine Schwester hat Sie unterwegs in einem schlimmen Zustande getroffen und gestern abends zu mir
auf mein Schloß gebracht. Sie ist heute noch vor Tagesanbruch
wieder fort. Lassen Sie es sich bei uns gefallen, Sie werden lustige

Leute finden.« Während ihm nun Friedrich eben noch für seine Güte dankte, brachte auf einmal der Wind aus dem Garten oben mehrere Blätter Papier, die hoch über ihre Köpfe weg nach einem nahe gelegenen Wasser zuflatterten. Hinterdrein hörte man von oben eine Stimme »Halt, halt, halt auf!« rufen, und der Mensch, den Friedrich im Garten schreibend angetroffen hatte, kam eilends nachgelaufen. Leontin, so hieß der junge Graf, dem dieses Schloß gehörte, legte schnell seine Büchse an und schoß das unbändige Papier aus der Luft herab. »Das ist doch dumm«, sagte der Nachsetzende, der unterdes atemlos angelangt war, da er die Blätter, auf welche Verse geschrieben waren, von den Schroten ganz durchlöchert erblickte. Das schöne Mädchen, das vorher auf der Wiese gesungen hatte, stand hinter ihm und kicherte. Er drehte sich geschwind herum und wollte sie küssen, aber sie entsprang in das Jägerhaus und guckte lachend hinter der halbgeöffneten Türe hervor. »Das ist der Dichter Faber«, sagte Leontin, dem Grafen den Nachsetzenden vorstellend. Friedrich erschrak recht über den Namen. Er hatte viel von Faber gelesen; manches hatte ihm gar nicht gefallen, vieles andere aber ihn wieder so ergriffen, daß er oft nicht begreifen konnte, wie derselbe Mensch so etwas Schönes erfinden könne. Und nun, da der wunderbare Mensch leibhaftig vor ihm stand, betrachtete er ihn mit allen Sinnen, als wollte er alle die Gedichte von ihm, die ihm am besten gefallen, in seinem Gesichte ablesen. Aber da war keine Spur davon zu finden.

Friedrich hatte sich ihn ganz anders vorgestellt, und hätte viel darum gegeben, wenn es Leontin gewesen wäre, bei dessen lebendigem, erquicklichem Wesen ihm das Herz aufging. Herr Faber erzählte nun lachend, wie ihn Friedrich in seiner Werkstatt überrascht habe. »Da sind Sie schön angekommen«, sagte Leontin zu Friedrich, »denn da sitzt Herr Faber wie die Löwin über ihren Jungen, und schlägt grimmig um sich.« – »So sollte jeder Dichter dichten«, meinte Friedrich, »am frühen Morgen, unter freiem Himmel, in einer schönen Gegend. Da ist die Seele rüstig, und so wie dann die Bäume rauschen, die Vögel singen und der Jäger vor Lust in sein Horn stößt, so muß der Dichter dichten.« – »Sie sind ein Naturalist in der Poesie«, entgegnete Faber mit einer etwas zweideutigen Miene. – »Ich wünschte«, fiel ihm Leontin ins Wort, »Sie ritten lieber alle Morgen mit mir auf die Jagd, lieber Faber. Der Morgen glüht Sie wie eine reizende Geliebte an, und Sie klecksen ihr mit Dinte in das schöne Gesicht.« Faber lachte, zog eine kleine Flöte hervor und fing an, darauf zu blasen. Friedrich fand ihn in diesem Augenblicke sehr liebenswürdig.

Leontin trug dem Grafen an, mit ihm zu seiner Schwester hinüberzureiten, wenn er sich schon stark genug dazu fühle. Friedrich willigte mit Freuden ein, und bald darauf saßen beide zu Pferde. Die Gegend war sehr heiter. Sie ritten eben über einen weiten, grünen Anger. Friedrich fühlte sich bei dem schönen Morgen recht in allen Sinnen genesen, und freute sich über den anmutigen Leontin, wie das Pferd unter ihm mit gebogenem Halse über die Ebene hintanzte. »Meine Schwester«, sagte Leontin unterweges und sah den Grafen mit verstecktem Lachen immerfort an, »meine Schwester ist viel älter als ich, und, ich muß es nur im voraus sagen, recht häßlich.« – »So!« sagte Friedrich langsam und gedehnt, denn er hatte heimlich andere Erwartungen und Hoffnungen gehegt. Er schwieg darauf still; Leontin lachte und pfiff ein lustiges Liedchen. Endlich sah man ein schönes, neues Schloß sich aus einem großen Park luftig erheben. Es war das Schloß von Leontins Schwester.

Sie stiegen unten am Eingange des Parkes ab und gingen zu Fuße hinauf. Der Garten war ganz im neuesten Geschmacke angelegt. Kleine, sich schlängelnde Gänge, dichte Gebüsche von ausländischen Sträuchern, dazwischen leichte Brücken von weißem Birkenholze luftig geschwungen, waren recht artig anzuschauen.

Zwischen mehreren schlanken Säulen traten sie in das Schloß. Es war ein großes gemaltes Zimmer mit hellglänzendem Fußboden; ein kristallener Lustre hing an der Decke und Ottomanen von reichen Stoffen standen an den Wänden umher. Durch die hohe Glastür übersah man den Garten. Niemand, da es noch früh, war in der ganzen Reihe von prachtvollen Gemächern, die sich an dieses anschlossen, zu sehen. Die Morgensonne, die durch die Glastür schien, erfüllte das schöne Zimmer mit einem geheimnisvollen Helldunkel und beleuchtete eben eine Gitarre, die in der Mitte auf einem Tischchen lag. Leontin nahm dieselbe und begab sich damit wieder hinaus. Friedrich blieb in der Tür stehen, während Leontin sich draußen unter die Fenster stellte, in die Saiten griff und sang:

»Frühmorgens durch die Winde kühl
Zwei Ritter hergeritten sind,
Im Garten klingt ihr Saitenspiel,
Wach auf, wach auf, mein schönes Kind!

Ringsum viel Schlösser schimmernd stehn,
So silbern geht der Ströme Lauf,
Hoch, weit rings Lerchenlieder wehn,
Schließ Fenster, Herz und Äuglein auf!«

Friedrich war gar nicht begierig, die alte Schöne kennenzulernen, und blieb ruhig in der Tür stehen. Da hörte er oben ein Fenster sich öffnen. »Guten Morgen, lieber Bruder!« sagte eine liebliche Stimme. Leontin sang:

»So wie du bist, verschlafen heiß,
Laß allen Putz und Zier zu Haus,

Tritt nur herfür im Hemdlein weiß,
Siehst so gar schön verliebet aus.«

»Wenn du so garstig singst«, sagte oben die liebliche Stimme, »so leg ich mich gleich wieder schlafen.« Friedrich erblickte einen schneeweißen, vollen Arm im Fenster und Leontin sang wieder:

»Ich hab einen Fremden wohl bei mir,
Der lauert unten auf der Wacht,
Der bittet schön dich um Quartier,
Verschlafnes Kind, nimm dich in acht!«

Friedrich trat nun aus seinem Hinterhalte hervor und sah mit Erstaunen – seine Rosa am Fenster. Sie war in einem leichten Nachtkleide und dehnte sich mit aufgehobenen Armen in den frischen Morgen hinaus. Als sie so unverhofft Friedrich erblickte, ließ sie mit einem Schrei die Arme sinken, schlug das Fenster zu und war verschwunden.

Leontin ging nun fort, um ein neues Pferd der Schwester im Hofe herumzutummeln und Friedrich blieb allein im Garten zurück.

Bald darauf kam die Gräfin Rosa in einem weißen Morgenkleide herab. Sie hieß den Grafen mit einer Scham willkommen, die ihr unwiderstehlich schön stand. Lange, dunkle Locken fielen zu beiden Seiten bis auf die Schultern und den blendendweißen Busen hinab. Die schönste Reihe von Zähnen sah man manchmal zwischen den vollen, roten Lippen hervorschimmern. Sie atmete noch warm von der Nacht; es war die prächtigste Schönheit, die Friedrich jemals gesehen hatte. Sie gingen nebeneinander in den Garten hinein. Der Morgen blitzte herrlich über die ganze Gegend, aus allen Zweigen jubelten unzählige Vögel. Sie setzten sich in einer dichten Laube auf eine Rasenbank. Friedrich dankte ihr für ihr hülfreiches

Mitleid und sprach dann von seiner schönen Donaureise. Die Gräfin saß, während er davon erzählte, beschämt und still, hatte die langen Augenwimpern niedergeschlagen, und wagte kaum zu atmen. Als er endlich auch seiner Wunde erwähnte, schlug sie auf einmal die großen, schönen Augen auf, um die Wunde zu betrachten. Ihre Augen, Locken und Busen kamen ihm dabei so nahe, daß sich ihre Lippen fast berührten. Er küßte sie auf den roten Mund und sie gab ihm den Kuß wieder. Da nahm er sie in beide Arme und küßte sie unzähligemal und alle Freuden der Welt verwirrten sich in diesen einen Augenblick, der niemals zum zweiten Male wiederkehrt. Rosa machte sich endlich los, sprang auf und lief nach dem Schlosse zu. Leontin kam ihr eben von der andern Seite entgegen, sie rannte in der Verwirrung gerade in seine ausgebreiteten Arme hinein. Er gab ihr schnell einen Kuß und kam zu Friedrich, um mit ihm wieder nach Hause zu reiten.

Als Friedrich wieder draußen im Freien zu Pferde saß, besann er sich erst recht auf sein ganzes Glück. Mit unbeschreiblichem Entzücken betrachtete er Himmel und Erde, die im reichsten Morgenschmucke vor ihm lagen. Sie ist mein! rief er immerfort still in sich, sie ist mein! Leontin wiederholte lachend die Beschreibung von der Häßlichkeit seiner Schwester die er vorhin beim Herritt dem Grafen gemacht hatte, jagte dann weit voraus, setzte mit bewunderungswürdiger Leichtigkeit und Kühnheit über Zäune und Gräben und trieb allerlei Schwänke.

Als sie bei Leontins Schlosse ankamen, hörten sie schon von ferne ein unbegreifliches, verworrenes Getös. Ein Waldhorn raste in den unbändigsten, falschesten Tönen, dazwischen hörte man eine Stimme, die unaufhörlich fortschimpfte. »Da hat gewiß wieder Faber was angestellt«, sagte Leontin. Und es fand sich wirklich so. Herr Faber hatte sich nämlich in ihrer Abwesenheit niedergesetzt, um ein Waldhornecho zu dichten. Zum Unglück fiel es zu gleicher Zeit einem von Leontins Jägern ein, nicht weit davon wirklich auf dem Waldhorne zu blasen. Faber störte die nahe Musik, er rief daher ungeduldig dem Jäger zu, still zu sein. Dieser aber, der sich, wie fast alle Leute Leontins, über Herrn Faber von jeher ärgerte, weil er immer mit der Feder hinterm Ohre so erbärmlich aussah, gehorchte nicht. Da sprang Faber auf und überhäufte ihn mit Schimpfreden. Der Jäger, um ihn zu übertäuben, schüttelte nun statt aller Antwort einen ganzen Schwall von verworrenen und falschen Tönen aus seinem Horne, während Faber, im Gesichte überrot vor Zorn, vor ihm stand und gestikulierte. Als der Jäger jetzt seinen Herrn erblickte, endigte er seinen Spaß und ging fort. Faber aber hatte indes, so boshaft er auch aussah, schon längst der Zorn verlassen, denn es waren ihm mitten in der Wut eine Menge witziger Schimpfwörter und komischer Grobheiten in den Sinn gekommen, und er schimpfte tapfer fort, ohne mehr an den Jäger zu denken, und brach endlich in ein lautes Gelächter aus, in das Leontin und Friedrich von Herzen mit einstimmten.

Am Abend saßen Leontin, Friedrich und Faber zusammen an einem Feldtische auf der Wiese am Jägerhause und aßen und tranken. Das Abendrot schaute glühend durch die Wipfel des Tannenwaldes, welcher die Wiese ringsumher einschloß. Der Wein erweiterte ihre Herzen und sie waren alle drei wie alte Bekannte miteinander. »Das ist wohl ein rechtes Dichterleben, Herr Faber«, sagte Friedrich vergnügt. – »Immer doch«, hub Faber ziemlich pathetisch an, »höre ich das Leben und Dichten verwechseln.« – »Aber, aber, bester Herr Faber«, fiel ihm Leontin schnell ins Wort, dem jeder ernsthafte Diskurs über Poesie die Kehle zusammenschnürte, weil er selber nie ein Urteil hatte. Er pflegte daher immer mit Witzen, Radottements, dazwischenzufahren und fuhr auch jetzt, geschwind unterbrechend, fort: »Ihr verwechselt mit euren Wortwechseleien alles so, daß man am Ende seiner selbst nicht sicher bleibt. Glaubte ich doch einmal in allem Ernste, ich sei die Weltseele und wüßte vor lauter Welt nicht, ob ich eine Seele hatte, oder umgekehrt. Das Leben aber, mein bester Herr Faber, mit seinen bunten Bildern, verhält sich zum Dichter, wie ein unübersehbar weitläufiges Hieroglyphenbuch von einer unbekannten, lange untergegangenen Ursprache zum Leser. Da sitzen von Ewigkeit zu Ewigkeit die redlichsten, gutmütigsten Weltnarren, die Dichter, und lesen und lesen. Aber die alten, wunderbaren Worte der Zeichen sind unbekannt und der Wind weht die Blätter des großen Buches so schnell und verworren durcheinander, daß einem die Augen übergehn.« – Friedrich sah Leontin groß an, es war etwas in seinen Worten, das ihn ernsthaft machte. Faber aber, dem Leontin zu schnell gesprochen zu haben schien, spann gelassen seinen vorigen Diskurs wieder an: »Ihr haltet das Dichten für eine gar so leichte Sache, weil es flüchtig aus der Feder fließt, aber keiner bedenkt, wie das Kind, vielleicht vor vielen Jahren schon in Lust empfangen, dann im Mutterleibe mit Freuden und Schmerzen ernährt und gebildet wird, ehe es aus seinem stillen Hause das fröhliche Licht des Tages begrüßt.« – »Das ist ein langweiliges Kind«, unterbrach ihn Leontin munter, »wäre ich so eine schwangere Frau, als Sie da sagen, da lach ich mich gewiß, wie Philine, vor dem Spiegel über mich selber zu Tode, eh ich mit dem ersten Verse niederkäme.« – Hier erblickte er ein Paket Papiere, das aus Fabers Rocktasche hervorragte: eines davon war »An die Deutschen« überschrieben. Er bat ihn, es ihnen vorzulesen. Faber zog es heraus und las es. Das Gedicht enthielt die Herausforderung eines bis zum Tode verwundeten Ritters an alle Feinde der deutschen Ehre. Leontin sowohl als Friedrich erstaunten über die Gediegenheit und männliche Tiefe der Romanze und fühlten sich wahrhaft erbaut. »Wer sollte es glauben«, sagte Leontin, »daß Herr Faber diese Romanze zu ebender Zeit verfertiget hat, als er Reißaus nahm, um nicht mit gegen die Franzosen zu Felde ziehn zu dürfen.« Faber nahm darauf ein anderes Blatt zur Hand und las ihnen ein Gedicht vor, in welchem er sich selber mit höchst komischer

Laune in diesem seinem feigherzigen Widerspruche darstellte, worin aber mitten durch die lustigen Scherze ein tiefer Ernst, wie mit großen, frommen Augen, ruhend und ergreifend hindurchschaute. Friedrich ging jedes Wort dieses Gedichtes schneidend durchs Herz. Jetzt wurde es ihm auf einmal klar, warum ihm so viele Stellungen und Einrichtungen in Fabers Schriften durchaus fremd blieben und mißfielen. –

»Dem einen ist zu tun, zu schreiben mir gegeben«,

sagte Faber, als er ausgelesen hatte. »Poetisch sein und Poet sein«, fuhr er fort, »das sind zwei verschiedene Dinge, man mag dagegen sagen, was man will. Bei dem letzteren ist, wie selbst unser großer Meister Goethe eingesteht, immer etwas Taschenspielerei, Seiltänzerei usw. mit im Spiele.« – »Das ist nicht so«, sagte Friedrich ernst und sicher, »und wäre es so, so möchte ich niemals dichten. Wie wollt Ihr, daß die Menschen Eure Werke hochachten, sich daran erquicken und erbauen sollen, wenn Ihr Euch Selber nicht glaubt, was Ihr schreibt und durch schöne Worte und künstliche Gedanken Gott und Menschen zu überlisten trachtet? Das ist ein eitles, nichtsnutziges Spiel, und es hilft Euch doch nichts, denn es ist nichts groß, als was aus einem einfältigen Herzen kommt. Das heißt recht dem Teufel der Gemeinheit, der immer in der Menge wach und auf der Lauer ist, den Dolch selbst in die Hand geben gegen die göttliche Poesie. Wo soll die rechte, schlichte Sitte, das treue Tun, das schöne Lieben, die deutsche Ehre und alle die alte herrliche Schönheit sich hinflüchten, wenn es ihre angebornen Ritter, die Dichter, nicht wahrhaft ehrlich, aufrichtig und ritterlich mit ihr meinen? Bis in den Tod verhaßt sind mir besonders jene ewigen Klagen, die mit weinerlichen Sonetten die alte schöne Zeit zurückwinseln wollen, und, wie ein Strohfeuer, weder die Schlechten verbrennen, noch die Guten erleuchten und erwärmen.

Denn wie wenigen möchte doch das Herz zerspringen, wenn alles so dumm geht, und habe ich nicht den Mut, besser zu sein als meine Zeit, so mag ich zerknirscht das Schimpfen lassen, denn keine Zeit ist durchaus schlecht. Die heiligen Märtyrer, wie sie, laut ihren Erlöser bekennend, mit aufgehobenen Armen in die Todesflammen sprangen – das sind des Dichters echte Brüder, und er soll ebenso fürstlich denken von sich; denn so wie sie den ewigen Geist Gottes auf Erden durch Taten ausdrückten, so soll er ihn aufrichtig in einer verwitterten, feindseligen Zeit durch rechte Worte und göttliche Erfindungen verkünden und verherrlichen. Die Menge, nur auf weltliche Dinge erpicht, zerstreut und träge, sitzt gebückt und blind draußen im warmen Sonnenscheine und langt rührend nach dem ewigen Lichte, das sie niemals erblickt. Der Dichter hat einsam die schönen Augen offen; mit Demut und Freudigkeit betrachtet er, selber erstaunt, Himmel und Erde, und das Herz geht ihm auf bei der überschwenglichen Aussicht, und so besingt er die Welt, die, wie Memnons Bild, voll stummer Bedeutung, nur dann durch und durch erklingt, wenn sie die Aurora eines dichterischen Gemütes mit ihren verwandten Strahlen berührt.« – Leontin fiel hier dem Grafen freudig um den Hals. – »Schön, besonders zuletzt sehr schön gesagt«, sagte Faber, und drückte ihm herzlich die Hand. Sie meinen es doch alle beide nicht so, wie ich, fühlte und dachte Friedrich betrübt.

Es war unterdes schon dunkel geworden und der Abendstern funkelte vom heitern Himmel über den Wald herüber. Da wurde ihr Gespräch auf eine lustige Art unterbrochen. Die kleine Marie nämlich, die am Morgen mit dem Jäger auf der Wiese gesungen, hatte sich als Jägerbursche angezogen. Die Jäger jagten sie auf der Wiese herum, sie ließ sich aber nicht erhaschen, weil sie, wie sie sagte, nach Tabaksrauch röchen. Wie ein gescheuchtes Reh kam sie endlich an dem Tische vorüber. Leontin fing sie auf und setzte sie vor sich auf seinen Schoß. Er strich ihr die Haare aus den muntern Augen und gab ihr aus seinem Glase zu trinken. Sie trank viel und wurde bald ungewöhnlich beredt, daß sich alle über ihre liebenswürdige Lebhaftigkeit freuten. Leontin fing an, von ihrer Schlafkammer zu sprechen und andere leichtfertige Reden vorzubringen, und als er sie endlich auch küßte, umklammerte sie mit beiden Armen seinen Hals. Friedrich schmerzte das ganze lose Spiel, sosehr es auch Faber gefiel, und er sprach laut vom Verführen. Marie hüpfte von Leontins Schoße, wünschte allen mit verschmitzten Augen eine gute Nacht und sprang fort ins Jägerhaus. Leontin reichte Friedrich lächelnd die Hand und alle drei schieden voneinander, um sich zur Ruhe zu begeben. Faber sagte im Weggehen: seine Seele sei heut so wach, daß er noch tief in die Nacht hinein an einem angefangenen, großen Gedichte fortarbeiten wolle.

Als Friedrich in sein Schlafzimmer kam, stellte er sich noch eine Weile ans offene Fenster. Von der andern Seite des Schlosses schimmerte aus Fabers Zimmer ein einsames Licht in die stille Gegend hinaus. Fabers Fleiß rührte den Grafen, und er kam ihm in diesem Augenblicke als ein höheres Wesen vor. »Es ist wohl groß«, sagte er, »so mit göttlichen Gedanken über dem weiten, stillen Kreise der Erde zu schweben. Wache, sinne und bilde nur fleißig fort, fröhliche Seele, wenn alle die andern Menschen schlafen! Gott ist mit dir in deiner Einsamkeit und Er weiß es allein, was ein Dichter treulich will, wenn auch kein Mensch sich um dich bekümmert.« Der Mond stand eben über dem altertümlichen Turme des Schlosses, unten lag der schwarze Waldgrund in stummer Ruhe. Die Fenster gingen nach der Gegend hinaus, wo die Gräfin Rosa hinter dem Walde wohnte. Friedrich hatte Leontins Gitarre mit hinaufgenommen. Er nahm sie in den Arm und sang:

>»Die Welt ruht still im Hafen,
>Mein Liebchen, gute Nacht!

Wann Wald und Berge schlafen,
Treu' Liebe einsam wacht.

Ich bin so wach und lustig,
Die Seele ist so licht,
Und eh ich liebt, da wußt ich
Von solcher Freude nicht.

Ich fühl mich so befreit
Von eitlem Trieb und Streit,
Nichts mehr das Herz zerstreuet
In seiner Fröhlichkeit.

Mir ist, als müßt ich singen
So recht aus tiefer Lust
Von wunderbaren Dingen,
Was niemand sonst bewußt.

O könnt ich alles sagen!
O wär ich recht geschickt!
So muß ich still ertragen,
Was mich so hoch beglückt.«

Viertes Kapitel

Friedrich gab Leontins Bitten, noch länger auf seinem Schlosse zu
verweilen, gern nach. Leontin hatte nach seiner raschen, fröhlichen
Art bald eine wahre Freundschaft zu ihm gefaßt, und sie verabredeten miteinander, einen Streifzug durch das nahe Gebirge zu
machen, das manches Sehenswerte enthielt. Die Ausführung dieses
Planes blieb indes von Tage zu Tage verschoben. Bald war das

Wetter zu neblicht, bald waren die Pferde nicht zu entbehren oder sonst etwas Notwendiges zu verrichten, und sie mußten sich am Ende selber eingestehen, daß es ihnen beiden eigentlich schwerfiel, sich, auch nur auf wenige Tage, von ihrer hiesigen Nachbarschaft zu trennen. Leontin hatte hier seine eigenen Geheimnisse. Er ritt oft ganz abgelegene Wege in den Wald hinein, wo er nicht selten halbe Tage lang ausblieb. Niemand wußte, was er dort vorhabe, und er selber sprach nie davon. Friedrich dagegen besuchte Rosa fast täglich. Drüben in ihrem schönen Garten hatte die Liebe ihr tausendfarbiges Zelt aufgeschlagen, ihre wunderreichen Fernen ausgespannt, ihre Regenbogen und goldenen Brücken durch die blaue Luft geschwungen, und rings die Berge und Wälder wie einen Zauberkreis um ihr morgenrotes Reich gezogen. Er war unaussprechlich glücklich. Leontin begleitete ihn sehr selten, weil ihm, wie er immer zu sagen pflegte, seine Schwester wie ein gemalter Frühling vorkäme. Friedrich glaubte von jeher bemerkt zu haben, daß Leontin bei aller seiner Lebhaftigkeit doch eigentlich kalt sei und dachte dabei: was hilft dir der schönste gemalte oder natürliche Frühling! Aus dir selber muß doch die Sonne das Bild bescheinen, um es zu beleben.

Zu Hause, auf Leontins Schlosse, wurde Friedrichs poetischer Rausch durch nichts gestört; denn was hier Faber Herrliches ersann und fleißig aufschrieb, suchte Leontin auf seine freie, wunderliche Weise ins Leben einzuführen. Seine Leute mochten alle fortleben, wie es ihnen ihr frischer, guter Sinn eingab; das Waldhorn irrte fast Tag und Nacht in dem Walde hin und her, dazwischen spukte die eben erwachende Sinnlichkeit der kleinen Marie wie ein reizender Kobold, und so machte dieser seltsame, bunte Haushalt diesen ganzen Aufenthalt zu einer wahren Feenburg. Mitten in dem schönen Feste blieb nur ein einziges Wesen einsam und anteillos. Das war Erwin, der schöne Knabe, der mit Friedrich auf das Schloß gekommen war. Er war allen unbegreiflich. Sein einziges Ziel und

Augenmerk schien es, seinen Herrn, den Grafen Friedrich, zu bedienen, welches er bis zur geringsten Kleinigkeit aufmerksam, emsig und gewissenhaft tat. Sonst mischte er sich in keine Geschäfte oder Lust der andern, erschien zerstreut, immer fremd, verschlossen und fast hart, so lieblich weich auch seine helle Stimme klang. Nur manchmal, bei Veranlassungen, die oft allen gleichgültig waren, sprach er auf einmal viel und bewegt, und jedem fiel dann sein schönes, seelenvolles Gesicht auf. Unter seine Seltsamkeiten gehörte auch, daß er niemals zu bewegen war, eine Nacht in der Stube zuzubringen. Wenn alles im Schlosse schlief und draußen die Sterne am Himmel prangten, ging er vielmehr mit der Gitarre aus, setzte sich gewöhnlich auf die alte Schloßmauer über dem Waldgrunde und übte sich dort heimlich auf dem Instrumente. Wie oft, wenn Friedrich manchmal in der Nacht erwachte, brachte der Wind einzelne Töne seines Gesanges über den stillen Hof zu ihm herüber, oder er fand ihn frühmorgens auf der Mauer über der Gitarre eingeschlafen. Leontin nannte den Knaben eine wunderbare Laute aus alter Zeit, die jetzt niemand mehr zu spielen verstehe.

Eines Abends, da Leontin wieder auf einem seiner geheimnisvollen Ausflüge ungewöhnlich lange ausblieb, saßen Friedrich und Faber, der sich nach geschehener Tagesarbeit einen fröhlichen Feierabend nicht nehmen ließ, auf der Wiese um den runden Tisch. Der Mond stand schon über dem dunkeln Turme des Schlosses. Da hörten sie plötzlich ein Geräusch durch das Dickicht brechen und Leontin stürzte auf seinem Pferde, wie ein gejagtes Wild, aus dem Walde hervor. Totenbleich, atemlos, und hin und wieder von den Ästen blutig gerissen, kam er sogleich zu ihnen an den Tisch und trank hastig mehrere Gläser Wein nacheinander aus. Friedrich erschütterte die schöne, wüste Gestalt. Leontin lachte laut auf, da er bemerkte, daß ihn alle so verwundert ansahen. Faber drang neugierig in ihn, ihnen zu erzählen, was ihm begegnet sei. Er erzählte aber nichts, sondern sagte statt aller Antwort: »Ich reise fort ins Gebirge, wollt ihr mit?« – Faber sagte überrascht und unentschlossen, daß ihm jetzt jede Störung unwillkommen sei, da er soeben an dem angefangenen großen Gedichte arbeite, schlug aber endlich ein. Friedrich schwieg still. Leontin, der ihm wohl ansah, was er meine, entband ihn seines alten Versprechens, ihn zu begleiten; er mußte ihm aber dagegen geloben, ihn auf seinem Schlosse zu erwarten. Sie blieben nun noch einige Zeit beieinander. Aber Leontin blieb nachdenklich und still. Seine beiden Gäste begaben sich daher bald zur Ruhe, ohne zu wissen, was sie von seiner Veränderung und raschem Entschlusse denken sollten. Noch im Weggehen hörten sie ihn singen:

»Hinaus, o Mensch, weit in die Welt,
Bangt dir das Herz in krankem Mut!
Nichts ist so trüb in Nacht gestellt,
Der Morgen leicht macht's wieder gut.«

Am Morgen frühzeitig blickte Friedrich aus seinem Fenster. Da sah er Leontin schon unten auf der Waldstraße auf das Schloß seiner Schwester zureiten. Er eilte schnell hinab und ritt ihm nach.

Als er auf Rosas Schlosse ankam, fand er Leontin im Garten in einem lauten Wortwechsel mit seiner Schwester. Leontin war nämlich hergekommen, um Abschied von ihr zu nehmen. Rosa hatte aber kaum von seinem Vorhaben gehört, als sie sogleich mit aller Heftigkeit den Gedanken ergriff mitzureisen. »Das laß ich wohl bleiben«, sagte Leontin, »da schnüre ich noch heut mein Bündel und reit euch ganz allein davon. Ich will eben als ein Verzweifelter weit in die Welt hinaus, will mich, wie Don Quijote, im Gebirge auf den Kopf stellen und einmal recht verrückt sein, und da fällt's euch gerade ein, hinter mir dreinzuzotteln, als reisten wir nach Karlsbad oder Pyrmont, um mich jedesmal fein natürlich wieder auf die Beine zu bringen und zurechtzurücken. Kommt mir doch jetzt meine ganze Reise vor, wie eine Armee, wo man vorn blitzende Schwerter und wehende Fahnen, hinterdrein aber einen langen Schwanz von Wagen und Weibern sieht, die auf alten Stühlen, Betten und anderm Hausgerät sitzen und plaudern, kochen, handeln und zanken, als wäre da vorn eben alles nichts, daß einem alle Lust zur Courage vergeht. Wahrhaftig, wenn du mitziehst, meine weltliche Rosa, so lasse ich das ganze herrliche, tausendfarbige Rad meiner Reisevorsätze fallen, wie der Pfau, wenn er seine prosaischen Füße besieht.« – Rosa, die kein Wort von allem verstanden hatte, was ihr Bruder gesagt, ließ sich nichts ausreden, sondern beharrte ruhig und fest bei ihrem Entschlusse, denn sie gefiel sich schon im voraus zu sehr als Amazone zu Pferde und freute sich auf neue Spektakel. Friedrich, der eben hier dazukam, schüttelte den Kopf über ihr hartes Köpfchen, das ihm unter allen Untugenden der Mädchen die unleidlichste war. Noch tiefer aber schmerzte ihn ihre Hartnäckigkeit, da sie doch wußte, daß er nicht mitreise, daß er es nur um ihretwillen ausgeschlagen habe, und ihn wandelte heimlich die Lust an, selber allein in alle Welt zu gehen. Leontin, der, wie auf etwas sinnend, unterdes die beiden verliebten Gesichter angesehen hatte, lachte auf einmal auf. »Nein«, rief er, »wahrhaftig, der Spaß ist so größer! Rosa, du sollst mitreisen, und Faber und Marie und Erwin und Haus und Hof. Wir wollen sanft über die grünen Hügel wallen, wie Schäfer, die Jäger sollen die ungeschlachten Hörner zu Hause lassen und Flöte blasen. Ich will mit bloßem Halse gehn, die Haare blond färben und ringeln, ich will zahm Sein, auf den Zehen gehen und immer mit zugespitztem Munde leise lispeln: ›O teuerste, schöne Seele, o mein Leben, o mein Schaf!‹ Ihr sollt sehen, ich will mich bemühen, recht mit Anstand lustig zu sein. Dem Herrn Faber wollen wir einen Strohhut mit Lilabändern auf das dicke Gesicht setzen und einen langen Stab in die Hand geben, er soll den Zug anführen. Wir andern werden uns zuweilen zum Spaß im grünen Haine verirren, und dann über unser hartes Trennungslos aus unsern spaßhaften Schmerzen ernsthafte Sonette machen.« – Rosa, die von allem wieder nur gehört hatte, daß sie mitreisen dürfe, fiel hier ihrem Bruder unterbrechend um den Hals und tat so schön in ihrer Freude, daß Friedrich wieder ganz mit ihr ausgesöhnt war. Es wurde nun verabredet, daß sie sich noch heute abend auf Leontins Schlosse einfinden sollten, damit sie alle morgen frühzeitig aufbrechen könnten, und sie sprang fröhlich fort, um ihre Anstalten zu treffen.

Als Friedrich und Leontin wieder nach Hause kamen, begann letzterer, der seinen gestrigen Schreck fast schon ganz wieder vergessen zu haben schien, sogleich mit vieler Lustigkeit zusammenzurufen, Befehle auszuteilen und überall Alarm zu schlagen, um, wie er sagte, das Zigeunerleben bald von allen Seiten aufzurühren. Rosa traf, wie sie es versprochen hatte, gegen Abend ein und fand auf der Wiese bei Mondenschein bereits alles in der buntesten Bewegung. Die Jäger putzten singend ihre Büchsen und Sattelzeug, andere versuchten ihre Hörner, Faber band ganze Ballen Papier zusammen, die kleine Marie sprang zwischen allen leichtfertig herum.

Alle begaben sich heute etwas früher als gewöhnlich zur Ruhe. Als Friedrich eben einschlummerte, hörte er draußen einige volle Akkorde auf der Laute anschlagen. Bald darauf vernahm er Erwins Stimme. Das Lied, das er sang, rührte ihn wunderbar, denn es war eine alte, einfache Melodie, die er in seiner Kindheit sehr oft und seitdem niemals wieder gehört hatte. Er sprang erstaunt ans Fenster, aber Erwin hatte soeben wieder aufgehört. Das Licht aus Rosas Schlafzimmer am andern Flügel des Schlosses war erloschen, der Wind drehte knarrend die Wetterfahne auf dem Turme, der Mond schien außerordentlich hell. Friedrich sah Erwin wieder, wie sonst, mit der Gitarre auf der Mauer sitzen. Bald darauf hörte er den Knaben sprechen; eine durchaus unbekannte, männliche Stimme schien ihm von Zeit zu Zeit Antwort zu geben. Friedrich verdoppelte seine Aufmerksamkeit, aber er konnte nichts verstehen, auch sah er niemand außer Erwin. Nur manchmal kam es ihm vor, als lange ein langer Arm über die Mauer herüber nach dem Knaben. Zuletzt sah er einen Schatten von dem Knaben fort längs der Mauer hinuntergehen. Der Schatten wuchs beim Mondenschein mit jedem Schritte immer höher und länger, bis er sich endlich in Riesengröße in den Wald hinein verlor. Friedrich lehnte sich ganz zum Fenster hinaus, aber er konnte nichts unterscheiden. Erwin sprach nun auch nicht mehr und die ganze Gegend war totenstill. Ein Schauer überlief ihn dabei. Sollte diese Erscheinung, dachte er, Zusammenhang haben mit Leontins Begebenheiten? Weiß vielleicht dieser Knabe um seine Geheimnisse? Ihm fiel dabei ein, daß sich sein ganzes Gesicht lebhaft verändert hatte, als Faber heute noch einmal Leontins gestrigen unbekannten Begegnisses erwähnte. Beinahe hätte er alles für einen überwachten Traum gehalten, so seltsam kam es ihm vor, und er schlief endlich mit sonderbaren und abenteuerlichen Gedanken ein.

Fünftes Kapitel

Als draußen Berg und Tal wieder licht waren, war der ganze bunte Trupp schon eine Stunde weit von Leontins Schlosse entfernt. Der sonderbare Zug gewährte einen lustigen Anblick. Leontin ritt ein unbändiges Pferd allen voraus. Er war leicht und nachlässig angezogen, und seine ganze Gestalt hatte etwas Ausländisches. Friedrich sah durchaus deutsch aus. Faber dagegen machte den allerseltsamsten und abenteuerlichsten Aufzug. Er hatte einen runden Hut mit ungeheuer breiten Krempen, der ihn, wie ein Schirm, gegen die Sonne und Regen zugleich schützen sollte. An seiner Seite hing eine dick angeschwollene Tasche mit Schreibtafeln,

Büchern und anderm Reisegerät herab. Er war wie ein fahrender Scholast anzusehen. Rosa ritt mitten unter ihnen ein schönes, frommes Pferd auf einem weiblichen, englischen Sattel. Ein langes grünes Reitkleid, von einem goldenen Gürtel zusammengehalten, schmiegte sich an ihre vollen Glieder, ein blendendweißer Spitzenkragen umschloß das schöne Köpfchen, von dem hohe Federn in die Morgenluft nickten. Zu ihrer Begleitung hatte man die kleine Marie bestimmt, die ihr als Jägerknabe folgte. Auch Erwin ritt mit und hatte die Gitarre an einem himmelblauen Bande umgehängt. Hinterdrein kamen mehrere Jäger mit wohlbepackten Pferden.

Sie zogen eben über einen freien Bergrücken weg. Die Morgensonne funkelte ihnen fröhlich entgegen. Rosa blickte Friedrich aus ihren großen Augen so frisch und freudig an, daß es ihm durch die Seele ging. Als sie auf den Gipfel kamen, lag auf einmal ein unübersehbar weites Tal im Morgenschimmer unter ihnen. »Viktoria!« rief Leontin fröhlich und schwang seinen Hut. »Es geht doch nichts übers Reisen, wenn man nicht dahin oder dorthin reiset, sondern in die weite Welt hinein, wie es Gott gefällt! Wie uns aus Wäldern, Bergen, aus blühenden Mädchengesichtern, die von lichten Schlössern grüßen, aus Strömen und alten Burgen das noch unbekannte, überschwengliche Leben ernst und fröhlich ansieht!« – »Das Reisen«, sagte Faber, »ist dem Leben vergleichbar. Das Leben der meisten ist eine immerwährende Geschäftsreise vom Buttermarkt zum Käsemarkt; das Leben der Poetischen dagegen ein freies, unendliches Reisen nach dem Himmelreich.« – Leontin, dessen Widerspruchsgeist Faber jederzeit unwiderstehlich anregte, sagte darauf: »Diese reisenden Poetischen sind wieder den Paradiesvögeln zu vergleichen, von denen man fälschlich glaubt, daß sie keine Füße haben. Sie müssen doch auch herunter und in Wirtshäusern einkehren und Vettern und Basen besuchen, und, was sie sich auch für Zeug einbilden, das Fräulein auf dem lichten Schlosse ist doch nur ein dummes, höchstens verliebtes Ding, das die Liebe mit ihrem bißchen brennbaren Stoffe eine Weile in die Lüfte treibt, um dann desto jämmerlicher, wie ein ausgeblasener Dudelsack, wieder zur Erde zu fallen; auf der alten, schönen, trotzigen Burg findet sich auch am Ende nur noch ein kahler Landkavalier usw. Alles ist Einbildung.« – »Du solltest nicht so reden«, entgegnete Friedrich. »Wenn wir von einer innern Freudigkeit erfüllt sind, welche, wie die Morgensonne, die Welt überscheint und alle Begebenheiten, Verhältnisse und Kreaturen zur eigentümlichen Bedeutung erhebt, so ist dieses freudige Licht vielmehr die wahre göttliche Gnade, in der allein alle Tugenden und großen Gedanken gedeihen, und die Welt ist wirklich so bedeutsam, jung und schön, wie sie unser Gemüt in sich selber anschaut. Der Mißmut aber, die träge Niedergeschlagenheit und alle diese Entzauberungen, das ist die wahre Einbildung, die wir durch Gebet und Mut zu überwinden trachten sollen, denn diese verdirbt die ursprüngliche Schönheit der Welt.« – »Ist mir auch recht«, erwiderte Leontin lustig. – »Graf Friedrich«, sagte Faber, »hat eine Unschuld in seinen Betrachtungen, eine Unschuld.« – »Ihr Dichter«, fiel ihm Leontin hastig ins Wort, »seid alle eurer Unschuld über den Kopf gewachsen, und, wie ihr eure Gedichte ausspendet, sagt ihr immer: ›Da ist ein prächtiges Kunststück von meiner Kindlichkeit, da ist ein besonders wohleingerichtetes Stück von meinem Patriotismus oder von meiner Ehre!‹« – Friedrich erstaunte, da Leontin so keck und hart aussprach, was er, als eine Lästerung aller Poesie, sich selber zu denken niemals erlauben mochte.

Rosa hatte unterdes über dem Gespräche mehrere Male gegähnt. Faber bemerkte es, und da er sich jederzeit als ein galanter Verehrer des schönen Geschlechts auszeichnete, so trug er sich an, zu allgemeiner Unterhaltung eine Erzählung zum besten zu geben. »Nur nicht in Versen«, rief Rosa, »denn da versteht man doch alles nur halb.« Man rückte daher näher zusammen, Faber in die Mitte nehmend, und er erzählte folgende Geschichte, während sie zwischen den waldigen Bergen langsam fortzogen:

»Es war einmal ein Ritter.« – »Das fängt ja an wie ein Märchen«, unterbrach ihn Rosa. – Faber setzte von neuem an: »Es war einmal ein Ritter, der lebte tief im Walde auf seiner alten Burg in geistlichen Betrachtungen und strengen Bußübungen. Kein Fremder besuchte den frommen Ritter, alle Wege zu seiner Burg waren lange mit hohem Grase überwachsen und nur das Glöcklein, das er bei seinen Gebeten von Zeit zu Zeit zog, unterbrach die Stille und klang in hellen Nächten weit über die Wälder weg. Der Ritter hatte ein junges Töchterlein, die machte ihm viel Kummer, denn sie war ganz anderer Sinnesart, als ihr Vater und all ihr Trachten ging nur auf weltliche Dinge. Wenn sie abends am Spinnrocken saß, und er ihr aus seinen alten Büchern die wunderbaren Geschichten von den heiligen Märtyrern vorlas, dachte sie immer heimlich bei sich: Das waren wohl rechte Toren, und hielt sich für weit klüger, als ihr alter Vater, der alle die Wunder glaubte. Oft, wenn ihr Vater weg war, blätterte sie in den Büchern und malte den Heiligen, die darin abgebildet waren, große Schnurrbärte« – Rosa lachte hierbei laut auf. – »Was lachst du?« fragte Leontin spitzig, und Faber fuhr in Seiner Erzählung fort: »Sie war sehr schön und klüger, als alle die andern Kinder in ihrem Alter, weswegen sie sich auch immer mit ihnen zu spielen schämte, und wer mit ihr sprach, glaubte eine erwachsene Person reden zu hören, so gescheit und künstlich waren alle ihre Worte gesetzt. Dabei ging sie bei Tag und Nacht ganz allein im Walde umher, ohne sich zu fürchten, und lachte immer den alten Burgvogt aus, der ihr schauerliche Geschichten vom Wassermann erzählte. Gar oft stand sie dann an dem blauen Flusse im Walde und rief mit lachendem Munde: ›Wassermann soll mein Bräutigam sein! Wassermann soll mein Bräutigam sein!‹

Als nun der Vater zum Sterben kam, rief er die Tochter zu seinem Bette und übergab ihr einen großen Ring, der war sehr schwer von reinem Golde gearbeitet. Er sagte dabei zu ihr: ›Dieser Ring ist vor uralten Zeiten von einer kunstreichen Hand verfertigt. Einer deiner Vorfahren hat ihn in Palästina, mitten im Getümmel der Schlacht, erfochten. Dort lag er unter Blut und Staub auf dem Boden, aber er blieb unbefleckt und glänzte so hell und durchdringlich, daß sich alle Rosse davor bäumten und keines ihn mit seinem Hufe zertreten wollte. Alle deine Mütter haben den Ring getragen und Gott hat ihren frommen Ehestand gesegnet. Nimm du ihn auch hin und betrachte ihn alle Morgen mit rechten Sinnen, so wird sein Glanz dein Herz erquicken und stärken. Wenden sich aber deine Gedanken und Neigungen zum Bösen, so verlöscht sein Glanz mit der Klarheit deiner Seele und wird dir gar trübe erscheinen. Bewahre ihn treu an deinem Finger, bis du einen tugendhaften Mann gefunden. Denn welcher Mann ihn einmal an seiner Hand trägt, der kann nicht mehr von dir lassen und wird dein Bräutigam.‹ – Bei diesen Worten verschied der alte Ritter.

Ida blieb nun allein zurück. Ihr war längst angst und bange auf dem alten Schlosse gewesen, und da sie jetzt ungeheure Schätze in den Kellern ihres Vaters vorfand, so veränderte sie sogleich ihre Lebensweise.« – »Gott sei Dank«, sagte Rosa, »denn bis jetzt war sie ziemlich langweilig.« – Faber fuhr wieder fort: »Die dunkeln Bogen, Tore und Höfe der alten Burg wurden niedergerissen und ein neues, lichtes Schloß mit blendendweißen Mauern und kleinern, luftigen Türmchen erhob sich bald über den alten Steinen. Ein großer, schöner Garten wurde daneben angelegt, durch den der blaue Fluß vorüberfloß. Da standen tausenderlei hohe, bunte Blumen, Wasserkünste sprangen dazwischen, und zahme Rehe gingen darin spazieren. Der Schloßhof wimmelte von Rossen und reichgeschmückten Edelknaben, die lustige Lieder auf ihr schönes Fräulein sangen. Sie selber war nun schon groß und außerordentlich schön geworden. Von Ost und West kamen daher nun reiche und junge Freier angezogen, und die Straßen, die zu dem Schlosse führten, blitzten von blanken Reitern, Helmen und Federbüschen.

Das gefiel dem Fräulein gar wohl, aber so gern sie auch alle Männer hatte, so mochte sie doch mit keinem einzigen ihren Ring auswechseln; denn jeder Gedanke an die Ehe war ihr lächerlich und verhaßt. Was soll ich, sagte sie zu sich selbst, meine schöne Jugend verkümmern, um in abgeschiedener, langweiliger Einsamkeit eine armselige Hausmutter abzugeben, anstatt daß ich jetzt so frei bin, wie der Vogel in der Luft. Dabei kamen ihr alle Männer gar dummlich vor, weil sie entweder zu unbehülflich waren, ihrem müßigen Witze nachzukommen, oder auf andere, hohe Dinge stolz taten, an die sie nicht glaubte. Und so betrachtete sie sich in ihrer Verblendung als eine reizende Fee unter verzauberten Bären und Affen, die nach ihrem Winke tanzen und aufwarten mußten. Der Ring wurde indes von Tage zu Tage trüber.

Eines Tages gab sie ein glänzendes Bankett. Unter einem prächtigen Zelte, das im Garten aufgeschlagen war, saßen die jungen Ritter und Frauen um die Tafel, in ihrer Mitte das stolze Fräulein, gleich einer Königin, und ihre witzigen Redensarten überstrahlten den Glanz der Perlen und Edelgesteine, womit ihr Hals und Busen geschmückt war. Recht wie ein wurmstichiger Apfel, so schön rot und betrüglich war sie anzusehen. Der goldene Wein kreiste fröhlich herum, die Ritter schauten kühner, üppig lockende Lieder zogen hin und wieder im Garten durch die sommerlaue Luft. Da fielen Idas Blicke zufällig auf ihren Ring. Der war auf einmal finster geworden, und sein verlöschender Glanz tat nur eben noch einen seltsamen, dunkelglühenden Blick auf sie. Sie stand schnell auf und ging an den Abhang des Gartens. ›Du einfältiger Stein sollst mich nicht länger mehr stören!‹ sagte sie, in ihrem Übermute lachend, zog den Ring vom Finger und warf ihn in den Strom hinunter. Er beschrieb im Fluge einen hellschimmernden Bogen und tauchte sogleich in den tiefsten Abgrund hinab. Darauf kehrte sie wieder in den Garten zurück, aus dem die Töne wollüstig nach ihr zu langen schienen.

Am andern Tage saß Ida allein im Garten und sah in den Fluß hinunter. Es war gerade um die Mittagszeit. Alle Gäste waren fortgezogen, die ganze Gegend lag still und schwül. Einzelne seltsam gestaltete Wolken zogen langsam über den dunkelblauen Himmel; manchmal flog ein plötzlicher Wind über die Gegend, und dann war es, als ob die alten Felsen und die alten Bäume sich über den Fluß unten neigten und miteinander über sie besprächen. Ein Schauder überlief Ida. Da sah sie auf einmal einen schönen, hohen Ritter, der auf einem schneeweißen Rosse die Straße hergeritten kam. Seine Rüstung und sein Helm waren wasserblau, eine wasserblaue Binde flatterte in der Luft, seine Sporen waren von Kristall. Er grüßte sie freundlich, stieg ab und kam zu ihr. Ida schrie laut auf vor Schreck, denn sie erblickte den alten wundertätigen Ring, den sie gestern in den Fluß geworfen hatte, an seinem Finger, und dachte sogleich daran, was ihr ihr Vater auf dem Totenbette prophezeit hatte. Der schöne Ritter zog sogleich eine dreifache Schnur von Perlen hervor und hing sie dem Fräulein um den Hals, dabei küßte er sie auf den Mund, nannte sie seine Braut und versprach, sie heute abend heimzuholen. Ida konnte nichts antworten, denn es kam ihr vor, als läge sie in einem tiefen Schlafe, und doch vernahm sie den Ritter, der in gar lieblichen Worten zu ihr sprach, ganz deutlich, und hörte dazwischen auch den Strom, wie über ihr, immerfort verworren dreinrauschen. Darauf sah sie den Ritter sich wieder auf seinen Schimmel schwingen und so schnell in den Wald zurücksprengen, daß der Wind hinter ihm dreinpfiff.

Als es gegen Abend kam, stand sie in ihrem Schlosse am Fenster und schaute in das Gebirge hinaus, das schon die graue Dämmerung zu überziehen anfing. Sie sann hin und her, wer der schöne Ritter sein möge, aber sie konnte nichts herausbringen. Eine nie gefühlte Unruhe und Ängstlichkeit überfiel dabei ihre Seele, die immer mehr zunahm, je dunkler draußen die Gegend wurde. Sie nahm die Zither, um sich zu zerstreuen. Es fiel ihr ein altes Lied ein, das sie als Kind oft ihren Vater in der Nacht, wenn sie manchmal erwachte, hatte singen hören. Sie fing an zu singen:

›Obschon ist hin der Sonnenschein
Und wir im Finstern müssen sein,
So können wir doch singen
Von Gottes Güt und seiner Macht,
Weil uns kann hindern keine Nacht,
Sein Lobe zu vollbringen.‹

Die Tränen brachen ihr hierbei aus den Augen, und sie mußte die Zither weglegen, so weh war ihr zumute.

Endlich, da es draußen schon ganz finster geworden, hörte sie auf einmal ein großes Getös von Rosseshufen und fremden Stimmen. Der Schloßhof füllte sich mit Windlichtern, bei deren Schein sie ein wildes Gewimmel von Wagen, Pferden, Rittern und Frauen erblickte. Die Hochzeitsgäste verbreiteten sich bald in der ganzen Burg, und sie erkannte alle ihre alten Bekannten, die auch letzthin auf dem Bankett bei ihr gewesen waren. Der schöne Bräutigam, wieder ganz in wasserblaue Seide gekleidet, trat zu ihr und erheiterte gar bald ihr Herz durch seine anmutigen und süßen Reden, Musikanten spielten lustig, Edelknaben schenkten Wein herum, und alles tanzte und schmauste in freudenreichem Schalle.

Während des Festes trat Ida mit ihrem Bräutigam ans offene Fenster. Die Gegend war unten weit und breit still, wie ein Grab, nur der Fluß rauschte aus dem finstern Grunde herauf. ›Was sind das für schwarze Vögel‹, fragte Ida, ›die da in langen Scharen so langsam über den Himmel ziehn?‹ – ›Sie ziehen die ganze Nacht fort‹, sagte der Bräutigam, ›sie bedeuten deine Hochzeit.‹ – ›Was sind das für fremde Leute‹, fragte Ida wieder, ›die dort unten am Flusse auf den Steinen sitzen und sich nicht rühren?‹ – ›Das sind meine Diener‹, sagte der Bräutigam, ›die auf uns warten.‹ – Unterdes fingen schon lichte Streifen an, sich am Himmel aufzurichten, und aus den Tälern hörte man von ferne Hähne krähen. ›Es wird so kühl‹, sagte Ida und schloß das Fenster. ›In meinem Hause ist es noch viel kühler‹, erwiderte der Bräutigam, und Ida schauderte unwillkürlich zusammen.

Darauf faßte er sie beim Arme und führte sie mitten unter den lustigen Schwarm zum Tanze. Der Morgen rückte indes immer näher, die Kerzen im Saale flackerten nur noch matt und löschten zum Teil gar aus. Während Ida mit ihrem Bräutigam herumwalzte, bemerkte sie mit Grausen, daß er immer blässer ward, je lichter es wurde. Draußen vor den Fenstern sah sie lange Männer mit seltsamen Gesichtern ankommen, die in den Saal hereinschauten. Auch die Gesichter der übrigen Gäste und Bekannten veränderten sich nach und nach, und sie sahen alle aus wie Leichen. ›Mein Gott, mit wem habe ich so lange Zeit gelebt?‹ rief sie aus. Sie konnte vor Ermattung nicht mehr fort und wollte sich loswinden, aber der Bräutigam hielt sie fest um den Leib und tanzte immerfort, bis sie atemlos auf die Erde hinstürzte.

Frühmorgens, als die Sonne fröhlich über das Gebirge schien, sah man den Schloßgarten auf dem Berge verwüstet, im Schlosse war kein Mensch zu finden, und alle Fenster standen weit offen. Die Reisenden, die bei hellem Mondenscheine oder um die Mittagszeit an dem Flusse vorübergingen, sahen oft ein junges Mädchen sich mitten im Strome mit halbem Leibe über das Wasser emporheben. Sie war sehr schön, aber totenblaß.«

So endigte Faber seine Erzählung. »Erschrecklich!« rief Leontin, sich, wie vor Frost, schüttelnd. Rosa schwieg still. Auf Friedrich hatte das Märchen einen tiefen und ganz besonderen Eindruck gemacht. Er konnte sich nicht enthalten, während der ganzen Erzählung mit einem unbestimmten, schmerzlichen Gefühle an Rosa zu denken, und es kam ihm vor, als hätte Faber selber nicht ohne Absicht gerade diese Erfindung gewählt.

Fabers Märchen gab Veranlassung, daß auch Friedrich und Leontin mehrere Geschichten erzählten, woran aber Rosa immer nur einen entfernten Anteil nahm. So verging dieser Tag unter fröhlichen Gesprächen, ehe sie es selber bemerkten, und der Abend überraschte sie mitten im Walde in einer unbekannten Gegend. Sie schlugen daher den ersten Weg ein, der sich ihnen darbot, und kamen schon in der Dunkelheit bei einem Bauernhause an, das ganz allein im Walde stand, und wo sie zu übernachten beschlossen. Die Hauswirtin, ein junges, rüstiges Weib, wußte nicht, was sie aus dem ganz unerwarteten Besuche machen sollte und maß sie mit Blicken, die eben nicht das beste Zutrauen verrieten. Die lustigen Reden und Schwänke Leontins und seiner Jäger aber brachten sie bald in die beste Laune, und sie bereitete alles recht mit Lust zu ihrer Aufnahme.

Nach einem flüchtig eingenommenen Abendessen ergriffen Leontin, Faber und die Jäger ihre Flinten und gingen noch in den Wald hinaus auf den Anstand, da ihnen die gefällige Bäuerin mit einer gewissen verstohlenen Vertraulichkeit den Platz verraten hatte, wo das Wild gewöhnlich zu wechseln pflegte. Rosa fürchtete sich nun, hier allein zurückzubleiben, und bat daher Friedrich, ihr Gesellschaft zu leisten, welches dieser mit Freuden annahm. Beide setzten sich, als alles fort war, auf die Bank an der Haustür vor den weiten Kreis der Wälder. Friedrich hatte die Gitarre bei sich und griff einige volle Akkorde, welche sich in der heitern, stillen Nacht herrlich ausnahmen. Rosa war in dieser ungewohnten Lage ganz verändert. Sie war einmal ohne alle kleine Launen, hingebend, ungewöhnlich vertraulich und liebenswürdig ermattet. Friedrich glaubte sie noch niemals so angenehm gesehen zu haben. Er hatte ihr schon längst versprechen müssen, seine ganze Jugendgeschichte einmal ausführlich zu erzählen. Sie bat ihn nun, sein Versprechen zu erfüllen, bis die andern zurückkämen. Er war gerade auch aufgelegt dazu und begann daher, während sie, mit dem einen Arme auf seine Achsel gelehnt, so nahe als möglich an ihn rückte, folgendermaßen zu erzählen:

»Meine frühesten Erinnerungen verlieren sich in einem großen, schönen Garten. Lange, hohe Gänge von gradbeschnittenen Baumwänden laufen nach allen Richtungen zwischen großen Blumenfeldern hin, Wasserkünste rauschen einsam dazwischen, die Wolken ziehen hoch über die dunkeln Gänge weg, ein wunderschönes kleines Mädchen, älter als ich, sitzt an der Wasserkunst und singt welsche Lieder, während ich oft stundenlang an den eisernen Stäben des Gartentors stehe, das an die Straße stößt, und sehe, wie draußen der Sonnenschein wechselnd über Wälder und Wiesen fliegt, und Wagen, Reuter und Fußgänger am Tore vorüber in die glänzende Ferne hinausziehen. Diese ganze, stille Zeit liegt weit hinter all dem Schwalle der seitdem durchlebten Tage, wie ein uraltes, wehmütig süßes Lied, und wenn mich oft nur ein einzelner Ton davon wieder berührt, faßt mich ein unbeschreibliches Heimweh, nicht nur nach jenen Gärten und Bergen, sondern nach einer viel ferneren und tieferen Heimat, von welcher jene nur ein lieblicher Widerschein zu sein scheint. Ach, warum müssen wir jene unschuldige Betrachtung der Welt, jene wundervolle Sehnsucht, jenen geheimnisvollen, unbeschreiblichen Schimmer der Natur verlieren, in dem wir nur manchmal noch im Traume unbekannte, seltsame Gegenden wiedersehen!«

»Und wie war es denn nun weiter?« fiel ihm Rosa ins Wort.

»Meinen Vater und meine Mutter«, fuhr Friedrich fort, »habe ich niemals gesehen. Ich lebte auf dem Schlosse eines Vormunds. Aber eines ältern Bruders erinnere ich mich sehr deutlich. Er war schön, wild, witzig, keck und dabei störrisch, tiefsinnig und menschenscheu. Dein Bruder Leontin sieht ihm sehr ähnlich und ist mir darum um desto teurer. Am besten kann ich mir ihn vorstellen, wenn ich an einen Umstand zurückdenke. An unserm altertümlichen Schlosse lief nämlich eine große steinerne Galerie rings herum. Dort pflegten wir beide gewöhnlich des Abends zu sitzen, und ich erinnere mich noch immer an den eignen, sehnsuchtsvollen Schauer, mit dem ich hinuntersah, wie der Abend blutrot hinter den schwarzen Wäldern versank und dann nach und nach alles dunkel wurde. Unsere alte Wärterin erzählte uns dann gewöhnlich das Märchen von dem Kinde, dem die Mutter mit dem Kasten den Kopf abschlug und das darauf als ein schöner Vogel draußen auf den Bäumen sang. Rudolf, so hieß mein Bruder, lief oder ritt unterdes auf dem steinernen Geländer der Galerie herum, daß mir vor Schwindel alle Sinne vergingen. Und in dieser Stellung schwebt mir sein Bild noch immer vor, das ich von dem Märchen, den schwarzen Wäldern unten und den seltsamen Abendlichtern gar nicht trennen kann. Da er wenig lernte und noch weniger gehorchte, wurde er kalt und übel behandelt. Oft wurde ich ihm als Muster vorgestellt, und dies war mein größter und tiefster Schmerz, den ich damals hatte, denn ich liebte ihn unaussprechlich. Aber er achtete wenig darauf. Das schöne italienische Mädchen fürchtete sich vor ihm, sooft sie mit ihm zusammenkam, und doch schien sie ihn immer wieder von neuem aufzusuchen. Mit mir dagegen war sie sehr vertraulich und oft ausgelassen lustig. Alle Morgen, wenn es schön war, ging sie in den Garten hinunter und wusch sich an der Wasserkunst die hellen Augen und den kleinen, weißen Hals, und ich mußte ihr währenddessen die zierlichen Zöpfchen flechten helfen, die sie dann in einen Kranz über dem Scheitel zusammenheftete. Dabei sang sie immer folgendes Liedchen, das mir mit seiner ganz eignen Melodie noch immer sehr deutlich vorschwebt:

›Zwischen Bergen, liebe Mutter,
Weit den Wald entlang,
Reiten da drei junge Jäger
Auf drei Rößlein blank,
lieb Mutter,
Auf drei Rößlein blank.

Ihr könnt fröhlich sein, lieb Mutter:
Wird es draußen still,
Kommt der Vater heim vom Walde,
Küßt Euch wie er will,
lieb Mutter,
Küßt Euch wie er will.

Und ich werfe mich im Bettchen
Nachts ohn Unterlaß,
Kehr mich links, und kehr mich rechtshin,
Nirgends hab ich was,
lieb Mutter,
Nirgends hab ich was.

Bin ich eine Frau erst einmal,
In der Nacht dann still
Wend ich mich nach allen Seiten,
Küß, soviel ich will,
lieb Mutter,
Küß, soviel ich will.‹

Sie sang das Liedchen ganz allerliebst. Das arme Kind wußte wohl
damals selbst noch nicht deutlich, was sie sang. Aber einmal fuhren
die Alten, die sie darüber belauscht hatten, gar täppisch mit harten

Verweisen drein, und seitdem, erinnere ich mich, sang sie das Lied heimlich noch viel lieber.

So lebten wir lange Zeit in Frieden nebeneinander, und es fiel mir gar nicht ein, daß es jemals anders werden könnte, nur daß Rudolf immer finsterer wurde, je mehr er heranwuchs. Um diese Zeit hatte ich mehrere Male sehr schwere und furchtbare Träume. Ich sah nämlich immer meinen Bruder Rudolf in einer Rüstung, wie sie sich auf einem alten Ritterbilde auf unserem Vorsaale befand, durch ein Meer von durcheinanderwogenden, ungeheuren Wolken schreiten, wobei er sich mit einem langen Schwerte rechts und links Bahn zu hauen schien. Sooft er mit dem Schwerte die Wolken berührte, gab es eine Menge Funken, die mich mit ihren vielfarbigen Lichtern blendeten, und bei jedem solchen Leuchten kam mir auch Rudolfs Gesicht plötzlich blaß und ganz verändert vor. Während ich mich nun mit den Augen so recht in den Wolkenzug vertiefte, bemerkte ich mit Verwunderung, daß es eigentlich keine Wolken waren, sondern sich alles nach und nach in ein langes, dunkles, seltsam geformtes Gebirge verwandelte, vor dem mir schauderte, und ich konnte gar nicht begreifen, wie sich Rudolf dort so allein nicht fürchtete. Seitwärts von dem Gebirge sah ich eine weite Landschaft, deren unbeschreibliche Schönheit und wunderbaren Farbenschimmer ich niemals vergessen habe. Ein großer Strom ging mitten hindurch bis in eine unabsehbare, duftige Ferne, wo er sich mit Gesang zu verlieren schien. Auf einem sanftgrünen Hügel über dem Strome saß Angelina, das italienische Mädchen, und zog mit ihrem kleinen, rosigen Finger zu meinem Erstaunen einen Regenbogen über den blauen Himmel. Unterdes sah ich, daß das Gebirge anfing sich wundersam zu regen; die Bäume streckten lange Arme aus, die sich wie Schlangen ineinanderschlungen, die Felsen dehnten sich zu ungeheuren Drachengestalten aus, andere zogen Gesichter mit langen Nasen, die ganze wunderschöne Gegend überzog und verdeckte dabei ein qualmender

Nebel. Zwischen den Felsenplatten streckte Rudolf den Kopf hervor, der auf einmal viel älter und selber wie von Stein aussah, und lachte übermäßig mit seltsamen Gebärden. Alles verwirrte sich zuletzt und ich sah nur die entfliehende Angelina mit ängstlich zurückgewandtem Gesichte und weißem, flatterndem Gewande, wie ein Bild über einen grauen Vorhang, vorüberschweben. Eine große Furcht überfiel mich da jedesmal und ich wachte vor Schreck und Entsetzen auf.

Diese Träume, die sich, wie gesagt, mehrere Male wiederholten, machten einen so tiefen Eindruck auf mein kindisches Gemüt, daß ich nun meinen Bruder oft heimlich mit einer Art von Furcht betrachtete, auch die seltsame Gestaltung des Gebirges nie wieder vergaß.

Eines Abends, da ich eben im Garten herumging und zusah, wie es in der Ferne an den Bergen gewitterte, trat auf einmal an dem Ende eines Bogenganges Rudolf zu mir. Er war finsterer, als gewöhnlich. ›Siehst du das Gebirge dort?‹ sagte er, auf die fernen Berge deutend. ›Drüben liegt ein viel schöneres Land, ich habe ein einziges Mal hinuntergeblickt.‹ Er setzte sich ins Gras hin, dann sagte er in einer Weile wieder. ›Hörst du, wie jetzt in der weiten Stille unten die Ströme und Bäche rauschen und wunderbarlich locken? Wenn ich so hinunterstiege in das Gebirge hinein, ich ginge fort und immer fort, du würdest unterdes alt, das Schloß wäre auch verfallen und der Garten hier lange einsam und wüste.‹ – Mir fiel bei diesen Worten mein Traum wieder ein, ich sah ihn an, und auch sein Gesicht kam mir in dem Augenblicke gerade so vor, wie es mir im Traume immer erschien. Eine niegefühlte Angst überwältigte mich und ich fing an zu weinen. ›Weine nur nicht!‹ sagte er hart und wollte mich schlagen. Unterdes kam Angelina mit neuem Spielzeuge lustig auf uns zugesprungen und Rudolf entfernte sich wieder in den dunkeln Bogengang. Ich spielte nun mit dem muntern Mädchen auf dem Rasenplatze vor dem Schlosse und vergaß darüber alles Vorhergegangene. Endlich trieb uns der Hofmeister zu Bette. Ich erinnere mich nicht, daß mir als Kind irgend etwas widerwärtiger gewesen wäre, als das zeitige Schlafengehen, wenn alles draußen noch schallte und schwärmte und meine ganze Seele noch so wach war. Dieser Abend war besonders schön und schwül. Ich legte mich unruhig nieder. Die Bäume rauschten durch das offene Fenster herein, die Nachtigall schlug tief aus dem Garten, dazwischen hörte ich noch manchmal Stimmen unter dem Fenster sprechen, bis ich endlich nach langer Zeit einschlummerte. Da kam es mir auf einmal vor, als schiene der Mond sehr hell durch die Stube, mein Bruder erhöbe sich aus seinem Bett und ginge verschiedentlich im Zimmer herum, neige sich dann über mein Bett und küsse mich. Aber ich konnte mich durchaus nicht besinnen.

Den folgenden Morgen wachte ich später auf, als gewöhnlich. Ich blickte sogleich nach dem Bette meines Bruders und sah, nicht ohne Ahnung und Schreck, daß es leer war. Ich lief schnell in den Garten hinaus, da saß Angelina am Springbrunnen und weinte heftig. Meine Pflegeeltern und alle im ganzen Hause waren heimlich, verwirrt und verstört, und so erfuhr ich erst nach und nach, daß Rudolf in dieser Nacht entflohen sei. Man schickte Boten nach allen Seiten aus, aber keiner brachte ihn mehr wieder.«

»Und habt ihr denn seitdem niemals wieder etwas von ihm gehört?« fragte Rosa.

»Es kam wohl die Nachricht«, sagte Friedrich, »daß er sich bei einem Freikorps habe anwerben lassen, nachher gar, daß er in einem Treffen geblieben sei. Aber aus späteren, einzelnen, abgebrochenen Reden meiner Pflegeeltern gelangte ich wohl zu der Gewißheit, daß er noch am Leben sein müsse. Doch taten sie sehr heimlich damit und hörten sogleich auf davon zu sprechen, wenn ich hinzutrat; und seitdem habe ich von ihm nichts mehr sehen noch erfahren können.

Bald darauf verließ auch Angelina mit ihrem Vater, der weitläufig mit uns verwandt war, unser Schloß und reiste nach Italien zurück. Es ist sonderbar, daß ich mich auf die Züge des Kindes nie wieder besinnen konnte. Nur ein leises, freundliches Bild ihrer Gestalt und ganzen lieblichen Gegenwart blieb mir übrig. Und so war denn nun das Kleeblatt meiner Kindheit zerrissen und Gott weiß, ob wir uns jemals wiedersehen. – Mir war zum Sterben bange, mein Spielzeug freute mich nicht mehr, der Garten kam mir unaussprechlich einsam vor. Es war, als müßte ich hinter jedem Baume, an jedem Bogengange noch Angelina oder meinem Bruder begegnen, das einförmige Plätschern der Wasserkünste Tag und Nacht hindurch vermehrte nur meine tiefe Bangigkeit. Mir war es unbegreiflich, wie es meine Pflegeeltern hier noch aushalten konnten, wie alles um mich herum seinen alten Gang fortging, als wäre eben alles noch, wie zuvor.

Damals ging ich oft heimlich und ganz allein nach dem Gebirge, das mir Rudolf an jenem letzten Abend gezeigt hatte, und hoffte in meinem kindischen Sinne zuversichtlich, ihn dort noch wiederzufinden. Wie oft überfiel mich dort ein Grausen vor den Bergen, wenn ich mich manchmal droben verspätet hatte und nur noch die Schläge einsamer Holzhauer durch die dunkelgrünen Bogen heraufschallten, während tief unten schon hin und her Lichter in den Dörfern erschienen, aus denen die Hunde fern bellten. Auf einem dieser Streifzüge verfehlte ich beim Heruntersteigen den rechten Weg und konnte ihn durchaus nicht wiederfinden. Es war schon dunkel geworden und meine Angst nahm mit jeder Minute zu. Da erblickte ich seitwärts ein Licht; ich ging darauf los und kam an ein kleines Häuschen. Ich guckte furchtsam durch das erleuchtete Fenster hinein und sah darin in einer freundlichen Stube eine ganze Familie friedlich um ein lustig flackerndes Herdfeuer gelagert. Der Vater, wie es schien, hatte ein Büchelchen in der Hand und las vor. Mehrere sehr hübsche Kinder saßen im Kreise um ihn herum und hörten, die Köpfchen in beide Arme aufgestützt, mit der größten Aufmerksamkeit zu, während eine junge Frau daneben spann und von Zeit zu Zeit Holz an das Feuer legte. Der Anblick machte mir wieder Mut, ich trat in die Stube hinein. Die Leute waren sehr erstaunt, mich bei ihnen zu sehen, denn sie kannten mich wohl, und ein junger Bursche wurde sogleich fortgesandt, sich anzukleiden, um mich auf das Schloß zurückzugeleiten. Der Vater setzte unterdes, da ich ihn darum bat, seine Vorlesung wieder fort. Die Geschichte wollte mich bald sehr anmutig und wundervoll bedünken. Mein Begleiter stand schon lange fertig an der Tür. Aber ich vertiefte mich immer mehr in die Wunder; ich wagte kaum zu atmen und hörte zu und immer zu und wäre die ganze Nacht geblieben, wenn mich nicht der Mann endlich erinnert hätte, daß meine Eltern in Angst kommen würden, wenn ich nicht bald nach Hause ginge. Es war der gehörnte Siegfried, den er las.«

Rosa lachte. – Friedrich fuhr, etwas gestört, fort:

»Ich konnte diese ganze Nacht nicht schlafen, ich dachte immerfort an die schöne Geschichte. Ich besuchte nun das kleine Häuschen fast täglich, und der gute Mann gab mir von den ersehnten Büchern mit nach Hause, soviel ich nur wollte. Es war gerade in den ersten Frühlingstagen. Da saß ich denn einsam im Garten und las die ›Magelone‹, ›Genoveva‹, die ›Haimonskinder‹ und vieles andere unermüdet der Reihe nach durch. Am liebsten wählte ich dazu meinen Sitz in dem Wipfel eines hohen Birnbaumes, der am Abhange des Gartens stand, von wo ich dann über das Blütenmeer der niedern Bäume weit ins Land schauen konnte, oder an schwülen Nachmittagen die dunklen Wetterwolken über den Rand des Waldes langsam auf mich zukommen sah.«

Rosa lachte wieder. Friedrich schwieg eine Weile unwillig still. Denn die Erinnerungen aus der Kindheit sind desto empfindlicher und verschämter, je tiefer und unverständlicher sie werden, und fürchten sich vor groß gewordenen, altklugen Menschen, die sich in ihr wunderbares Spielzeug nicht mehr zu finden wissen. Dann erzählte er weiter:

»Ich weiß nicht, ob der Frühling mit seinen Zauberlichtern in diese Geschichten hineinspielte, oder ob sie den Lenz mit ihren rührenden Wunderscheinen überglänzten – aber Blumen, Wald und Wiesen erschienen mir damals anders und schöner. Es war, als hätten mir diese Bücher die goldnen Schlüssel zu den Wunderschätzen und der verborgenen Pracht der Natur gegeben. Mir war noch nie So fromm und fröhlich zumute gewesen. Selbst die ungeschickten Holzstiche dabei waren mir lieb, ja überaus wert. Ich erinnere mich noch jetzt mit Vergnügen, wie ich mich in das Bild, wo der Ritter Peter von seinen Eltern zieht, vertiefen konnte, wie ich mir den einen Berg im Hintergrunde mit Burgen, Wäldern, Städten und Morgenglanz ausschmückte, und in das Meer dahinter, aus wenigen groben Strichen bestehend, und die Wolken drüber, mit ganzer Seele hineinsegelte. Ja, ich glaube wahrhaftig, wenn einmal bei Gedichten Bilder sein sollen, so sind solche die besten. Jene feinern, sauberen Kupferstiche mit ihren modernen Gesichtern und ihrer, bis zum kleinsten Strauche, ausgeführten und festbegrenzten Umgebung verderben und beengen alle Einbildung, anstatt daß diese Holzstiche mit ihren verworrenen Strichen und unkenntlichen Gesichtern der Phantasie, ohne die doch niemand lesen sollte, einen frischen, unendlichen Spielraum eröffnen, ja sie gleichsam herausfordern.

Alle diese Herrlichkeit dauerte nicht lange. Mein Hofmeister, ein aufgeklärter Mann, kam hinter meine heimlichen Studien und nahm mir die geliebten Bücher weg. Ich war untröstlich. Aber Gott sei Dank, das Wegnehmen kam zu spät. Meine Phantasie hatte auf den waldgrünen Bergen, unter den Wundern und Helden jener Geschichten gesunde, freie Luft genug eingesogen, um sich des Anfalls einer ganz nüchternen Welt zu erwehren. Ich bekam nun dafür Campes Kinderbibliothek. Da erfuhr ich denn, wie man

Bohnen steckt, sich selber Regenschirme macht, wenn man etwa einmal, wie Robinson, auf eine wüste Insel verschlagen werden sollte, nebstbei mehrere zuckergebackene, edle Handlungen, einige Elternliebe und kindliche Liebe in Scharaden. Mitten aus dieser pädagogischen Fabrik schlugen mir einige kleine Lieder von Matthias Claudius rührend und lockend ans Herz. Sie sahen mich in meiner prosaischen Niedergeschlagenheit mit schlichten, ernsten, treuen Augen an, als wollten sie freundlich tröstend sagen: ›Lasset die Kleinen zu mir kommen!‹ Diese Blumen machten mir den farb- und geruchslosen, zur Menschheitssaat umgepflügten Boden, in welchen sie seltsam genug verpflanzt waren, einigermaßen heimatlich. Ich entsinne mich, daß ich in dieser Zeit verschiedene Plätze im Garten hatte, welche Hamburg, Braunschweig und Wandsbek vorstellten. Da eilte ich denn von einem zum andern und brachte dem guten Claudius, mit dem ich mich besonders gerne und lange unterhielt, immer viele Grüße mit. Es war damals mein größter, innigster Wunsch, ihn einmal in meinem Leben zu sehen.

Bald aber machte eine neue Epoche, die entscheidende für mein ganzes Leben, dieser Spielerei ein Ende. Mein Hofmeister fing nämlich an, mir alle Sonntage aus der Leidensgeschichte Jesu vorzulesen. Ich hörte sehr aufmerksam zu. Bald wurde mir das periodische, immer wieder abgebrochene Vorlesen zu langweilig. Ich nahm das Buch und las es für mich ganz aus. Ich kann es nicht mit Worten beschreiben, was ich dabei empfand. Ich weinte aus Herzensgrunde, daß ich schluchzte. Mein ganzes Wesen war davon erfüllt und durchdrungen, und ich begriff nicht, wie mein Hofmeister und alle Leute im Hause, die doch das alles schon lange wußten, nicht ebenso gerührt waren und auf ihre alte Weise so ruhig fortleben konnten.« –

Hier brach Friedrich plötzlich ab, denn er bemerkte, daß Rosa fest eingeschlafen war. Eine schmerzliche Unlust flog ihn bei diesem

Anblicke an. Was tu ich hier, sagte er zu sich selber, als alles so still um ihn geworden war, sind das meine Entschlüsse, meine großen Hoffnungen und Erwartungen, von denen meine Seele so voll war, als ich ausreiste? Was zerschlage ich den besten Teil meines Lebens in unnütze Abenteuer ohne allen Zweck, ohne alle rechte Tätigkeit? Dieser Leontin, Faber und Rosa, sie werden mir doch ewig fremd bleiben. Auch zwischen diesen Menschen reisen meine eigentlichsten Gedanken und Empfindungen hindurch, wie ein Deutscher durch Frankreich. Sind dir denn die Flügel gebrochen, guter, mutiger Geist, der in die Welt hinausschaute, wie in sein angebornes Reich? Das Auge hat in sich Raum genug für eine ganze Welt, und nun sollte es eine kleine Mädchenhand bedecken und zudrücken können? – Der Eindruck, den Rosas Lachen während seiner Erzählung auf ihn gemacht hatte, war noch nicht vergangen. Sie schlummerte rückwärts auf ihren Arm gelehnt, ihr Busen, in den sich die dunklen Locken herabringelten, ging im Schlafe ruhig auf und nieder. So ruhte sie neben ihm in unbeschreiblicher Schönheit. Ihm fiel dabei ein Lied ein. Er stand auf und sang zur Gitarre:

»Ich hab manch Lied geschrieben,
Die Seele war voll Lust,
Von treuem Tun und Lieben,
Das Beste, was ich wußt.

Was mir das Herz bewogen,
Das sagte treu mein Mund,
Und das ist nicht erlogen,
Was kommt aus Herzensgrund.

Liebchen wußt's nicht zu deuten
Und lacht mir ins Gesicht,

Dreht sich zu andern Leuten
Und achtet's weiter nicht.

Und spielt mit manchem Tropfe,
Weil ich so tief betrübt.
Mir ist so dumm im Kopfe,
Als wär ich nicht verliebt.

Ach Gott, wem soll ich trauen?
Will sie mich nicht verstehn,
Tun all' so fremde schauen,
Und alles muß vergehn.

Und alles irrt zerstreuet –
Sie ist so schön und rot –
Ich hab nichts, was mich freuet,
Wär ich viel lieber tot!«

Rosa schlug die Augen auf, denn das Waldhorn erschallte in dem Tale und man hörte Leontin und die Jäger, die soeben von ihrem Streifzuge zurückkehrten, im Walde rufen und schreien. Sie hatten gar keine Beute gemacht und waren alle der Ruhe höchst bedürftig. Die Wirtin wurde daher eiligst in Tätigkeit gesetzt, um jedem sein Lager anzuweisen, so gut es die Umstände zuließen. Es wurde nun von allen Seiten Stroh herbeigeschafft und in der Stube ausgebreitet, die für Rosa, Leontin, Friedrich und Faber bestimmt war; die übrigen sollten sonstwo im Hause untergebracht werden. Da alles mithalf, ging es bei den Zubereitungen ziemlich tumultuarisch her. Besonders aber zeigte sich die kleine Marie, welcher die Jäger tapfer zugetrunken hatten, ungewöhnlich ausgelassen. Jeder behandelte sie aus Gewohnheit als ein halberwachsenes Kind, fing sie auf und küßte sie. Friedrich aber sah wohl, daß sie sich dabei gar künstlich sträubte, um nur immer fester gehalten zu werden, und daß ihre Küsse nicht mehr kindisch waren. Dem Herrn Faber schien sie heute ganz besonders wohl zu behagen, und Friedrich glaubte zu bemerken, daß sie sich einige Male verstohlen und wie im Fluge mit ihm besprach.

Endlich hatte sich nach und nach alles verloren, und die Herrschaften blieben allein im Zimmer zurück. Faber meinte: sein Kopf sei so voll guter Gedanken, daß er sich jetzt nicht niederlegen könne. Das Wetter sei so schön und die Stube so schwül, er wolle daher die Nacht im Freien zubringen. Damit nahm er Abschied und ging hinaus. Leontin lachte ihm ausgelassen nach. Rosa war unterdes in üble Laune geraten. Die Stube war ihr zu schmutzig und enge, das Stroh zu hart. Sie erklärte, sie könne so unmöglich schlafen, und setzte sich schmollend auf eine Bank hin. Leontin warf sich, ohne ein Wort darauf zu erwidern, auf das Stroh und war gleich eingeschlafen. Endlich überwand auch bei Rosa die Müdigkeit den Eigensinn. Sie verließ ihre harte Bank, lachte über sich selbst und legte sich neben ihren Bruder hin.

Friedrich ruhte noch lange wach, den Kopf in die Hand gestützt. Der Mond schien durch das kleine Fenster herein, die Wanduhr pickte einförmig immer fort. Da vernahm er auf einmal draußen folgenden Gesang:

»Ach, von dem weichen Pfühle
Was treibt dich irr umher?
Bei meinem Saitenspiele
Schlafe, was willst du mehr?

Bei meinem Saitenspiele
Heben dich allzusehr
Die ewigen Gefühle;
Schlafe, was willst du mehr?

Die ewigen Gefühle,
Schnupfen und Husten schwer,
Ziehn durch die nächt'ge Kühle;
Schlafe, was willst du mehr?

Ziehn durch die nächt'ge Kühle
Mir den Verliebten her,
Hoch auf schwindlige Pfühle;
Schlafe, was willst du mehr?

Hoch auf schwindligem Pfühle
Zähle der Sterne Heer;
Und so dir das mißfiele:
Schlafe, was willst du mehr?«

Friedrich konnte die Stimme nicht erkennen; sie schien ihm mit
Fleiß verändert und verstellt. Mit besonders komischem Ausdruck
wurde jedesmal das: »Schlafe, was willst du mehr?« wiederholt. Er
sprang auf und trat ans Fenster. Da sah er einen dunklen Schatten
schnell über den mondhellen Platz vor dem Hause vorüberlaufen
und zwischen den Bäumen verschwinden. Er horchte noch lange
Zeit dort hinaus, alles blieb still die ganze Nacht hindurch.

Sechstes Kapitel

Ein Hifthorn draußen im Hofe weckte am Morgen die Neugestärk-
ten. Leontin sprang schnell vom Lager. Auch Rosa richtete sich
auf. Die Morgensonne schien ihr durch das Fenster gerade ins
Gesicht. Die Locken noch verwirrt vom nächtlichen Lager, sah sie
so blühend und reizend verschlafen aus, daß sich Friedrich nicht
enthalten konnte, ihr einen Kuß auf die frischen Lippen zu

62

drücken. Alles rüstete sich nun fröhlich wieder zur Weiterreise. Aber nun bemerkten sie erst, daß Faber fehle. Er hatte sich, wie wir wissen, abends hinausbegeben und er war seitdem nicht wieder in die Stube zurückgekehrt. Leontin befragte daher die Jäger, und diese sagten denn zu allgemeiner Verwunderung Folgendes aus:

Als sie, noch vor Tagesanbruch, hinausgingen, um nach den Pferden zu sehen, hörten sie jemand hoch über ihnen, wie aus der Luft zu wiederholten Malen rufen. Sie sahen ringsherum und erblickten endlich mit Erstaunen Herrn Faber, der mitten auf dem Dache des Hauses an dem festverschlossenen Dachfenster saß und schimpfend mit beiden Armen, wie eine Windmühle, in der Morgendämmerung focht. Sie setzten ihm nun auf sein Begehren die Leiter an, die vor dem Hause auf der Erde lag, und erlösten ihn so von seinem luftigen Throne. Er aber forderte, sobald er unten war, ohne sich weiter in Erklärungen einzulassen, sogleich sein Pferd und seinen Mantelsack heraus. Da er sehr heftig und wunderlich zu sein schien, taten sie, was er verlangte. Als er sein Pferd bestiegen hatte, sagte er nur noch zu ihnen: sie möchten ihren Herrn, den fremden Grafen und die Gräfin Rosa von ihm auf das beste grüßen, und für die lang erwiesene Freundschaft in seinem Namen danken; er für seinen Teil reise in die Residenz, wo er sie früher oder später wiederzusehen hoffe. Darauf habe er dem Pferde die Sporen gegeben und sei in den Wald hineingeritten.

»Lebe wohl, guter, unruhiger Freund!« rief Leontin bei dieser Nachricht aus, »ich könnte wahrhaftig in diesem Augenblicke recht aus Herzensgrunde traurig sein, so gewohnt war ich an dein wunderliches Wesen. Fahre wohl, und Gott gebe, daß wir bald wieder zusammenkommen!« – »Amen«, fiel Rosa ein; »aber was in aller Welt hat ihn denn auf das Dach hinaufgetrieben und bewogen, uns dann so plötzlich zu verlassen?« – Niemand wußte sich das Rätsel zu lösen. Aber die kleine Marie hörte während der ganzen Zeit nicht auf, geheimnisvoll zu kichern, Friedrich erinnerte sich auch an das gestrige, sonderbare Nachtlied vor dem Fenster, und nun übersahen sie nach und nach den ganzen Zusammenhang.

Faber hatte nämlich gestern abend mit Marie eine heimliche Zusammenkunft in der Dachkammer, wo sie schlief, verabredet. Das schlaue Mädchen aber hatte, statt Wort zu halten, das Dachfenster von innen fest versperrt und sich, ehe noch Faber so künstlich von ihnen weggeschlichen, in den Wald hinausbegeben, wo sie abwartete, bis der Verliebte, der Verabredung gemäß, auf der Leiter das Dach erstiegen hatte. Dann sprang sie schnell hervor, nahm die Leiter weg und sang ihm unten das lustige Ständchen, das Friedrich gestern belauscht, während Faber, stumm vor Zorn und Scham, zwischen Himmel und Erde schwebte.

Leontin und Rosa lachten unmäßig und fanden den Einfall überaus herrlich. Friedrich aber fand ihn anders und schüttelte unwillig den Kopf über das vierzehnjährige Mädchen.

Sie setzten nun also ihre Reise allein weiter fort. Der Morgen war sehr heiter, die Gegend wunderschön; dessenungeachtet konnten sie heute gar nicht recht in die alte Lust und gewohnte Gesprächsweise hineinkommen. Faber fehlte ihnen und wurde von allen vermißt, besonders von Leontin, der fortwährend einen Ableiter seines überflüssigen Witzes brauchte. Dazu taugte ihm aber gerade niemand besser, als Faber, der komisch genug war, um Witz zu erzeugen und selber witzig genug, ihn zu verstehn. Friedrich nannte daher auch alle Gespräche zwischen Leontin und Faber egoistische Monologe, wo jeder nur sich selbst reden hört und beantwortet, anstatt daß er bei jeder Unterhaltung mit redlichem Eifer für die Sache selbst in den anderen überzeugend einzudringen suchte. Am sichtbarsten unter allen aber war Rosa verstimmt. Sie hatte sich ganz besondere, unerhörte Ereignisse und Wunderdinge von der Reise versprochen, und da diese nun nicht erscheinen wollten und auch der Schimmer der Neuheit von ihren Augen gefallen war, fing sie nach und nach an zu bemerken, daß es sich doch eigentlich für sie nicht schicke, so allein mit den Männern in der Welt herumzustreifen, und sie hatte keine Ruhe und keine Lust mehr an den ewigen, langweiligen Steinen und Bäumen.

So waren sie an einen freigrünen Platz auf dem Gipfel einer Anhöhe gekommen und beschlossen, hier den Mittag abzuwarten. Ringsum lagen niedrigere Berge mit Schwarzwald bedeckt, von der einen Seite aber hatte man eine weite Aussicht ins ebene Land, wo man die blauen Türme der Residenz an einem blitzenden Strome sich ausbreiten sah. Der mitgenommene Mundvorrat wurde nun abgepackt, ein Feldtischchen mitten in der Aue aufgepflanzt, und alle lagerten sich in einem Kreise auf dem Rasen herum und aßen und tranken. Rosa mochte launisch nichts genießen, sondern zog, zu Leontins großem Ärgernis, ihre Strickerei hervor, setzte sich allein seitwärts und arbeitete, bis sie am Ende darüber einschlief. Friedrich und Leontin nahmen daher ihre Flinten und gingen in den Wald, um Vögel zu schießen. Die lustigen bunten Sänger, die von einem Wipfel zum andern vor ihnen herflogen, lockten sie immer weiter zwischen den dunkelgrünen Hallen fort, so daß sie erst nach langer Zeit wieder auf dem Lagerplatze anlangten.

Hier kam ihnen Erwin mit auffallender Lebhaftigkeit und Freude entgegengesprungen und sagte, daß Rosa fort sei. Ein Wagen, er- zählte der Knabe, sei bald, nachdem sie fortgegangen waren, die Straße hergefahren. Eine schöne, junge Dame sah aus dem Wagen heraus, ließ sogleich stillhalten und kam auf die Gräfin Rosa zu, mit der sie sich dann lange sehr lebhaft und mit vielen Freuden besprach. Zuletzt bat sie dieselbe, mit ihr zu fahren. Rosa wollte anfangs nicht, aber die fremde Dame streichelte und küßte sie und schob sie endlich halb mit Gewalt in den Wagen. Die kleine Marie mußte auch mit einsitzen, und so hatten sie den Weg nach der Residenz eingeschlagen. – Friedrich kränkte bei dieser unerwarteten Nachricht die Leichtfertigkeit, mit der ihn Rosa so schnell verlassen konnte, in tiefster Seele. Als sie an den Feldtisch in der Mitte der

Aue kamen, fanden sie dort ein Papier, worauf mit Bleistift geschrieben stand: »Die Gräfin Romana.«

»Das dacht ich gleich«, rief Leontin, »das ist so ihre Weise.« – »Wer ist die Dame?« fragte Friedrich. – »Eine junge, reiche Witwe«, antwortete Leontin, »die nicht weiß, was sie mit ihrer Schönheit und ihrem Geiste anfangen soll, eine Freundin meiner Schwester, weil sie mit ihr spielen kann, wie sie will, eine tollgewordene Genialität, die in die Männlichkeit hineinpfuscht.« Hierbei wandte er sich ärgerlich zu seinen Jägern, die ihre Pferde schon wieder aufgezäumt hatten, und befahl ihnen, nach seinem Schlosse zurückzukehren, um die Reise freier und bequemer, bloß in Friedrichs und Erwins Begleitung weiter fortzusetzen.

Die Jäger brachen bald auf und die beiden Grafen blieben nun allein auf dem grünen Platze zurück, wo es so auf einmal still und leer geworden war. Da kam Erwin wieder gesprungen und sagte, daß man den Wagen soeben noch in der Ferne sehen könne. Sie blickten hinab und sahen, wie er in der glänzenden Ebene fortrollte, bis er zwischen den blühenden Hügeln und Gärten in dem Abendschimmer verschwand, der sich eben weit über die Täler legte. Von der andern Seite hörte man noch die Hörner der heimziehenden Jäger über die Berge. »Siehst du dort«, sagte Friedrich, »die dunklen Türme der Residenz? Sie stehen wie Leichensteine des versunkenen Tages. Anders sind die Menschen dort, unter welche Rosa nun kommt; treue Sitte, Frömmigkeit und Einfalt gilt nicht unter ihnen. Ich möchte sie lieber tot, als so wiedersehn. Ist mir doch, als stiege sie, wie eine Todesbraut, in ein flimmernd aufgeschmücktes, großes Grab, und wir wendeten uns treulos von ihr und ließen sie gehen.« – Leontin fuhr lustig über die Saiten der Gitarre und sang:

»Der Liebende steht träge auf,
Zieht ein Herrjemine-Gesicht

Und wünscht, er wäre tot.
Der Morgen tut sich prächtig auf,
So silbern geht der Ströme Lauf,
Die Vöglein schwingen hell sich auf:
›Bad, Menschlein, dich im Morgenrot,
Dein Sorgen ist ein Wicht!‹«

Darauf bestiegen sie beide ihre Pferde und ritten in das Gebirge hinein.

Nachdem sie so mehrere Tage herumgeirrt und die merkwürdigsten Orte des Gebirges in Augenschein genommen hatten, kamen sie eines Abends schon in der Dunkelheit in einem Dorfe an, wo sie im Wirtshause einkehrten. Dort aber war alles leer und nur von einer alten Frau, die allein in der Stube saß, erfuhren sie, daß der Pächter des Ortes heute einen Ball gebe, wobei auch seine Grundherrschaft sich befände, und daß daher alles aus dem Hause gelaufen sei, um dem Tanze zuzusehen.

Da es zum Schlafengehen noch zu zeitig und die Nacht sehr schön war, so entschlossen sich auch die beiden Grafen, noch einen Spaziergang zu machen. Sie strichen durchs Dorf und kamen bald darauf am andern Ende desselben an einen Garten, hinter welchem sich die Wohnung des Pächters befand, aus deren erleuchteten Fenstern die Tanzmusik zu ihnen herüberschallte. Leontin, den diese ganz unverhoffte Begebenheit in die lustigste Laune versetzt hatte, schwang sich sogleich über den Gartenzaun, und überredete auch Friedrich, ihm zu folgen. Der Garten war ganz still, sie gingen daher durch die verschiedenen Gänge bis an das Wohnhaus. Die Fenster des Zimmers, wo getanzt wurde, gingen auf den Garten hinaus, aber es war hoch oben im zweiten Stockwerke. Ein großer, dichtbelaubter Baum stand da am Hause und breitete seine Äste gerade vor den Fenstern aus. »Der Baum ist eine wahre Jakobsleiter«, sagte Leontin, und war im Augenblicke droben. Friedrich wollte durchaus nicht mit hinauf. »Das Belauschen«, sagte er, »besonders fröhlicher Menschen in ihrer Lust, hat immer etwas Schlechtes im Hinterhalte.« – »Wenn du Umstände machst«, rief Leontin von oben, »so fange ich hier so ein Geschrei an, daß alle zusammenlaufen und uns als Narren auffangen oder tüchtig durchprügeln.« Soeben knarrte auch wirklich die Haustür unten und Friedrich bestieg daher ebenfalls eilfertig den luftigen Sitz.

Oben aus der weiten, dichten Krone des Baumes konnten sie die ganze Gesellschaft übersehen. Es wurde eben ein Walzer getanzt, und ein Paar nach dem andern flog an dem Fenster vorüber. Junge, flüchtige Ökonomen, wie es schien, in knappen und eng zugespitzten Fracken fegten tapfer mit tüchtigen Mädchen, die vor Gesundheit und Freude über und über rot waren. Hin und wieder zogen fröhliche, dicke Gesichter, wie Vollmonde, durch diesen Sternenhimmel. Mitten in dem Gewimmel tanzte eine hagere Figur, wie ein Satyr, in den abenteuerlichsten, übertriebensten Wendungen und Kapriolen, als wollte er alles Affektierte, Lächerliche und Ekle jedes einzelnen der Gesellschaft in eine einzige Karikatur zusammendrängen. Bald darauf sah man ihn auch unter den Musikanten ebenso mit Leib und Seele die Geige streichen. »Das ist ein höchst seltsamer Gesell«, sagte Leontin, und verwendete kein Auge von ihm. »Es ist doch ein sonderbares Gefühl«, erwiderte Friedrich nach einer Weile, »so draußen aus der weiten, stillen Einsamkeit auf einmal in die bunte Lust der Menschen hineinzusehen, ohne ihren inneren Zusammenhang zu kennen; wie sie sich, gleich Marionetten, voreinander verneigen und beugen, lachen und die Lippen bewegen, ohne daß wir hören, was sie sprechen.« – »Oh, ich könnte mir«, sagte Leontin, »kein schauerlicheres und lächerlicheres Schauspiel zugleich wünschen, als eine Bande Musikanten, die recht eifrig und in den schwierigsten Passagen spielten, und einen Saal voll Tanzender dazu, ohne daß ich einen Laut von der Musik vernähme.« – »Und hast du dieses Schauspiel nicht im Grunde täglich?« entgegnete Friedrich. »Gestikulieren, quälen und mühen sich nicht überhaupt alle Menschen ab, die eigentümliche Grundmelodie äußerlich zu gestalten, die jedem in tiefster Seele mitgegeben ist, und die der eine mehr, der andere weniger und keiner ganz auszudrücken vermag, wie sie ihm vorschwebt? Wie weniges verstehen wir von den Taten, ja, selbst von den Worten eines Menschen!« – »Ja, wenn sie erst Musik im Leibe hätten!« fiel ihm Leontin lachend ins Wort. »Aber die meisten fingern wirklich ganz ernsthaft auf Hölzchen ohne Saiten, weil es einmal so hergebracht ist und das vorliegende Blatt heruntergespielt werden muß; aber das, was das ganze Hantieren eigentlich vorstellen soll, die Musik selbst und Bedeutung des Lebens, haben die närrisch gewordenen Musikanten darüber vergessen und verloren.«

In diesem Augenblicke kam ein neues Paar bei dem Fenster angeflogen, alles machte ehrerbietig Platz und sie erblickten ein wunderschönes Mädchen, das sich durch seinen Anstand vor allen den andern auszeichnete. Sie lehnte lächelnd die zarte, glühende Wange an die Fensterscheibe, um sie abzukühlen. Darauf öffnete sie gar das Fenster, teilte zierlich ihre Haare, durch die ein Rosenkranz geflochten war, nach beiden Seiten über die Stirn, und schaute, so wie in Gedanken versunken, lange in die Nacht hinaus. – Leontin und Friedrich waren ihr dabei so nahe, daß sie ihren Atem hören konnten; ihre stillen, großen Augen, in deren feuchtem Spiegel der Mond widerglänzte, standen gerade vor ihnen. »Wo ist das Fräulein?« rief auf einmal eine Stimme von innen, und das Mädchen wandte sich um und verlor sich unter den Menschen. – Leontin sagte: »Ich möchte den Baum schütteln, daß er bis in die Wurzeln vor Freude beben sollte, ich möchte hier ins offene Fenster hineinspringen und tanzen, bis die Sonne aufginge, ich möchte wie ein Vogel von dem Baume fliegen über Berge und Wälder!« – Zwei ältliche Herren unterbrachen diese Ausrufungen, indem sie sich zum Fenster hinauslehnten. Ihr Gespräch, so ruhig wie ihre Gesichter, ergoß sich wie ein einförmiger, aber klarer Strom über die neuesten politischen Zeitbegebenheiten, von denen sie bald auf ihre Landwirtschaft ablenkten, und aus den Blitzen, die man in der Ferne am wolkenlosen Himmel erblickte, ein günstiges Erntewetter prophezeieten.

Unterdes hatte die Musik aufgehört, das Zimmer oben wurde leerer. Man hörte unten die Tür auf- und zugehen, verschiedene Parteien gingen bei dem schönen Mondscheine im Garten auf und nieder, und auch die beiden alten Herren verschwanden von dem Fenster. Da kam ein junges Paar, ganz getrennt von den übrigen, langsam auf den Baum zugewandelt. »Gott steh uns bei«, sagte Leontin, »da kommen gewiß Sentimentale, denn sie wandeln so schwebend auf den Zehen, wie einer, der gern fliegen möchte und nicht kann.« Sie waren indes schon so nahe gekommen, daß man verstehen konnte, was sie sprachen. »Haben Sie«, fragte der junge Mann, »das neueste Werk von Lafontaine gelesen?« – »Ja«, antwortete das Mädchen, in einer ziemlich bäuerischen Mundart, »ich habe es gelesen, mein ädler Freund! und es hat mir Tränen entlockt, Tränen, wie sie jeder Fühlende gern weint. Ich bin so froh«, fuhr sie nach einer kleinen Pause fort, »daß wir aus dem Schwarm, von den lärmenden, unempfindlichen Menschen fort sind; die rauschenden Vergnügungen sind gar nicht meine Sache, es ist da gar nichts für das Herz.« Er: »Oh, daran erkenne ich ganz die schöne Seele! Aber Sie sollten sich der süßen Melancholie nicht so stark ergeben, die edlen Empfindungen greifen den Menschen zu sehr an.« – »Sie sieht aber doch«, flüsterte Friedrich, »blitzgesund aus und voll zum Aufspringen.« – »Das kommt eben von dem Angreifen«, meinte Leontin. – Er: »Ach, in wenigen Stunden scheidet uns das eiserne Schicksal wieder, und Berge und Täler liegen zwischen zwei gebrochenen Herzen.« Sie: »Ja, und in dem einen Tale ist der Weg immer so kotig und kaum zum Durchkommen.« Er: »Und an meinem neuen schönen Parutsch gerade auch ein Rad gebrochen. – Aber genießen wir doch die schöne Natur! An ihrem Busen werd ich so warm!« Sie: »O ja.« Er: »Es geht doch nichts über die Einsamkeit für ein sanftes, überfließendes Herz. Ach! die kalten Menschen verstehen mich gar nicht!« Sie: »Auch Sie sind der einzige, mein ädler Freund, der mich ganz versteht. Schon lange habe ich Sie im stillen bewundert, diesen – wie soll ich sagen? – diesen ädlen Charakter, diese schönen Sentimentre –« – »Sentiments wollen Sie sagen«, fiel er ihr ins Wort und rückte sich mit eitler Wichtigkeit zusammen.

»O jemine!« flüsterte Leontin wieder, »mir juckt der Edelmut schon in allen Fingern, ich dächte, wir prügelten ihn durch.«

Die beiden Sentimentalen hatten einander indes mit den Armen umschlungen und sahen lange stumm in den Mond. »Nun sitzt die Unterhaltung auf dem Sande«, sagte Leontin, »der Witz ist im abnehmenden Monde.« Aber zu seiner Verwunderung hub er von neuem an: »O heilige Melancholie! du sympathetische Harmonie gleichgestimmter Seelen! So rein, wie der Mond dort oben, ist unsere Liebe!« Währenddessen fing er an, heftig an dem Busenbande des Mädchens zu arbeiten, die sich nur wenig sträubte. »Nun«, sagte Leontin, »sind sie in ihre eigentliche Natur zurückgefallen, der Teufel hat die Poesie geholt.« – »Das ist ja ein verwetterter Schuft«, rief Friedrich, und fing oben auf seinem Baume an, ganz laut zu singen. Die Sentimentalen sahen sich eine Weile erschrocken nach allen Seiten um, dann nahmen sie in der größten Verwirrung Reißaus. Leontin schwang sich lachend, wie ein Wetterkeil, vom Baume hinter ihnen drein und verdoppelte ihren Schreck und ihre Flucht.

Unsere Reisenden waren nun wahrscheinlich verraten und mußten also auf einen klugen Rückzug bedacht sein. Sie zogen sich daher auf den leeren Gängen des Gartens an den Spaziergehenden vorüber und wurden so, vom Dunkel begünstigt, von allen entweder übersehen oder für Ballgäste gehalten.

Als sie, schon nahe am Ausgange, eben um die Ecke eines Ganges umbiegen wollten, stand auf einmal das schöne Fräulein, die mit einer Begleitung von der andern Seite kam, dicht vor ihnen. Der Mondschein fiel gerade sehr hell durch eine Öffnung der Bäume und beleuchtete die beiden schönen Männer. Das Fräulein blieb mit sichtbarer Verwirrung vor ihnen stehen. Sie grüßten sie ehrerbietig. Sie dankte verlegen mit einer tiefen, zierlichen Verbeugung, und eilte dann schnell wieder weiter. Aber sie bemerkten wohl, daß sie sich in einiger Entfernung noch einmal flüchtig nach ihnen umsah.

Sie kehrten nun wieder in ihr Wirtshaus zurück, wo sie bereits alles zu einer guten Nacht vorbereitet fanden. Leontin war unterwegs voller Gedanken und stiller, als gewöhnlich. Friedrich stellte sich eben noch an das offene Fenster, von dem man das stille Dorf und den gestirnten Himmel übersah, verrichtete sein Abendgebet und legte sich schlafen. Leontin aber nahm die Gitarre und schlenderte langsam durch das nächtliche Dorf Nach verschiedenen Umwegen kam er wieder an den Garten. Da war unterdes alles leer geworden und totenstill, in der Wohnung des Pächters alle Lichter verlöscht und die ganze laute, fröhliche Erscheinung versunken. Ein leichter Wind ging rauschend durch die Wipfel des einsamen Gartens, hin und wieder nur bellten Hunde aus entfernteren Dörfern über das stille Feld. Leontin setzte sich auf den Gartenzaun hinauf und sang:

»Der Tanz, der ist zerstoben,
Die Musik ist verhallt,
Nun kreisen Sterne droben,
Zum Reigen singt der Wald.

Sind alle fortgezogen,
Wie ist's nun leer und tot!

Du rufst vom Fensterbogen:
Wann kommt der Morgen rot!

Mein Herz möcht mir zerspringen,
Darum, so wein ich nicht,
Darum, so muß ich singen
Bis daß der Tag anbricht.

Eh es beginnt zu tagen:
Der Strom geht still und breit,
Die Nachtigallen schlagen,
Mein Herz wird mir so weit!

Du trägst so rote Rosen,
Du schaust so freudenreich,
Du kannst so fröhlich kosen,
Was stehst du still und bleich?

Und laß sie gehn und treiben
Und wieder nüchtern sein,
Ich will wohl bei dir bleiben!
Ich will dein Liebster sein.«

Das schöne Fräulein war in dem Hause des Pächters über Nacht
geblieben. Sie stand halbentkleidet an dem offenen Fenster, das
auf den Garten hinausging. »Wer mögen wohl die beiden Fremden
sein?« sagte sie gleichgültig scheinend zu ihrer Jungfer. – »Ich weiß
es nicht, aber ich möchte mich gleich fortschleichen und noch
heute im Wirtshause nachfragen.« – »Um Gottes willen, tu das
nicht«, sagte das Fräulein erschrocken, und hielt sie ängstlich am
Arme fest. – »Morgen ist es zu spät. Wenn die Sonne aufgeht, sind
sie gewiß längst wieder über alle Berge.« – »Ich will schlafen ge-

hen«, sagte das Fräulein, ganz in Gedanken versunken. »Gott weiß, wie es kommt, ich bin heute so müde und doch so munter.« – Sie ließ sich darauf entkleiden und legte sich nieder. Aber sie schlief nicht, denn das Fenster blieb offen und Leontins verführerische Töne stiegen die ganze Nacht wie auf goldenen Leitern in die Schlafkammer des Mädchens ein und aus.

Siebentes Kapitel

Stand ein Mädchen an dem Fenster,
Da es draußen Morgen war,
Kämmte sich die langen Haare,
Wusch sich ihre Äuglein klar.

Sangen Vöglein aller Arten,
Sonnenschein spielt' vor dem Haus,
Draußen übern schönen Garten
Flogen Wolken weit hinaus.

Und sie dehnt' sich in den Morgen
Als ob sie noch schläfrig sei,
Ach, sie war so voller Sorgen,
Flocht ihr Haar und sang dabei:

»Wie ein Vöglein hell und reine,
Ziehet draußen muntre Lieb,
Lockt hinaus zum Sonnenscheine,
Ach, wer da zu Hause blieb'!«

Die Morgensonne traf unsre Reisenden schon wieder draußen zu Pferde, und das Dorf, wo sie übernachtet, lag dampfend hinter ihnen. Leontin hatte bereits im Wirtshause erfahren, daß das schöne Fräulein die Tochter eines in der Nähe reich begüterten Edelmannes sei, welcher, wie er sich sehr wohl erinnerte, mit seinem Vater in ganz besonders freundschaftlichen Verhältnissen gestanden hatte. Es wurde daher beschlossen, bei ihm einzusprechen.

Gegen Abend erblickten sie das Schloß des Herrn v. A., das aus einem freundlichen Chaos von Gärten und hohen Bäumen friedlich hervorragte. Sie ritten langsam zwischen hohen Kornfeldern hin. Die Sonne, die sich eben zum Untergange neigte, warf ihre Strahlen schief über die Fläche und spielte lustig in den nickenden Ähren. Ein fröhliches Singen und Wirren verschiedener Stimmen lenkte bald die Augen der beiden Reiter von der ruhigen Landschaft vor ihnen ab, und sie erblickten seitwärts in einiger Entfernung vom Wege ein weites Feld, wo man soeben mit der Ernte begriffen war. Eine lange Reihe von Arbeitern wimmelte lustig durcheinander, der laute Ruf der Merker erschallte von Zeit zu Zeit dazwischen, und schwerbeladene Wagen zogen langsam und knarrend dem Dorfe zu. Im Hintergrunde dieses Gewimmels sah man eine bunte Gruppe von vornehmeren Personen gelagert, die den Arbeitern zusahen und unter denen Leontin sogleich das schöne Fräulein wiedererkannte. Mitten unter ihnen ragte eine höchst seltsame Figur hervor. Ein hagerer Mensch nämlich in einem langen, weißen Mantel saß auf einem hochbeinigten Schimmel, der den Kopf fast auf die Erde hängen ließ. Von dieser seiner Rosinante teilte die abenteuerliche Gestalt im Tone einer Predigt Befehle an die Bauern aus, worauf jedesmal ein lautes Gelächter erfolgte.

Leontin und Friedrich zweifelten nicht, daß jene Zuschauer die Herrschaft des Ortes seien, und da sie bemerkten, daß bereits alle Augen auf sie gerichtet waren, so übergaben sie ihre Pferde an Erwin und eilten, sich selber der Gesellschaft vorzustellen. Herr v. A. und seine Schwester, die sich seit dem Tode ihres Mannes beim

Bruder aufhielt, erinnerten sich sogleich der ehemaligen freundschaftlichen Verhältnisse zwischen den beiden Häusern, und drückten ihre Freude, Leontin und seinen Freund bei sich zu sehen, mit den aufrichtigsten Worten aus. Das Fräulein wurde bei ihrer Ankunft über und über rot und wagte nicht, die Augen aufzuschlagen, denn sie erkannte beide recht gut wieder. Neben ihr stand ein ziemlich junger, bleicher Mann, in dem sie sogleich dieselbe Gestalt wiedererkannten, die gestern mit so einer ironischen Wut getanzt und musiziert hatte. Seine auffallenden Gesichtszüge hatten sich tief in Leontins Gedächtnis gedrückt. Aber es war heut gar keine Spur von gestern an ihm, er schien ein ganz anderer Mensch. Er sah schlicht, still und traurig und war verlegen im Gespräche. Es war ein Theolog, der, zu arm, seine Studien zu vollenden, auf dem Schlosse des Herrn v. A. Unterhalt, Freunde und Heimat gefunden und dafür die Leitung des Schulwesens auf den sämtlichen Gütern übernommen hatte. Der Ritter von der traurigen Gestalt dagegen schaute von seinem Schimmel während des Empfanges und der ersten Unterhaltung so unheimlich und komisch darein, daß Leontin gar nicht von ihm wegsehen konnte. Jeder Bauer, den seine Arbeit an ihm vorüberführte, gesegnete die Gestalt mit einem tüchtigen Witze, wobei sich jener immer heftig verteidigte. Leontin erhielt sich nur noch mit vieler Mühe, sich nicht dareinzumischen, als die Tante endlich die Gesellschaft aufforderte, sich nach Hause zu begeben, und alles aufbrach. Die sonderbare Gestalt setzte sich nun voraus in Galopp. Er schlug dabei mit beiden Füßen unaufhörlich in die Rippen des Kleppers und sein weißer Mantel rauschte in seiner ganzen Länge in den Lüften hinter ihm drein. Die Bauern riefen ihm sämtlich ein freudiges Hurra nach. Herr v. A., der die Verwunderung der beiden Gäste bemerkte, sagte lachend: »Das ist ein armer Edelmann, der vom Stegreif lebt, ein irrender Ritter, der von Schloß zu Schloß zieht, und uns besonders oft heimsucht, ein Hofnarr für alle, die ihn ertragen können, halb närrisch und halb gescheut.«

Als sie durchs Dorf gingen, wurden sie von allen Seiten nicht nur mit dem Hute, sondern auch mit freundlichen Worten und Mienen begrüßt, welches immer ein gutmütiges und natürliches Verhältnis zwischen der Herrschaft und ihren Bauern verrät. Sie kamen endlich an das Schloß und übersahen auf einmal einen weiten, freundlichen und fröhlich wimmelnden Hof. Alles war geschäftig, nett und ordentlich und beurkundete eine tätige Hauswirtin. Friedrich äußerte diese Bemerkung, wodurch sich die Tante ungemein geschmeichelt zu finden schien. Sie konnte ihre Freude darüber so wenig verbergen, daß sie sogleich anfing, sich mit einer Art von Wohlbehagen über ihre häuslichen Einrichtungen und die Vergnügungen der Landwirtschaft auszubreiten. Das Schloß selbst war neu, sehr heiter, licht und angenehm, das Hausgerät in den gemütlichen Zimmern ohne besondere Wahl gemischt und sämtlich wie aus einer unlängst vergangenen Zeit.

Der Tisch in dem großen, geräumigen Tafelzimmer wurde gedeckt und man setzte sich bald fröhlich zum Abendessen. Die Unterhaltung blieb anfangs ziemlich stockend, steif und gezwungen, wie dies jederzeit in solchen Häusern der Fall ist, wo, aus Mangel an vielseitigen, allgemeinen Berührungen mit der Außenwelt, eine gewisse feste, ungelenke Gewohnheit des Lebens Wurzel geschlagen hat, die durch das plötzliche Eindringen wildfremder Erscheinungen, auf die ihr ewig gleichförmiger Gang nicht berechnet ist, immer eher verstimmt als umgestimmt wird. Herr v. A., ein langer, ernster Mann, in seiner Kleidung fast pedantisch, sprach wenig. Desto mehr führte seine Schwester das hohe Wort. Sie war eine lebhafte, regsame Frau, wie man zu sagen pflegt, in den besten Jahren, eigentlich aber gerade in den schlimmsten. Denn ihre Gestalt und unverkennbar schönen Gesichtszüge fingen soeben an, auf ein vergangenes Reich zu deuten. In dieser gefährlichen Sonnenwende steigt die Schönheit mürrisch, launisch und zankend von ihrem irdischen Throne, wo sie ein halbes Leben lang geherrscht, in die öde, freudenlose Zukunft, wie ins Grab. Wohl denen seltenen größeren Frauen, welche die Zeit nicht versäumten, sondern im ruhigen, gesammelten Gemüte sich eine andere Welt der Religion und Sanftmut erbauten! Sie verwechseln nur die Throne und werden ewig lieben und geliebt werden.

Das Gespräch fiel während der Tafel auch auf die Erziehung der Kinder, ein Kapitel, von dem fast alle Weiber am liebsten sprechen und am wenigsten verstehen. Die Tante, die nur auf eine Gelegenheit gepaßt hatte, ihren Geist vor den beiden Fremden glänzen zu lassen, verbreitete sich darüber in dem gewöhnlichen Tone von Aufklärung, Bildung, feinen Sitten usw. Zu ihrem Unglück aber fiel es dem irrenden Ritter, der unterdes ganz unten an der Tafel mit Leib und Seele gegessen hatte, ein, sich mit in das Gespräch zu mischen. Gerade, als sie sich in ihren Redensarten eben am wohlsten gefiel, fuhr er höchst komisch mit Wahrheiten darein, die aber alle so ungewöhnlich und abenteuerlich ausgedrückt waren, daß Friedrich und Leontin nicht wußten, ob sie mehr über die Schärfe seines Geistes oder über seine Verrücktheit erstaunen sollten. Besonders brach Leontin in ein schadenfrohes Gelächter aus. Die Tante, der es nicht an vielseitigen Talenten gebrach, um seine Verrücktheiten nicht ohne Salz zu finden, warf ihm unwillige Blicke zu, worauf sich jener in einem philosophischen Bombast von Unsinn verteidigte und endlich selber in ein albernes Lachen ausbrach. Sie hatte aber doch das Spiel verspielt; denn beide Gäste, besonders Leontin, spürten bereits eine gewisse Kameradschaft mit dem rätselhaften irrenden Ritter in sich.

Als endlich die Tafel aufgehoben wurde, mußte Fräulein Julie noch ihre Geschicklichkeit auf dem Klaviere zeigen, welches sie ziemlich fertig spielte. Währenddes hatte die Tante Friedrich beiseite genommen, und erzählte ihm, wie sehr sie bedaure, ihre

Nichte nicht frühzeitig in die Residenz in irgendein Erziehungshaus geschickt zu haben, wo allein junge Frauenzimmer das gewisse Etwas erlernten, welches zum geselligen Leben so unentbehrlich sei. »Ich bin der Meinung«, antwortete ihr Friedrich, »daß jungen Fräulein das Landleben gerade am besten fromme. In jenen berühmten Instituten wird durch Eitelkeit und heillose Nachahmungssucht die kindliche Eigentümlichkeit jedes Mädchens nur verallgemeinert und verdorben. Die arme Seele wird nach einem Modelle, das für alle passen soll, so lange dressiert und gemodelt, bis am Ende davon nichts übrigbleibt, als das leere Modell. Ich versichere, ich will alle Mädchen aus solchen Instituten sogleich an ihrer Wohlerzogenheit erkennen, und wenn ich sie anrede, weiß ich schon im voraus, was sie mir antworten werden, was für ein Schlag von Witz oder Spaß erfolgen muß, was sie für kleine Lieblingslaunen haben usw.« Die Tante lachte, ohne jedoch eigentlich zu wissen, was Friedrich mit alledem meine.

Unterdes hatte das Fräulein ein Volkslied angefangen. Die Tante unterbrach sie schnell und ermahnte sie, doch lieber etwas Vernünftiges und Sanftes zu singen. Leontin aber, den dabei seine Laune überwältigte, setzte sich statt des Fräuleins hin und sang sogleich aus dem Stegreif ein zärtliches Lied so übertrieben und süßlich, daß Friedrich fast übel wurde. Fräulein Julie sah ihn groß an und war dann während seines ganzen Gesanges in tiefe Gedanken versunken. – Erst spät begab man sich zur Ruhe.

Das Schlafzimmer der beiden Gäste war sehr nett und sauber zubereitet, die Fenster gingen auf den Garten hinaus. Eine geheimnisvolle Aussicht eröffnete sich dort über den Garten weg in ein weites Tal, das in stiller, nächtlicher Runde vor ihnen lag. In einiger Ferne schien ein Strom zu gehen, Nachtigallen schlugen überall aus den Tälern herauf. »Das muß hier eine schöne Gegend sein«, sagte Leontin, indem er sich zum Fenster hinauslehnte. »Sie kommt mir vor, wie die Menschen hier im Hause«, entgegnete Friedrich.

»Wenn ich in einen solchen abgeschlossenen Kreis von fremden Menschen hineintrete, ist es mir immer, als sähe ich von einem Berge in ein unbekanntes, weites, nächtliches Land. Da gehen stille breite Ströme, und tausend verborgene Wunder liegen seltsam zerstreut, und die fröhliche Seele dichtet bunte, lichte, glückliche Tage in die verworrene Dämmerung hinein. Ich habe oft gewünscht, daß ich die meisten Menschen niemals zum zweiten Male wiedersehen und näher kennenlernen dürfte, oder daß ich immer aufgeschrieben hätte, wie mir jeder zum ersten Male vorkam.« – »Wahrhaftig«, fiel ihm Leontin lachend ins Wort, »sprichst du doch, als wärst du von neuem verliebt. Aber du hast ganz recht, mir ist ebenso zumute, und es ist nur schade um ein redliches Herz, das durch eine immerwährende Täuschung so entherzt wird. Denn wenn in jene schöne, ungewisse Nacht der ersten Bekanntschaft nach und nach der Tag anfängt herüberzuschielen und die nüchternen Hähne krähen, da schleicht ein wunderbarer Geist nach dem andern abseits; was in der Nacht wie ein dunkler Riese da stand, wird ein krummer Baum, das Tal, das aussah wie eine umgeworfene, uralte römische Stadt, wird ein gemeines Ackerfeld, und das ganze Märchen nimmt ein schales Ende. Ich könnte so fromm sein, wie ein Lämmchen und niemals eine Anwandlung von Witz verspüren, wenn nicht alles so dumm ginge.« – Friedrich sagte darauf: »Nimm dich in acht mit deinem Übermute! Es ist leicht und angenehm, zu verspotten, aber mitten in der Täuschung den großen, herrlichen Glauben an das Bessere festzuhalten, und die andern mit feurigen Armen emporzuheben, das gab Gott nur seinen liebsten Söhnen.« – »Ich sage dir in vollem Ernst«, erwiderte Leontin ungemein liebenswürdig, »du wirst mich noch einmal ganz bekehren, du seltsamer Mensch. Gott weiß es wohl, mir fehlt noch viel, daß ich gut wäre.« –

Am Morgen strahlte die Gegend in einem zauberischen Glanze in ihre Fenster herauf. Sie eilten in den Garten hinab, wo sie nicht wenig über die Schönheit der Landschaft erstaunten. Der Garten selbst stand auf einer Reihe von Hügeln, wie eine frische Blumenkrone über der grünen Gegend. Von jedem Punkte desselben hatte man die erheiternde Aussicht in das Land, das wie in einem Panorama ringsherum ausgebreitet lag. Nirgends bemerkte man weder eine französische noch englische durchgreifende Regel, aber das Ganze war ungemein erquicklich, als hätte die Natur aus fröhlichem Übermute sich selber aufschmücken wollen.

Herr v. A. und seine Schwester, letztere, wie wir später sehen werden, wohl nicht ohne besondere Absicht, baten ihre Gäste recht herzlich und dringend, längere Zeit bei ihnen zu verweilen, und beide willigten gern in den angenehmen Aufenthalt. Doch erst, als die allmähliche Gewohnheit des Zusammenlebens ihnen das Bürgerrecht des Hauses erteilt hatte, empfanden sie die Wohltat des stillen, gleichförmigen, häuslichen Lebens und labten sich an diesem immer neu erfreulichen Schauspiele, das über gutgeartete Gemüter eine Ruhe und einen gewissen festen Frieden verbreitet, den viele ein Leben lang in der bunten Weltlust oder in der Wissenschaft selber vergebens suchen.

Wenn die Sonne über den Gärten, Bergen und Tälern auf ging, flog auch schon alles aus dem Schlosse nach allen Seiten aus. Herr v. A. fuhr auf die Felder, seine Schwester und das Fräulein hatten im Hofe zu tun und wurden gewöhnlich erst gegen Mittag in reinlichen, weißen Kleidern sichtbar. Friedrich und Leontin wohnten eigentlich den ganzen Vormittag draußen in dem schönen Garten. Auf Friedrich hatte das stille Leben den wohltätigsten Einfluß. Seine Seele befand sich in einer kräftigen Ruhe, in welcher allein sie imstande ist, gleich dem unbewegten Spiegel eines Sees, den Himmel in sich aufzunehmen. Das Rauschen des Waldes, der Vogelsang rings um ihn her, diese seit seiner Kindheit entbehrte grüne Abgeschiedenheit, alles rief in seiner Brust jenes ewige Gefühl wieder hervor, das uns wie in den Mittelpunkt alles Lebens versenkt, wo alle die Farbenstrahlen, gleich Radien, ausgehn und sich an der wechselnden Oberfläche zu dem schmerzlich-schönen Spiele der Erscheinung gestalten. Alles Durchlebte und Vergangene geht noch einmal ernster und würdiger an uns vorüber, eine überschwengliche Zukunft legt sich, wie ein Morgenrot, blühend über die Bilder und so entsteht aus Ahnung und Erinnerung eine neue Welt in uns und wir erkennen wohl alle die Gegenden und Gestalten wieder, aber sie sind größer, schöner und gewaltiger und wandeln in einem anderen, wunderbaren Lichte. Und so dichtete hier Friedrich unzählige Lieder und wunderbare Geschichten aus tiefster Herzenslust, und es waren fast die glücklichsten Stunden seines Lebens.

Oft besuchte ihn dort Herr v. A. in seiner Werkstatt, doch immer nur auf kurze Zeit, um ihn nicht zu stören; denn er schien eine heilige Scheu vor allem zu haben, womit es einem Menschen Ernst war, obschon er, wie Friedrich aus mehreren Äußerungen bemerkt hatte, insbesondere von der Dichtkunst gar nichts hielt. Er war einer von jenen, die, durch einseitige Erziehung und eine Reihe schmerzlicher Erfahrungen ermüdet, den lebendigen Glauben an Poesie, Liebe, Heldenmut und alles Große und Ungewöhnliche im Leben aufgegeben haben, weil es sich so ungefüge gebärdet und nirgends mehr in die Zeit hineinpassen will. Zu überdrüssig, um sich diese Rätsel zu lösen, und doch zu großmütig, um sich in das wichtigtuende Nichts der andern einzulassen, ziehen sich solche Menschen nach und nach kalt in sich selbst zurück und erklären zuletzt alles für eitel und Affektation. Daher liebte er die beiden Gäste, welche seine meist sehr genialen Bemerkungen, mit denen er das Erbärmliche aller Affektation auf die höchste Spitze des Lächerlichen zu stellen pflegte, immer sogleich verstanden und würdigten. Überhaupt waren ihm diese beiden eine ganz neue Erscheinung, die ihn oft in seiner Apathie irremachte, und er gewann während ihres Aufenthaltes auf dem Schlosse eine ungewöhnliche

Heiterkeit und Lust an sich selber. Übrigens war er bis zur Sonderbarkeit einfach, redlich und gutmütig, und Friedrich liebte ihn unaussprechlich.

Fräulein Julie fuhr fort, ihre Tante in den häuslichen Geschäften mit der strengsten Ordnung zu unterstützen. Sonst war sie still und wußte sich ebensowenig wie ihr Vater in die gewöhnliche Unterhaltung zu finden, worüber sie oft von der Tante Vorwürfe anhören mußte. Doch verbreitete die beständige Heiterkeit und Klarheit ihres Gemütes einen unwiderstehlichen Frühling über ihr ganzes Wesen. Leontin, den ihre Schönheit vom ersten Augenblicke an heftig ergriffen hatte, beschäftigte sich viel mit ihr, sang ihr seine phantastischen Lieder vor, oder zeichnete ihr Landschaften voll abenteuerlicher Karikaturen und Bäumen und Felsen, die immer aussehen, wie Träume. Aber er fand, daß sie gewöhnlich nicht wußte, was sie mit alledem anfangen sollte, daß sie gerade bei Dingen, die ihn besonders erfaßten, fast kalt blieb. Er begriff nicht, daß das heiligste Wesen des weiblichen Gemütes in der Sitte und dem Anstande bestehe, daß ihm in der Kunst, wie im Leben, alles Zügellose ewig fremd bliebe. Er wurde daher gewöhnlich ungeduldig und brach dann in seiner seltsamen Art in Witze und Wortspiele aus. Da aber das Fräulein wieder viel zu unbelesen war, um diese Sprünge seines Geistes zu verfolgen und zu verstehen, so führte er, statt zu belehren, einen immerwährenden Krieg in die Luft mit einem Mädchen, dessen Seele war wie das Himmelblau, in dem jeder fremde Schall verfliegt, das aber in ungestörter Ruhe aus sich selber den reichen Frühling ausbrütet.

Desto besser schien das Fräulein mit Friedrich zu stehen. Diesem erzählte sie zutraulich mit einer wohltuenden Bestimmtheit und Umsicht von ihrem Hauswesen, ihrer beschränkten Lebensweise, zeigte ihm ihre bisherige Lektüre aus der Bibliothek ihres Vaters, die meistenteils aus fabelhaften Reisebeschreibungen und alten Romanen aus dem Englischen bestand, und tat dabei unbewußt mit einzelnen, abgerissenen, ihr ganz eignen Worten, oft Äußerungen, die eine solche Tiefe und Fülle des Gemütes aufdeckten, und so seltsam weit über den beschränkten Kreis ihres Lebens hinausreichten, daß Friedrich oft erstaunt vor ihr stand und durch ihre großen, blauen Augen in ein Wunderreich hinunterzublicken glaubte. Leontin sah sie oft stundenlang so zusammen im Garten gehen und war dann gewöhnlich den ganzen Tag über ausgelassen, welches bei ihm immer ein schlimmes Zeichen war.

Der schöne Knabe Erwin, der mit einer unbeschreiblichen Treue an Friedrich hing, behielt indes auch hier seine Sonderbarkeiten bei. Er hatte ebenfalls seinen Wohnplatz in dem Garten aufgeschlagen und war noch immer nicht dahin zu bringen eine Nacht im Hause zu schlafen. Leontin hatte für ihn eine eigne phantastische Tracht ausgesonnen, so viel auch die Tante, die es sehr ungereimt fand, dagegen hatte. Eine Art von spanischem Wams nämlich, himmelblau mit goldenen Kettchen, umschloß den schlanken Körper des Knaben. Den weißen Hals trug er bloß, ein zierlicher Kragen umgab den schönen Kopf, der mit seinen dunklen Locken und schwarzen Augen wie eine Blume über dem bunten Schmucke ruhte. Da Friedrich hier weniger zerstreut war, als sonst, so widmete er auch dem Knaben eine besondere Aufmerksamkeit. Er entdeckte in wenigen Gesprächen bald an Schärfe und Tiefe eine auffallende Ähnlichkeit seines Gemütes mit Julien. Nur mangelte bei Erwin das ruhige Gleichgewicht der Kräfte, die alles beleuchtende Klarheit ganz und gar. Im verborgensten Grunde der Seele schien vielmehr eine geheimnisvolle Leidenschaftlichkeit zu ruhen, die alles verwirrte und am Ende zu zerstören drohte. Mit Erstaunen bemerkte Friedrich zugleich, daß es dem Knaben durchaus an allem Unterrichte in der Religion gebreche. Er suchte daher seine frühesten Lebensumstände zu erforschen, aber der Knabe beharrte mit unbegreiflicher Hartnäckigkeit, ja mit einer Art von Todesangst auf seinem Stillschweigen über diesen Punkt. Friedrich ließ es sich nun ernstlich angelegen sein, ihn im Christentume zu unterrichten. Alle Morgen, wenn die Natur in ihrer Pracht vor ihnen ausgebreitet lag, saß er mit ihm im Garten, und machte ihn mit dem großen wunderreichen Lebenswandel des Erlösers bekannt und fand, ganz dem Gange der Zeit zuwider, das Gemüt des Knaben weit empfänglicher für das Verständnis des Wunderbaren als des Alltäglichen und Gewöhnlichen. Seit dieser Zeit schien Erwin innerlich stiller, ruhiger und selbst geselliger zu werden.

In Juliens Wesen war indes, seit die Fremden hier angekommen waren, eine unverkennbare Veränderung vorgegangen. Sie schien seitdem gewachsen und sichtbar schöner geworden zu sein. Auch fing sie an, sich mehrere Stunden des Tages auf ihrem Zimmer zu beschäftigen. Aus diesem Zimmer ging eine Glastür auf den Garten hinaus; vor derselben standen auf einem Balkon eine Menge hoher, ausländischer Blumen; mitten in diesem Wunderreiche von Duft und Glanz saß ein bunter Papagei hinter goldenen Stäben. Hier befand sich Julie, wenn alles ausgegangen war, und las oder schrieb, während Erwin, draußen vor dem Balkon sitzend, auf der Gitarre spielte und sang. So fand sie Friedrich einmal, als er sie zu einem Spaziergange abholte, eben über einem Gemälde begriffen. Es war, wie er mit dem ersten Blicke flüchtig unterscheiden konnte, ein halbvollendetes Portrait eines jungen Mannes. Sie verdeckte es schnell, als er hereintrat, und sah ihn mit einem durchdringenden, rätselhaften Blicke an. – Sollte sie lieben? dachte Friedrich und wußte nicht, was er davon halten sollte.

Achtes Kapitel

Es war festgesetzt worden, daß die ganze Familie eine kleine Reise auf ein Jagdgut des Herrn v. A. unternehmen sollte, das einige Meilen von dem Schlosse entfernt war. Am Morgen des bestimmten

Tages wachte Friedrich sehr zeitig auf. Er stellte sich ans Fenster. Der Hof und die ganze Gegend lag noch ruhig, am fernen Horizonte fing bereits an der Tag zu grauen. Nur zwei Jäger waren auch schon munter und putzten unten im Hofe die Gewehre. Sie bemerkten den Grafen nicht und schwatzten und lachten miteinander. Friedrich hörte dabei mit Verwunderung mehrere Male Fräulein Julie nennen. Der eine Jäger, ein schöner junger Bursch, sang darauf mit heller Stimme ein altes Lied, wovon Friedrich immer nur die letzten Verse, womit sich jede Strophe schloß, verstand:

»Das Fräulein ist ein schönes Kind,
Sie hat so muntre Augen,
Die Augen so verliebet sind,
Zu sonst sie gar nichts taugen.«

Friedrich erschrak, denn er zweifelte nicht, daß das Lied Julien gelten sollte. Er überdachte das Benehmen des Fräuleins in der letzten Zeit, das Verstecken des Bildes und verschiedene hingeworfene Reden, und konnte sich selbst der Meinung nicht erwehren, daß sie verliebt sei; aber wen sie meine, blieb ihm noch immer dunkel.

Unterdes hatte sich der Tag immer mehr und mehr erhoben, hin und wieder im Schlosse gingen schon Türen auf und zu, bis es endlich nach und nach lebendig wurde. Wer es weiß, was es heißt, ein so schwerfälliges Haus flottzumachen, der wird sich von dem Rumpelmorgen einen Begriff machen können, der nun begann. Wie auf einem Schiffe, das sich zu einer nahen Schlacht bereitet, verbreitete sich langsam wachsend ein dunkles Getöse von Eile und Geschäftigkeit durchs ganze Schloß, Betten, Koffer und Schachteln flogen aus einer Ecke in die andere, nur noch selten hörte man die Kommandotrompete der Tante dazwischentönen.

Für Leontin waren diese feierlichen Vorbereitungen, die Wichtigkeit, mit der jeder sein Geschäft betrieb, ein wahres Fest. Unermüdlich befand er sich überall mitten im Gewühle und suchte unter dem Scheine der Hülfleistung die Verwirrung immer größer zu machen, bis er endlich durch seine zweideutigen Mienen den Zorn der gesamten Frauenzimmer dergestalt gegen sich empört hatte, daß er es für das rätlichste hielt, Reißaus zu nehmen.

Er setzte sich daher mit Friedrich und Viktor, so hieß der Theolog, zu Pferde und sie ritten auf das Gut hinaus. Viktor, der nun mit den beiden schon vertrauter und gesprächiger geworden war, schien alle Trübnis dahintengelassen zu haben, als sie über die Berge ritten. Er war auf einmal ausgelassen lustig, und sie konnten nicht umhin, über den sonderbar wechselnden Menschen zu erstaunen, der besonders ganz nach Leontins Geschmack war. Unterwegs sahen sie den seltsamen, irrenden Ritter, der schon lange wieder das Schloß verlassen hatte, in der Ferne auf seinem Gaule über ein Ackerfeld hinwegstolpern. Viktor brachte dieser Anblick ganz außer sich vor Freude. Er rief ihm sogleich mit geschwenktem Hute zu. Da aber jener, statt stillzuhalten, seinen Gaul vielmehr in Trab setzte, um ihnen zu entkommen, so drückte er sogleich die Sporen ein und machte Jagd auf ihn. Er hatte ihn bald eingeholt und brachte ihn unter einem heftigen und lauten Wortwechsel mit sich zurück. Um diese Eroberung vermehrt, zogen sie nun fröhlich weiter und erblickten nach einigen Stunden endlich das Gut des Herrn v. A., als sie auf einer Anhöhe plötzlich aus dem Walde herauskamen. Das kleine Schloß mit seinem netten Hofe lag mitten in einem einsamen Tale, ringsumher von Tannenwäldern umschlossen. Leontin, den diese tiefe Einsamkeit überraschte, blieb in Gedanken stehen und sagte: »Wie fürchterlich schön, hier mit einem geliebten Weibe ein ganzes Leben lang zu wohnen! Ich möchte mich um alle Welt nicht verlieben.«

Als sie unten in das Tal hinabzogen, bog auch schon auf der Höhe der Wagen des Herrn v. A. mit seinen vier Rappen um die Waldesecke herum, und der Kutscher knallte lustig mit der Peitsche, daß es weit in die Wälder hineinschallte. Das Fräulein lehnte sich zum Wagen hinaus. »Da reitet er!« rief sie auf einmal hastig. – Zum Glücke rollte der Wagen zu schnell hinab, und die Tante hatte es nicht gehört.

Am folgenden Morgen, da die Gesellschaft zur Jagd aufbrach, war Leontin schon lange draußen im Walde. Er hatte sich von den Jägern im allgemeinen die Gegend bezeichnen lassen, wo die Jagd gehalten werden sollte, und war noch vor Tagesanbruch allein herausgeritten. Denn ihm waren alle die weitläufigen und schulgerechten Zurüstungen, die einer solchen allgemeinen Jagd immer vorherzugehen pflegen, in den Tod verhaßt. Er durchstrich daher an dem frischen Morgen allein die einsame Heide, wo ihn oft plötzlich durch eine Lichtung des Waldes die herrlichsten Aussichten überraschten und stundenlang festbannten. So folgte er dem lustigen Jagdgewirre immer von weitem nach. Und wie unter ihm die Wälder rauchten, hin und wieder Schüsse fielen, und zwischen dem Gebell der Hunde die Hörner von Zeit zu Zeit ertönten, da dichtete seine frische Seele unaufhörlich seltsame Lieder, die er sogleich sang, ohne jemals ein einziges aufzuzeichnen. Denn was er aufschrieb, daran verlor er sogleich die freie, unbestimmte Lust. Es war, als bräche das Wort unter seiner Hand die luftigen Schwingen. Er beherrschte nicht, wie der besonnene Dichter, das gewaltige Element der Poesie, der Glückliche wurde von ihr beherrscht.

Unterdes war die Sonne schon hoch über die Wipfel des Waldes gestiegen, nur noch hin und her gaben die Hunde einzelne Laute, kein Schuß fiel mehr und der Wald wurde auf einmal wieder still. Die Jäger durchstrichen das Revier und riefen mit ihren Hifthörnern die zerstreuten Schützen von allen Seiten zusammen. So hatte sich nach und nach die Gesellschaft, außer Leontin zusammengefunden und auf einer großen, schönen Wiese gelagert, die kühl und luftig zwischen den Waldbergen sich hinstreckte. Mehrere benachbarte Edelleute waren schon frühmorgens mit ihren Söhnen und Töchtern im Walde zur Jagd gestoßen und vermehrten nun den Trupp ansehnlich. Die Mädchen saßen, wie Blumen in einen Teppich gewirkt, mit ihren bunten Tüchern lustig im Grünen, reinlich gedeckte Tische mit Eßwaren und Wein standen schimmernd unter den kühlen Schatten, die Tante ging, alles fleißig und mit gutem Sinne ordnend, umher. Julie hatte, während Friedrichs und Leontins Aufenthalte auf dem Schlosse, den benachbarten Fräulein schon manches von den beiden Fremden geschrieben, vielerlei seltsame Dinge hatte der Ruf, der auf dem Lande alles Fremde um desto hungriger ergreift, je seltener es ihm kommt, zu ihnen getragen. Friedrich hatten sie nun kennengelernt, aber seine ruhige, einfache Sitte befriedigte die jungen, neugierigen Seelen keineswegs. Und doch hatte ihnen Julie immer nur von ihm mit so vieler Wärme und Ausführlichkeit geschrieben, Leontin aber bloß mit einigen flüchtigen Worten berührt, aus denen sie niemals recht klug werden konnten. – Auf einmal trat auch dieser gegenüber auf der Höhe aus dem Walde, und alle die jungen, schönen Augen flogen der hohen, schlanken Gestalt zu. Er konnte sich nicht enthalten, als er unter sich das bunte Lustlager erblickte, seinen Hut überm Kopfe zu schwenken. Man erwiderte von unten seine Begrüßung, wobei sich insbesondere Viktor wieder auszeichnete. Er warf seinen Hut mit fröhlicher Wut hoch in die Luft, ergriff schnell seine Büchse und schoß ihn so im Fluge, zu nicht geringem Schrecken der sämtlichen Frauenzimmer, wieder herab.

Leontin war indes hinabgestiegen, und alles rückte sich nun um die reichbedeckten Tische zusammen. Die Jäger lagen, ihre Weinflaschen in der Hand, hin und her zerstreut, ihre Hunde lechzend neben ihnen auf den Boden hingestreckt. Der freie Himmel machte alle Herzen weit, der Wein blickte golden aus den hellge-schliffenen Gläsern, wie die Lust aus den glänzenden Augen, und ein fröhliches Durcheinandersprechen erfüllte bald die Luft. Unter den fremden Fräulein befand sich auch eine Braut, ein hübsches, junges, sehr munteres Mädchen. Ihr Bräutigam war ein schöner, schlanker Landjunker mit einem bedeutenden Gesicht voll Leben, um das es jammerschade war, daß es durch einige rohe Züge ent-stellt wurde. Er mußte sich auf das tumultuarische Andringen sämtlicher Alten feierlich neben seine Braut setzen, welches er auch ohne weiteres tat. »Könnte ich es nur ein einziges Mal in meinem Leben so weit bringen«, sagte Leontin zu Friedrich, »so einen stattlichen, engelrechten Bräutigam vorzustellen! So eine öf-fentliche Brautschaft ist wie ein Wirtshaus mit einem abgeschabten Cupido am Aushängeschilde, wo jedermann aus und ein gehen und sein bißchen Witz blicken lassen darf.«

Wehe der Braut, die unter lustige Trinker gerät! So wurde auch hier nach rechter deutscher Weise dem Brautpaare bald von allen Seiten mit kernigen Anhängen zugetrunken, wofür sich die junge Braut immer zierlich und errötend bedankte, indem sie jedesmal ebenfalls das Glas an den Mund setzte. Auch Leontin, der sich an dem allgemeinen Getümmel von guten und schlechten Einfällen ergötzte, und dem die feinen Lippen der Braut rosiger vorkamen, wenn sie sie in den goldenen Rand des Weines tauchte, setzte ihr tapfer zu und trank mehr als gewöhnlich.

Die alten Herren hatten sich indes in einen weitläufigen Diskurs über die Begebenheiten und Heldentaten der heutigen Jagd ver-wickelt und konnten nicht aufhören, zu erzählen, wie jener Hase so herrlich zum Schuß gekommen, wie jener Hund angeschlagen, der andre die Jagd dreimal gewendet usw. Leontin, der auch mit in das Gespräch hineingezogen wurde, sagte: »Ich liebe an der Jagd nur den frischen Morgen, den Wald, die lustigen Hörner und das gefährliche, freie, soldatische Leben.« – Alle nahmen sogleich Partei gegen diesen ketzerischen Satz und überschrieen ihn heftig mit einem verworrenen Schwall von Widersprüchen. »Die eigentlichen Jäger vom Handwerk«, fuhr Leontin lustig fort, »sind die eigentlichen Pfuscher in der edlen Jägerei, Narren des Waldes, Pedanten, die den Waldgeist nicht verstehen; man sollte sie gar nicht zulassen, uns andern gehört das schöne Waldrevier!« Diese offenbare Kriegserklärung brachte nun vollends alles in Harnisch. Von allen Seiten fiel man laut über ihn her. Leontin, den der viele Wein und die allgemeine Fehde erst recht in seine Lustigkeit hineinversetzt hatte, wußte sich nicht mehr anders zu retten: er ergriff die Gitarre, die Julie mitgebracht, sprang auf seinen Stuhl hinauf und übersang die Kämpfenden mit folgendem Liede:

»Was wollt ihr in dem Walde haben,
Mag sich die arme Menschenbrust
Am Waldesgruße nicht erlaben,
Am Morgenrot und grüner Lust?

Was tragt ihr Hörner an der Seite,
Wenn ihr des Hornes Sinn vergaßt,
Wenn's euch nicht selbst lockt in die Weite,
Wie ihr vom Berg frühmorgens blast?

Ihr werdet doch nicht die Lust erjagen,
Ihr mögt durch alle Wälder gehn;
Nur müde Füß und leere Magen –
Mir möcht die Jägerei vergehn!

O nehmet doch die Schneiderelle,
Guckt in der Küche in den Topf!
Sonntags dann auf des Hauses Schwelle
Krau euch die Ehfrau auf dem Kopf!

Die Tierlein selber: Hirsch und Rehen,
Was lustig haust im grünen Haus,
Sie fliehn auf ihre freien Höhen,
Und lachen arme Wichte aus.

Doch, kommt ein Jäger, wohlgeboren,
Das Horn irrt, er blitzt rosenrot,
Da ist das Hirschlein wohl verloren,
Stellt selber sich zum lust'gen Tod.

Vor allen aber die Verliebten,
Die lad ich ein zur Jägerlust,
Nur nicht die weinerlich Betrübten –
Die recht von frisch' und starker Brust.

Mein Schatz ist Königin im Walde,
Ich stoß ins Horn, ins Jägerhorn!
Sie hört mich fern und naht wohl balde,
Und was ich blas, ist nicht verlorn.

Ich glaube, ich blase gar schon aus des Knaben Wunderhorn«, unterbrach er sich hier selber, und sprang schnell von seinem Stuhle. Die ganze Gesellschaft war durch das lustige Lied wieder mit ihm ausgesöhnt, der Streit war vergessen, und von allen Seiten wurde auf die Gesundheit des Sängers getrunken.

Unterdes zog der seltsame Viktor, der sich während Leontins Gesang fortgeschlichen hatte, weil er kein Lied vertragen konnte, wo er nicht selbst mitsingen durfte, aller Augen auf ein neues Schauspiel. Er warf nämlich im Hintergrunde, um nicht bemerkt zu werden, zu seiner eigenen Herzenslust, die leeren Weinfäßchen in die Luft, während die Jäger alle nach denselben schießen mußten, welches nicht ohne das größte Geschrei ablief. Die Tante, welche keinen Rausch an Männern ertragen konnte, befürchtete eine allgemeine Anarchie und lud die Gesellschaft, um die erhitzten Gemüter zu zerstreuen, noch auf einige Stunden zu sich auf das Jagdschloß. Alles brach daher auf und bestieg den Wagen. Friedrich, Leontin und Viktor ritten wieder dem langen Zuge voran, den Ritter von der traurigen Gestalt in ihrer Mitte, dessen baufälliges Pferd die Jäger mit einem Baldachin von grünen Zweigen und jungen Bäumchen besteckt hatten, so daß er, gleich Münchhausen, wie unter einer Laube ritt.

Als sie auf dem Schlosse angekommen waren, wurden geschwind noch einige Musikanten, so gut sie hier zu bekommen waren, zusammengebracht, und man tanzte bis zur einbrechenden Nacht. Für Friedrich und Leontin, die, frühzeitig in die Welt hinausgestoßen, gewohnt waren, das Leben immer nur in großen, vollendeten Massen, gleichsam wie im Fluge, zu berühren, gewährte dieser kleine Kreis, wo fast alle, miteinander verwandt, nur eine Familie bildeten, eine neue Erscheinung. Die erquickliche Art, wie die jungen Landfräulein immer mit Mund, Händen und den muntern Augen zugleich erzählten, ihre kleinen Manieren und unschuldige Koketterie, die Sorgfalt, mit welcher die Mütter nach jedem Tanze herumgingen und ihren artigen Kätzchen die Haare aus der heißen Stirne strichen und sie ermahnten, nicht kalt zu trinken, das lächelnde Wohlbehagen, mit dem eine jede alle Mienen Leontins und Friedrichs verfolgte, wenn sie sich mit ihren Töchtern gut zu unterhalten schienen, alles dies machte auf die beiden Fremden den sonderbarsten Eindruck, und sie hätten mit ihrem neuen und ungewöhnlichen Wesen heut viele Herzen erobern können, wenn der eine nicht zu großmütig, der andre nicht zu wild gewesen wäre.

Leontin walzte mit der niedlichen Braut. Sie tanzte außerordentlich leicht und schön, und wie er so den schlanken, vollen Leib im Arme hatte, sah sie so unbeschreiblich frisch und reizend aus, daß er sich nicht enthalten konnte, das schöne Kind einige Male an sich zu drücken. Sie blickte heimlich lächelnd mit listig fragenden Augen zu ihm hinauf. Sie konnten endlich beide vor Müdigkeit nicht mehr weiter fort und er tanzte daher mit ihr bis in die nächste Fensternische, wo sie zusammen auf die Stühle sanken.

Nach einiger Zeit sah er sie an einem andern Fenster neben Fräulein Julie in ruhigem Gespräche sitzen. Er lehnte sich hinter ihnen an die Wand, ohne von ihnen bemerkt zu werden. Sie erzählte Julie, wann ihre Hochzeit sein werde, wieviel feine Wäsche sie mitbekomme, wie sie ihren kleinen Garten einrichten wollten usw. »Dort in dem Schlößchen unten«, fuhr sie fort, »werden wir wohnen.« Leontin warf einen Blick durch das offene Fenster und sah das Dach des Schlößchens, soeben vom Abendrot beleuchtet, unbeschreiblich einsam und verlassen aus den Wäldern hervorragen. Eine große Bangigkeit überflog da sein Herz und er versank in tiefe Gedanken. Die Braut, die unterdes auf einmal gewahr wurde, daß er alles mit angehört, schämte sich und verdeckte ihr Gesicht mit beiden Händen.

In diesem Augenblick hörte man ein verworrenes Getöse auf der Stiege, die Tür gähnte und spie einen ganzen Knäuel der seltsamsten und abenteuerlichsten Zerrbilder und Mißgestalten aus, wie sie nur eine fürchterlich reiche, dunkel in sich selber arbeitende Phantasie ersinnen konnte. »Viktor!« – riefen Leontin und Friedrich zugleich, und sie hatten es erraten. Dieser hatte nämlich in möglichster Hast alles Altmodische, Lächerliche und Zerlumpte von Kleidungsstücken, dessen er habhaft werden konnte, zusammengerafft und damit die Bedienten und Jäger des Herrn v. A. aufgeputzt. Mit einem unübertrefflich raschen und glücklichen Witze hatte er, da er alle genau kannte, jedem zugeteilt, was ihm zukam, und so durch eine ungewöhnliche Verbindung des Gewöhnlichsten den phantasiereichsten Charakterzug erschaffen. Da keine Larven vorhanden waren, so hatte er selber in aller Schnelligkeit die Gesichter gemalt, und man mußte zugeben, jedes war ein wahrer Triumph der freisten und schärfsten Laune, denn eines jeden verborgenste, innerste Narrheit lachte erlöst aus den Zügen. Besonders zeichnete sich eine über alle Maßen dünne und schneiderartige Figur aus mit einem unbeschreiblich albern lächelnden Gesichte, dem er alle Haare rückwärts aus der glatten Stirne gekämmt hatte. Der Leib des alten Rockes war um ebensoviel zu lang, als die knappen Ärmel zu kurz erschienen. Recht oben auf dem Wirbel schwebte ein winziges Hütchen, in der Hand trug er einen kleinen Sonnenschirm. Viktor selbst führte in einem umgekehrten Rocke mit einer verstimmten Geige den Zug an und war recht das Salz und die Seele des Abenteuers. Mit einer Wut von Lust wußte er einem jeden seinen eigentümlichen Spielraum zu verschaffen, und selbst die Eitelsten dahin zu bringen, daß sie sich einmal über sich selbst erhoben und ihre eigene Narrheit zum Narren hatten. Und so gebärdeten sich denn auch die Ungeschicktesten meisterhaft, so wie die Plumpheit selber komisch wird, wenn sie über ihre eigenen Füße fällt. Herr v. A. stand ganz still in einer Ecke und lachte, daß ihm die Augen übergingen. Die Tante, die, wie fast alle Damen, keinen unmittelbaren Spaß verstand, lächelte gezwungen. Manche andere schämten sich zu lachen, und taten sich Gewalt an, ernsthaft auszusehen. Den irrenden Ritter aber hatte, seltsam genug, gleich beim Eintritte des Maskenzuges eine sonderbare Furcht überfallen; er nahm Reißaus und ließ sich nicht wieder sehen.

Viktor führte daher, als die Ergötzung an dem Spektakel anfing lau zu werden, endlich die Bande wieder fort, um den flüchtigen Ritter aufzusuchen. Sie fanden ihn in einem finstern Winkel des Hofes versteckt. Er war äußerst aufgebracht und wehrte sich mit Händen und Füßen, als sie ihn aufspürten. Viktor nahm ihn beim Arme und walzte mit ihm, wie wahnsinnig, im Hofe um den Brunnen herum. Ein alter, dicker Gerichtsverwalter, dem sie unvermerkt die Dose mit Kienruß gefüllt, und der daher, da er sich bei jeder Prise das Gesicht bemalte, wider sein Wissen und Willen eine Hauptfigur in dem Lustspiele abgab, mußte ebenfalls an einer allgemeinen Menuett teilnehmen, die sich jetzt in dem Hofe entspann. Ein einziges Licht stand auf einem Pfahle und warf im Winde einen flatternden Schein über die seltsame Verwirrung. Leontin, der sich bald anfangs mit Leib und Seele mit hineingemischt hatte, saß hoch oben auf dem Gartenzaune und strich die verstimmte Geige dazu. Den irrenden Ritter, der sich indes voll Angst und Zorn mit Gewalt wieder losgemacht hatte, sah man auf seinem Pferde mitten in der mondhellen Nacht über die Felder entfliehen.

»Wie haben Ihnen die Streiche gefallen?« fragte die Tante den Grafen Friedrich, von dem sie ganz zuversichtlich erwartete, daß er den Spaß für unanständig hielt. »In meinem Leben«, sagte Friedrich, »habe ich keine Pantomime gesehen, wo mit so einfachen Mitteln so Vollkommenes erreicht worden wäre. Es wäre zu wünschen, man könnte die weltberühmten Mimiker, Grotesktänzer, und wie sie sich immer nennen, auf einen Augenblick zu ihrer Belehrung unter diesen Trupp versetzen. Wie armselig, nüchtern und albern würden sie sich unter diesen tüchtigen Gesellen ausnehmen, die nicht bloß diese oder jene einzelne Richtung des Komischen ängstlich herausheben, sondern Sprache, Witz und den ganzen Menschen in Anspruch nehmen. Jene ermatten uns recht mit allgemeinen Späßchen ohne alle Individualität, mit hergebrachten, längst abgenutzten Mienen und Sprüngen, und vor lauter künstlichen Anstalten zum Lachen kommen wir niemals zum Lachen selber. Hier erfindet jeder selbst, wie es ihm die Lust des Augenblickes eingibt, und die Torheit lacht uns unmittelbar und keck ins Gesicht, daß uns recht das Herz vor Freiheit aufgeht.« – »Das ist wahr«, sagte die Tante, über dieses Urteil erstaunt, »unser Viktor ist ein pudelnärrischer, lustiger Mensch.« – »Das glaube ich kaum«, erwiderte Friedrich, »ein Mensch muß sehr kalt oder sehr unglücklich sein, um so zu phantasieren. Viktor kommt mir vor wie jener Prinz in Sizilien, der in seinem Garten und Schlosse alles schief baute, so daß sein Herz das einzige Gerade in der phantastischen Verkehrung war.«

Es war unterdes schon spät geworden, die fremden Wagen fuhren unten vor, und die Gesellschaft fing an Abschied zu nehmen und aufzusteigen. In dem allgemeinen Getümmel der Bekomplimentierungen hatte die niedliche Braut noch ein Tuch vergessen. Sie lief daher mit Julie noch einmal in das Zimmer zurück. Es war niemand mehr darin; nur Leontin, der endlich auch die Maskenbande verlassen hatte, kam soeben von der andern Seite herein. Das lustige Mädchen versteckte sich schnell, da sie ihn erblickte, hinter die lange Fenstergardine und wickelte sich ganz darein, so daß nur die muntern Augen lüstern auffordernd aus dem Schleier hervorblitzten. Leontin zog das schöne mutwillige Kind heraus und küßte sie auf den Mund. Sie gab ihm schnell einen herzhaften Kuß wieder und rannte eiligst zu dem Wagen zurück, wo man ihrer schon harrte. »Ade, ade!« sagte sie noch am Schlage zu Julie, eigentlich aber mehr zu Leontin hingewendet, »ihr seht mich nun so bald nicht wieder, gewiß nicht.« – Und sie hielt Wort.

Die Gäste waren nun fort, Herr v. A. und seine Schwester schlafen gegangen, und alles im Schlosse leer und still. Leontin saß oben im Vorsaale im offenen Fenster. Draußen zogen Gewitter, man sah es am fernen Horizonte blitzen. Fräulein Julie ging soeben, mit einem Lichte in der Hand, über den Hausflur nach ihrer Schlafkammer. Er rief ihr eine gute Nacht zu. Sie war unentschlossen, ob sie bleiben oder weitergehen sollte. Endlich kehrte sie zögernd um und trat zu ihm ans Fenster. Da bemerkte er Tränen in ihren großen Augen; sie war ihm noch nie so wunderschön vorgekommen. »Liebe Julie!« sagte er, und faßte ihre kleine Hand, die sie gern in der seinigen ließ. Der Wind, der zum Fenster hereinkam, löschte ihr plötzlich das Licht aus. Mit abgewendetem Gesicht sprach sie da einige Worte in die Nacht hinaus, aber so leise und, wie es ihm schien, von verhaltenem Weinen erstickt, daß er nichts verstehen konnte. Er wollte sie fragen, aber sie zog ihre Hand weg und ging schnell in ihr Schlafzimmer.

Ohne zu wissen, was er davon halten sollte, schaute er voller Gedanken in den finstern Hof hinunter. Dort sah er Viktor auf einem großen Steine sitzen, den Kopf in beide Hände gestützt; er schien eingeschlafen. Er eilte daher selber in den Hof hinab und nahm die Gitarre mit, die er unten im Fenster liegend fand. »Wir wollen diese Nacht auf dem Teiche herumfahren«, sagte er zu Viktor, der indes aufgewacht war. Dieser war sogleich mit voller Lust von der Partie, und so zogen sie zusammen hinaus.

Sie bestiegen den kleinen Kahn, der unweit vom Schlosse im Schilfe angebunden lag, und ruderten bis in die Mitte des Sees. Die ganze Runde war totenstill, nur einige Nachtvögel pfiffen von Zeit zu Zeit aus dem Walde herüber. Es schien, als wollte das Wetter heraufkommen, das man von ferne sah, denn ein kühler Wind flog über den Teich voran und kräuselte die ruhige Fläche. Sie glaubten Fräulein Julie an dem Fenster zu bemerken. Da sang Leontin, der vorn im Kahne aufrecht stand, folgendes Lied zur Gitarre, während der ewig rege und unruhige Viktor bald tollkühn mit dem Kahne schaukelte, bald wieder in den Wald hinausrief, daß hin und her die Hunde an den nächsten Häusern wach wurden:

»Schlafe Liebchen, weil's auf Erden
Nun so still und seltsam wird!
Oben geht die goldne Herde,
Für uns alle wacht der Hirt.

In der Ferne ziehn Gewitter;
Einsam auf dem Schifflein schwank

Greif ich draußen in die Zither,
Weil mir gar so schwül und bang.

Schlingend sich an Bäum und Zweigen,
In dein stilles Kämmerlein,
Wie auf goldnen Leitern, steigen
Diese Töne aus und ein.

Und ein wunderschöner Knabe
Schifft hoch über Tal und Kluft,
Rührt mit seinem goldnen Stabe
Säuselnd in der lauen Luft.

Und in wunderbaren Weisen
Singt er ein uraltes Lied,
Das in linden Zauberkreisen
Hinter seinem Schifflein zieht.

Ach, den süßen Klang verführet
Weit der buhlerische Wind,
Und durch Schloß und Wand ihn spüret
Träumend jedes schöne Kind.«

Es fing stärker an zu blitzen, das Gewitter stieg herauf. Viktor
schaukelte heftiger mit dem Kahne; Leontin sang:

»Es waren zwei junge Grafen
Verliebt bis in den Tod,
Die konnten nicht ruhn noch schlafen
Bis an den Morgen rot.

O trau den zwei Gesellen,
Mein Liebchen, nimmermehr,
Die gehn wie Wind und Wellen,
Gott weiß: wohin, woher. –

Wir grüßen Land und Sterne
Mit wunderbarem Klang,
Und wer uns spürt von ferne,
Dem wird so wohl und bang.

Wir haben wohl hienieden
Kein Haus an keinem Ort,
Es reisen die Gedanken
Zur Heimat ewig fort.

Wie eines Stromes Dringen
Geht unser Lebenslauf,
Gesanges Macht und Ringen
Tut helle Augen auf.

Und Ufer, Wolkenflügel,
Die Liebe hoch und mild –
Es wird in diesem Spiegel
Die ganze Welt zum Bild.

Dich rührt die frische Helle,
Das Rauschen heimlich, kühl,
Das lockt dich zu der Welle,
Weil's draußen leer und schwül.

Doch wolle nie dir halten
Der Bilder Wunder fest,

Tot wird ihr freies Walten,
Hältst du es weltlich fest.

Kein Bett darf er hier finden.
Wohl in den Tälern schön
Siehst du sein Gold sich winden,
Dann plötzlich meerwärts drehn.«

Viktor, der unterdes, ohne auf das Lied zu achten, immerfort das Echo versuchte, zwang ihn, durch sein übermäßiges Rufen und Schreien, hier abzubrechen. Julie hatte auch schon lange das Fenster geschlossen und alles im Schlosse war finster und still. Das Gewitter zog indes gerade über ihnen hin, die Wälder rauschten von allen Seiten. Leontin griff stärker und frömmer in die Saiten:

»Schlag mit den flamm'gen Flügeln!
Wenn Blitz aus Blitz sich reißt,
Steht wie in Rossesbügeln
So ritterlich mein Geist.

Waldesrauschen, Wetterblicken
Macht recht die Seele los,
Da grüßt sie mit Entzücken,
Was wahrhaft, ernst und groß.

Es schiffen die Gedanken
Fern wie auf weitem Meer,
Wie auch die Wogen schwanken:
Die Segel schwellen mehr.

Herr Gott, es wacht dein Wille!
Wie Tag und Lust verwehn,

Mein Herz wird mir so stille
Und wird nicht untergehn.«

Sie bemerkten nun einen roten Schein, der über dem Schloßhofe zu stehen schien. Sie hielten es für einen Feuermann; denn die ganze Zeit hindurch hatten sie rings in der Runde solche Erscheinungen, wie Wachtfeuer, lodern gesehen: teils bläuliche Irrlichter, die im Winde über die Wiesen streiften, teils größere Feuergestalten, mit zweifelhaftem Glanze durch die Nacht wandelnd. Als sie aber wieder hinblickten, sahen sie den Feuermann über dem Schlosse sich langsam dehnen und riesengroß wachsen, und ein langer Blitz, der soeben die ganze Gegend beleuchtete, zeigte ihnen, daß der Schein gerade vom Dache ausging. »Um Gottes willen, das ist Feuer im Schloß!« rief Viktor erblassend, und sie ruderten, ohne ein Wort zu sprechen, eiligst auf das Ufer zu.

Als sie ans Land kamen, sahen sie bereits einen rötlichen Qualm zum Dachfenster hervordringen und sich in fürchterlichen Kreisen in die Nacht hinauswälzen. Alles im Hause und im Hofe schlief noch in tiefster Ruhe. Viktor machte Lärm an allen Türen und Fenstern. Leontin eilte in die Kirche und zog die Sturmglocke, deren abgebrochene, dumpfe Klänge, die weit über die stillen Berge hinzogen, ihn selber im Innersten erschütterten. Der Nachtwächter ging durch die Gassen des Dorfes und erfüllte die Luft mit den gräßlichen Jammertönen seines Hornes. Und so wurde endlich nach und nach alles lebendig, und rannte mit bleichen Totengesichtern, gleich Gespenstern, bestürzt und verstört durcheinander. Die heftige Tante hatte bald der erste Schrecken überwältigt. Sie lag bewußtlos in Krämpfen und vermehrte so die allgemeine Verwirrung noch mehr.

Schon schlug die helle Flamme oben aus dem Dache, das Hinterhaus stand noch ruhig und unversehrt. Niemanden fiel es in der ersten Bestürzung ein, daß Fräulein Julie im Hinterhause schlafe und ohne Rettung verloren sei, wenn die Flamme die einzige Stiege, die dort hinaufführte, ergriffe. Leontin dachte daran und stürzte sich sogleich in die Glut.

Als er in ihr Schlafzimmer trat, sah er das schöne Mädchen, den Kopf auf den vollen, weißen Arm gesenkt, in ungestörtem Schlafe ruhen. Alles in dem Zimmer lag noch still und friedlich umher, wie sie es beim Entkleiden hingelegt; ein aufgeschlagenes Gebetbuch lag an ihrer Seite. Es war ihm in diesem Augenblicke, als sähe er einen schönen, goldgelockten Engel neben ihrem Bette sitzen, der schaute mit den stillen, himmlischen Augen in das wilde Element, das sich vor Kinderaugen fürchtet. – Das Fräulein schlug verwundert fragend die großen Augen auf, als er zu ihr trat, und erblickte bald die ungewöhnliche, schreckliche Helle durch das ganze Haus. Leontin schlug schnell das Bettuch um sie herum und nahm sie auf den Arm. Ohne ein Wort zu sprechen, umklammerte sie ihn in stummem Schrecken. Ein heftiger Wind, der aus dem Brande selbst auszugehen schien, faltete indes die Flammenfahnen immer mehr auseinander, der schreckliche Feuermann griff mit seinen Riesenarmen rechts und links in die dunkle Nacht und hatte bereits auch schon das Hinterhaus erfaßt. Da sah Leontin auf einmal, mitten zwischen den Flammen, eine unbekannte weibliche Gestalt in weißem Gewande erscheinen, die ruhig in dem Getümmel auf und nieder ging. »Gott sei Dank!« hörte er zugleich draußen die Bauern rufen, »wenn die da ist, wird's bald besser gehn.« – »Wer ist die weiße Frau?« fragte Leontin, der nicht ohne innerlichen Schauder auf sie hinblicken konnte. Julie, die ihr Gesicht fest an ihn gedrückt hatte, überhörte in der Verwirrung die Frage, und so trug er sie hoch durch das Feuer hindurch, ohne die Augen von der fremden Gestalt zu wenden. Kaum hatte er aber das Fräulein im Hofe niedergesetzt, als er selber, von dem Rauche, der Hitze und Anstrengung ganz erschöpft, bewußtlos auf den Boden hinsank.

Jene seltsame Erscheinung hatte währenddessen alle mit frischem Mute beseelt, und so war es der verdoppelten Anstrengung gelungen, die Flammen endlich zu zwingen. Als Leontin die Augen wieder aufschlug, sah er mit Erstaunen alles ringsumher schon leer und ruhig. Die weiße Frau aber war mit dem Feuer verschwunden, wie sie gekommen war. Er selber lag neben der Brandstätte auf einem Kasten zwischen einer Menge geretteter Gerätschaften, die unordentlich übereinanderlagen. Julie saß neben ihm und hatte seinen Kopf auf ihrem Schoße. Alle andern hatten sich, von der Arbeit ermattet, nach und nach zerstreut, Herr v. A. und seine Schwester noch auf einige Stunden sich zur Ruhe begeben. Nur Viktor, der während des Brandes mehrere Male bis in die innersten Zimmer eingedrungen, und immer mitten zwischen dem zusammenstürzenden Gebälk erschienen war, sah er hoch auf einem halbabgebrannten Pfeiler eingeschlafen. Das prächtige Feuerwerk war nun in sich selber zusammengesunken, nur hin und wieder flackerte noch zuweilen ein Flämmchen auf, während einige dunkle Wachen an dem verwüsteten Platze auf und ab gingen, um das Feuer zu hüten. Leontin hatte den einen Arm um Julie geschlungen, die still neben ihm saß. Ihr Herz war so voll, wie noch niemals in ihrem ganzen Leben. Im Innersten aufgeregt von den raschen Begebenheiten dieser Nacht, war es ihr, als hätte sie in den wenigen Stunden Jahre überlebt; was lange im stillen geglommen, war auf einmal in helle Flammen ausgebrochen. Müde lehnte sie ihr Gesicht an seine Brust und sagte, ohne aufzusehen: »Sie haben mir mein Leben gerettet. Ich kann es nicht beschreiben, wie mir damals zumute war. Ich möchte Ihnen nun so gern aus ganzer Seele danken, aber ich könnte es doch nicht ausdrücken, wenn ich es auch sagen wollte. Es ist auch eigentlich nicht das, daß Sie mich aus dem Feuer getragen haben.« – Hier hielt sie eine Weile inne, dann fuhr sie wieder fort: »Die Flamme ist nun verloschen. Wenn der Tag kommt, ist alles wieder gut und ruhig, wie sonst. Jeder geht wieder gelassen an seine alte Arbeit und denkt nicht mehr daran. Ich werde diese Nacht niemals vergessen.«

Sie sah bei diesen Worten gedankenvoll vor sich hin. Leontin hielt sich nicht länger, er zog sie an sich und wollte sie küssen. Sie aber wehrte ihn ab und sah ihn sonderbar an. – So saßen sie noch lange, wenig sprechend, nebeneinander, bis endlich Julie die Augen zusanken. Er fühlte ihr ruhiges, gleichförmiges Atmen an seiner Brust. Er hielt sie fest im Arme und saß so träumerisch die übrige Nacht hindurch.

Die Gewitter hatten sich indes ringsum verzogen, ein labender Duft stieg aus den erquickten Feldern, Kräutern und Bäumen. Aurora stand schon hoch über den Wäldern. Da weckte der kühle Morgenwind Julie aus dem Schlummer. Der Rausch der Nacht war verflogen; sie erschrak über ihre Stellung in Leontins Armen und bemerkte nun, da es überall licht war, mit Erröten, daß sie halb bloß war. Leontin hob das schöne, verschlafene Kind hoch vor sich in den frischen Morgen hinein, während sie ihr Gesicht mit beiden Händen bedeckte. Darauf sprang sie fort von ihm und eilte ins Haus, wo soeben alles anfing sich zu ermuntern.

Neuntes Kapitel

Am Morgen saßen alle in der Stube des Jägers beim Frühstück versammelt, die unruhigen Ereignisse dieser Nacht besprechend. Julie sah blaß aus, und Leontin bemerkte, daß sie oft heimlich über die Tasse weg nach ihm hinblickte, und schnell wieder wegsah, wenn sein Auge ihr begegnete.

Alle untersuchten darauf noch einmal die Brandstätte, die noch immer fortrauchte. Man war allgemein der Meinung, daß ein Blitz gezündet haben müsse, so viele Mühe sich auch der dicke Gerichtsverwalter gab, darzutun, daß es boshafterweise angelegt sei, und daß man daher mit aller Strenge untersuchen und verfahren müsse. Herr v. A. verschmerzte den Verlust sehr leicht, da er ohnedies schon lange willens war, das alte Schlößchen niederreißen zu lassen, um ein neues, bequemeres hinzubauen.

Leontin fragte endlich wieder um die weiße Frau. »Es ist eine reiche Witwe«, sagte Herr v. A., »die vor einigen Jahren plötzlich in diese Gegend kam und mehrere Güter ankaufte. Sie ist im stillen sehr wohltätig, und, seltsam genug, bei Tag und bei Nacht, wo immer ein Feuer ausbricht, sogleich bei der Hand, wobei sie dann die armen Verunglückten mit ansehnlichen Summen unterstützt. Die Bauern glauben nun ganz zuversichtlich, sobald sie nur erscheint, müsse das Feuer sich legen, wie beim Anblick einer Heiligen. Übrigens empfängt und erwidert sie keine Besuche, und niemand weiß eigentlich recht, wie sie heißt, und woher sie gekommen; denn sie selber spricht niemals von ihrem vergangenen Leben.« – »Ja wohl«, sagte der Gerichtsverwalter, mit einer wichtigen Miene, »es geht dort überaus geheimnisvoll zu. Aber es gibt auch noch Leute hinterm Berge. Man weiß wohl, wie es zugeht in der Welt. Mein Gott! die liebe Jugend – junges Blut tut nicht gut.« – »Ich bitte, malen Sie uns keinen Schnurrbart an das Heiligenbild!« unterbrach ihn Leontin, der sich seine Phantasie von der wunderbaren Erscheinung nicht verderben lassen wollte.

Es war unterdes schon wieder aufgepackt worden, um auf das Schloß des Herrn v. A. zurückzukehren. Leontin konnte der Begierde nicht widerstehen, die weiße Frau näher kennenzulernen. Er beredete daher Friedrich, mit ihm einen Streifzug nach dem nahegelegenen Gute derselben zu machen. Sie versprachen beide, noch vor Abend wieder bei der Gesellschaft einzutreffen.

Gegen Mittag kamen sie auf dem Landsitze der Unbekannten an. Sie fanden ein neuerbautes Schloß, das, ohne eben groß zu sein, durch seine große, einfache Erfindung auf das angenehmste überraschte. Eine Reihe hoher, schlanker Säulen bildete oben den

Vorderteil des Schlosses. Eine schöne, steinerne Stiege, welche die ganze Breite des Hauses einnahm, führte zu diesem Säuleneingange hinauf. Die Stiege erhob sich nur allmählich und terrassenförmig und war mit Orangen, Zitronenbäumen und verschiedenen hohen Blumen besetzt. Vor dieser blühenden Terrasse lag ein weiter, schattenreicher Garten ausgebreitet.

Alles war still, es schien niemand zu Hause zu sein. Auf der Stiege lag ein schönes, etwa zehnjähriges Mädchen über einem Tamburin, auf das sie das zierliche Köpfchen gelehnt hatte, eingeschlummert. Oben hörte man eine Flötenuhr spielen. Das Mädchen wachte auf, als sie an sie herankamen, und schüttelte erstaunt die schwarzen Locken aus den muntern Augen. Dann sprang sie scheu auf und in den Garten fort, während die Schellen des Tamburins, das sie hoch in die Luft hielt, hell erklangen.

Die beiden Grafen gingen nun in den Garten hinab, dessen ganze Anlage sie nicht weniger anzog, als das Äußere des Schlosses. »Wie wahr ist es«, sagte Friedrich, »daß jede Gegend schon von Natur ihre eigentümliche Schönheit, ihre eigene Idee hat, die sich mit ihren Bächen, Bäumen und Bergen, wie mit abgebrochenen Worten, auszusprechen sucht. Wen diese einzelnen Laute rühren, der setzt mit wenigen Mitteln die ganze Rede zusammen. Und darin besteht doch eigentlich die ganze Kunst und Lust, daß wir uns mit dem Garten recht verstehen.« Leontin war indes mehrere Male verwundert stehengeblieben. »Höchst seltsam!« sagte er endlich, als sie den Gipfel eines Hügels erreicht hatten, »diese Baumgruppen, Wäldchen, Hügel und Aussichten erinnern mich ganz deutlich an gewisse Gegenden, die ich in Italien gesehen, und an manchen glücklich durchschwärmten Abend. Es ist wahrhaftig mehr als eine zufällige Täuschung.«

Der Abend fing bereits an, einzubrechen, als sie wieder bei den Stufen der großen Stiege anlangten. Sie wurden beide von dem herrlichen Anblicke überrascht, der sich ihnen dort von oben darbot. Die Gegend lag in der abendroten Dämmerung wie ein verworrenes Zaubermeer von Bäumen, Strömen, Gärten und Bergen, auf dem Nachtigallenlieder, gleich Sirenen, schifften. »Wie glücklich«, sagte Friedrich, »ist eine beruhigte, stille Seele, die imstande ist, so besonnen und gleichförmig nach allen Seiten hin zu wirken und zu schaffen, die, von keiner besondern Leidenschaft mehr gestört, auf der schönen Erde wie in der Vorhalle des größern Tempels wohnt!«

Er wurde hier durch einige Saitenakkorde unterbrochen, die aus dem Garten herauftönten. Bald darauf hörten sie einen Gesang. Friedrich horchte voll Erstaunen, denn es war dasselbe sonderbare Lied aus seiner Kindheit, das manchmal auch Erwin in der Nacht gesungen, und das er sonst nirgends wieder gehört hatte.

Leontin war indes in das erste Zimmer hineingetreten, dessen Tür halb geöffnet stand. Er warf einen flüchtigen Blick durch das Gemach. Ein altes, auf Holz gemaltes Ritterbild hing dort an der Wand, über welche der Abend zuckend die letzten ungewissen Strahlen warf. Leontin trat erschüttert zurück, denn er erkannte auf einmal das beleuchtete Gesicht des Bildes. In demselben Augenblick trat ein alter Bediener von der andern Seite in das Zimmer und schien heftig zu erschrecken, als er Leontin ansah. »Um Gottes willen«, rief Leontin ihm zu, »sagen Sie mir, wer ist der Ritter dort?« Der Alte entfärbte sich und sah ihn lange ernsthaft und forschend an. »Das Bild ist vor mehreren hundert Jahren gemalt, eine zufällige Ähnlichkeit muß Sie täuschen«, sagte er hierauf wieder gesammelt und ruhig. »Wo ist die Frau vom Hause?« fragte Leontin wieder. »Sie ist heut noch vor Tagesanbruch schnell fortgereist und kommt so bald nicht zurück«, antwortete der Bediente und entfernte sich mit einer eiligen Verbeugung, als wollte er allen fernern Fragen ausweichen.

Unruhig kehrte nun Leontin wieder zu Friedrich zurück, gegen den er von dem ganzen letzten Vorfalle nichts erwähnte. Weder

der Bediente, noch auch das zierliche, scheue Mädchen, das sie vorhin schlummernd angetroffen, zeigte sich mehr, und so ritten beide endlich gedankenvoll auf das Schloß des Herrn v. A. zurück, wo sie spät in der Nacht anlangten.

Zehntes Kapitel

Die alte, gleichförmige Ordnung der Lebensweise kehrte nun wieder auf dem Schlosse zurück. Die beiden Gäste hatten auf vieles Bitten noch einige Zeit zugeben müssen und lebten jeder auf seine Weise fort. Friedrich dichtete wieder fleißig im Garten oder in dem daranstoßenden angenehmen Wäldchen. Meist war dabei irgendein Buch aus der Bibliothek des Herrn v. A., wie es ihm gerade in die Hände fiel, sein Begleiter. Seine Seele war dort so ungestört und heiter, daß er die gewöhnlichsten Romane mit jener Andacht und Frischheit der Phantasie ergriff, mit welcher wir in unserer Kindheit solche Sachen lesen. Wer denkt nicht mit Vergnügen daran zurück, wie ihm zumute war, als er den ersten Robinson oder Ritterroman las, aus dem ihm das früheste, lüsterne Vorgefühl, die wunderbare Ahnung des ganzen, künftigen, reichen Lebens anwehte; wie zauberisch da alles aussah und jeder Buchstab auf dem Papiere lebendig wurde? Wenn ihm dann nach vielen Jahren ein solches Buch wieder in die Hand kommt, sucht er begierig die alte Freude wieder auf darin, aber der frische, kindische Glanz, der damals das Buch und die ganze Erde überschien, ist verschwunden, die Gestalten, mit denen er so innig vertraut war, sind unterdes fremd und anders geworden, und sehen ihn an wie ein schlechter Holzstich, daß er weinen und lachen möchte zugleich. Mit so muntern, malerischen Kindesaugen durchflog denn auch Friedrich diese Bücher. Wenn er dazwischen dann vom Blatte aufsah, glänzte von allen Seiten der schöne Kreis der Landschaft in die Geschichten hinein, die

Figuren, wie der Wind durch die Blätter des Buches rauschte, erhoben sich vor ihm in der grenzenlosen, grünen Stille und traten lebendig in die schimmernde Ferne hinaus; und so war eigentlich kein Buch so schlecht erfunden, daß er es nicht erquickt und belehrt aus der Hand gelegt hätte. Und das sind die rechten Leser, die mit und über dem Buche dichten. Denn kein Dichter gibt einen fertigen Himmel; er stellt nur die Himmelsleiter auf von der schönen Erde. Wer, zu träge und unlustig, nicht den Mut verspürt, die goldenen, losen Sprossen zu besteigen, dem bleibt der geheimnisvolle Buchstab ewig tot, und er täte besser, zu graben oder zu pflügen, als so mit unnützem Lesen müßig zu gehn.

Leontin dagegen durchstrich alle Morgen, wenn er es etwa nicht verschlief, welches gar oft geschah, mit der Flinte auf dem Rücken Felder und Wälder, schwamm einige Male des Tages über die reißendsten Stellen des Flusses, der im Tale vorbeiging, und kannte bereits alle Pfade und Gesichter der Gegend. Auch auf das Schloß der unbekannten Dame war er schon einige Male wieder hinübergeritten, fand aber immer niemanden zu Hause. Alle Tage besuchte er gewissenhaft ein paar wunderliche altkluge Gesellen auf dem Felde, die er auf seinen Streifereien ausgespürt hatte, gab ihnen Tabak zu schnupfen, den er bloß ihretwillen bei sich trug, und führte stundenlang eine tolle Unterhaltung mit ihnen. Er las wenig, besonders von neuen Schriften, gegen die er eine Art von Widerwillen hatte. Dessenungeachtet kannte er doch die ganze Literatur ziemlich vollständig. Denn sein wunderliches Leben führte ihn von selbst und wider Willen in Berührung mit allen ausgezeichneten Männern, und was er so bei Gelegenheit kennenlernte, faßte er schnell und ganz auf.

Sowohl er, als Friedrich besuchten fast alle Nachmittage den einsamen Viktor, dessen kleines Wohnhaus, von einem noch kleineren Gärtchen umgeben, hart am Kirchhofe lag. Dort unter den hohen Linden, die den schönberaseten Kirchhof beschatteten, fanden sie den seltsamen Menschen vergraben in eine Werkstatt von Meißeln, Bohrern, Drehscheiben und anderm unzähligen Handwerkszeuge, als wollte er sich selber sein Grab bauen. Hier arbeitete und künstelte derselbe täglich, soviel es ihm seine Berufsgeschäfte zuließen, mit einem unbeschreiblichen Eifer und Fleiße, ohne um die andere Welt draußen zu fragen. Ohne jemals eine Anleitung genossen zu haben, verfertigte er Spieluhren, künstliche Schlösser, neue, sonderbare Instrumente, und sein bei der Stille nach außen ewig unruhiger und reger Geist verfiel dabei auf die seltsamsten Erfindungen, die oft alle in Erstaunen setzten. Seine Lieblingsidee war, ein Luftschiff zu erfinden, mit dem man dieses lose Element ebenso bezwingen könnte, wie das Wasser, und er wäre beinahe ein Gelehrter geworden, so hartnäckig und unermüdlich verfolgte er diesen Gedanken. Für Poesie hatte er, sonderbar genug, durchaus keinen Sinn, so willig, ja neugierig er auch aufhorchte, wenn Leontin oder Friedrich darüber sprachen. Nur Abraham von St. Clara, jener geniale Schalk, der mit einer ernsthaften Amtsmiene die Narren auslacht, denen er zu predigen vorgibt, war seine einzige und liebste Unterhaltung, und niemand verstand wohl die Werke dieses Schriftstellers so zu durchdringen und sich aus Herzensgrunde daran zu ergötzen, als er. In diesem unförmlichen »Gemisch-Gemasch« von Spott, Witz und Humor fand sein sehr nahe verwandter Geist den rechten Tummelplatz.

Übrigens hatte sich Friedrich gleich anfangs in seinem Urteile über ihn keineswegs geirrt. Seine Gemütsart war wirklich durchaus dunkel und melancholisch. Die eine Hälfte seines Lebens hindurch war er bis zum Tode betrübt, mürrisch und unbehülflich, die andere Hälfte lustig bis zur Ausgelassenheit, witzig, sinnreich und geschickt, so daß die meisten, die sich mit einer gewöhnlichen Betrachtung der menschlichen Natur begnügen, ihn für einen zweifachen Menschen hielten. Es war aber eben die Tiefe seines Wesens, daß er sich niemals zu dem ordentlichen, immer gleichförmigen Spiele der andern an der Oberfläche bequemen konnte, und selbst seine Lustigkeit, wenn sie oft plötzlich losbrach, war durchaus ironisch und fast schauerlich. Dabei waren alle Schmeichelkünste und alltäglichen Handgriffe, sich durch die Welt zu helfen, seiner spröden Natur so zuwider, daß er selbst die unschuldigsten, gebräuchlichsten Gunstbewerbungen, ja sogar unter Freunden alle äußern Zeichen der Freundschaft verschmähte. Vor allen sogenannten klugen, gemachten Leuten war er besonders verschlossen, weil sie niemals weder seine Betrübnis, noch seine Lust verstanden und ihn mit ihrer angebildeten Afterweisheit von allen Seiten beengten. Die beiden Grafen waren die ersten in seinem Leben, die bei allen seinen Äußerungen wußten, was er meine. Denn es ist das Besondere ausgezeichneter Menschen, daß jede Erscheinung in ihrer reinen Brust sich in ihrer ursprünglichen Eigentümlichkeit bespiegelt, ohne daß sie dieselbe durch einen Beischmack ihres eigenen Selbst verderben. Er liebte sie daher auch mit unerschütterlicher Treue bis zu seinem Tode.

Sooft sie nachmittags zu ihm kamen, warf er sogleich alle Instrumente und Gerätschaften weit von sich und war aus Herzensgrunde lustig. Sie musizierten dann in seiner kleinen Stube entweder auf alten, halbbespannten Instrumenten, oder Friedrich mußte einige wilde Burschenlieder auf die Bahn bringen, die Viktor schnell auswendig wußte und mit gewaltiger Stimme mitsang. Fräulein Julie, die nebst ihrem Vater von jeher Viktors beste und einzige Freundin im Hause war, stand dann gar oft stundenlang gegenüber am Zaune des Schloßgartens, strickte und unterhielt sich mit ihnen, war aber niemals zu bereden, selber zu ihnen herüberzukommen. Die Tante und die meisten andern konnten gar nicht begreifen, wie die beiden Grafen einen solchen Geschmack an dem ungebildeten Viktor und seinen lärmenden Vergnügungen finden konnten.

Und du seltsamer, guter, geprüfter Freund, ich brauche dich und mich nicht zu nennen; aber du wirst uns beide in tiefster

Seele erkennen, wenn dir diese Blätter vielleicht einmal zufällig in die Hände kommen. Dein Leben ist mir immer vorgekommen, wie ein uraltes, dunkel verbautes Gemach mit vielen rauhen Ecken, das unbeschreiblich einsam und hoch steht über den gewöhnlichen Hantierungen der Menschen. Eine alte verstimmte Laute, die niemand mehr zu spielen versteht, liegt verstaubt auf dem Boden. Aus dem finstern Erker siehst du durch bunt und phantastisch gemalte Scheiben über das niedere, emsig wimmelnde Land unten weg in ein anderes, ruhiges, wunderbares, ewig freies Land. Alle die wenigen, die dich kennen und lieben, siehst du dort im Sonnenscheine wandeln und das Heimweh befällt auch dich. Aber dir fehlen Flügel und Segel, und du reißest in verzweifelter Lustigkeit an den Saiten der alten Laute, daß es mir oft das Herz zerreißen wollte. Die Leute gehen unten vorüber und verlachen dein wildes Geklimper, aber ich sage dir, es ist mehr göttlicher Klang darin, als in ihrem ordentlichen, allgepriesenen Geleier.

An einem schwülen Nachmittage saß Leontin im Garten an dem Abhange, der in das Land hinausging. Kein Mensch war draußen, alle Vögel hielten sich im dichtesten Laube versteckt, es war so still und einsam auf den Gängen und in der ganzen Gegend umher, als ob die Natur ihren Atem an sich hielte. Er versuchte einzuschlummern. Aber wie über ihm die Gräser zwischen dem unaufhörlichen, einförmigen Gesumme der Bienen sich hin und wider neigten, und rings am fernen Horizonte schwere Gewitterwolken gleich phantastischen Gebirgen mit großen, einsamen Seen und himmelhohen Felsenzacken die ganze Welt enge und immer enger einzuschließen schienen, preßte eine solche Bangigkeit sein Herz zusammen, daß er schnell wieder aufsprang. Er bestieg einen hohen, am Abhange stehenden Baum, in dessen schwankem Wipfel er sich in das schwüle Tal hinauswiegte, um nur die fürchterliche Stille in und um sich loszuwerden.

Er hatte noch nicht lange oben gesessen, als er den Herrn v. A. und dessen Schwester aus dem Bogengange hervorbiegen und langsam auf den Baum zukommen sah. Sie waren in einem lauten und lebhaften Gespräche begriffen, er hörte daß von ihm die Rede war. »Du magst sprechen, was du willst«, sagte die Tante, »er ist bis über die Ohren verliebt in unser Mädchen. Da müßt ich keine Menschenkenntnis haben! Und Julie kann keine bessere Partie finden. Ich habe schon lange, ohne dir etwas zu sagen, nähere Erkundigungen über ihn eingezogen. Er steht sehr gut. Er vertut zwar viel Geld auf Reisen und verschiedenes unnützes Zeug, und soll zu Hause ein etwas unordentliches und auffallendes Leben führen; aber er ist noch ein junger Mensch, und unser Kind wird ihn schon kirre machen. Glaube mir, mein Schatz, ein kluges Weib kann durch vernünftiges Zureden sehr viel bewirken. Sind sie nur erst verheiratet und sitzen ruhig auf ihrem Gütchen, so wird er schon sein sonderbares Wesen und seine überspannten Ideen fahrenlassen und werden wie alle andern. Höre, mein Schatz, fange doch recht bald an, ihn so von weitem näher zu sondieren.« – »Das tue ich nicht«, erwiderte Herr v. A. ruhig, »ich habe mich um nichts erkundigt, ich habe nichts bemerkt und nichts erfahren. Ihr Weiber verlegt euch alle aufs Spionieren und Heiratsstiften und sehet zu weit. Wirbt er um sie, und sie ist ihm gut, so soll er sie haben; denn er gefällt mir sehr. Aber ich menge mich in nichts.« – »Mit deiner ewigen Gelassenheit«, fiel ihm hier die Schwester heftig ins Wort, »wirst du noch alles verderben. Dich rührt das Glück deines eigenen Kindes nicht. Und ich sage dir, ich ruhe und raste nicht, bis sie ein Paar werden!« – Sie waren unterdes schon wieder von der andern Seite hinter den Bäumen verschwunden, und er konnte nichts mehr verstehn.

Er stieg rasch vom Baume herab. »Noch bin ich frei und ledig!« rief er aus und schüttelte alle Glieder. »Rückt mir nicht auf den Hals mit eurem soliden, häuslichen, langweiligen Glück, mit eurer abgestandenen Tugend im Schlafrock! Wohl hat die Liebe zwei Gesichter wie Janus. Mit dem einen buhlt diese ungetreue, reizende Fortuna auf ihrer farbigen Kugel mit der frischen Jugend um flüchtige Küsse; doch willst du sie plump haschen und festhalten, kehrt sie dir plötzlich das andere, alte, verschrumpfte Gesicht zu, das dich unbarmherzig zu Tode schmatzt. – Heiraten und fett werden, mit der Schlafmütze auf dem Kopfe hinaussehen, wie draußen Aurora scheint, Wälder und Ströme noch immer ohne Ruhe fortrauschen müssen, Soldaten über die Berge ziehn und raufen, und dann auf den Bauch schlagen und: Gott sei Dank! rufen können, das ist freilich ein Glück! – Und doch noch tausendmal widerlicher sind mir die Faungesichter von Hagestolzen, wie sie sich um die Mauern streichen, ein bißchen Rammelei und Diebsgelüst im Herzen, wenn sie noch eins haben. Pfui! Pfui!«

So jagten sich die Gedanken in seinem Kopfe ärgerlich durcheinander, und er war, ohne daß er es selbst bemerkte, ins Schloß gekommen. Die Tür zu Juliens Zimmer stand nur halb angelehnt, er ging hinein, fand sie aber nicht darin. Sie schien es eben verlassen zu haben; denn Farben, Pinsel und andere Malergerätschaften lagen noch umher. Auf dem Tische stand ein Bild aufgerichtet. Er betrachtete es voll Erstaunen: es war sein eignes Porträt, an welchem Julie lange heimlich gearbeitet. Er war in derselben Jägerkleidung gemalt, in der sie ihn zum ersten Male gesehen hatte. Mit Verwunderung glaubte er auch die Gegend, die den Hintergrund des Bildes ausfüllte, zu erkennen. Er erinnerte sich endlich, daß er Julien manchmal von seinem Schlosse, seinem Garten, den Bergen und Wäldern, die es umgeben, erzählt hatte, und ihr reiches Gemüt hatte sich nun aus den wenigen Zügen ein ganz anderes, wunderbares Zauberland, als ihre neue Heimat, zusammengesetzt.

Er stand lange voller Gedanken am Fenster. Ihre Gitarre lag dort; er nahm sie und wollte singen, aber es ging nicht. Er lehnte

Sich mit der Stirn ans Fenster und wollte sie durchaus hier erwarten, aber sie kam nicht.

Endlich stieg er hinab, ging in den Hof und sattelte und zäumte sich selber sein Pferd. Als er eben zum Tore hinausritt, kam Julie eilfertig aus der Gartentür. Sie schien ein Geschäft vorzuhaben, sie grüßte ihn nur flüchtig mit freundlichen Augen und lief ins Schloß. Er gab seinem Pferde die Sporen und sprengte ins Feld hinaus.

Ohne einen bestimmten Weg einzuschlagen, war er schon lange herumgeritten, als er mitten im Walde auf einen hochgelegenen, ausgehauenen Fleck kam. Er hörte jemanden lustig ein Liedchen pfeifen und ritt darauf los. Es war zu seiner nicht geringen Freude der bekannte Ritter, den er schon lange einmal auf seinen Irrzügen zu erwischen sich gewünscht hatte. Er saß auf einem Baumsturze und ließ seinen Klepper neben sich weiden. Romantische, goldene Zeit des alten, freien Schweifens, wo die ganze schöne Erde unser Lustrevier, der grüne Wald unser Haus und Burg, dich schimpft man närrisch – dachte Leontin bei diesem Anblicke, und rief dem Ritter aus Herzensgrunde sein Hurra zu. Er stieg darauf selbst vom Pferde und setzte sich zu ihm hin. Der Tag fing eben an, sich zu Ende zu neigen, die Waldvögel zwitscherten von allen Wipfeln in der Runde. Von der einen Seite sah man in einer Vertiefung unter der Heide ein Schlößchen mit stillem Hofe und Garten ganz in die Waldeinsamkeit versenkt. Die Wolken flogen so niedrig über das Dach weg, als sollte sich die bedrängte Seele daranhängen, um jenseits ins Weite, Freie zu gelangen. Mit einem innerlichen Schauder von Bangigkeit erfuhr Leontin von dem Ritter, daß dies dasselbe Schloß sei, wo jetzt die muntere Braut, die er auf jener Jagd kennengelernt, seit lange schon mit ihrem jungen Manne ruhig wohne, wirtschafte und hause.

»Aber«, sagte er endlich zu dem Ritter, »wird Euch denn niemals bange auf Euren einsamen Zügen? Was macht und sinnt Ihr denn den ganzen langen Tag?« – »Ich suche den Stein der Weisen«, erwiderte der Ritter ruhig. Leontin mußte über diese fertige, unerwartete Antwort laut auflachen. »Ihr seid irrisch in Eurem Verstande, daß Ihr so lacht«, sagte der Ritter etwas aufgebracht. »Eben weil die Leute wohl wissen, daß ich den Stein der Weisen wittere, so trachten die Pharisäer und Schriftgelehrten darnach, mir durch Reden und Blicke meine Majestät von allen Seiten auszusaugen, auszuwalzen und auszudreschen. Aber ich halte mich an das Prinzipium: an Essen und Trinken; denn wer nicht ißt, der lebt nicht, wer nicht lebt, der studiert nicht, und wer nicht studiert, der wird kein Weltweiser, und das ist das Fundament der Philosophie.« – So sprach der tolle Ritter eifrig fort, und gab durch Mienen und Hände seinen Worten den Nachdruck der ernsthaftesten Überzeugung. Leontin, den seine heutige Stimmung besonders aufgelegt machte zu ausschweifenden Reden, stimmte nach seiner Art in denselben Ton mit ein, und so führten die beiden dort über die ganze Welt das allerseltsamste und unförmlichste Gespräch, das jemals gehört wurde, während es ringsumher schon lange finster geworden war. Der Ritter, dem ein so aufmerksamer Zuhörer etwas Seltenes war, hielt tapfer Stich, und focht nach allen Seiten in einem wunderlichen Chaos von Sinn und Unsinn, das oft die herrlichsten Gedanken durchblitzten. Leontin erstaunte über die scharfen, ganz selbsterschaffenen Ausdrücke und die entschiedene Anlage zum Tiefsinn. Aber alles schien wie eine üppige Wildnis, durch den lebenslangen Müßiggang zerrüttet und fast bis zum Wahnwitz verworren.

Zuletzt sprach der Ritter noch von einem Philosophen, den er jährlich einmal besuche. Leontin war mit ganzer Seele gespannt, denn die Beschreibung von demselben stimmte auffallend mit dem alten Ritterbilde überein, dessen Anblick ihn auf dem Schlosse der weißen Frau so sehr erschüttert hatte. Er fragte näher nach, aber der Ritter antwortete jedesmal so toll und abschweifend, daß er alle weitern Erkundigungen aufgeben mußte.

Endlich brach der Ritter auf, da er heute noch auf dem Schlosse der niedlichen Braut Herberge suchen wollte. Leontin trug ihm an dieselbe seine schönsten Grüße auf. Der Ritter stolperte nun auf seiner Rosinante langsam über die Heide hinab, und unterhielt sich noch immerfort mit Leontin mit großem Geschrei über die Philosophie, während er schon längst in der Nacht verschwunden war.

Leontin sah sich, nun allein, nach allen Seiten um. Alle Wälder und Berge lagen still und dunkel ringsumher. Unten in der Tiefe schimmerten Lichter hin und her aus den zerstreuten Dörfern, Hunde bellten fern in den einsamen Höfen. Auch in dem Schlosse des Herrn v. A. sah er noch mehrere Fenster erleuchtet. So blieb er noch lange oben auf der Heide stehen.

Am folgenden Morgen frühzeitig erhielt Friedrich einen Brief. Er erkannte sogleich die Züge wieder: er war von Rosa. So lange schon hatte er sich von Tage zu Tage vergebens darauf gefreut, und erbrach ihn nun mit hastiger Ungeduld. Der Brief war folgenden Inhalts:

»Wo bleibst Du so lange, mein innig geliebter Freund? Hast Du denn gar kein Mitleid mehr mit Deiner armen Rosa, die sich so sehr nach Dir sehnt?

Als ich auf der Höhe im Gebirge von euch entführt wurde, hatte ich mir fest vorgenommen, gleich nach meiner Ankunft in der Residenz an Dich zu schreiben. Aber Du weißt selbst, wieviel man die erste Zeit an einem solchen Orte mit Einrichtungen, Besuchen und Gegenbesuchen zu tun hat. Ich konnte damals durchaus nicht dazu kommen, obschon ich immer und überall an Dich gedacht habe. Und so verging die erste Woche, und ich wußte dann nicht mehr, wohin ich meinen Brief adressieren sollte. Vor einigen Tagen endlich kam hier der junge Marquis von P. an, der wollte bestimmt wissen, daß sich mein Bruder mit einem fremden Herrn auf dem Gute des Herrn v. A. aufhalte. Ich eilte also, sogleich an Dich dorthin zu schreiben. Der Marquis verwunderte sich zugleich, wie ihr es dort so lange aushalten könntet. Er sagte, es wäre ein Séjour zum Melancholischwerden. Mit der ganzen Familie wäre in der Welt nichts anzufangen. Der Baron sei wie ein Holzstich in den alten Rittergeschichten: gedruckt in diesem Jahr, die Tante wisse von nichts zu sprechen, als von ihrer Wirtschaft, und das Fräulein vom Hause sei ein halbreifes Gänseblümchen, ein rechtes Bild ohne Gnaden. Sind das nicht recht närrische Einfälle? Wahrhaftig, man muß dem Marquis gut sein mit seinem losen Maule. Siehst Du, es ist Dein Glück, denn ich hatte schon große Lust eifersüchtig zu werden. Aber ich kenne schon meinen Bruder, solche Bekanntschaften sind ihm immer die liebsten; er läßt sich nichts einreden. Ich bitte Dich aber, sage ihm nichts von alle diesem. Denn er kann sich ohnedies von jeher mit dem Marquis nicht vertragen. Er hat sich schon einige Male mit ihm geschlagen, und der Marquis hat an der letzten Wunde über ein Vierteljahr zubringen müssen. Er fängt immer selber ohne allen Anlaß Händel mit ihm an. Ich weiß gar nicht, was er wider ihn hat. Der Marquis ist hier in allen gebildeten Gesellschaften beliebt und ein geistreicher Mann. Ich weiß gewiß, Du und der Marquis werdet die besten Freunde werden. Denn er macht auch Verse und von der Musik ist er ein großer Kenner. Übrigens lebe ich hier recht glücklich, so gut es Deine Rosa ohne Dich sein kann. Ich bekomme und erwidere Besuche, mache Landpartien usw. Dabei fällt mir immer ein, wie ganz anders Du doch eigentlich bist als alle diese Leute, und dann wird mir mitten in dem Schwarme so bange, daß ich mich oft heimlich wegschleichen muß, um mich recht auszuweinen. – Die junge, schöne Gräfin Romana, die mich alle Morgen an der Toilette besucht, sagt mir immer, wenn ich mich anziehe, daß meine Augen so schön wären, und wickelt sich meine Haare um ihren Arm und küßt mich. – Ich denke dann immer an Dich. Du hast das auch gesagt und getan, und nun bleibst Du auf einmal so lange aus. Ich bitte Dich, wenn Du mir gut bist, laß mich nicht so allein; es ist nicht gut so. –

Ich hatte mich gestern soeben erst recht eingeschrieben und hatte Dir noch so viel zu sagen, da wurde ich zu meinem Verdrusse durch einen Besuch unterbrochen. Jetzt ist es schon zu spät, da die Post sogleich abgehen wird. Ich schließe also schnell in der Hoffnung, Dich bald an mein liebendes Herz zu drücken.

Diesen Winter wird es hier besonders brillant werden. Wie schön wäre es, wenn wir ihn hier zusammen zubrächten! Komm, komm gewiß!«

Friedrich legte den Brief still wieder zusammen. Unwillkürlich summte ihm der Gassenhauer: »Freut euch des Lebens« usw., den Leontin gewöhnlich abzuleiern pflegte, wenn seine Schwester etwas nach ihrer Art Wichtiges vorbrachte, durch den Kopf. Der ganze Brief, wie von einem von Lustbarkeiten Atemlosen im Fluge abgeworfen, war wie eine Lücke in seinem Leben, durch die ihn ein fremdartiger, staubiger Wind anblies. Habe ich es oben auf der Höhe nicht gesagt, daß du in dein Grab hinabsteigst? Wenn die Schönheit mit ihren frischen Augen, mit den jugendlichen Gedanken und Wünschen unter euch tritt, und, wie sie die eigene, größere Lebenslust treibt, sorglos und lüstern in das liebewarme Leben hinauslangt und sproßt, sich an die feinen Spitzen, die zum Himmel streben, giftig anzusaugen und zur Erde hinabzuzerren, bis die ganze, prächtige Schönheit, fahl und ihres himmlischen Schmuckes beraubt, unter euch dasteht wie euresgleichen – die Halunken!

Er öffnete das Fenster. Der herrliche Morgen lag draußen wie eine Verklärung über dem Lande, und wußte nichts von den menschlichen Wirren, nur von rüstigem Tun, Freudigkeit und Frieden. Friedrich spürte sich durch den Anblick innerlichst genesen, und der Glaube an die ewige Gewalt der Wahrheit und des festen religiösen Willens wurde wieder stark in ihm. Der Gedanke, zu retten, was noch zu retten war, erhob seine Seele, und er beschloß, nach der Residenz abzureisen.

Er ging mit dieser Nachricht zu Leontin, aber er fand seine Schlafstube leer und das Bett noch von gestern in Ordnung. Er ging daher zu Julie hinüber, da er hörte, daß sie schon auf war. Das schöne Mädchen stand in ihrer weißen Morgenkleidung eben am Fenster. Sie kehrte sich schnell zu ihm herum, als er hereintrat. »Er ist fort!« sagte sie leise mit unterdrückter Stimme, zeigte mit dem Finger auf das Fenster und stellte sich wieder mit abgewendetem Gesichte abseits an das andere. Der erstaunte Friedrich erkannte Leontins Schrift auf der Scheibe, die er wahrscheinlich gestern, als er hier allein war, mit seinem Ringe aufgezeichnet hatte. Er las:

»Der fleißigen Wirtin von dem Haus
Dank ich von Herzen für Trank und Schmaus,
Und was beim Mahl den Gast erfreut:
Für heitre Mien und Freundlichkeit.

Dem Herrn vom Haus sei Lob und Preis!
Seinen Segen wünsch ich mir auf die Reis,
Nach seiner Lieb mich sehr begehrt,
Wie ich ihn halte ehrenwert.

Herr Viktor soll beten und fleißig sein,
Denn der Teufel lauert, wo einer allein;
Soll lustig auf dem Kopfe stehn,
Wenn alle so dumm auf den Beinen gehn.

Und wenn mein Weg über Berge hoch geht,
Aurora sich auftut, das Posthorn weht,

121

Da will ich ihm rufen von Herzen voll,
Daß er's in der Ferne spüren soll.

Ade! Schloß, heiter überm Tal,
Ihr schwülen Täler allzumal,
Du blauer Fluß ums Schloß herum,
Ihr Dörfer, Wälder um und um.

Wohl sah ich dort eine Zaubrin gehn,
Nach ihr nur alle Blumen und Wälder sehn,
Mit hellen Augen Ströme und Seen,
In stillem Schaun, wie verzaubert, stehn.

Ein jeder Strom wohl findt sein Meer,
Ein jeglich Schiff kehrt endlich her,
Nur ich treibe und sehne mich immerzu,
O wilder Trieb! wann läßt du einmal Ruh?«

Darunter stand, kaum leserlich, gekritzelt:

»Herr Friedrich, der schläft in der Ruhe Schoß,
Ich wünsch ihm viel Unglück, daß er sich erbos',
Ins Horn, zum Schwert, frisch dran und drauf!
Philister über dir, wach, Simson, wach auf!«

Friedrich stutzte über diese letzten Zeilen, die ihn unerwartet trafen.
Er erkannte tief das Schwerfällige seiner Natur und versank auf
einen Augenblick sinnend in sich selbst.

Julie stand noch immerfort am Fenster, sah durch die Scheiben
und weinte heimlich. Er faßte ihre Hand. Da hielt sie sich nicht
länger, sie setzte sich auf ihr Bett und schluchzte laut. Friedrich
wußte wohl, wie untröstlich ein liebendes Mädchen ist. Er verab-

122

scheute alle jene erbärmlichen Spitaltröster voll Wiedersehens, unverhofften Windungen des Schicksals usw. »Lieb ihn nur recht«, sagte er zu Julien, »so ist er ewig dein, und wenn die ganze Welt dazwischenläge. Glaube nur niemals den falschen Verführern: daß die Männer eurer Liebe nicht wert sind. Die Schufte freilich nicht, die das sagen; aber es gibt nichts Herrlicheres auf Erden, als der Mann, und nichts Schöneres, als das Weib, das ihm treu ergeben bis zum Tode.« – Er küßte das weinende Mädchen und ging darauf zu ihren Eltern, um ihnen seine eigene, baldige Abreise anzukündigen.

Er fand die Tante höchst bestürzt über Leontins unerklärliche Flucht, die sie auf einmal ganz irre an ihm und allen ihren Plänen machte. Sie war anfangs böse, dann still und wie vernichtet. Herr v. A. äußerte weniger mit Worten, als durch ein ungewöhnlich hastiges und zerstreutes Tun und Lassen, das Friedrich unbeschreiblich rührte, wie schwer es ihm falle, sich von Leontin getrennt zu sehen, und die Tränen traten ihm in die Augen, als nun auch Friedrich erklärte, schon morgen abreisen zu müssen. So verging dieser noch übrige Tag zerstreut, gestört und freudenlos.

Am andern Morgen hatte Erwin frühzeitig die Reisebündel geschnürt, die Pferde standen bereit und scharrten ungeduldig unten im Hofe. Friedrich machte noch eilig einen Streifzug durch den Garten und sah noch einmal von dem Berge in die herrlichen Täler hinaus. Auch das stille, kühle Plätzchen, wo er so oft gedichtet und glücklich gewesen, besuchte er. Wie im Fluge schrieb er dort folgende Verse in seine Schreibtafel:

»O Täler weit, o Höhen,
O schöner, grüner Wald,
Du meiner Lust und Wehen
Andächt'ger Aufenthalt!
Da draußen, stets betrogen,

Saust die geschäft'ge Welt,
Schlag noch einmal die Bogen
Um mich, du grünes Zelt!

Wann es beginnt zu tagen,
Die Erde dampft und blinkt,
Die Vögel lustig schlagen,
Daß dir dein Herz erklingt:
Da mag vergehn, verwehen
Das trübe Erdenleid,
Da sollst du auferstehen
In junger Herrlichkeit.

Da steht im Wald geschrieben
Ein stilles, ernstes Wort,
Vom rechten Tun und Lieben,
Und was des Menschen Hort.
Ich habe treu gelesen
Die Worte, schlicht und wahr,
Und durch mein ganzes Wesen
Ward's unaussprechlich klar.

Bald werd ich dich verlassen,
Fremd in der Fremde gehn,
Auf buntbewegten Gassen
Des Lebens Schauspiel sehn,
Und mitten in dem Leben
Wird deines Ernsts Gewalt,
Mich Einsamen erheben,
So wird mein Herz nicht alt.«

Als der junge Tag sich aus den Morgenwolken hervorgearbeitet hatte, war Friedrich schon draußen zu Pferde. Julie winkte noch weit mit ihrem weißen Tuche aus dem Fenster nach.

Zweites Buch

Elftes Kapitel

Es war schon Abend, als Friedrich in der Residenz ankam. Er war sehr schnell geritten, so daß Erwin fast nicht mehr nach konnte. Je einsamer draußen der Kreis der Felder ins Dunkel versank, je höher nach und nach die Türme der Stadt, wie Riesen, sich aus der Finsternis aufrichteten, desto lichter war es in seiner Seele geworden vor Freude und Erwartung. Er stieg im Wirtshause ab und eilte sogleich zu Rosas Wohnung. Wie schlug sein Herz, als er durch die dunklen Straßen schritt, als er endlich die hellbeleuchtete Treppe in ihrem Hause hinaufstieg. Er mochte keinen Bedienten fragen, er öffnete hastig die erste Tür. Das große, getäfelte Zimmer war leer, nur im Hintergrunde saß eine weibliche Gestalt in vornehmer Kleidung. Er glaubte sich verirrt zu haben und wollte sich entschuldigen. Aber das Mädchen vom Fenster kam sogleich auf ihn zu, führte sich selbst als Rosas Kammermädchen auf und versicherte sehr gleichgültig, die Gräfin sei auf den Maskenball gefahren. Diese Nachricht fiel wie ein Maifrost in seine Lust. Es war ihm vor Freude gar nicht eingefallen, daß er sie verfehlen könnte, und er hatte beinahe Lust zu zürnen, daß sie ihn nicht zu Hause erwartet habe. »Wo ist denn die kleine Marie?« fragte er nach einer Weile wieder: »Oh, die ist lange aus den Diensten der Gräfin«, sagte das Mädchen mit gerümpftem Näschen und betrachtete ihn von oben bis unten mit einer schnippischen Miene. Friedrich glaubte, es gälte seiner staubigen Reisekleidung; alles ärgerte ihn, er ließ den Affen stehn und ging, ohne seinen Namen zu hinterlassen, wieder fort.

Verdrüßlich nahm er den Weg zu den Redoutensälen. Die Musik schallte lockend aus den hohen Bogenfenstern, die ihre Scheine weit unten über den einsamen Platz warfen. Ein alter Springbrunnen stand in der Mitte des Platzes, über den nur noch einzelne dunkle Gestalten hin und her irrten. Friedrich blieb lange an dem Brunnen stehen, der seltsam zwischen den Tönen von oben fortrauschte. Aber ein Polizeidiener, der, in seinen Mantel gehüllt, an der Ecke lauerte, verjagte ihn endlich durch die Aufmerksamkeit, mit der er ihn zu beobachten schien.

Er ging ins Haus hinein, versah sich mit einem Domino und einer Larve, und hoffte seine Rosa noch heute in dem Getümmel herauszufinden. Geblendet trat er aus der stillen Nacht in den plötzlichen Schwall von Tönen, Lichtern und Stimmen, der wie ein Zaubermeer mit rastlos beweglichen, klingenden Wogen über ihm zusammenschlug. Zwei große, hohe Säle, nur leicht voneinander geschieden, eröffneten die unermeßlichste Aussicht. Er stellte sich in das Bogentor zwischen beide, wo die doppelten Musikchöre aus beiden Sälen verworren ineinanderklangen. Zu beiden Seiten toste der seltsame, lustige Markt, fröhliche, reizende und ernste Bilder des Lebens zogen wechselnd vorüber, Girlanden von Lampen schmückten die Wände, unzählige Spiegel dazwischen spielten das Leben ins Unendliche, so daß man die Gestalten mit ihrem Widerspiel verwechselte, und das Auge verwirrt in der grenzenlosen Ferne dieser Aussicht sich verlor. Ihn schauderte mitten unter diesen Larven. Er stürzte sich selber mit in das Gewimmel, wo es am dichtesten war.

Gewöhnliches Volk, Charaktermasken ohne Charakter vertraten auch hier, wie draußen im Leben, überall den Weg: gespreizte Spanier, papierne Ritter, Taminos, die über ihre Flöte stolperten, hin und wieder ein behender Harlekin, der sich durch die unbehülflichen Züge hindurchwand und nach allen Seiten peitschte. Eine höchst seltsame Maske zog indes seine Aufmerksamkeit auf sich.

Es war ein Ritter in schwarzer, altdeutscher Tracht, die so genau und streng gehalten war, daß man glaubte, irgendein altes Bild sei aus seinem Rahmen ins Leben hinausgetreten. Die Gestalt war hoch und schlank, sein Wams reich mit Gold, der Hut mit hohen Federn geschmückt, die ganze Pracht doch so uralt, fremd und fast gespenstisch, daß jedem unheimlich zumute ward, an dem er vorüberstreifte. Er war übrigens galant und wußte zu leben. Friedrich sah ihn fast mit allen Schönen buhlen. Doch alle machten sich gleich nach den ersten Worten schnell wieder von ihm los, denn unter den Spitzen der Ritterärmel langten die Knochenhände eines Totengerippes hervor.

Friedrich wollte eben den sonderbaren Gast weiter verfolgen, als sich die Bahn mit einem Janhagel junger Männer verstopfte, die auf einer Jagd begriffen schienen. Bald erblickte er auch das flüchtige Reh. Es war eine kleine, junge Zigeunerin, sehr nachlässig verhüllt, das schöne schwarze Haar mit bunten Bändern in lange Zöpfe geflochten. Sie hatte ein Tamburin, mit dem sie die Zudringlichsten so schalkisch abzuwehren wußte, daß ihr alles nur um desto lieber nachfolgte. Jede ihrer Bewegungen war zierlich, es war das niedlichste Figürchen, das Friedrich jemals gesehen.

In diesem Augenblicke streiften zwei schöne, hohe weibliche Gestalten an ihm vorbei. Zwei männliche Masken drängten sich nach. »Es ist ganz sicher die Gräfin Rosa«, sagte die eine Maske mit düsterer Stimme. Friedrich traute seinen Ohren kaum. Er drängte sich ihnen schnell nach, aber das Gewimmel war zu groß, und sie blieben ihm immer eine Strecke voraus. Er sah, daß der schwarze Ritter den beiden weiblichen Masken begegnete, und der einen im Vorbeigehen etwas ins Ohr raunte, worüber sie höchst bestürzt schien und ihm eine Weile nachsah, während er längst schon wieder im Gedränge verschwunden war. Mehrere Parteien durchkreuzten sich unterdes von neuem, und Friedrich hatte Rosa aus dem Gesichte verloren.

Ermüdet flüchtete er sich endlich an ein abgelegenes Fenster, um auszuruhen. Er hatte noch nicht lange dort gestanden, als die eine von den weiblichen Masken eiligst ebenfalls auf das Fenster zukam. Er erkannte sogleich seine Rosa an der Gestalt. Die eine männliche Maske folgte ihr auf dem Fuße nach, sie schienen beide den Grafen nicht zu bemerken. »Nur einen einzigen Blick!« bat die Maske dringend. Rosa zog ihre Larve weg und sah den Bittenden mit den wunderschönen Augen lächelnd an. Sie schien unruhig. Ihre Blicke durchschweiften den ganzen Saal und begegneten schon wieder dem schwarzen Ritter, der wie eine Totenfahne durch die bunten Reihen drang. »Ich will nach Hause –« sagte sie darauf ängstlich bittend, und Friedrich glaubte Tränen in ihren Augen zu bemerken. Sie bedeckte ihr Gesicht schnell wieder mit der Larve. Ihr unbekannter Begleiter bot ihr seinen Arm, drängte Friedrich, der gerade vor ihr stand, stolz aus dem Wege und bald hatten sich beide in dem Gewirre verloren.

Der schwarze Ritter war indes bei dem Fenster angelangt. Er blieb vor Friedrich stehen und sah ihm scharf ins Gesicht. Dem Grafen grauste, so allein mit der wunderbaren Erscheinung zu stehn, denn hinter der Larve des Ritters schien alles hohl und dunkel, man sah keine Augen. »Wer bist du?« fragte ihn Friedrich. »Der Tod von Basel«, antwortete der Ritter und wandte sich schnell fort. Die Stimme hatte etwas so Altbekanntes und Anklingendes aus längstvergangener Zeit, daß Friedrich lange sinnend stehen blieb. Er wollte ihm endlich nach, aber er sah ihn schon wieder im dicksten Haufen mit einer Schönen wie toll herumwalzen.

Ein Getümmel von Lichtern draußen unter den Fenstern lenkte seine Aufmerksamkeit ab. Er blickte hinaus und sah bei dem Scheine einer Fackel, wie die männliche Maske Rosan nebst noch einer andern Dame in den Wagen hob. Der Wagen rollte darauf schnell fort, die Lichter verschwanden, und der Platz unten war auf einmal wieder still und finster.

Er warf das Fenster zu und wandte sich in den glänzenden Saal zurück, um sich ebenfalls fortzubegeben. Der schwarze Ritter war nirgends mehr zu sehen. Nach einigem Herumschweifen traf er in der mit Blumen geschmückten Kredenz noch einmal auf die nur allzu gefällige Zigeunerin. Sie hatte die Larve abgenommen, trank Wein und blickte mit den muntern Augen reizend über das Glas weg. Friedrich erschrak, denn es war die kleine Marie. Er drückte seine Larve fester ins Gesicht und faßte das niedliche Mädchen bei der Hand. Sie zog sie verwundert zurück und zeichnete mit ihrem Finger ratend eine Menge Buchstaben in seine flache Hand, aber keiner paßte auf seinen Namen.

Er zog sie an ein Tischchen und kaufte ihr Zucker und Naschwerk. Mit ungemeiner Zierlichkeit wußte das liebliche Kind alles mit ihm zu teilen, und blinzelte ihm dazwischen oft neugierig in die Augen. Unbesorgt um die Reize, die sie dabei enthüllte, riß sie einen Blumenstrauß von ihrem Busen und überreichte ihn lächelnd ihrem unbekannten, sonderbaren Wirte, der immerfort so stumm und kalt neben ihr saß. »Die Blumen sind ja alle schon verwelkt«, sagte Friedrich, zerzupfte den Strauß und warf die Stücke auf die Erde. Marie schlug ihn lachend auf die Hand und riß ihm die noch übrigen Blumen aus. Er bat endlich um die Erlaubnis, sie nach Hause begleiten zu dürfen, und sie willigte mit einem freudigen Händedruck ein.

Als er sie nun durch den Saal fortführte, war unterdes alles leer geworden. Die Lampen waren größtenteils verlöscht und warfen nur noch zuckende, falbe Scheine durch den Qualm und Staub, in welchen das ganze bunte Leben verraucht schien. Die Musikanten spielten wohl fort, aber nur noch einzelne Gestalten wankten auf und ab, demaskiert, nüchtern und über satt. Mitten in dieser Zerstörung glaubte Friedrich mit einem flüchtigen Blicke Leontin totenblaß und mit verwirrtem Haar in einem fernen Winkel schlafen zu sehen. Er blieb erstaunt stehen, alles kam ihm wie ein

Traum vor. Aber Marie drängte ihn schnell und ängstlich fort, als wäre es unheimlich, länger an dem Orte zu hausen.

Als sie unten zusammen im Wagen saßen, sagte Marie zu Friedrich: »Ihre Stimme hat eine sonderbare Ähnlichkeit mit der eines Herrn, den ich sonst gekannt habe.« Friedrich antwortete nicht darauf. »Ach Gott!« sagte sie bald nachher, »die Nacht ist heut gar so schwül und finster!« Sie öffnete das Kutschenfenster, und er sah bei dem matten Schimmer einer Laterne, an der sie vorüberflogen, daß sie ernsthaft und in Gedanken versunken war. Sie fuhren lange durch eine Menge enger und finsterer Gäßchen, endlich rief Marie dem Kutscher zu, und sie hielten vor einem abgelegenen, kleinen Hause. Sie sprang schnell aus dem Wagen und in das Haus hinein. Ein Mädchen, das in Mariens Diensten zu sein schien, empfing sie an der Haustür. »Er ist mein, er ist mein!« rief Marie kaum hörbar, aber aus Herzensgrunde, dem Mädchen im Vorübergehen zu und schlüpfte in ein Zimmer.

Das Mädchen führte den Grafen mit prüfenden Blicken über ein kleines Treppchen zu einer andern Tür. »Warum«, sagte sie, »sind Sie gestern abend nicht schon zu uns gekommen, da Sie vorbeiritten und so freundlich heraufgrüßten? Ich sollte wohl nichts sagen, aber seit acht Tagen spricht und träumt die arme Marie von nichts als von Ihnen, und wenn es lange gedauert hätte, wäre sie gewiß bald gestorben.« Friedrich wollte fragen, aber sie schob die Tür hinter ihm zu und war verschwunden.

Er trat in eine fortlaufende Reihe schöner, geschmackvoller Zimmer. Ein prächtiges Ruhebett stand im Hintergrunde, der Fußboden war mit reichen Teppichen geschmückt, eine alabasterne Lampe erleuchtete das Ganze nur dämmernd. In dem letzten Zimmer sah er die niedliche Zigeunerin vor einem großen Wandspiegel stehen und ihre Haare flüchtig in Ordnung bringen. Als sie ihn in dem vordern Zimmer erblickte, kam sie sogleich herbeigesprungen und stürzte mit einer Hingebung in seine Arme, die keine Verstellung mit ihren gemeinen Künsten jemals erreicht. Der erstaunte Friedrich riß in diesem Augenblicke seinen Mantel und die Larve von sich. Wie vom Blitze berührt, sprang Marie bei diesem Anblicke auf, stürzte mit einem lauten Schrei auf das Ruhebett und drückte ihr mit beiden Händen bedecktes Gesicht tief in die Kissen.

»Was ist das!« sagte Friedrich, »sind deine Freunde Gespenster geworden? Warum hast du mich geliebt, eh du mich kanntest, und fürchtest dich nun vor mir?« Marie blieb in ihrer Stellung und ließ die eine Hand, die er gefaßt hatte, matt in der seinigen; sie schien ganz vernichtet. Mit noch immer verstecktem Gesichte sagte sie leise und gepreßt: »Er war auf dem Balle – dieselbe Gestalt – dieselbe Maske.« – »Du hast dich in mir geirrt«, sagte Friedrich, und setzte sich neben sie auf das Bett, »viel schwerer und furchtbarer irrst du dich am Leben, leichtsinniges Mädchen! Wie der schwarze Ritter heute auf dem Balle, tritt überall ein freier, wilder Gast ungeladen in das Fest. Er ist so lustig aufgeschmückt und ein rüstiger Tänzer, aber seine Augen sind leer und hohl, und seine Hände totenkalt, und du mußt sterben, wenn er dich in die Arme nimmt, denn dein Buhle ist der Teufel.« – Marie, seltsam erschüttert von diesen Worten, die sie nur halb vernahm, richtete sich auf. Er hob sie auf seinen Schoß, wo sie still sitzen blieb, während er sprach. Ihre Augen und Mienen kamen ihm in diesem Augenblicke wieder so unschuldig und kindisch vor, wie ehemals. »Was ist aus dir geworden, arme Marie!« fuhr er gerührt fort. »Als ich das erstemal auf die schöne grüne Waldeswiese hinunterkam, wo dein stilles Jägerhaus stand, wie du fröhlich auf dem Rehe saßest und sangst – der Himmel war so heiter, der Wald stand frisch und rauschte im Winde, von allen Bergen bliesen die Jäger auf ihren Hörnern – das war eine schöne Zeit! – Ich habe einmal an einem kalten, stürmischen Herbsttage ein Frauenzimmer draußen im Felde sitzen gesehen, die war verrückt geworden, weil sie ihr Liebhaber, der sich lange mit ihr herumgeherzt, verlassen hatte. Er hatte ihr versprochen, noch an demselben Tage wiederzukommen. Sie ging nun seit vielen Jahren alle Tage auf das Feld und sah immerfort auf die Landstraße hinaus. Sie hatte noch immer das Kleid an, das sie damals getragen hatte, das war schon zerrissen und seitdem ganz altmodisch geworden. Sie zupfte immer an dem Ärmel und sang ein altes Lied zum Rasendwerden.« – Marie stand bei diesen Worten schnell auf und ging an den Tisch. Friedrich sah auf einmal Blut über ihre Hand hervorrinnen. Alles dieses geschah in einem Augenblicke.

»Was hast du vor?« rief Friedrich, der unterdes herbeigesprungen war. »Was soll mir das Leben!« antwortete sie mit verhaltener, trostloser Stimme. Er sah, daß sie sich mit einem Federmesser gerade am gefährlichsten Flecke unterhalb der Hand verwundet hatte. »Pfui«, sagte Friedrich, »wie bist du seitdem unbändig geworden!« Das Mädchen wurde blaß, als sie das Blut erblickte, das häufig über den weißen Arm floß. Er zog sie an das Bett hin und riß schnell ein Band aus ihren Haaren. Sie kniete vor ihm hin und ließ sich gutwillig von ihm das Blut stillen und die Wunde verbinden. Das heftige Mädchen war währenddessen ruhiger geworden. Sie lehnte den Kopf an seine Kniee und brach in einen Strom von Tränen aus.

Da wurden sie durch Mariens Kammermädchen unterbrochen, die plötzlich in die Stube stürzte und mit Verwirrung vorbrachte, daß soeben der Herr auf dem Wege hierher sei. »O Gott!« rief Marie sich aufraffend, »wie unglücklich bin ich!« Das Mädchen aber schob den Grafen, ohne sich weiter auf Erklärungen einzulassen, eiligst aus dem Zimmer und dem Hause und schloß die Tür hinter ihm ab.

Draußen auf der Straße, die leer und öde war, begegnete er bald zwei männlichen, in dunkle Mäntel dicht verhüllten Gestalten, die durch die neblige Nacht an den Häusern vorbeistrichen. Der eine von ihnen zog einen Schlüssel hervor, eröffnete leise Mariens Haustür und schlüpfte hinein. Desselben Stimme, die er jetzt im Vorbeigehen flüchtig gehört hatte, glaubte er vom heutigen Maskenballe auffallend wiederzuerkennen.

Da hierauf alles auf der Gasse ruhig wurde, eilte er endlich voller Gedanken seiner Wohnung zu. Oben in seiner Stube fand er Erwin, den Kopf auf den Arm gestützt, eingeschlummert. Die Lampe auf dem Tische war fast ausgebrannt und dämmerte nur noch schwach über das Zimmer. Der gute Junge hatte durchaus seinen Herrn erwarten wollen, und sprang verwirrt auf, als Friedrich hereintrat. Draußen rasselten die Wagen noch immerfort, Läufer schweiften mit ihren Windlichtern an den dunklen Häusern vorüber, in Osten standen schon Morgenstreifen am Himmel. Erwin sagte, daß er sich in der großen Stadt fürchte; das Gerassel der Wagen wäre ihm vorgekommen wie ein unaufhörlicher Sturmwind, die nächtliche Stadt wie ein dunkler eingeschlafener Riese. Er hat wohl recht, es ist manchmal fürchterlich, dachte Friedrich, denn ihm war bei diesen Worten, als hätte dieser Riese Marie und seine Rosa erdrückt, und der Sturmwind ginge über ihre Gräber. »Bete«, sagte er zu dem Knaben, »und leg dich ruhig schlafen!« Erwin gehorchte, Friedrich aber blieb noch auf. Seine Seele war von den buntwechselnden Erscheinungen dieser Nacht mit einer unbeschreiblichen Wehmut erfüllt, und er schrieb heute noch folgendes Gedicht auf:

Der armen Schönheit Lebenslauf

Die arme Schönheit irrt auf Erden,
So lieblich Wetter draußen ist,
Möcht gern recht viel gesehen werden,
Weil jeder sie so freundlich grüßt.

Und wer die arme Schönheit schauet,
Sich wie auf großes Glück besinnt,
Die Seele fühlt sich recht erbauet,
Wie wenn der Frühling neu beginnt.

Da sieht sie viele schöne Knaben,
Die reiten unten durch den Wind,
Möcht manchen gern im Arme haben,
Hüt dich, hüt dich, du armes Kind!

Da ziehn manch redliche Gesellen,
Die sagen: »Hast nicht Geld noch Haus,
Wir fürchten deine Augen helle,
Wir haben nichts zum Hochzeitsschmaus.«

Von andern tut sie sich wegdrehen,
Weil keiner ihr so wohl gefällt,
Die müssen traurig weitergehen,
Und zögen gern ans End der Welt.

Da sagt sie: »Was hilft mir mein Sehen,
Ich wünscht, ich wäre lieber blind,
Da alle furchtsam von mir gehen,
Weil gar so schön mein Augen sind.« –

Nun sitzt sie hoch auf lichtem Schlosse,
In schöne Kleider putzt sie sich,
Die Fenster glühn, sie winkt vom Schlosse,
Die Sonne blinkt, das blendet dich.

Die Augen, die so furchtsam waren,
Die haben jetzt so freien Lauf,

Fort ist das Kränzlein aus den Haaren,
Und hohe Federn stehn darauf.

Das Kränzlein ist herausgerissen,
Ganz ohne Scheu sie mich anlacht;
Geh du vorbei: sie wird dich grüßen,
Winkt dir zu einer schönen Nacht. –

Da sieht sie die Gesellen wieder,
Die fahren unten auf dem Fluß,
Es singen laut die lust'gen Brüder;
So furchtbar schallt des einen Gruß:

»Was bist du für 'ne schöne Leiche!
So wüste ist mir meine Brust,
Wie bist du nun so arm, du Reiche,
Ich hab an dir nicht weiter Lust!«

Der Wilde hat ihr so gefallen,
Laut schrie sie auf bei seinem Gruß,
Vom Schloß möcht sie hinunterfallen
Und unten ruhn im kühlen Fluß. –

Sie blieb nicht länger mehr da oben,
Weil alles anders worden war,
Von Schmerz ist ihr das Herz erhoben,
Da ward's so kalt, doch himmlisch klar;

Da legt sie ab die goldnen Spangen,
Den falschen Putz und Ziererei,
Aus dem verstockten Herzen drangen
Die alten Tränen wieder frei.

Kein Stern wollt nicht die Nacht erhellen,
Da mußte die Verliebte gehn,
Wie rauscht der Fluß! die Hunde bellen,
Die Fenster fern erleuchtet stehn.

Nun bist du frei von deinen Sünden,
Die Lieb zog triumphierend ein,
Du wirst noch hohe Gnade finden,
Die Seele geht in Hafen ein. –

Der Liebste war ein Jäger worden,
Der Morgen schien so rosenrot,
Da blies er lustig auf dem Horne,
Blies immerfort in seiner Not.

Zwölftes Kapitel

Rosa saß des Morgens an der Toilette; ihr Kammermädchen mußte ihr weitläufig von dem fremden Herrn erzählen, der gestern nach ihr gefragt hatte. Sie zerbrach sich vergebens den Kopf, wer es wohl gewesen sein möchte, denn Friedrich erwartete sie nicht so schnell. Vielmehr glaubte sie, er werde darauf bestehen, daß sie die Residenz verlasse und das machte ihr manchen Kummer. Die junge Gräfin Romana, eine Verwandte von ihr, in deren Hause sie wohnte, saß neben ihr am Flügel und schwelgte tosend in den Tänzen von der gestrigen Redoute. »Wie ihr andern nur«, sagte sie, »alle Lust so gelassen ertragen und aus dem Tanze schnurstracks ins Bett springen könnt und der schönen Welt so auf einmal ein Ende machen! Ich bin immer so ganz durchklungen, als sollte die Musik niemals aufhören.«

Bald darauf fand sie Rosas Augen so süß verschlafen, daß sie schnell zu ihr hinsprang und sie küßte. Sie setzte sich neben sie hin und half sie von allen Seiten schmücken, setzte ihr bald einen Hut, bald Blumen auf, und riß ebensooft alles wieder herunter, wie ein verliebter Knabe, der nicht weiß, wie er sich sein Liebchen würdig genug aufputzen soll. »Ich weiß gar nicht, was wir uns putzen«, sagte das schöne Weib endlich und lehnte den schwarzgelockten Kopf schwermütig auf den blendendweißen Arm, »was wir uns kümmern und noch Herzweh haben nach den Männern: solches schmutziges, abgearbeitetes, unverschämtes Volk, steifleinene Helden, die sich spreizen und in allem Ernste glauben, daß sie uns beherrschen, während wir sie auslachen, fleißige Staatsbürger und ehrliche Ehestandskandidaten, die, ganz beschwitzt von der Berufsarbeit und das Schurzfell noch um den Leib, mit aller Wut ihrer Inbrunst von der Werkstatt zum Garten der Liebe springen, und denen die Liebe ansteht wie eine umgekehrt aufgesetzte Perücke.« – Rosa besah sich im Spiegel und lachte. – »Wenn ich bedenke«, fuhr die Gräfin fort, »wie ich mir sonst als kleines Mädchen einen Liebhaber vorgestellt habe: wunderschön, stark, voll Tapferkeit, wild, und doch wieder so milde, wenn er bei mir war.

Ich weiß noch, unser Schloß lag sehr hoch zwischen einsamen Wäldern, ein schöner Garten war daneben, unten ging ein Strom vorüber. Alle Morgen, wenn ich in den Garten kam, hörte ich draußen in den Bergen ein Waldhorn blasen, bald nahe, bald weit, dazwischen sah ich oft einen Reiter plötzlich fern zwischen den Bäumen erscheinen und schnell wieder verschwinden. Gott! mit welchen Augen schaute ich da in die Wälder und den blauen, weiten Himmel hinaus! Aber ich durfte, solange meine Mutter lebte, niemals allein aus dem Garten. Ein einziges Mal, an einem prächtigen Abende, da der Jäger draußen wieder blies, wagte ich es und schlich unbemerkt in den Wald hinaus. Ich ging nun zum ersten Male allein durch die dunkelgrünen Gänge, zwischen Felsen und über eingeschlossene Wiesen voll bunter Blumen, alte, seltsame Geschichten, die mir die Amme oft erzählte, fielen mir dabei ein; viele Vögel sangen ringsumher, das Waldhorn rief immerfort, noch niemals hatte ich so große Lust empfunden. Doch wie ich im Beschauen so versunken ging und staunte, hatt ich den rechten Weg verloren, auch wurde es schon dunkel. Ich irrt und rief, doch niemand gab mir Antwort. Die Nacht bedeckte indes Wälder und Berge, die nun wie dunkle Riesen auf mich sahen, nur die Bäume rührten sich so schaurig, sonst war es still im großen Walde. – Ist das nicht recht romantisch?« unterbrach sich hier die Gräfin selbst, laut auflachend. – »Ermüdet«, fuhr sie wieder weiter fort, »setzte ich mich endlich auf die Erde nieder und weinte bitterlich. Da hört ich plötzlich hinter mir ein Geräusch, ein Reh bricht aus dem Dickicht hervor und hinterdrein der Reiter. – Es war ein wilder Knabe, der Mond schien ihm hell ins Gesicht; wie schön und herrlich er anzusehen war, kann ich mit Worten nicht beschreiben. Er stutzte, als er mich erblickte, und staunend standen wir so voreinander. Erst lange darauf fragte er mich, wie ich hierhergekommen und wohin ich wollte? Ich konnte vor Verwirrung nicht antworten, sondern stand still vor ihm und sah ihn an. Da hob er mich schnell vor sich auf sein Roß, umschlang mich fest mit einem Arme, und ritt so mit mir davon. Ich fragte nicht: wohin? denn Lust und Furcht war so gemischt in seinem wunderbaren Anblick, daß ich weder wünschte, noch wagte von ihm zu scheiden. Unterwegs bat er mich freundlich um ein Andenken. Ich zog stillschweigend meinen Ring vom Finger und gab ihn ihm. So waren wir, nach kurzem Reiten auf unbekannten Wegen, zu meiner Verwunderung auf einmal vor unser Schloß gekommen. Der Jäger setzte mich hier ab, küßte mich und kehrte schnell wieder in den Wald zurück.

Aber mir scheint gar, du glaubst mir wirklich alles das Zeug da«, sagte hier die Gräfin, da sie Rosa über der Erzählung ihren ganzen Putz vergessen und mit großen Augen zuhorchen sah. – »Und ist es denn nicht wahr?« fragte Rosa. – »So, so«, erwiderte die Gräfin, »es ist eigentlich mein Lebenslauf in der Knospe. Willst du weiter hören, mein Püppchen?

Der Sommer, die bunten Vögel und die Waldhornsklänge zogen nun fort, aber das Bild des schönen Jägers blieb heimlich bei mir den langen Winter hindurch. – Es war an einem von jenen wundervollen Vorfrühlingstagen, wo die ersten Lerchen wieder in der lauen Luft schwirren, ich Stand mit meiner Mutter an dem Abhange des Gartens, der Fluß unten war von dem geschmolzenen Schnee ausgetreten und die Gegend weit und breit wie ein großer See zu sehen. Da erblickte ich plötzlich meinen Jäger wieder gegenüber auf der Höhe. Ich erschrak vor Freude, daß ich am ganzen Leibe zitterte. Er bemerkte mich und hielt meinen Ring an seiner Hand gerade auf mich zu, daß der Stein im Sonnenscheine funkelnd, wunderbar über das Tal herüberblitzte. – Er schien zu uns herüber zu wollen, aber das Wasser hinderte ihn. So ritt er auf verschiedenen Umwegen und kam an einen tiefen Schlund, vor dem das Pferd sich zögernd bäumte. Endlich wagte es den Sprung, sprang zu kurz und er stürzte in den Abgrund. Als ich das sah, sprang ich, ohne mich zu besinnen, mit einem Schrei vom Abhange aus dem Garten hinunter. Man trug mich ohnmächtig ins Schloß, und ich sah ihn niemals mehr wieder; aber der Ring blitzt wohl noch jeden Frühling aus der Grüne farbigflammend in mein Herz, und ich werde die Zauberei nicht los.« – »Was sagte denn aber die Mutter dazu?« fragte Rosa. – »Sie erinnerte sich sehr oft daran. Noch den Tag vor ihrem Tode, da sie schon zuweilen irre sprach, fiel es ihr ein und sie sagte in einer Art von Verzückung zu mir: ›Springe nicht aus dem Garten! Er ist so fromm und zierlich umzäunt mit Rosen, Lilien und Rosmarin. Die Sonne scheint gar lieblich darauf und lichtglänzende Kinder sehen dir von fern zu und wollen dort zwischen den Blumenbeeten mit dir spazierengehen. Denn du sollst mehr Gnade erfahren und mehr göttliche Pracht überschauen, als andere. Und eben, weil du oft fröhlich und kühn sein wirst und Flügel haben, so bitte ich dich: springe niemals aus dem stillen Garten!‹« – »Was wollte sie denn aber damit sagen?« fiel ihr Rosa ins Wort, »verstehst du's?« – »Manchmal«, erwiderte die Gräfin, »an nebligen Herbsttagen.« – Sie nahm die Gitarre, trat an das offene Fenster und sang:

> »Laue Luft kommt blau geflossen,
> Frühling, Frühling soll es sein!
> Waldwärts Hörnerklang geschossen,
> Mut'ger Augen lichter Schein,
> Und das Wirren bunt und bunter
> Wird ein magisch wilder Fluß,
> In die schöne Welt hinunter
> Lockt dich dieses Stromes Gruß.
>
> Und ich mag mich nicht bewahren!
> Weit von euch treibt mich der Wind,
> Auf dem Strome will ich fahren,
> Von dem Glanze selig blind!
> Tausend Stimmen lockend schlagen,
> Hoch Aurora flammend weht,
> Fahre zu! ich mag nicht fragen,
> Wo die Fahrt zu Ende geht!

Was macht dein Bruder Leontin?« fragte sie schnell abbrechend und legte die Gitarre, in Gedanken versunken, hin. »Wie kommst du jetzt auf den?« fragte Rosa verwundert. »Er sagt von mir«, antwortete die Gräfin, »ich sei wie eine Flöte, in der viel himmlischer Klang ist, aber das frische Holz habe sich geworfen, habe

141

einen genialischen Sprung, und so tauge doch am Ende das ganze Instrument nichts. Das fiel mir eben jetzt ein.«

Rosa war froh, daß gerade der Bediente hereintrat und meldete, daß die Pferde zum Spazierritte bereit seien. Denn die Reden der Gräfin hatten sie heute mehr gepreßt, als sie zeigte, und wäre Friedrich, nach dessen immer beruhigenden Gesprächen sie hier gar oft eine aufrichtige Sehnsucht fühlte, in diesem Augenblicke hereingetreten, sie wäre ihm gewiß mit einer Leidenschaft um den Hals gefallen, die ihn in Verwunderung gesetzt hätte.

Friedrich hatte bis weit in den Tag hinein geschlafen oder vielmehr geträumt und stand unerquickt und nüchtern auf. Die alte, schöne Gewohnheit, beim ersten Erwachen in die rüstige, freie Morgenpracht hinauszutreten, und auf hohem Berge oder im Walde die Weihe großer Gedanken für den Tag zu empfangen, mußte er nun ablegen. Trostlos blickte er aus dem Fenster in das verwirrende Treiben der mühselig drängenden, schwankenden Menge, und es war ihm, als könnte er hier nicht beten. In solchen verlassenen Stunden wenden wir uns mit doppelter Liebe nach den Augen der Geliebten, aus denen uns die Natur wieder wunderbar begrüßt, wo wir Ruhe, Trost und Freude wiederzufinden wähnen. Auch Friedrich eilte, seine Rosa endlich wiederzusehen. Aber seine Erwartung sollte noch einmal getäuscht werden. Sie war, wie wir gehört haben, eben fortgeritten, als er hinkam.

Ungeduldig verließ er von neuem das Haus, und es fehlte wenig, daß er in einer Aufwallung nicht sogleich gar wieder fortreiste. Müßig und unlustig schlenderte er durch die Gassen zwischen den fremden Menschengesichtern, ohne zu wissen, wohin. Die ersten Stunden und Tage, die wir in einer großen, unbekannten Stadt verbringen, gehören meistens unter die verdrüßlichsten unsers Lebens. Überall von aller organischen Teilnahme ausgeschlossen, sind wir wie ein überflüssiges stillstehendes Rad an dem großen Uhrwerke des allgemeinen Treibens. Neutral hängen wir gleichsam unser ganzes Wesen schlaff zu Boden und haschen, da wir innerlich nicht zu Hause sind, auswärts nach einem festen, sichern Halt. Solche Augenblicke sind es, wo wir darauf verfallen Visiten zu machen und nach Bekanntschaften zu jagen, da uns sonst der ungestörte Zug eines frischen, bewegten Lebens in Liebe und Haß mit Gleichen und Widrigen von selbst kräftiger und sicherer zusammenführt.

So erinnerte sich auch Friedrich, daß er ein Empfehlungsschreiben an den hiesigen Minister P., den er von einsichtsvollen Männern als ein Wunder von tüchtiger Tätigkeit rühmen gehört, bei sich habe. Er zog es hervor und überlas bei dieser Gelegenheit wieder einmal den weitläufigen Reiseplan, den er bei seinem Auszuge von der Universität sorgfältig in seine Schreibtafel aufgezeichnet hatte. Es rührte ihn, wie da alle Wege so genau vorausbestimmt waren, und wie nachher alles anders gekommen war, wie das innere Leben überall durchdringt und, sich an keine vorberechneten Pläne kehrend, gleich einem Baume aus freier, geheimnisvoller Werkstatt seine Äste nach allen Richtungen hinstreckt und treibt, und erst als Ganzes einen Plan und Ordnung erweist.

Unter solchen Gedanken erreichte er des Ministers Haus. Ein Kammerdiener meldete ihn an und führte ihn bald darauf durch eine lange Reihe von Zimmern, die alle fast bis zur Einförmigkeit einfach und schmucklos waren. Erstaunt blieb er stehen, als ihm endlich an der letzten Tür der Minister selbst entgegenkam. Er hatte sich nach alledem Erhebenden, was er von seinem großen Streben gehört, einen lebenskräftigen, heldenähnlichen, freudigen Mann vorgestellt, und fand eine lange, hagere, schwarzgekleidete Gestalt, die ihn mit unhöflicher Höflichkeit empfing. Denn so möchte man jene Höflichkeit nennen, die nichts mehr bedeuten will, und keinen Zug mehr ihres Ursprungs, der wohlwollenden Güte, an sich hat. Der Minister las das Schreiben schnell durch und erkundigte sich um die Familienverhältnisse des Grafen mit wenigen sonderbaren Fragen, aus denen Friedrich zu seiner höchsten Verwunderung ersah, daß der Minister in die Geheimnise seiner Familie eingeweihter sein müsse, als er selber, und er betrachtete den kalten Mann einige Augenblicke mit einer Art von heiliger Scheu.

Während dieser Unterredung kam unten ein junger Mann in soldatischer Kleidung die Straße herabgeritten. Wie wenn ein Ritter, noch ein heiliges Bild voriger, rechter Jugend, dessen Anblicks unser Auge längst entwöhnt ist, uns plötzlich begegnete, so ragte der herrliche Reiter über die verworrene, falbe Menge, die sein wildes Roß auseinandersprengte. Alles zog ehrerbietig den Hut, er nickte freundlich in das Fenster hinauf, der Minister verneigte sich tief; es war der Erbprinz.

Auf Friedrich hatte die wahrhaft fürstliche Schönheit des Reiters einen wunderbaren Eindruck gemacht, den er, solange er lebte, nie wieder auszulöschen vermochte. Er sagte es dem Minister. Der Minister lächelte. Friedrich ärgerte das britisierende, eingefrorne Wesen, das er aus Jean Pauls Romanen bis zum Ekel kannte, und jederzeit für die allerschändlichste Prahlerei hielt. Auf die Wahrhaftigkeit seines Herzens vertrauend, sprach er daher, als sich bald nachher die Unterhaltung zu den neuesten Zeitbegebenheiten wandte, über Staat, öffentliche Verhandlungen und Patriotismus mit einer sorglosen, sieghaften Ergreifung, die vielleicht manchmal um desto eher an Übertreibung grenzte, je mehr ihn der unüberwindlich kalte Gegensatz des Ministers erhitzte. Der Minister hörte ihn stillschweigend an. Als er geendigt hatte, sagte er ruhig: »Ich bitte Sie, verlegen Sie sich doch einige Zeit mit ausschließlichem Fleiße auf das Studium der Jurisprudenz und der kameralistischen Wissenschaften.« Friedrich griff schnell nach seinem Hute. Der Minister überreichte ihm eine Einladungskarte zu einem sogenannten Tableau, welches heute abend bei einer Dame, die durch gelehrte Zirkel berüchtigt war, von mehreren jungen Damen aufgeführt werden sollte, und Friedrich eilte aus dem Hause fort. Er hatte sich oben in der Gegenwart des Ministers wie von einer unsichtbaren Übermacht bedrückt gefühlt, es kam ihm vor, als ginge alles anders auf der Welt, als er es sich in guten Tagen vorgestellt.

Es war schon Abend geworden, als sich Friedrich endlich entschloß, von der Einladungskarte, die er vom Minister bekommen hatte, Gebrauch zu machen. Er machte sich schnell auf den Weg; aber das Haus der Dame, wohin die Adresse gerichtet war, lag weit in dem andern Teile der Stadt, und so langte er ziemlich spät dort an.

Er wurde bei Vorweisung der Karte in einen Saal gewiesen, der, wie es schien, mit Fleiß nur durch einen einzigen Kronleuchter sehr matt beleuchtet wurde. In dieser sonderbaren Dämmerung fand er eine zahlreiche Gesellschaft, die, lebhaft durcheinandersprechend, in einzelne Partien zerstreut umhersaß. Er kannte niemand und wurde auch nicht bemerkt; er blieb daher im Hintergrunde und erwartete, an einen Pfeiler gelehnt, den Ausgang der Sache.

Bald darauf wurde zu seinem Erstaunen auch der einzige Kronleuchter hinaufgezogen. Eine undurchdringliche Finsternis erfüllte nun plötzlich den Raum und er hörte ein quiekendes, leichtfertiges Gelächter unter den jungen Frauenzimmern über den ganzen Saal. Wie sehr aber fühlte er sich überrascht, als auf einmal ein Vorhang im Vordergrunde niedersank und eine unerwartete Erscheinung von der seltsamsten Erfindung sich den Augen darbot.

Man sah nämlich sehr überraschend ins Freie, überschaute statt eines Theaters die große, wunderbare Bühne der Nacht selber, die vom Monde beleuchtet draußen ruhte. Schräge über die Gegend hin streckte sich ein ungeheurer Riesenschatten weit hinaus, auf dessen Rücken eine hohe weibliche Gestalt erhoben stand. Ihr langes weites Gewand war durchaus blendendweiß, die eine Hand hatte sie ans Herz gelegt, mit der andern hielt sie ein Kreuz zum Himmel empor. Das Gewand schien ganz und gar von Licht durchdrungen und strömte von allen Seiten einen milden Glanz aus, der eine himmlische Glorie um die ganze Gestalt bildete und sich ins Firmament zu verlieren schien, wo oben an seinem Ausgange einzelne wirkliche Sterne hindurchschimmerten. Rings unter dieser Gestalt war ein dunkler Kreis hoher, traumhafter, phantastisch ineinander verschlungener Pflanzen, unter denen unkenntlich verworrene Gestalten zerstreut lagen und schliefen, als wäre ihr wunderbarer Traum über ihnen abgebildet. Nur hin und her endigten sich die höchsten dieser Pflanzengewinde in einzelne Lilien und Rosen, die von der Glorie, der sie sich zuwandten, berührt und verklärt wurden und in deren Kelchen goldene Kanarienvögel saßen und in dem Glanze mit den Flügeln schlugen. Unter den dunklen Gestalten des untern Kreises war nur eine kenntlich. Es war ein Ritter, der sich, der glänzenden Erscheinung zugekehrt, auf beide Kniee aufgerichtet hatte und auf ein Schwert stützte, und dessen goldene Rüstung von der Glorie hell beleuchtet wurde. Von der andern Seite stand eine schöne weibliche Gestalt in griechischer Kleidung, wie die Alten ihre Göttinnen abbildeten. Sie war mit bunten, vollen Blumengewinden umhangen und hielt mit beiden aufgehobenen Armen eine Zimbel, wie zum Tanze, hoch in die Höh, so daß die ganze regelmäßige Fülle und Pracht der Glieder sichtbar wurde. Das Gesicht erschrocken von der Glorie abgewendet, war sie nur zur Hälfte erleuchtet; aber es war die deutlichste und vollendetste Figur. Es schien, als wäre die irdische, lebenslustige Schönheit von dem Glanze jener himmlischen berührt, in ihrer bacchantischen Stellung plötzlich so erstarrt. Je länger man das Ganze betrachtete, je mehr und mehr wurde das Zauberbild von allen Seiten lebendig. Die Glorie der mittelsten Figur spielte in den Pflanzengewinden und den zitternden Blätterspitzen der nächststehenden Bäume. Im Hintergrunde sah man noch einige Streifen des Abendrots am Himmel stehen, fernes, dunkelblaues Gebirg, und hin und wieder den Strom aus der weiten Tiefe wie Silber aufblickend. Die ganze Gegend schien in erwartungsvoller Stille zu feiern, wie vor einem großen Morgen, der das geheimnisvoll gebundene Leben in herrlicher Pracht lösen soll.

Friedrich war freudig zusammengefahren, als der Vorhang sich plötzlich eröffnete, denn er hatte in der mittelsten Figur mit dem Kreuze sogleich seine Rosa erkannt. Wie wir einen geliebten köstlichen Stein mit dem Kostbarsten sorgfältig umfassen, so schien auch ihm der herrliche Kreis der gestirnten Nacht draußen nur eine Folie um das schöne Bild der Geliebten, zu welcher aller Augen unwiderstehlich hingezogen wurden. An ihren großen, sinnigen Augen entzündete sich in seiner Brust die Macht hoher, freudiger Entschlüsse und Gedanken, das Abendrot draußen war ihm die Aurora eines künftigen, weiten, herrlichen Lebens und seine ganze Seele flog wie mit großen Flügeln in die wunderbare Aussicht hinein.

Mitten in dieser Entzückung fiel der Vorhang plötzlich wieder, das Ganze verdeckend, herab, der Kronleuchter wurde heruntergelassen und ein schnatterndes Gewühl und Lachen erfüllte auf einmal wieder den Saal. Der größte Teil der Gesellschaft brach nun von allen Sitzen auf und verlor sich. Nur ein kleiner Teil von Auserwählten blieb im Saale zurück. Friedrich wurde währenddessen vom Minister, der auch zugegen war, bemerkt und sogleich der Frau vom Hause vorgestellt. Es war eine fast durchsichtig schlanke, schmächtige Gestalt, gleichsam im Nachsommer ihrer Blüte und Schönheit. Sie bat ihn mit so überaus sanften, leisen, lispelnden Worten, daß er Mühe hatte, sie zu verstehen, ihre künstlerischen Abendandachten, wie sie sich ausdrückte, mit seiner Gegenwart zu beehren, und sah ihn dabei mit blinzelnden, fast zugedrückten Augen an, von denen er zweifelhaft war, ob sie ausforschend, gelehrt, sanft, verliebt oder nur interessant sein sollten.

Die Gesellschaft zog sich indes in eine kleinere Stube zusammen. Die Zimmer waren durchaus prachtvoll und im neuesten Geschmacke dekoriert; nur hin und wieder bemerkte man einige auffallende Besonderheiten und Nachlässigkeiten, unsymmetrische Spiegel, Gitarren, aufgeschlagene Musikalien und Bücher, die auf den Ottomanen zerstreut umherlagen. Friedrich kam es vor, als hätte es der Frau vom Hause vorher einige Stunden mühsamen Studiums gekostet, um in das Ganze eine gewisse unordentliche Genialität hineinzubringen.

Endlich erschien auch Rosa mit der jungen Gräfin Romana, welche in dem Tableau die griechische Figur, die lebenslustige, vor dem Glanze des Christentums zu Stein gewordene Religion der Phantasie so meisterhaft dargestellt hatte. Rosas erster Blick traf gerade auf Friedrich. Erstaunt und mit innigster Herzensfreude rief sie laut seinen Namen. Er wäre ihr um den Hals gefallen, aber der Minister stand eben wie eine Statue neben ihm, und manche Augen hatte ihr unvorsichtiger Ausruf auf ihn gerichtet. Er hätte sich vor diesen Leuten ebensogern wie Don Quijote in der Wildnis vor seinem Sancho Pansa in Purzelbäumen produzieren wollen, als seine Liebe ihren Augen preisgeben. Aber so nahe als möglich hielt er sich zu ihr, es war ihm eine unbeschreibliche Lust, sie anzurühren, er sprach wieder mit ihr, als wäre er nie von ihr gewesen und hielt oft minutenlang ihre Hand in der seinigen. Rosa tat diese langentbehrte, ungekünstelte, unwiderstehliche Freude an ihr im Innersten wohl.

Es hatte sich unterdes ein niedliches, etwa zehnjähriges Mädchen eingefunden, die in einer reizenden Kleidung mit langen Beinkleidern und kurzem schleiernen Röckchen darüber, keck im Zimmer herumsprang. Es war die Tochter vom Hause. Ein Herr aus der Gesellschaft reichte ihr ein Tamburin, das in einer Ecke auf dem Fußboden gelegen hatte. Alle schlossen bald einen Kreis um sie und das zierliche Mädchen tanzte mit einer wirklich bewunderungswürdigen Anmut und Geschicklichkeit, während sie das Tamburin auf mannigfache Weise schwang und berührte und ein niedliches

148

italienisches Liedchen dazu sang. Jeder war begeistert, erschöpfte sich in Lobsprüchen und wünschte der Mutter Glück, die sehr zufrieden lächelte. Nur Friedrich schwieg still. Denn einmal war ihm schon die moderne Knabentracht bei Mädchen zuwider, ganz abscheulich aber war ihm diese gottlose Art, unschuldige Kinder durch Eitelkeit zu dressieren. Er fühlte vielmehr ein tiefes Mitleid mit der schönen kleinen Bajadere. Sein Ärger und das Lobpreisen der andern stieg, als nachher das Wunderkind sich unter die Gesellschaft mischte, nach allen Seiten hin in fertigem Französisch schnippische Antworten erteilte, die eine Klugheit weit über ihr Alter zeigten, und überhaupt jede Ungezogenheit als genial genommen wurde.

Die Damen, welche sämtlich sehr ästhetische Mienen machten, setzten sich darauf nebst mehreren Herren unter dem Vorsitze der Frau vom Hause, die mit vieler Grazie den Tee einzuschenken wußte, förmlich in Schlachtordnung und fingen an, von Ohrenschmäusen zu reden. Der Minister entfernte sich in die Nebenstube, um zu spielen. – Friedrich erstaunte, wie diese Weiber geläufig mit den neuesten Erscheinungen der Literatur umzuspringen wußten, von denen er selber manche kaum dem Namen nach kannte, wie leicht sie mit Namen herumwarfen, die er nie ohne heilige, tiefe Ehrfurcht auszusprechen gewohnt war. Unter ihnen schien besonders ein junger Mann mit einer verachtenden Miene in einem gewissen Glauben und Ansehen zu stehen. Die Frauenzimmer sahen ihn beständig an, wenn es darauf ankam, ein Urteil zu sagen, und suchten in seinem Gesichte seinen Beifall oder Tadel im voraus herauszulesen, um sich nicht etwa mit etwas Abgeschmacktem zu prostituieren. Er hatte viele genialische Reisen gemacht, in den meisten Hauptstädten auf öffentlicher Straße auf seine eigene Faust Ball gespielt, Kotzebue einmal in einer Gesellschaft in den Sack gesprochen, fast mit allen berühmten Schriftstellern zu Mittag gespeist oder kleine Fußreisen gemacht. Übrigens gehörte er eigentlich zu keiner Partei; er übersah alle weit und belächelte die entgegengesetzten Gesinnungen und Bestrebungen, den eifrigen Streit unter den Philosophen oder Dichtern: Er war sich der Lichtpunkt dieser verschiedenen Reflexe. Seine Urteile waren alle nur wie zum Spiele flüchtig hingeworfen mit einem nachlässig mystischen Anstrich, und die Frauenzimmer erstaunten nicht über das, was er sagte, sondern was er, in der Überzeugung, nicht verstanden zu werden, zu verschweigen schien.

Wenn dieser heimlich die Meinung zu regieren schien, so führte dagegen ein anderer fast einzig das hohe Wort. Es war ein junger, voller Mensch mit strotzender Gesundheit, ein Antlitz, das vor wohlbehaglicher Selbstgefälligkeit glänzte und strahlte. Er wußte für jedes Ding ein hohes Schwungwort, lobte und tadelte ohne Maß und sprach hastig mit einer durchdringenden, gellenden Stimme. Er schien ein wütend Begeisterter von Profession und ließ sich von den Frauenzimmern, denen er sehr gewogen schien, gern den heiligen Thyrsusschwinger nennen. Es fehlte ihm dabei nicht an einer gewissen schlauen Miene, womit er niedrere, nicht so saftige Naturen seiner Ironie preiszugeben pflegte. Friedrich wußte gar nicht, wohin dieser während seiner Deklamationen so viel Liebesblicke verschwende, bis er endlich ihm gerade gegenüber einen großen Spiegel entdeckte.

Der Begeisterte ließ sich nicht lange bitten, etwas von seinen Poesien mitzuteilen. Er las eine lange Dithyrambe von Gott, Himmel, Hölle, Erde und dem Karfunkelstein mit angestrengtester Heftigkeit vor, und schloß mit solchem Schrei und Nachdruck, daß er ganz blau im Gesichte wurde. Die Damen waren ganz außer sich über die heroische Kraft des Gedichts, sowie des Vortrags.

Ein anderer junger Dichter von mehr schmachtendem Ansehn, der neben der Frau vom Hause seinen Wohnsitz aufgeschlagen hatte, lobte zwar auch mit, warf aber dabei einige durchbohrende, neidische Blicke auf den Begeisterten, vom Lesen ganz Erschöpften.

Überhaupt war dieser Friedrich schon von Anfang an durch seinen großen Unterschied von jenen beiden Flausenmachern aufgefallen. Er hatte sich während der ganzen Zeit, ohne sich um die Verhandlungen der andern zu bekümmern, ausschließlich mit der Frau vom Hause unterhalten, mit der er eine Seele zu sein schien, wie man von dem süßen, zugespitzten Munde beider abnehmen konnte, und Friedrich hörte nur manchmal einzelne Laute, wie: »Mein ganzes Leben wird zum Roman« – »überschwengliches Gemüt« – »Priesterleben« – herüberschallen. Endlich zog auch dieser ein ungeheures Paket Papiere aus der Tasche und begann vorzulesen, unter andern folgendes Assonanzenlied:

»Hat nun Lenz die silbern'n Bronnen
Losgebunden:
Knie ich nieder, süßbeklommen,
In die Wunder.

Himmelreich so kommt geschwommen
Auf die Wunden!
Hast du einzig mich erkoren
Zu den Wundern?

In die Ferne süß verloren,
Lieder fluten,
Daß sie, rückwärts sanft erschollen,
Bringen Kunde.

Was die andern sorgen wollen,
Ist mir dunkel,
Mir will ew'ger Durst nur frommen
Nach dem Durste.

Was ich liebte und vernommen,
Was geklungen,
Ist den eignen, tiefen Wonnen
Selig Wunder!«

Weiter folgendes Sonett:

»Ein Wunderland ist oben aufgeschlagen,
Wo goldne Ströme gehn und dunkel schallen
Und durch ihr Rauschen tief Gesänge hallen,
Die möchten gern ein hohes Wort uns sagen.

Viel goldne Brücken sind dort kühn geschlagen,
Darüber alte Brüder sinnend wallen
Und seltsam' Töne oft herunterfallen –
Da will tief Sehnen uns von hinnen tragen.

Wen einmal so berührt die heil'gen Lieder:
Sein Leben taucht in die Musik der Sterne,
Ein ewig Ziehn in wunderbare Ferne.

Wie bald liegt da tief unten alles Trübe!
Er kniet ewig betend einsam nieder,
Verklärt im heil'gen Morgenrot der Liebe.«

Er las noch einen Haufen Sonette mit einer Art von priesterlicher Feierlichkeit. Keinem derselben fehlte es an irgendeinem wirklich aufrichtigen kleinen Gefühlchen, an großen Ausdrücken und lieblichen Bildern. Alle hatten einen einzigen, bis ins Unendliche breit auseinandergeschlagenen Gedanken, sie bezogen sich alle auf den Beruf des Dichters und die Göttlichkeit der Poesie, aber die Poesie selber, das ursprüngliche, freie, tüchtige Leben, das uns ergreift, ehe wir darüber sprechen, kam nicht zum Vorschein vor lauter Komplimenten davor und Anstalten dazu. Friedrich kamen diese Poesierer in ihrer durchaus polierten, glänzenden, wohlerzogenen Weichlichkeit wie der fade, unerquickliche Teedampf, die zierliche Teekanne mit ihrem lodernden Spiritus auf dem Tische wie der Opferaltar dieser Musen vor. Er erinnerte sich bei diesem ästhetischen Geschwätz der schönen Abende im Walde bei Leontins Schloß, wie da Leontin manchmal so seltsame Gespräche über Poesie und Kunst hielt, wie seine Worte, je finsterer es nach und nach ringsumher wurde, zuletzt eins wurden mit dem Rauschen des Waldes und der Ströme und dem großen Geheimnisse des Lebens, und weniger belehrten als erquickten, stärkten und erhoben.

Er erholte sich recht an der erfrischenden Schönheit Rosas, in deren Gesicht und Gestalt unverkennbar der herrliche, wilde, oft ungenießbare Berg- und Waldgeist ihres Bruders zur ruhigeren, großen, schönen Form geworden war. Sie kam ihm diesen Abend viel schöner und unschuldiger vor, da sie sich fast gar nicht in die gelehrten Unterhaltungen mit einmischte. Höchst anziehend und zurückstoßend zugleich erschien ihm dagegen ihre Nachbarin, die junge Gräfin Romana, welche er sogleich für die griechische Figur in dem Tableau erkannte, und die daher heute allgemein die schöne Heidin genannt wurde. Ihre Schönheit war durchaus verschwenderisch reich, südlich und blendend und überstrahlte Rosas mehr deutsche Bildung weit, ohne eigentlich vollendeter zu sein. Ihre Bewegungen waren feurig, ihre großen, brennenden, durchdringenden Augen, denen es nicht an Strenge fehlte, bestrichen Friedrich wie ein Magnet. Als endlich der Schmachtende seine Vorlesung geendigt hatte, wurde sie ziemlich unerwartet um ihr Urteil darüber befragt. Sie antwortete sehr kurz und verworren, denn sie wußte fast kein Wort davon; sie hatte währenddessen heimlich ein auffallend getroffenes Portrait Friedrichs geschnitzt, das sie schnell Rosa zusteckte. Bald darauf wurde auch sie aufgefordert, etwas von ihren Poesien zum besten zu geben. Sie versicherte vergebens, daß sie nichts bei sich habe, man drang von allen Seiten, besonders die Weiber mit wahren Judasgesichtern, in sie, und so begann sie, ohne sich lange zu besinnen, folgende Verse, die sie zum Teil aus der Erinnerung hersagte, größtenteils im Augenblick erfand und durch ihre musikalischen Mienen wunderbar belebte:

»Weit in einem Walde droben,
Zwischen hoher Felsen Zinnen,
Steht ein altes Schloß erhoben,
Wohnet eine Zaubrin drinne.
Von dem Schloß, der Zaubrin Schöne,
Gehen wunderbare Sagen,
Lockend schweifen fremde Töne
Plötzlich her oft aus dem Walde.
Wem sie recht das Herz getroffen,
Der muß nach dem Walde gehen,
Ewig diesen Klängen folgend,
Und wird nimmermehr gesehen.
Tief in wundersamer Grüne
Steht das Schloß, schon halb verfallen,
Hell die goldnen Zinnen glühen,
Einsam sind die weiten Hallen.
Auf des Hofes stein'gem Rasen
Sitzen von der Tafelrunde
All die Helden dort gelagert,
Überdeckt mit Staub und Wunden.
Heinrich liegt auf seinem Löwen,
Gottfried auch, Siegfried der Scharfe,
König Alfred, eingeschlafen
Über seiner goldnen Harfe.

Don Quijote hoch auf der Mauer,
Sinnend tief in nächt'ger Stunde,
Steht gerüstet auf der Lauer
Und bewacht die heil'ge Runde.
Unter fremdes Volk verschlagen,
Arm und ausgehöhnt, verraten,
Hat er treu sich durchgeschlagen,
Eingedenk der Heldentaten
Und der großen alten Zeiten,
Bis er, ganz von Wahnsinn trunken,
Endlich so nach langem Streiten
Seine Brüder hat gefunden.

Einen wunderbaren Hofstaat
Die Prinzessin dorthin führet,
Hat ein'n wunderlichen Alten,
Der das ganze Haus regieret.
Einen Mantel trägt der Alte,
Schillernd bunt in allen Farben
Mit unzähligen Zieraten,
Spielzeug hat er in den Falten.
Scheint der Monden helle draußen,
Wolken fliegen überm Grunde:
Fängt er draußen an zu hausen,
Kramt sein Spielzeug aus zur Stunde.
Und das Spielzeug um den Alten
Rührt sich bald beim Mondenscheine,
Zupfet ihn beim langen Barte,
Schlingt um ihn die bunten Kreise,
Auch die Blümlein nach ihm langen,
Möchten doch sich sittsam zeigen,
Ziehn verstohlen ihn beim Mantel,

Lachen dann in sich gar heimlich.
Und ringsum die ganze Runde
Zieht Gesichter ihm und rauschet,
Unterhält aus dunklem Grunde
Sich mit ihm als wie im Traume.
Und er spricht und sinnt und sinnet,
Bunt verwirrend alle Zeiten,
Weinet bitterlich und lachet,
Seine Seele ist so heiter.

Bei ihm sitzt dann die Prinzessin,
Spielt mit seinen Seltsamkeiten,
Immer neue Wunder blinkend
Muß er aus dem Mantel breiten,
Und der wunderliche Alte
Hielt sie sich bei seinen Bildern
Neidisch immerfort gefangen,
Weit von aller Welt geschieden.
Aber der Prinzessin wurde
Mitten in dem Spiele bange
Unter diesen Zauberblumen,
Zwischen dieser Quellen Rauschen.
Frisches Morgenrot im Herzen
Und voll freudiger Gedanken,
Sind die Augen wie zwei Kerzen,
Schön die Welt dran zu entflammen.
Und die wunderschöne Erde,
Wie Aurora sie berühret,
Will mit ird'scher Lust und Schmerzen
Ewig neu sie stets verführen.
Denn aus dem bewegten Leben
Spüret sie ein Hochzeitsgrüßen,

Mitten zwischen ihren Spielen
Muß sie sich bezwungen fühlen.

Und es hebt die ewig Schöne,
Da der Morgen herrlich schiene,
In den Augen große Tränen,
Hell die jugendlichen Glieder.
›Wie so anders war es damals,
Da mich, bräutlich Ausgeschmückte,
Aus dem heimatlichen Garten
Hier herab der Vater schickte!
Wie die Erde frisch und jung noch,
Von Gesängen rings erklingend,
Schauernd in Erinnerungen,
Helle in das Herz mir blickte,
Daß ich, schamhaft mich verhüllend,
Meinen Ring, von Glanz geblendet,
Schleudert in die prächt'ge Fülle,
Als die ew'ge Braut der Erde.
Wo ist nun die Pracht geblieben,
Treuer Ernst im rüst'gen Treiben,
Rechtes Tun und rechtes Lieben
Und die Schönheit und die Freude?
Ach! ringsum die Helden alle,
Die sonst schön und helle schauten,
Um mich in den lichten Tagen
Durch die Welt sich fröhlich hauten,
Strecken steinern nun die Glieder,
Eingehüllt in ihre Fahnen,
Sind seitdem so alt geworden,
Nur ich bin so jung wie damals. –
Von der Welt kann ich nicht lassen,

Liebeln nicht von fern mit Reden,
Muß mit Armen warm umfassen! –
Laß mich lieben, laß mich leben!‹

Nun verliebt die Augen gehen
Über ihres Gartens Mauer,
War so einsam dort zu sehen
Schimmernd Land und Ström und Auen.
Und wo ihre Augen gingen:
Quellen aus der Grüne sprangen,
Berg und Wald verzaubert standen,
Tausend Vögel schwirrend sangen.
Golden blitzt es überm Grunde,
Seltne Farben irrend schweifen,
Wie zu lang entbehrtem Feste
Will die Erde sich bereiten.
Und nun kamen angezogen
Freier bald von allen Seiten,
Federn bunt im Winde flogen,
Jäger schmuck im Walde reiten.
Hörner lustig drein erschallen
Auf und munter durch das Grüne,
Pilger fromm dazwischen wallen,
Die das Heimatsfieber spüren.
Auf vielsonn'gen Wiesen flöten
Schäfer bei schneeflock'gen Schafen,
Ritter in der Abendröte
Knieen auf des Berges Hange,
Und die Nächte von Gitarren
Und Gesängen weich erschallen,
Daß der wunderliche Alte
Wie verrückt beginnt zu tanzen.

Die Prinzessin schmückt mit Kränzen
Wieder sich die schönen Haare,
Und die vollen Kränze glänzen
Und sie blickt verlangend nieder.

Doch die alten Helden alle,
Draußen vor der Burg gelagert,
Saßen dort im Morgenglanze,
Die das schöne Kind bewachten.
An das Tor die Freier kamen
Nun gesprengt, gehüpft, gelaufen,
Ritter, Jäger, Provenzalen,
Bunte, helle, lichte Haufen.
Und vor allen junge Recken
Stolzen Blicks den Berg berannten,
Die die alten Helden weckten,
Sie vertraulich Brüder nannten,
Doch wie diese uralt blicken,
An die Eisenbrust geschlossen
Brüderlich die Jungen drücken,
Fallen die erdrückt zu Boden.
Andre lagern sich zum Alten,
Graust ihn'n gleich bei seinen Mienen,
Ordnen sein verworrnes Walten,
Daß es jedem wohl gefiele;
Doch sie fühlen schauernd balde,
Daß sie ihn nicht können zwingen,
Selbst zu Spielzeug sich verwandeln,
Und der Alte spielt mit ihnen.
Und sie müssen töricht tanzen,
Manche mit der Kron geschmücket
Und im purpurnen Talare

Feierlich den Reigen führen.
Andre schweben lispelnd lose,
Andre müssen männlich lärmen,
Rittern reißen aus die Rosse
Und die schreien gar erbärmlich.
Bis sie endlich alle müde
Wieder kommen zu Verstande,
Mit der ganzen Welt in Frieden,
Legen ab die Maskerade.
›Jäger sind wir nicht, noch Ritter‹,
Hört man sie von fern noch summen,
›Spiel nur war das – wir sind Dichter!‹ –
So vertost der ganze Plunder,
Nüchtern liegt die Welt wie ehe,
Und die Zaubrin bei dem Alten
Spielt die vor'gen Spiele wieder
Einsam wohl noch lange Jahre. –«

Die Gräfin, die zuletzt mit ihrem schönen, begeisterten Gesicht
einer welschen Improvisatorin glich, unterbrach sich hier plötzlich
selber, indem sie laut auflachte, ohne daß jemand wußte, warum.
Verwundert fragte alles durcheinander: »Was lachen Sie? Ist die
Allegorie schon geschlossen? Ist das nicht die Poesie?« – »Ich weiß
nicht, ich weiß nicht, ich weiß nicht«, sagte die Gräfin lustig und
sprang auf.

Von allen Seiten wurden nun die flüchtigen Verse besprochen.
Einige hielten die Prinzessin im Gedicht für die Venus, andre
nannten sie die Schönheit, andre nannten sie die Poesie des Lebens.
Es mag wohl die Gräfin selber sein, dachte Friedrich. – »Es ist die
Jungfrau Maria als die große Weltliebe«, sagte der genialische
Reisende, der wenig achtgegeben hatte, mit vornehmer Nachlässig-
keit. »Ei, daß Gott behüte!« brach Friedrich, dem das Gedicht der

Gräfin heidnisch und übermütig vorgekommen war, wie ihre ganze Schönheit, halb lachend und halb unwillig aus: »Sind wir doch kaum des Vernünftelns in der Religion los und fangen dagegen schon wieder an, ihre festen Glaubenssätze, Wunder und Wahrheiten zu verpoetisieren und zu verflüchtigen. In wem die Religion zum Leben gelangt, wer in allem Tun und Lassen von der Gnade wahrhaft durchdrungen ist, dessen Seele mag sich auch in Liedern ihrer Entzückung und des himmlischen Glanzes erfreuen. Wer aber hochmütig und schlau diese Geheimnisse und einfältigen Wahrheiten als beliebigen Dichtungsstoff zu überschauen glaubt, wer die Religion, die nicht dem Glauben, dem Verstande oder der Poesie allein, sondern allen dreien, dem ganzen Menschen, angehört, bloß mit der Phantasie in ihren einzelnen Schönheiten willkürlich zusammenrafft, der wird ebensogern an den griechischen Olymp glauben, als an das Christentum, und eins mit dem andern verwechseln und versetzen, bis der ganze Himmel furchtbar öde und leer wird.« – Friedrich bemerkte, daß er von mehreren sehr weise belächelt wurde, als könne er sich nicht zu ihrer freien Ansicht erheben.

Man hatte indes an dem Tische die Geschichte der Gräfin Dolores aufgeschlagen und blätterte darin hin und her. Die mannigfaltigsten Urteile darüber durchkreuzten sich bald. Die Frau vom Hause und ihr Nachbar, der Schmachtende, sprachen vor allen andern bitter und mit einer auffallend gekränkten Empfindlichkeit und Heftigkeit darüber. Sie schienen das Buch aus tiefster Seele zu hassen. Friedrich erriet wohl die Ursache und schwieg. – »Ich muß gestehen«, sagte eine junge Dame, »ich kann mich darein nicht verstehen, ich wußte niemals, was ich aus dieser Geschichte mit den tausend Geschichten machen soll.« – »Sie haben sehr recht«, fiel ihr einer von den Männern, der sonst unter allen immer am richtigsten geurteilt hatte, ins Wort, »es ist mir immer vorgekommen, als sollte dieser Dichter noch einige Jahre pausieren, um

161

dichten zu lernen. Welche Sonderbarkeiten, Verrenkungen und schreienden Übertreibungen!« – »Gerade das Gegenteil«, unterbrach ihn ein anderer, »ich finde das Ganze nur allzu prosaisch, ohne die himmlische Überschwenglichkeit der Phantasie. Wenn wir noch viele solche Romane erhalten, so wird unsere Poesie wieder eine bloße allegorische Person der Moral.«

Hier hielt sich Friedrich, der dieses Buch hoch in Ehren hielt, nicht länger. »Alles ringsumher«, sagte er, »ist prosaisch und gemein, oder groß und herrlich, wie wir es verdrossen und träge, oder begeistert ergreifen. Die größte Sünde aber unsrer jetzigen Poesie ist meines Wissens die gänzliche Abstraktion, das abgestandene Leben, die leere, willkürliche, sich selbst zerstörende Schwelgerei in Bildern. Die Poesie liegt vielmehr in einer fortwährend begeisterten Anschauung und Betrachtung der Welt und der menschlichen Dinge, sie liegt ebensosehr in der Gesinnung als in den lieblichen Talenten, die erst durch die Art ihres Gebrauches groß werden. Wenn in einem sinnreichen, einfach strengen, männlichen Gemüte auf solche Weise die Poesie wahrhaft lebendig wird, dann verschwindet aller Zwiespalt: Moral, Schönheit, Tugend und Poesie, alles wird eins in den adeligen Gedanken, in der göttlichen, sinnigen Lust und Freude, und dann mag freilich das Gedicht erscheinen, wie ein in der Erde wohlgegründeter, tüchtiger, schlanker, hoher Baum, wo grob und fein erquicklich durcheinander wächst, und rauscht und sich rührt zu Gottes Lobe. Und so ist mir auch dieses Buch jedesmal vorgekommen, obgleich ich gern zugebe, daß der Autor in stolzer Sorglosigkeit sehr unbekümmert mit den Worten schaltet, und sich nur zu oft daran ergötzt, die kleinen Zauberdinger kurios auf den Kopf zu stellen.«

Die Frauenzimmer machten große Augen, als Friedrich unerwartet so sprach. Was er gesagt, hatte wenigstens den gewissen, guten Klang, der ihnen bei allen solchen Dingen die Hauptsache war. Romana, die es von weitem flüchtig mit angehört, fing an, ihn mit ihren dunkelglühenden Augen bedeutender anzusehen. Friedrich aber dachte: in euch wird doch alles Wort nur wieder Wort, und wandte sich zu einem schlichten Manne, der vom Lande war und weniger mit der Literatur als mit dieser Art, sie zu behandeln, unbekannt zu sein schien.

Dieser erzählte ihm, wie er jenem Romane eine seltsame Verwandlung seines ganzen Lebens zu verdanken habe. Auf dem Lande ausschließlich zur Ökonomie erzogen, hatte er nämlich von frühester Kindheit an nie Neigung zum Lesen und besonders einen gewissen Widerwillen gegen alle Poesie, als einen unnützen Zeitvertreib. Seine Kinder dagegen ließen seit ihrem zartesten Alter einen unüberwindlichen Hang und Geschicklichkeit zum Dichten und zur Kunst verspüren, und alle Mittel, die er anwandte, waren nicht imstande, sie davon abzubringen und sie zu tätigen, ordentlichen Landwirten zu machen. Vielmehr lief ihm der älteste Sohn fort und wurde wider seinen Willen Maler. Dadurch wurde er immer verschlossener, und seine Abneigung gegen die Kunst verwandelte sich immer bitterer in entschiedenen Haß gegen alles, was ihr nur anhing. Der Maler hatte indes eine unglückselige Liebe zu einem jungen, seltsamen Mädchen gefaßt. Es war gewiß das talentvollste, heftigste, beste und schlechteste Mädchen zugleich, das man nur finden konnte. Eine Menge unordentlicher Liebschaften, in die sie sich auch jetzt noch immerfort ein ließ, brachte den Maler oft auf das Äußerste, so daß es in Anfällen von Wut oft zwischen beiden zu Auftritten kam, die ebenso furchtbar als komisch waren. Ihre unbeschreibliche Schönheit zog ihn aber immer wieder unbezwinglich zu ihr hin, und so teilte er sein unruhvolles Leben zwischen Haß und Liebe und allen den heftigsten Leidenschaften, während er immerfort in den übrigen Stunden unermüdet und nur um desto eifriger an seinen großen Gemälden fortarbeitete. – »Ich machte mich endlich einmal nach der weit entlegenen Stadt auf den Weg«, fuhr der Mann in seiner Erzählung fort, »um die seltsame Wirtschaft meines Sohnes, von der ich schon so viel gehört hatte, mit eigenen Augen anzusehen. Schon unterweges hörte ich von einem seiner besten Freunde, daß sich manches verändert habe. Das Mädchen oder Weib meines Sohnes habe nämlich von ohngefähr ein Buch in die Hände bekommen, worin sie mehrere Tage unausgesetzt und tiefsinnig gelesen. Keiner ihrer Liebhaber habe sie seitdem zu sehen bekommen und sie sei endlich darüber in eine schwere Krankheit verfallen. Das Buch war kein anderes, als ebendiese Geschichte von der Gräfin Dolores. Als ich in die Stadt ankomme, eile ich sogleich nach der Wohnung meines Sohnes. Ich finde niemand im ganzen Hause, die Tür offen, alles öde. Ich trete in die Stube: das Mädchen lag auf einem Bette, blaß und wie vor Mattigkeit eingeschlafen. Ich habe niemals etwas Schöneres gesehen. In dem Zimmer standen fertige und halb vollendete Gemälde auf Staffeleien umher, Malergerätschaften, Bücher, Kleider, halbbezogene Gitarren, alles sehr unordentlich durcheinander. Durch das Fenster, welches offenstand, hatte man über die Stadt weg eine entzückende Aussicht auf den weit gewundenen Strom und die Gebirge. In der Stube fand ich auf einem Tische ein Buch aufgeschlagen, es war die ›Dolores‹. Ich wollte die Kranke nicht wecken, setzte mich hin und fing an in dem Buche zu lesen. Ich las und las, vieles Dunkle zog mich immer mehr an, vieles kam mir so wahrhaft vor, wie meine verborgene innerste Meinung oder wie alte, lange wieder verlorne und untergegangene Gedanken, und ich vertiefte mich immer mehr. Ich las bis es finster wurde. Die Sonne war draußen untergegangen, und nur noch einzelne Scheine des Abendrots fielen seltsam auf die Gemälde, die so still auf ihren Staffeleien umherstanden. Ich betrachtete sie aufmerksamer, es war, als fingen sie an lebendig zu werden, und mir kam in diesem Augenblicke die Kunst, der unüberwindliche Hang und das Leben meines Sohnes, begreiflich vor. Ich kann überhaupt nicht beschreiben, wie mir damals zumute war; es war das erstemal in meinem Leben, daß ich die wunderbare Gewalt der Poesie im Innersten fühlte, und ich erschrak ordentlich vor mir selber. – Es war mir unter des aufgefallen, daß sich das Mädchen auf dem Bette noch immer nicht rühre, ich trat zu ihr, schüttelte sie und rief. Sie gab keine Antwort mehr, sie war tot. – Ich hörte nachher, daß mein Sohn heute, sowie sie gestorben war, fortgereist sei und alles in seiner Stube so stehn gelassen habe.«

Hier hielt der Mann ernsthaft inne. »Ich lese seitdem fleißig«, fuhr er nach einer kleinen Pause gesammelt fort; »vieles in den Dichtern bleibt mir durchaus unverständlich, aber ich lerne täglich in mir und in den Menschen und Dingen um mich vieles einsehen und lösen, was mir sonst wohl unbegreiflich war und mich unbeschreiblich bedrückte. Ich befinde mich jetzt viel wohler.«

Friedrich hatte diese einfache Erzählung gerührt. Er sah den Mann aufmerksam an und bemerkte in seinem stark gezeichneten Gesicht einen einzigen, sonderbar dunklen Zug, der aussah wie Unglück und vor dem ihm schauderte. Er wollte ihn eben noch um einiges fragen, das in der Geschichte besonders seine Aufmerksamkeit erregt hatte, aber der dithyrambische Thyrsusschwinger, der unterdes bei den Damen seinen Witz unermüdet hatte leuchten lassen, lenkte ihn davon ab, indem er sich plötzlich mit sehr heftigen Bitten zu dem guten Schmachtenden wandte, ihnen noch einige seiner vortrefflichen Sonette vorzulesen, obschon er, wie Friedrich gar wohl gehört, die ganze Zeit über gerade diese Gedichte vor den Damen zum Stichblatt seines Witzes und Spottes gemacht hatte. Friedrich empörte diese herzlose, doppelzüngige Teufelei; er kehrte sich schnell zu dem Schmachtenden, der neben ihm stand, und sagte: »Ihre Gedichte gefallen mir ganz und gar nicht.« Der Schmachtende machte große Augen, und niemand von der Gesellschaft verstand Friedrichs großmütige Meinung. Der Dithyrambist aber fühlte die Schwere der Beschämung wohl, er wagte nicht weiter mit seinen Bitten in den Schmachtenden zu dringen und fürchtete Friedrich seitdem wie ein richtendes Gewissen. Friedrich wandte sich darauf wieder zu dem Landmanne und sagte zu ihm laut genug, daß es der Thyrsusschwinger hören konnte: »Fahren Sie nur fort, sich ruhig an den Werken der Dichter zu ergötzen, mit schlichtem Sinne und redlichem Willen wird Ihnen nach und nach alles in denselben klar werden. Es ist in unsern Tagen das größte Hindernis für das wahrhafte Verständnis aller Dichterwerke, daß jeder, statt sich recht und auf sein ganzes Leben davon durchdringen zu lassen, sogleich ein unruhiges, krankhaftes Jucken verspürt, selber zu dichten und etwas dergleichen zu liefern. Adler werden sogleich hochgeboren und schwingen sich schon vom Neste in die Luft, der Strauß aber wird oft als König der Vögel gepriesen, weil er mit großem Getös seinen Anlauf nimmt, aber er kann nicht fliegen.«

Es ist nichts künstlicher und lustiger, als die Unterhaltung einer solchen Gesellschaft. Was das Ganze noch so leidlich zusammenhält, sind tausend feine, fast unsichtbare Fäden von Eitelkeit, Lob und Gegenlob usw., und sie nennen es denn gar zu gern ein Liebesnetz. Arbeitet dann unverhofft einmal einer, der davon nichts weiß, tüchtig darin herum, geht die ganze Spinnewebe von ewiger Freundschaft und heiligem Bunde auseinander.

So hatte auch heute Friedrich den ganzen Tee versalzen. Keiner konnte das künstlerische Weberschiffchen, das sonst, fein im Takte, so zarte ästhetische Abende wob, wieder in Gang bringen. Die meisten wurden mißlaunisch, keiner konnte oder mochte, wie beim babylonischen Baue, des andern Wortgepräng verstehen, und so beleidigte einer den andern in der gänzlichen Verwirrung. Mehrere Herren nahmen endlich unwillig Abschied, die Gesellschaft wurde kleiner und vereinzelter. Die Damen gruppierten sich hin und wieder auf den Ottomanen in malerischen und ziemlich unanständigen Stellungen. Friedrich bemerkte bald ein heimliches Verständnis zwischen der Frau vom Hause und dem Schmachtenden. Doch glaubte er zugleich an ihr ein feines Liebäugeln zu entdecken, das ihm selber zu gelten schien. Er fand sie überhaupt viel schlauer, als man anfänglich ihrer lispelnden Sanftmut hätte zutrauen mögen; sie schien ihren schmachtenden Liebhaber bei weitem zu übersehen und, sehr aufgeklärt, selber nicht so viel von ihm zu halten, als sie vorgab und er aus ganzer Seele glaubte.

Wie ein rüstiger Jäger in frischer Morgenschönheit stand Friedrich unter diesen verwischten Lebensbildern. Nur die einzige Gräfin Romana zog ihn an. Schon das Gedicht, das sie rezitiert, hatte ihn auf sie aufmerksam gemacht und auf die eigentümliche, von allen den andern verschiedene Richtung ihres Geistes. Er glaubte schon damals eine tiefe Verachtung und ein scharfes Überschauen der ganzen Teegesellschaft in derselben zu bemerken, und seine jetzigen Gespräche mit ihr bestätigten seine Meinung. Er erstaunte über die Freiheit ihres Blicks und die Keckheit, womit sie alle Menschen aufzufassen und zu behandeln wußte. Sie hatte sich im Augenblick in alle Ideen, die Friedrich in seinen vorigen Äußerungen berührt, mit einer unbegreiflichen Lebhaftigkeit hineinverstanden und kam ihm nun in allen seinen Gedanken entgegen. Es war in ihrem Geiste, wie in ihrem schönen Körper ein zauberischer Reichtum; nichts schien zu groß in der Welt für ihr Herz; sie zeigte eine tiefe, begeisterte Einsicht ins Leben wie in alle Künste, und Friedrich unterhielt sich daher lange Zeit ausschließlich mit ihr, die übrige Gesellschaft vergessend. Die Damen fingen unterdes schon an zu flüstern und über die neue Eroberung der Gräfin die Nasen zu rümpfen.

Das Gespräch der beiden wurde endlich durch Rosa unterbrochen, die zu der Gräfin trat und verdrüßlich nach Hause zu fahren begehrte. Friedrich, der eine große Betrübnis in ihrem Gesichte bemerkte, faßte ihre Hand. Sie wandte sich aber schnell weg und eilte in ein abgelegenes Fenster. Er ging ihr nach. Sie sah mit abgewendetem Gesicht in den stillen Garten hinaus, er hörte, daß sie schluchzte. Eifersucht vielleicht und das schmerzlichste Gefühl ihres Unvermögens, in allen diesen Dingen mit der Gräfin zu wetteifern, arbeitete in ihrer Seele. Friedrich drückte das schöne, trostlose Mädchen an sich. Da fiel sie ihm schnell und heftig um den Hals und sagte aus Grund der Seele: »Mein lieber Mann!« Es war das erstemal in seinem Leben, daß sie ihn so genannt.

Es kamen soeben mehrere andere hinzu und alles fing an Abschied zu nehmen und auseinanderzugehen; er konnte nichts mehr mit ihr sprechen. Noch im Weggehn trat der Minister zu ihm und fragte ihn, wie es ihm hier gefallen habe? Er antwortete mit einer zweideutigen Höflichkeit. Der Minister sah ihn ernsthaft und ausforschend an und ging fort. Friedrich aber eilte durch die nächtliche Stadt seiner Wohnung zu. Ein rauher Wind ging durch die Straßen. Er hatte sich noch nie so unbehaglich, leer und müde gefühlt.

Dreizehntes Kapitel

Es war ein schöner Herbstmorgen, da ritt Friedrich eine von den langen Straßenalleen hinunter, die von der Residenz ins Land hinausführten. Er hatte es schon längst der schönen Gräfin Romana versprechen müssen, sie auf ihrem Landgute, das einige Meilen von der Stadt entfernt lag, zu besuchen, und der blaue Himmel hatte ihn heute hinausgelockt. Sie war seit seiner Trennung von Leontin die einzige, zu der er von allem reden konnte, was er dachte, wußte und wollte, die Unterhaltung mit ihr war ihm fast schon zum Bedürfnis geworden.

Der Weg war ebenso anmutig als der Morgen. Er kam bald an einen von beiden Seiten eng von Bergen eingeschlossenen Fluß, an dem die Straße hinablief. Die Wälder, welche die schönen Berge bedeckten, waren schon überall mit gelben und roten Blättern bunt geschmückt, Vögel reisten hoch über ihm weg dem Strome nach und erfüllten die Luft mit ihren abgebrochenen Abschiedstönen, die Friedrich jedesmal wunderbar an seine Kindheit erinnerten, wo er, der Natur noch nicht entwachsen, einzig von ihren Blicken und Gaben lebte.

Einige Stunden war er so zwischen den einsamen Bergschluchten hingeritten, als er am jenseitigen Ufer eine Stimme rufen hörte, die ihn immerfort zu begleiten schien und vom Echo in den grünen Windungen unaufhörlich wiederholt wurde. Je länger er nachhorchte, je mehr kam es ihm vor, als kenne er die Stimme. Plötzlich hörte das Rufen wieder auf und Friedrich fing nun an zu bemerken, daß er einen unrechten Weg eingeschlagen haben müsse, denn die grünen Bergesgänge wollten kein Ende nehmen. Er verdoppelte daher seine Eile und kam bald darauf an den Ausgang des Gebirges und an ein Dorf, das auf einmal sehr reizend im Freien vor ihm lag.

Das erste, was ihm in die Augen fiel, war ein Wirtshaus, vor welchem sich ein schöner grüner Platz bis an den Fluß ausbreitete. Auf dem Platze sah er einen, mit ungewöhnlichem und rätselhaftem Geräte schwer bepackten Wagen stehen und mehrere sonderbare Gestalten, die wunderlich mit der Luft zu fechten schienen. Wie erstaunte er aber, als er näher kam und mitten unter ihnen Leontin und Faber erkannte. – Leontin, der ihn schon von weitem über den Hügel kommen sah, rief ihm sogleich entgegen: »Kommst du auch angezogen, neumodischer Don Quijote, Lamm Gottes, du sanfter Vogel, der immer voll schöner Weisen ist, haben sie dir noch nicht die Flügel gebrochen? Mir war schon lange zum Sterben bange nach dir!« Friedrich sprang schnell vom Pferde und fiel ihm um den Hals. Er hielt Leontins Hand mit seinen beiden Händen und sah ihm mit grenzenloser Freude in das lebhafte Gesicht; es war, als entzünde sich sein innerstes Leben jedesmal neu an seinen schwarzen Augen.

Er bemerkte indes, daß die Menschen ringsum, die ihm schon von weitem aufgefallen waren, auf das abenteuerlichste in lange, spanische Mäntel gehüllt waren und sich immerfort, ohne sich von ihm stören zu lassen, wie Verrückte miteinander unterhielten. »Ha, verzweifelte Sonne!« rief einer von ihnen, der eine Art von Turban auf dem Kopfe und ein gewisses tyrannisches Ansehn hatte, »willst du mich ewig bescheinen? Die Fliegen spielen in deinem Licht, die Käfer im – ruhen selig in deinem Schoße, Natur! Und ich – und ich – warum bin ich nicht ein Käfer geworden, unerforschlich waltendes Schicksal? – Was ist der Mensch? – Ein Schaum. Was ist das Leben? – Ein nichtswürdiger Wurm.« – »Umgekehrt, gerade umgekehrt, wollen Sie wohl sagen«, rief eine andere Stimme. – »Was ist die Welt?« fuhr jener fort, ohne sich stören zu lassen, »was ist die Welt?« – Hier hielt er inne und lachte grinsend und weltverachtend wie Aballino unter seinem Mantel hervor, wendete sich darauf schnell um und faßte unvermutet Herrn Faber, der eben neben ihm stand, bei der Brust. »Ich verbitte mir das«, sagte Faber ärgerlich, »wie oft soll ich noch erklären, daß ich durchaus nicht mit in den Plan gehöre!« – »Laß dich's nicht wundern«, sagte endlich Leontin zu Friedrich, der aus dem allen nicht gescheit werden konnte, »das ist eine Bande Schauspieler, mit denen ich auf der Straße zusammengetroffen und seit gestern reise. Wir probieren soeben eine Komödie aus dem Stegreif, zu der ich die Lineamente unterwegs entworfen habe. Sie heißt: ›Bürgerlicher Seelenadel und Menschheitsgröße, oder der tugendhafte Bösewicht, ein psychologisches Trauerspiel in fünf Verwirrungen der menschlichen Leidenschaften‹, und wird heute abend in dem nächsten Städtchen gegeben werden, wo der gebildete Magistrat zum Anfang durchaus ein schillerndes Stück verlangt hat. Ich werde der Vorstellung mit beiwohnen und habe alle Folgen über mich genommen.«

»Ja, wahrhaftig«, sagte Faber, »wenn das noch lange so fortgeht, so sage ich aller gebildeten Welt Lebewohl und fange an auf dem Seile zu tanzen, oder die Zigeunersprache zu studieren. Ich bin des Herumziehens in der Tat von Herzen satt.« – »Verstellen Sie sich nur nicht immer so«, fiel ihm Leontin ins Wort, »Sie kommen doch am Ende nicht weg von mir. Wir zanken uns immer und treffen doch immer wieder auf einerlei Wegen zusammen. Übrigens sind diese Schauspieler ein gar vortrefflicher Künstlerverein; sie wollen nicht gepriesen, sondern gespeist sein, und gehen daher in der Verzweiflung der Natur noch keck und beherzt auf den Leib.«

Es war unterdes an einen jungen Menschen von der Truppe, der auch eine Rolle in dem Stücke übernommen hatte, die Reihe gekommen, ebenfalls seinen Teil vorzustellen. Er benahm sich aber sehr ungeschickt und war durchaus nicht imstande, etwas zu erfinden und vorzubringen. Ein schönes Mädchen, mit welcher er eben die Szene spielen sollte, wurde ungeduldig, erklärte, sie wolle hier nicht länger einen Narren abgeben, und sprang lachend fort, der andere, ältere Schauspieler lief ihr nach, um sie zurückzuholen, und so war die ganze Probe gestört.

Der junge Mann war indes näher getreten. Friedrich sah ihm genauer ins Gesicht, er traute seinen Augen kaum, es war einer von den Studenten, die ihm bei seinem Abzuge von der Universität das Geleit gegeben hatten. – »Mein Gott! wie kommst du unter diese Leute?« rief Friedrich voll Erstaunen, denn er hatte ihn damals als einen stillen und fleißigen Menschen gekannt, der vor den Ausgelassenheiten der andern jederzeit einen heimlichen Widerwillen hegte. Der Student gestand, daß er den Grafen sogleich wiedererkannt, aber gehofft habe, von ihm übersehen zu werden. Er schien sehr verlegen.

Friedrich, der sich an seinem Gesichte aller alten Freuden und Leiden erinnerte, zog ihn erfreut und vertraulich an den Tisch und der Student erzählte ihnen endlich den ganzen Hergang seiner

Geschichte. Nicht lange nach Friedrichs Abreise hatte sich nämlich auf der Universität eine reisende Gesellschaft von Seiltänzern eingefunden, worunter besonders eine Springerin durch ihre Schönheit alle Augen auf sich zog. Viele Studenten versuchten und fanden ihr Glück. Er aber mit seiner stillen und tiefern Gemütsart verliebte sich im Ernste in das Mädchen, und wie ihr Herz bisher in ihrer tollen Lebensweise von der Gewalt der Liebe ungerührt geblieben war, wurde sie von seiner zarten, ungewohnten Art, sie zu behandeln und zu gewinnen, überrascht und gefangen. Sie beredeten sich, einander zu heiraten; sie verließ die Bande und er arbeitete von nun an Tag und Nacht, um seine Studien zu vollenden und sich ein Einkommen zu erwerben. Es verging indes längere Zeit, als er geglaubt hatte, das Mädchen fing an, von Zeit zu Zeit launisch zu werden, bekam häufige Anfälle von Langeweile und – eh er sich's versah, war sie verschwunden. »Mein mühsam erspartes Geld«, fuhr der Student weiter fort, »hatte ich indes immer wieder auf verschiedene Einfälle und Launen des Mädchens zersplittert, meine Eltern wollten nichts von mir wissen, mein innerstes Leben hatte mich auf einmal betrogen, die Studenten lachten entsetzlich, es war der schmerzlichste und unglücklichste Augenblick meines Lebens. Ich ließ alles und reiste dem Mädchen nach. Nach langem Irren fand ich sie endlich bei diesen Komödianten wieder, denn es ist dieselbe, die vorhin hier weggegangen. Sie kam sehr freudig auf mich zugesprungen, als sie mich erblickte, doch ohne ihre Flucht zu entschuldigen oder im geringsten unnatürlich zu finden. – Meine Mutter ist seitdem aus Gram gestorben. Ich weiß, daß ich ein Narr bin und kann doch nicht anders.«

Die Tränen standen ihm in den Augen, als er das sagte. Friedrich, der wohl einsah, daß der gute Mensch sein Herz und sein Leben nur wegwerfe, riet ihm mit Wärme, sich ernstlich zusammenzunehmen und das Mädchen zu verlassen, er wolle für sein Auskommen sorgen. – Der Verliebte schwieg still. – »Laß doch die Jugend fahren!« sagte Leontin, »jeder Schiffmann hat seine Sterne und das Alter treibt uns zeitig genug auf den Sand. Du brichst dem tollen Nachtwandler doch den Hals, wenn du ihn bei seinem prosaischen, bürgerlichen Namen rufst. Aber härter müssen Sie sein«, sagte er zu dem Studenten, »denn die Welt ist hart und drückt Sie sonst zuschanden.«

Das Mädchen kam unterdes wieder und trällerte ein Liedchen. Ihre Gestalt war herrlich, aber ihr schönes Gesicht hatte etwas Verwildertes. Sie antwortete auf alle Fragen sehr unterwürfig und keck zugleich, und schien nicht üble Lust zu haben, noch länger bei den beiden Grafen zurückzubleiben, als der Theaterprinzipal kam und ankündigte, daß alles zur Abreise fertig sei.

Der Student drückte Friedrich herzlich die Hand und eilte zu dem aufbrechenden Haufen. Der mit allerhand Dekorationen schwer bepackte Wagen, von dessen schwankender Höhe der Prinzipal noch immerfort aus der Ferne seine untertänigste Bitte an Leontin wiederholte, heute abend mit seiner höchst nötigen Protektion nicht auszubleiben, wackelte indes langsam fort, nebenher ging die ganze übrige Gesellschaft bunt zerstreut und lustig einher, der Student war zu Pferde, neben ihm ritt sein Mädchen auch auf einem Klepper und warf Leontin noch einige Blicke zu, die ziemlich vertraulich aussahen, und so zog die bunte Karawane wie ein Schattenspiel in die grüne Schlucht hinein. »Wie glücklich«, sagte Leontin, als alles verschwunden war, »könnte der Student sein, so frank und frei mit seiner Liebsten durch die Welt zu ziehn! wenn er nur Talent fürs Glück hätte, aber er hat eine einförmige Niedergeschlagenheit in sich, die er nicht niederschlagen kann, und die ihn durchs Leben nur so hinschleppt.«

Sie setzten sich nun auf dem schönen grünen Platze um einen Tisch zusammen, der Fluß flog lustig an ihnen vorüber, die Herbstsonne wärmte sehr angenehm. Leontin erzählte, wie er den Morgen nach seiner Flucht vom Schlosse des Herrn v. A. bei Anbruch des Tages auf den Gipfel eines hohen Berges gekommen sei, von dem er von der einen Seite die fernen Türme der Residenz, von der andern die friedlich reiche Gegend des Herrn v. A. übersah, über welcher soeben die Sonne aufging. Lange habe er vor dieser grenzenlosen Aussicht nicht gewußt, wohin er sich wenden solle, als er auf einmal unten im Tale Faber die Straße heraufwandern sah, den, wie er wohl wußte, wieder einmal die Albernheiten der Stadt auf einige Zeit in alle Welt getrieben hatten. Wie die Stimme in der Wüste habe er ihn daher, da er gerade eben in einem ziemlich ähnlichen Humor gewesen, mit einer langen Anrede über die Vergänglichkeit aller irdischen Dinge empfangen, ohne von ihm gesehen werden zu können, und so zu sich hinaufgelockt. – Leontin versank dabei in Gedanken. »Wahrhaftig«, sagte er, »wenn ich mich in jenen Sonnenaufgang auf dem Berge recht hineindenke, ist mir zumute, als könnt es mir manchmal auch so gehn, wie dem Studenten.« –

Faber war unterdes fortgegangen, um etwas zu essen und zu trinken zu bestellen, und Friedrich bemerkte dabei mit Verwunderung, daß die Leute, wenn er mit ihnen sprach oder etwas forderte, ihm ins Gesicht lachten oder einander heimlich zuwinkten und die neugierigen Kinder furchtsam zurückzogen, wenn er sich ihnen näherte. Leontin gestand, daß er manchmal, wenn sie in einem Dorfe einkehrten, vorauszueilen pflege und die Wirtsleute überrede, daß der gute Mann, den er bei sich habe, nicht recht bei Verstande sei, sie sollten nur recht auf seine Worte und Bewegungen achthaben, wenn er nachkäme. Dies gebe dann zu vielerlei Lust und Mißverständnis Anlaß, denn wenn sich Faber einige Zeit mit den Gesichtern abgebe, die ihn alle so heimlich, furchtsam und bedauernd ansähen, hielten sie sich am Ende wechselseitig alle für verrückt. – Leontin brach schnell ab, denn Faber kam eben zu ihnen zurück und schimpfte über die Dummheit des Landvolks.

Friedrich mußte nun von seinem Abschiede auf dem Schlosse des Herrn v. A. und seinen Abenteuern in der Residenz erzählen. Er kam bald auch auf die ästhetische Teegesellschaft und versicherte, er habe sich dabei recht ohne alle Männlichkeit gefühlt, etwa wie bei einem Spaziergange durch die Lüneburger Ebne mit Aussicht auf Heidekraut. Leontin lachte hellauf. »Du nimmst solche Sachen viel zu ernsthaft und wichtiger, als sie sind«, sagte er. »Alle Figuren dieses Schauspiels sind übrigens auch von meiner Bekanntschaft, ich möchte aber nur wissen, was sie seit der Zeit, daß ich sie nicht gesehen, angefangen haben, denn wie ich soeben höre, hat sich seitdem auch nicht das mindeste in ihnen verändert. Diese Leute schreiten fleißig von einem Meßkataloge zum andern mit der Zeit fort, aber man spürt nicht, daß die Zeit auch nur um einen Zoll durch sie weiter fortrückte. Ich kann dir jedoch im Gegenteil versichern, daß ich nicht bald so lustig war, als an jenem Abende, da ich zum ersten Male in diese Teetaufe oder Traufe geriet. Aller Augen waren prüfend und in erwartungsvoller Stille auf mich neuen Jünger gerichtet. Da ich die ganze heilige Synode, gleich den Freimaurern mit Schurz und Kelle, so feierlich mit poetischem Ornate angetan dasitzen sah, konnt ich mich nicht enthalten, despektierlich von der Poesie zu sprechen und mit unermüdlichem Eifer ein Gespräch von der Landwirtschaft, von den Runkelrüben usw. anzuspinnen, so daß die Damen wie über den Dampf von Kuhmist die Nasen rümpften und mich bald für verloren hielten. Mit dem Schmachtenden unterhielt ich mich besonders viel. Er ist ein guter Kerl, aber er hat keine Mannsmuskel im Leibe. Ich weiß nicht, was er gerade damals für eine fixe Idee von der Dichtkunst im Kopfe hatte, aber er las ein Gedicht vor, wovon ich trotz der größten Anstrengung nichts verstand, und wobei mir unaufhörlich des simplicianisch-teutschen Michels verstümmeltes Sprachgepränge im Sinne lag. Denn es waren deutsche Worte, spanische Konstruktionen, welsche Bilder, altdeutsche Redensarten, doch alles mit überaus feinem Firnis von Sanftmut verschmiert. Ich gab ihm ernsthaft den Rat, alle Morgen gepfefferten Schnaps zu nehmen, denn der ewige Nektar erschlaffe nur den Magen, worüber er sich entrüstet von mir wandte. – Mit dem vom Hochmutsteufel besessenen Dithyrambisten aber bestand ich den schönsten Strauß. Er hatte mit pfiffiger Miene alle Segel seines Witzes aufgespannt und kam mit vollem Winde der Eitelkeit auf mich losgefahren, um mich Unpoetischen vor den Augen der Damen in den Grund zu bugsieren. Um mich zu retten, fing ich zum Beweise meiner poetischen Belesenheit an, aus Shakespeares: ›Was ihr wollt‹, wo Junker Tobias den Malvolio peinigt, zu rezitieren: ›Und besäße ihn eine Legion selbst, so will ich ihn doch anreden.‹ Er stutzte und fragte mich mit herablassender Genügsamkeit und kniffigem Gesichte, ob vielleicht gar Shakespeare mein Lieblingsautor sei? – Ich ließ mich aber nicht stören, sondern fuhr mit Junker Tobias fort: ›Ei, Freund, leistet dem Teufel Widerstand, er ist der Erbfeind der Menschenkinder.‹ Er fing nun an, sehr salbungsvolle, genialische Worte über Shakespeare ergehen zu lassen, ich aber, da ich ihn sich so aufblasen sah, sagte weiter: ›Sanftmütig, sanftmütig! Ei, was machst du, mein Täubchen? Wie geht's, mein Puthühnchen? Ei, sieh doch, komm, tucktuck!‹ – Er schien nun mit Malvolio zu bemerken, daß er nicht in meine Sphäre gehöre, und kehrte sich mit einem unsäglich stolzen Blicke, wie von einem unerhört Tollen, von mir. ›O jemine!‹ fiel die Gräfin Romana hier mit ein. Sie sagte dies so richtig und schön, daß ich sie dafür hätte küssen mögen. Das schlimmste war aber nun, daß ich dadurch demaskiert war, ich konnte nicht länger für einen Ignoranten gelten; und die Frauenzimmer merkten dies nicht so bald, als sie mit allerhand Phrasen, die sie hin und wieder ernascht, über mich herfielen. In der Angst fing ich daher nun an, wütend mit gelehrten Redensarten und poetischen Paradoxen nach allen Seiten um mich herumzuwerfen, bis sie mich, ich sie, und ich mich selber nicht mehr verstand und alles verwirrt wurde. Seit dieser Zeit haßt mich der ganze Zirkel und hat mich als eine Pest der Poesie förmlich exkommuniziert.«

Friedrich, der Leontin ruhig und mit Vergnügen angehört hatte, sagte: »So habe ich dich am liebsten, so bist du in deinem eigentlichen Leben. Du siehst so frisch in die Welt hinein, daß alles unter deinen Augen bunt und lebendig wird.« – »Jawohl«, antwortete Leontin, »so buntscheckig, daß ich manchmal selber zum Narren darüber werden könnte.«

Die Sonne fing indes schon an, sich zu senken, und sowohl Friedrich als Leontin gedachten ihrer Weiterreise und versprachen einander, nächstens in der Residenz sich wieder zu treffen. Herr Faber bat Friedrich, ihn der Gräfin Romana bestens zu empfehlen. »Die Gräfin«, sagte er, »hat schöne Talente und sich durch mehrere Arbeiten, die ich kenne, als Dichterin erwiesen. Nur macht sie sich freilich alles etwas gar zu leicht.« Leontin, den immer sogleich ein seltsamer Humor befiel, wenn er die Gräfin nennen hörte, sang lustig:

> »Lustig auf den Kopf, mein Liebchen,
> Stell dich, in die Luft die Bein!
> Heisa! ich will sein dein Bübchen,
> Heute nacht soll Hochzeit sein!

> Wenn du Shakespeare kannst vertragen,
> O du liebe Unschuld du!
> Wirst du mich wohl auch ertragen
> Und noch jedermann dazu. –«

Er sprach noch allerhand wild und unzüchtig von der Gräfin und trug Friedrich noch einen zügellosen Gruß an sie auf, als sie endlich von entgegengesetzten Seiten auseinanderritten. Friedrich wußte nicht, was er aus diesen wilden Reden machen sollte. Sie ärgerten ihn, denn er hielt die Gräfin hoch, und er konnte sich dabei der Besorgnis nicht enthalten, daß Leontins lebhafter Geist in solcher Art von Renommisterei am Ende sich selber aufreiben werde.

In solchen Gedanken war er einige Zeit fortgeritten, als er bei einer Biegung um eine Feldecke plötzlich das Schloß der Gräfin vor sich sah. Es stand wie eine Zauberei hoch über einem weiten, unbeschreiblichen Chaos von Gärten, Weinbergen, Bäumen und Flüssen, der Schloßberg selber war ein großer Garten, wo unzählige Wasserkünste aus dem Grün hervorsprangen. Die Sonne ging eben hinter dem Berge unter und bedeckte das prächtige Bild mit Glanz und Schimmer, so daß man nichts deutlich unterscheiden konnte.

Überrascht und geblendet gab Friedrich seinem Pferde die Sporen und ritt die Höhe hinan. Er erstaunte über die seltsame Bauart des Schlosses, das durch eine fast barocke Pracht auffiel. Es war niemand zu sehen. Er trat in die weite, mit buntem Marmor getäfelte Vorhalle, durch deren Säulenreihen man von der andern Seite in den Garten hinaussah. Dort standen die seltsamsten ausländischen Bäume und Pflanzen wie halbausgesprochene, verzauberte Gedanken, schimmernde Wasserstrahlen durchkreuzten sich in kristallenen Bogen hoch über ihnen, ausländische Vögel saßen sinnend und traumhaft zwischen den dunkelgrünen Schatten umher.

Ein wunderschöner Knabe sprang indes soeben draußen im Hofe vom Pferde, stutzte, als er im Vorbeilaufen Friedrich erblickte, sah ihn einen Augenblick mit den großen, schönen Augen trotzig an und eilte sogleich wieder durch die Vorhalle weiter in den Garten hinaus. Friedrich sah, wie er dort mit bewunderungswürdiger Fertigkeit eine hohe, am Abhange des Gartens stehende Tanne bestieg und aus dem höchsten Gipfel sich in die Gegend hinauslegte, als suche er fern etwas mit den Augen.

Da immer noch niemand kam, stellte sich Friedrich an ein hohes Bogenfenster, aus dem man die prächtigste Aussicht auf das Tal und die Gebirge hatte. Noch niemals hatte er eine so üppige Natur gesehen. Mehrere Ströme blickten wie Silber hin und her aus dem Grunde, freundliche Landstraßen, von hohen Nußbäumen reich beschattet, zogen sich bis in die weiteste Ferne nach allen Richtungen hin, der Abend lag warm und schallend über der Gegend, weit über die Gärten und Hügel hin hörte man ringsum das Jauchzen der Winzer. Friedrich wurde bei dieser Aussicht unsäglich bange in dem einsamen Schlosse, es war ihm, als wäre alles zu einem großen Feste hinausgezogen, und er konnte kaum mehr widerstehen, selber wieder hinunterzureiten, als er auf einmal die Gräfin erblickte, die in einem langen grünen Jagdkleide in dem erquickenden Hauche des Abends auf der glänzenden Landstraße aus dem Tale heraufgeritten kam. Sie war allein, er erkannte sie sogleich an ihrer hohen, schönen Gestalt.

Als sie vor dem Schlosse vom Pferde stieg, kam der schöne Knabe, der vorhin auf der Tanne gelauert hatte, schnell herbeigesprungen, fiel ihr stürmisch um den Hals und küßte sie. »Kleiner Ungestüm!« sagte sie halb böse und wischte sich den Mund. Sie schien einen Augenblick verlegen, als sie so unvermutet Friedrich erblickte und bemerkte, daß er diesen sonderbaren Empfang gesehen hatte. Sie schüttelte aber die flüchtige Scham bald wieder von sich und bewillkommte Friedrich mit einer Heftigkeit, die ihm auffiel. »Ich bedaure nur«, sagte sie, »daß ich Sie nicht so bewirten kann, wie ich wünschte, alle meine Leute schwärmen schon den ganzen Tag bei der Weinlese, ich selbst bin seit frühem Morgen in der Gegend herumgeritten.«

Sie nahm ihn bei der Hand und führte ihn in das Innere des Schlosses. Friedrich verwunderte sich, denn fast in allen Zimmern standen Türen und Fenster offen. Die hochgewölbten Zimmer selbst waren ein seltsames Gemisch von alter und neuer Zeit, einige standen leer und wüste, wie ausgeplündert, in andern sah er alte Gemälde an der Wand herumhängen, die wie aus schändlichem Mutwillen mit Säbelhieben zerhauen schienen. Sie kamen in der Gräfin Schlafgemach. Das große Himmelbett war noch unzugerichtet, wie sie es frühmorgens verlassen, Strümpfe, Halstücher und allerlei Gerät lag bunt auf allen Stühlen umher. In dem einen Winkel hing ein Portrait, und er glaubte, soviel es die Dämmerung zuließ, zu seinem Erstaunen die Züge des Erbprinzen zu erkennen, dessen Schönheit in der Residenz einen so tiefen Eindruck auf ihn gemacht hatte.

Die Gräfin nahm den schönen Knaben, der ihnen immerfort gefolgt war, beiseite und trug ihm heimlich etwas auf. Der Knabe schien durchaus nicht gehorchen zu wollen, er wurde immer lauter und ungebärdiger, stampfte endlich zornig mit dem Fuße, rannte hinaus und warf die Tür hinter sich zu, daß es durch das weite Haus erschallte. »Er ist doch in einer Stunde wieder da«, sagte Romana, ihm nachsehend, nahm die Gitarre, die in einer Ecke auf der Erde lag, während sie Friedrich ein Körbchen mit Obst und Wein übergab, und führte ihn wieder weiter eine Stiege aufwärts.

Wie einem Nachtwandler, der plötzlich auf ungewohntem Orte aus schweren, unglaublichen Träumen erwacht, war Friedrich zumute, als er mit ihr die letzten Stufen erreichte, und sich auf einmal unter der weiten, freien, gestirnten Wölbung des Himmels erblickte. Es war nämlich eine große Terrasse, die nach italienischer Art über das Dach des Schlosses ging. Ringsum an der Galerie standen Orangenbäume und hohe, ausländische Blumen, welche den himmlischen Platz mit Düften erfüllten.

»Hier auf dem Dache«, sagte Romana, »ist mein liebster Aufenthalt. In den warmen Sommernächten schlafe ich oft hier oben.« Sie setzte sich zu ihm, reichte ihm die Früchte und trank ihm von dem mitgenommenen Weine selber zu. »Sie wohnen hier so schwindlig hoch«, sagte Friedrich, »daß Sie die ganze Welt mit

Füßen treten.« – Romana, die sogleich begriff, was er meinte, antwortete stolz und keck: »Die Welt, der große Tölpel, der niemals gescheiter wird, wäre freilich der Mühe wert, daß man ihm höflich und voll Ehrfurcht das Gesicht streichelte, damit er einen wohlwollend und voll Applaus anlächle. Es ist ja doch nichts als Magen und Kopf, und noch dazu ein recht breiter, übermütiger, selbstgefälliger, eitler, unerträglicher, den es eine rechte Götterlust ist aufs Maul zu schlagen.« – Sie brach hierbei schnell ab und lenkte das Gespräch auf andere Gegenstände.

Friedrich mußte dabei mehr als einmal die fast unweibliche Kühnheit ihrer Gedanken bewundern, ihr Geist schien heut von allen Banden los. Sie ergriff endlich die Gitarre und sang einige Lieder, die sie selbst gedichtet und komponiert hatte. Die Musik war durchaus wunderbar, unbegreiflich und oft beinahe wild, aber es war eine unwiderstehliche Gewalt in ihrem Zusammenklange. Der weite, stille Kreis von Strömen, Seen, Wäldern und Bergen, die in großen, halbkenntlichen Massen übereinander ruhten, rauschten dabei feenhaft zwischen die hinausschiffenden Töne hinein. Die Zauberei dieses Abends ergriff auch Friedrichs Herz, und in diesem sinnenverwirrenden Rausche fand er das schöne Weib an seiner Seite zum ersten Male verführerisch. »Wahrhaftig«, sagte sie endlich aus tiefster Seele, »wenn ich mich einmal recht verliebte, es würde mich gewiß das Leben kosten! – Es reiste einmal«, fuhr sie fort, »ein Student hier in der Nacht beim Schlosse vorbei, als ich eben auf dem Dache eingeschlummert war, der sang:

›Wenn die Sonne lieblich schiene
Wie in Welschland, lau und blau,
Ging' ich mit der Mandoline
Durch die überglänzte Au.

181

In der Nacht dann Liebchen lauschte
An dem Fenster, süßverwacht,
Wünschte mir und ihr – uns beiden
Heimlich eine schöne Nacht.

Wenn die Sonne lieblich schiene
Wie in Welschland, lau und blau,
Ging' ich mit der Mandoline
Durch die überglänzte Au.‹

Aber die Sonne scheint nicht wie in Welschland und der Student zog weiter, und es ist eben alles nichts. – Gehn wir schlafen, gehn wir schlafen«, setzte sie langweilig gähnend hinzu, nahm Friedrich bei der Hand und führte ihn wieder die Stiege hinab.

Er bemerkte, als sie wieder in den Zimmern angekommen waren, eine ungewöhnliche Unruhe an ihr, sie hing bewegt an seinem Arme. Sie schien ihm bei dem Mondenschimmer, der durch das offne Fenster auf ihr Gesicht fiel, totenblaß, eine Art von seltsamer Furcht befiel ihn da auf einmal vor ihr und dem ganzen Feenschlosse, er gab ihr schnell eine gute Nacht und eilte in das ihm angewiesene Zimmer, wo er sich angekleidet auf das Bett hinwarf.

Das Gemach war nur um einige Zimmer von dem Schlafgemach der Gräfin entfernt. Die Türen dazwischen fehlten ganz und gar. Eine Lampe, die der Gräfin Zimmer matt erhellte, warf durch die offenen Türen ihren Schein gerade auf einen großen, altmodischen Spiegel, der vor Friedrichs Bett an der Wand hing, so daß er in demselben fast ihr ganzes Schlafzimmer übersehen konnte. Er sah, wie der schöne Knabe, der sich unterdes wieder eingeschlichen haben mußte, quer über einigen Stühlen vor ihrem Bette eingeschlafen lag. Die Gräfin entkleidete sich nach und nach und stieg so über den Knaben weg ins Bett. Alles im Schlosse wurde nun totenstill und er wendete das Gesicht auf die andere Seite, dem offenen

Fenster zu. Die Bäume rauschten vor demselben, aus dem Tale kam von Zeit zu Zeit ein fröhliches Jauchzen, bald näher, bald wieder in weiter Ferne, dazwischen hörte er ausländische Vögel draußen im Garten in wunderlichen Tönen immerfort wie im Traume sprechen, das seltsame bleiche Gesicht der Gräfin, wie sie ihm zuletzt vorgekommen, stellte sich ihm dabei unaufhörlich vor die Augen, und so schlummerte er erst spät unter verworrenen Phantasien ein.

Mitten in der Nacht wachte er plötzlich auf, es war ihm, als hätte er Gesang gehört. Der Mond schien hell draußen über der Gegend und durch das Fenster herein. Mit Erstaunen hörte er neben sich atmen. Er sah umher und erblickte Romana, unangekleidet wie sie war, an dem Fuße seines Betts eingeschlafen. Sie ruhte auf dem Boden, mit dem einen Arm und dem halben Leibe auf das Bett gelehnt. Die langen schwarzen Haare hingen aufgelöst über den weißen Nacken und Busen herab. Er betrachtete die wunderschöne Gestalt lange voll Verwunderung halbaufgerichtet. Da hörte er auf einmal die Töne wieder, die er schon im Schlummer vernommen hatte. Er horchte hinaus; das Singen kam jenseits von den Bergen über die stille Gegend herüber, er konnte folgende Worte verstehen:

»Vergangen ist der lichte Tag,
Von ferne kommt der Glockenschlag,
So reist die Zeit die ganze Nacht,
Nimmt manchen mit, der's nicht gedacht.

Wo ist nun hin die bunte Lust,
Des Freundes Trost und treue Brust,
Des Weibes süßer Augenschein?
Will keiner mit mir munter sein?

Da's nun so stille auf der Welt,
Ziehn Wolken einsam übers Feld,
Und Feld und Baum besprechen sich –
O Menschenkind! was schauert dich?

Wie weit die falsche Welt auch sei,
Bleibt mir doch Einer nur getreu,
Der mit mir weint, der mit mir wacht,
Wenn ich nur recht an Ihn gedacht.

Frisch auf denn, liebe Nachtigall,
Du Wasserfall mit hellem Schall!
Gott loben wollen wir vereint,
Bis daß der lichte Morgen scheint!«

Friedrich erkannte die Weise, es war Leontins Stimme. – »Ich komme, herrlicher Gesell!« rief er bewegt in sich und raffte Sich schnell auf, ohne die Gräfin zu wecken. Nicht ohne Schauer ging er durch die totenstillen, weit öden Gemächer, zäumte sich im Hofe selber sein Pferd und sprengte den Schloßberg hinab.

Er atmete tief auf, als er draußen in die herrliche Nacht hineinritt, seine Seele war wie von tausend Ketten frei. Es war ihm, als ob er aus fieberhaften Träumen oder aus einem langen, wüsten, liederlichen Lustleben zurückkehre. Das hohe Bild der Gräfin, das er mit hergebracht, war in seiner Seele durch diese sonderbare Nacht phantastisch verzerrt und zerrissen, und er verstand nun Leontins wilde Reden an dem Wirtshause.

Leontins Gesang war indes verschollen, er hatte nichts mehr gehört und schlug voller Gedanken den Weg nach der Residenz ein. Das Feenschloß hinter ihm war lange versunken, die Bäume an der Straße fingen schon an lange Schatten über das glänzende Feld zu werfen, Vögel wirbelten schon hin und her hoch in der

Luft, die Residenz lag mit ihren Feuersäulen wie ein brennender Wald im Morgenglanze vor ihm.

Vierzehntes Kapitel

Draußen über das Land jagten zerrissene Wolken, die Melusina sang an seufzenden Wäldern, Gärten und Zäunen ihr unergründlich einförmiges Lied, die Dörfer lagen selig verschneit. In der Residenz zog der Winter prächtig ein mit Schellengeklingel, frischen Mädchengesichtern, die vom Lande flüchteten, mit Bällen, Opern und Konzerten, wie eine lustige Hochzeit. Friedrich stand gegen Abend einsam an seinem Fenster, Leontin und Faber ließen noch immer nichts von sich hören, Rosa hatte ihn letzthin ausgelacht, als er voller Freuden zu ihr lief, um ihr eine politische Neuigkeit zu erzählen, die ihn ganz ergriffen hatte, an der Gräfin Romana hatte er seit jener Nacht keine Lust weiter, er hatte beide seitdem nicht wiedergesehen; vor den Fenstern fiel der Schnee langsam und bedächtig in großen Flocken, als wollte der graue Himmel die Welt verschütten. Da sah er unten zwei Reiter in langen Mänteln die Straße ziehn. Der eine sah sich um, Friedrich rief: »Viktoria!« es waren Leontin und Faber, die soeben einzogen.

Friedrich sprang, ohne sich zu besinnen, zur Tür hinaus und die Stiege hinunter. Als er aber auf die Straße kam, waren sie schon verschwunden. Er schlenderte einige Gassen in dem Schneegestöber auf und ab. Da stieß der Marquis, den wir schon aus Rosas Briefe kennen, die hervorragenden Steine mit den Zehen zierlich suchend, auf ihn. Er hing sich ihm sogleich wie ein guter Bruder, in den Arm, und erzählte ihm in einem Redestrome tausend Späße zum Totlachen, wie er meinte, die sich heut und gestern in der Stadt zugetragen, welche Damen heut vom Lande angekommen, wer verliebt sei und nicht wiedergeliebt werde usw. Friedrich war die flache Lustigkeit des Wichts heut entsetzlich, und er ließ sich daher, da ihm dieser nur die Wahl ließ, ihn entweder zu sich nach Hause, oder in die Gesellschaft zum Minister zu begleiten, gern zu dem letztern mit fortschleppen. Denn besser mit einem Haufen Narren, dachte er übellaunisch, als mit einem allein.

Er fand einen zahlreichen und glänzenden Zirkel. Die vielen Lichter, die prächtigen Kleider, der glatte Fußboden, die zierlichen Reden, die hin und wider flogen, alles glänzte. Er wäre fast wieder umgekehrt, so ganz ohne Schein kam er sich da auf einmal vor. Vor allen erblickte er seine Rosa. Sie hatte ein rosasamtnes Kleid, ihre schwarzen Locken ringelten sich auf den weißen Busen hinab. Der Erbprinz unterhielt sich lebhaft mit ihr. Sie sah inzwischen mehrere Male mit einer Art von triumphierenden Blicken seitwärts auf Friedrich; sie wußte wohl, wie schön sie war. Friedrich unterhielt sich gedankenvoll zerstreut rechts und links. Jene Frau vom Hause, bei der er die Teegesellschaft verlebt, war auch da und schien wieder an ihren ästhetischen Krämpfen zu leiden. Sie unterhielt sich sehr lebendig mit mehreren hübschen jungen Männern über die Kunst, und Friedrich verstand nur, wie sie zuletzt ausrief: »Oh, ich möchte Millionen glücklich machen!« – Da hörte man plötzlich ein lautes Lachen aus einem andern abgelegenen Winkel des Zimmers erschallen. Friedrich erkannte mit Erstaunen sogleich Leontins Stimme. Die Männer bissen sich heimlich in die Lippen über dieses Lachen zu rechter Zeit, obschon keiner vermutete, daß es wirklich jenem Ausruf gelten sollte, da der Lacher fern in eine ganz andere Unterhaltung vertieft schien. Friedrich aber wußte gar wohl, wie es Leontin meinte. Er eilte sogleich auf ihn los und fand ihn zwischen zwei alten Herren mit Perücken und altfränkischen Gesichtern, mit denen sich niemand abgeben mochte, mit denen er sich aber kindlich besprach und gut zu vertragen schien. Er erzählte ihnen von seiner Gebirgsreise die wunderbarsten Geschichten vor, und lachte herzlich mit den beiden guten Alten, wenn sie dabei ihn über offenbaren, gar zu tollen Lügen ertappten. Er freute sich sehr, Friedrich noch heut zu sehn, und sagte, wie es ihm eine gar wunderlich schauerliche Lust sei, so aus der Grabesstille der verschneiten Felder mitten in die glänzendsten Stadtzirkel hineinzureiten, und umgekehrt.

Sie sprachen noch manches zusammen, als der Prinz hinzutrat und Friedrich in ein Fenster führte. »Der Minister«, sagte er zu ihm, als sie allein waren, »hat Sie mir sehr warm, ja ich kann wohl sagen, mit Leidenschaft empfohlen. Es ist etwas Außerordentliches, denn er empfiehlt sonst keinen Menschen auf diese Art.« Friedrich äußerte darüber seine große Verwunderung, da er von dem Minister gerade das Gegenteil erwartete. »Der Minister«, fuhr der Prinz fort, »läßt sein Urteil nicht fangen, und ich vertraue Ihnen daher. Unsere Zeit ist so gewaltig, daß die Tugend nichts gilt ohne Stärke. Die wenigen Mutigen aus aller Welt sollten sich daher treu zusammenhalten, als ein rechter Damm gegen das Böse. Es wäre nicht schön, lieber Graf, wenn Sie sich von der gemeinen Not absonderten.« – »Gott behüte mich vor solcher Schande!« erwiderte Friedrich halb betroffen, »mein Leben gehört Gott und meinem rechtmäßigen Herrn.« – »Es ist groß, sich selber, von aller Welt losgesagt, fromm und fleißig auszubilden«, sagte darauf der Prinz begeistert, »aber es ist größer, alle Freuden, alle eigenen Wünsche und Bestrebungen wegzuwerfen für das Recht, alles –« hier strich soeben die Gräfin Romana an ihnen vorüber. Der Prinz ergriff ihre Hand und sagte: »So lange von uns wegzubleiben!« – Sie zog langsam ihre Hand aus der seinigen und sah nur Friedrich groß an, als sähe sie ihn wieder zum ersten Male. Der Prinz lachte unerklärlich, drückte Friedrich flüchtig die Hand und wandte sich wieder in den Saal zurück. Friedrich folgte der Gräfin mit ihren herausfordernden Augen. Sie war schwarz angezogen und fast furchtbar schön anzusehen. Von der Nacht auf dem Schlosse erwähnte sie kein Wort.

Leontin kam auf sie zu und erzählte ihr, wie er erst gestern bei ihrem Schlosse vorbeigezogen. »Es war schon Nacht«, sagte er, »ich war so frei, mit Faber und einer Flasche echten Rheinweins, die wir bei uns hatten, das oberste Dach des Schlosses zu besteigen. Der Garten, die Gegend und die Galerie oben waren tief verschneit, eine Tür im Hause mußte offenstehn, denn der Wind warf sie immerfort einförmig auf und zu, über der verstarrten Verwüstung hielt die Windsbraut einen lustigen Hexentanz, daß uns der Schnee ins Gesicht wirbelte, es war eine wahre Brockennacht. Ich trank dabei dem Dauernden im Wechsel ein Glas nach dem andern zu und rezitierte mehrere Stellen aus Goethes Faust, die mir mit den Schneewirbeln alle auf einmal eiskalt auf Kopf und Herz zuflogen. ›Verfluchte Verse!‹ rief Faber, ›schweig, oder ich werfe dich wahrhaftig über die Galerie hinunter!‹ Ich habe ihn niemals so entrüstet gesehn. Ich warf die Flasche ins Tal hinaus, denn mich fror, daß mir die Zähne klapperten.« – Romana antwortete nichts, sondern setzte sich an den Flügel und sang ein wildes Lied, das nur aus dem tiefsten Jammer einer zerrissenen Seele kommen konnte. »Ist das nicht schön?« fragte sie einige Male dazwischen, sich mit Tränen in den Augen zu Friedrich herumwendend, und lachte abscheulich dabei. – »Ah pah!« rief Leontin zornig, »das ist nichts, es muß noch besser kommen!« Er setzte sich hin und sang ein altes Lied aus dem Dreißigjährigen Kriege, dessen fürchterliche Klänge wie blutige Schwerter durch Mark und Bein gingen. Friedrich bemerkte, daß Romana zitterte. Leontin war indes wieder aufgestanden und hatte sich aus der Gesellschaft fortgeschlichen, wie immer, wenn er gerührt war.

Wir aber wenden uns ebenfalls von den Blasen der Phantasie, die, wie die Blasen auf dem Rheine, nahes Gewitter bedeuten, zu der Einsamkeit Friedrichs, wie er nun oft nächtelang voller Gedanken unter Büchern saß und arbeitete. Wohl ist der Weltmarkt großer Städte eine rechte Schule des Ernstes für bessere, beschauliche Gemüter, als der getreueste Spiegel ihrer Zeit. Da haben sie den alten, gewaltigen Strom in ihre Maschinen und Räder aufgefangen, daß er nur immer schneller und schneller fließe, bis er gar abfließt, da breitet denn das arme Fabrikenleben in dem ausgetrockneten Bette seine hochmütigen Teppiche aus, deren inwendige Kehrseite ekle, kahle, farblose Fäden sind, verschämt hängen dazwischen wenige Bilder in uralter Schönheit verstaubt, die niemand betrachtet, das Gemeinste und das Größte, heftig aneinandergeworfen, wird hier zu Wort und Schlag, die Schwäche wird dreist durch den Haufen, das Hohe ficht allein. Friedrich sah zum ersten Male so recht in den großen Spiegel, da schnitt ihm ein unbeschreiblicher Jammer durch die Brust, und die Schönheit und Hoheit und das heilige Recht, daß sie so allein waren, und wie er sich selber in dem Spiegel so winzig und verloren in dem Ganzen erblickte, schien es ihm herrlich, sich selber vergessend, dem Ganzen treulich zu helfen mit Geist, Mund und Arm. Er erstaunte, wie er noch so gar nichts getan, wie es ihn noch niemals lebendig erbarmet um die Welt. So schien das große Schauspiel des Lebens, manche besondere äußere Anregung, vor allem aber der furchtbare Gang der Zeit, der wohl keines der bessern Gemüter unberührt ließ, auf einmal alle die hellen Quellen in seinem Innern, die sonst zum Zeitvertreibe wie lustige Springbrunnen spielten, in einen großen Strom vereinigt zu haben. Ihn ekelten die falschen Dichter an mit ihren tauben Herzen, die, uneingedenk der himmelschreienden Mahnung der Zeit, ihre Nationalkraft in müßigem Spiele verliederten. Die unbestimmte Knabensehnsucht, jener wunderbare Spielmann vom Venusberge, verwandelte sich in eine heilige Liebe und Begeisterung für den bestimmten und festen Zweck. Gar vieles, was ihn sonst beängstigte, wurde zuschanden, er wurde reifer, klar, selbstständig und ruhig über das Urteil der Welt. Es genügte ihm nicht mehr, sich an sich allein zu ergötzen, er wollte lebendig eindringen. Desto tiefer und schmerzlicher mußte er sich überzeugen, wie schwer es sei, nützlich zu sein. Mit grenzenloser Aufopferung warf er sich daher auf das Studium der Staaten, ein neuer Weltteil für ihn, oder vielmehr die ganze Welt und was der ewige Geist des Menschen strebte, dachte und wollte, in wenigen großen Umrissen, vor dessen unermeßner Aussicht sein Innerstes aufjauchzte.

Ihm träumte einmal, als er in der Nacht einst so über seinen alten Büchern eingeschlummert, als weckte ihn ein glänzendes Kind aus langen lieblichen Träumen. Er konnte kaum die Augen auftun vor Licht, von so wunderbarer Hoheit und Schönheit war des Kindes Angesicht. Es wies mit seinem kleinen Rosenfinger von dem hohen Berge in die Gegend hinaus, da sah er ringsum eine unbegrenzte Runde, Meer, Ströme und Länder, ungeheure, umgeworfene Städte mit zerbrochenen Riesensäulen, das alte Schloß seiner Kinderjahre seltsam verfallen, einige Schiffe zogen hinten nach dem Meere, auf dem einen stand sein verstorbener Vater, wie er ihn oft auf Bildern gesehen, und sah ungewöhnlich ernsthaft – alles doch wie in Dämmerung aufarbeitend, zweifelhaft und unkenntlich, wie ein verwischtes, großes Bild, denn ein dunkler Sturm ging über die ganze Aussicht, als wäre die Welt verbrannt, und der ungeheure Rauch davon lege sich nun über die Verwüstung. Dort, wo des Vaters Schiff hinzog, brach darauf plötzlich ein Abendrot durch den Qualm hervor, die Sonne senkte sich fern nach dem Meere hinab. Als er ihr so nachsah, sah er dasselbe wunderschöne Kind, das vorhin neben ihm gewesen, recht mitten in der Sonne zwischen den spielenden Farbenlichtern traurig an ein großes Kreuz gelehnt, stehen. Eine unbeschreibliche Sehnsucht befiel ihn da, und Angst zugleich, daß die Sonne für immer in das Meer versinken werde. Da war ihm, als sagte das wunderschöne Kind, doch ohne den Mund zu bewegen oder aus seiner traurigen Stellung aufzublicken: »Liebst du mich recht, so gehe mit mir unter, als Sonne wirst du dann wieder aufgehen, und die Welt ist frei!«

– Vor Lust und Schwindel wachte er auf. Draußen funkelte der heitere Wintermorgen schon über die Dächer, das Licht war herabgebrannt, Erwin saß bereits angekleidet ihm gegenüber und sah ihn mit den großen, schönen Augen still und ernsthaft an.

Zu solcher Lebensweise kam ein schöner Kreis neuer, rüstiger Freunde, die auf Reisen, an gleicher Gesinnung sich erkennend, aus verschiedenen deutschen Zonen sich nach und nach hier zusammengefunden hatten. Der Erbprinz, der mit einer fast grenzenlosen Leidenschaft an Friedrich hing, wußte den Bund durch seine hinreißende Glut und Beredsamkeit immer frisch zu stärken, so auch, obgleich auf ganz verschiedene Weise, der ältere, besonnene Minister, der nach einer herumschweifenden und wüst durchlebten Jugend, später, seiner größeren Entwürfe und seiner Kraft und Berufes vor allen andern, sie auszuführen sich klar bewußt, auf einmal mehrere brave aber schwächere Männer gewaltsam unterdrückt, ja, selbst seinen eigensten Wunsch, eine Liebe aus früherer Zeit, aufgegeben und dafür eine freudenlose Ehe mit einem der vornehmsten Mädchen gewählt hatte, einzig um das Steuer des Staats in seine festere und sichere Hand zu erhalten. – Eine gleiche Gesinnung schien alle Glieder dieses Kreises zu verbrüdern. Sie arbeiteten fleißig, hoffend und glaubend, dem alten Recht in der engen Zeit Luft zu machen, auf Tod und Leben bereit.

Ganz anders, abgesondert und ohne alle Berührung mit diesem Kreise lebte Leontin in einem abgelegenen Quartiere der Residenz mit der Aussicht auf die beschneiten Berge über die weiten Vorstädte weg, wo er, mit Faber zusammenwohnend, einen wunderlichen Haushalt führte. Alle die Begeisterungen, Freuden und Schmerzen, die sich Friedrich, dessen Bildung langsam aber sicherer fortschritt, erst jetzt neu aufdeckten, hatte er längst im Innersten empfunden. Ihn jammerte seine Zeit vielleicht wie keinen, aber er haßte es, davon zu sprechen. Mit der größten Geisteskraft hatte er schon oft redlich alles versucht, wo es etwas nützen konnte, aber immer überwiesen, wie die Menge reich an Wünschen, aber innerlich dumpf und gleichgültig sei, wo es gilt, und wie seine Gedanken jederzeit weiter reichten als die Kräfte der Zeit, warf er sich in einer Art von Verzweiflung immer wieder auf die Poesie zurück und dichtete oft nächtelang ein wunderbares Leben, meist Tragödien, die er am Morgen wieder verbrannte. Seine alles verspottende Lustigkeit war im Grunde nichts, als diese Verzweiflung, wie sie sich an den bunten Bildern der Erde in tausend Farben brach und bespiegelte.

Friedrich besuchte ihn täglich, sie blieben einander wechselseitig noch immer durchaus unentbehrliche Freunde, wenngleich Leontin auf keine Weise zu bereden war, an den Bestrebungen jenes Kreises Anteil zu nehmen. Er nannte unverhohlen das Ganze eine leidliche Komödie und den Minister den unleidlichen Theaterprinzipal, der gewiß noch am Ende des Stücks herausgerufen werden würde, wenn nur darin das Wort: »deutsch« recht fleißig vorkäme, denn das mache in der undeutschen Zeit den besten Effekt. Besonders aber war er ein rechter Feind des Erbprinzen. Er sagte oft, er wünschte ihn mit einem großen Schwerte seiner Ahnherrn aus Barmherzigkeit recht in der Mitte entzweihauen zu können, damit die eine ordinäre Hälfte vor der andern närrischen, begeisterten einmal Ruhe hätte. – Dergleichen Reden verstand Friedrich zwar damals nicht recht, denn seine beste Natur sträubte sich gegen ihr Verständnis, aber sie machten ihn stutzig. Faber dagegen, welcher, der Dichtkunst treu ergeben, immer fleißig fortarbeitete, empfing ihn alle Tage gelassen mit derselben Frage: ob er noch immer weltbürgerlich sei? – »Gott sei Dank«, antwortete Friedrich ärgerlich, »ich verkaufte mein Leben an den ersten besten Buchhändler, wenn es eng genug wäre, sich in einigen hundert Versen ausfingern zu lassen.« – »Sehr gut«, erwiderte Faber mit jener Ruhe, welche das Bewußtsein eines redlichen ernsthaften Strebens gibt, »wir alle sollen nach allgemeiner Ausbildung und Tätigkeit, nach dem

Verein aller Dinge mit Gott streben; aber wer von seinem einzelnen, wenn es überhaupt ein solches gibt, es sei Staats-, Dicht- oder Kriegskunst, recht wahrhaft und innig, d.h. christlich durchdrungen ward, der ist ja eben dadurch allgemein. Denn nimm du einen einzelnen Ring aus der Kette, so ist es die Kette nicht mehr, folglich ist eben der Ring auch die Kette.« Friedrich sagte: »Um aber ein Ring in der Kette zu sein, mußt du ebenfalls tüchtig von Eisen und aus einem Gusse mit dem Ganzen sein, und das meinte ich.« Leontin verwickelte sie hier durch ein vielfaches Wortspiel dergestalt in ihre Kette, daß sie beide nicht weiterkonnten.

Diese strebende, webende Lebensart schien Friedrich einigermaßen von Rosa zu entfernen, denn jede große innerliche Tätigkeit macht äußerlich still. Es schien aber auch nur so, denn eigentlich hatte seine Liebe zu Rosa, ohne daß er selbst es wußte, einen großen Anteil an seinem Ringen nach dem Höchsten. So wie die Erde in tausend Stämmen, Strömen und Blüten treibt und singt, wenn sie der alles belebenden Sonne zugewendet, so ist auch das menschliche Gemüt zu allem Großen freudig in der Sonnenseite der Liebe. Rosa nahm Friedrichs nur seltene Besuche nicht in diesem Sinne, denn wenige Weiber begreifen der Männer Liebe in ihrem Umfange, sondern messen ungeschickt das Unermeßliche nach Küssen und eitlen Versicherungen. Es ist, als wären ihre Augen zu blöde, frei in die göttliche Flamme zu schauen, sie spielen nur mit ihrem spielenden Widerscheine. Friedrich fand sie überhaupt seit einiger Zeit etwas verändert. Sie war oft einsilbig, oft wieder bis zur Leichtfertigkeit munter, beides schien Manier. Sie mischte oft in ihre besten Unterhaltungen so Fremdartiges, als hätte ihr innerstes Leben sein altes Gleichgewicht verloren. Über seine seltenen Besuche machte sie ihm nie den kleinsten Vorwurf. Er war weit entfernt, den wahren Grund von allem diesem auch nur zu ahnen. Denn die rechte Liebe ist einfältig und sorglos.

Eines Tages kam er gegen Abend zu ihr. Das Zimmer war schon dunkel, sie war allein. Sie schien ganz atemlos vor Verlegenheit, als er so plötzlich in das Zimmer trat, und sah sich ängstlich einige Male nach der andern Tür um. Friedrich bemerkte ihre Unruhe nicht, oder mochte sie nicht bemerken. Er hatte heut den ganzen Tag gearbeitet, geschrieben und gesonnen. Auf seiner unbekümmert unordentlichen Kleidung, auf dem verwachten, etwas bleichen Gesichte und den sinnigen Augen ruhte noch der Nachsommer der Begeisterung. Er bat sie, kein Licht anzuzünden, setzte sich nach seiner Gewohnheit mit der Gitarre ans Fenster und sang fröhlich ein altes Lied, das er Rosa oft im Garten bei ihrem Schlosse gesungen. Rosa saß dicht vor ihm, voll Gedanken, es war, je länger er sang, als müßte sie ihm etwas vertrauen und könne sich nicht dazu entschließen. Sie sah ihn immerfort an. »Nein, es ist mir nicht möglich!« rief sie endlich und sprang auf. Er legte die Laute weg; sie war schnell durch die andere Tür verschwunden. Er stand noch einige Zeit nachdenkend, da aber niemand kam, ging er verwundert fort.

Es war ihm von jeher eine eigene Freude, wenn er so abends durch die Gassen strich, in die untern erleuchteten Fenster hineinzublicken, wie da alles, während es draußen stob und stürmte, gemütlich um den warmen Ofen saß, oder an reinlich gedeckten Tischen schmauste, des Tages Arbeit und Mühen vergessend, wie eine bunte Galerie von Weihnachtsbildern. Er schlug heute einen andern, ungewohnten Weg ein, durch kleine, unbesuchte Gäßchen, da glaubte er auf einmal in dem einen Fenster den Prinzen zu sehen. Er blieb erstaunt stehen. Er war es wirklich. Er saß in einem schlechten Überrocke, den er noch niemals bei ihm gesehen, im Hintergrunde auf einem hölzernen Stuhle. Vor ihm saß ein junges Mädchen in bürgerlicher Kleidung auf einem Schemel, beide Arme auf seine Kniee gestützt, und sah zu ihm hinauf, während er etwas zu erzählen schien und ihr die Haare von beiden Seiten aus der heitern Stirn strich. Ein flackerndes Herdfeuer, an welchem eine alte Frau etwas zubereitete, warf seine gemütlichen Scheine über die Stube. Teller und Schüsseln waren in ihren Geländern ringsum an den Wänden blank und in zierlicher Ordnung aufgestellt, ein Kätzchen saß auf einem Großvaterstuhle am Ofen und putzte sich, im Hintergrunde hing ein Muttergottesbild, vom Kamine hell beleuchtet. Es schien ein stilles, ordentliches Haus. Das Mädchen sprang fröhlich von ihrem Sitze auf, kam ans Fenster und sah einen Augenblick durch die Scheiben. Friedrich erstaunte über ihre Schönheit. Sie schüttelte sich darauf munter und ungemein lieblich, als fröre sie bei dem flüchtigen Blick in die stürmische Nacht draußen, stieg auf einen Stuhl und schloß die Fensterladen zu.

Am folgenden Morgen, als Friedrich mit dem Prinzen zusammenkam, sagte er ihm sogleich, was er gestern gesehen. Der Prinz schien betroffen, besann sich darauf einen Augenblick und bat Friedrich, die ganze Begebenheit zu verschweigen. Er besuche, sagte er, das Mädchen schon seit langer Zeit und gebe sich für einen armen Studenten aus. Die Mutter und die Tochter, die wenig auskämen, hielten ihn wirklich dafür. Friedrich sagte ihm offen und ernsthaft, wie dies ein gefährliches Spiel sei, wobei das Mädchen verspielen müsse, er solle lieber alles aufgeben, ehe es zu weit käme, und vor allen Dingen großmütig das Mädchen schonen, das ihm noch unschuldig schiene. Der Prinz war gerührt, drückte Friedrich die Hand und schwur, daß er das Mädchen zu sehr liebe, um sie unglücklich zu machen. Er nannte sie nur sein hohes Mädchen.

Später, an einem von jenen wunderbaren Tagen, wo die Bäche wieder ihre klaren Augen aufschlagen und einzelne Lerchen schon hoch in dem blauen Himmel singen, hatte Friedrich alle seine Fenster offen, die auf einen einsamen Spaziergang hinausgingen, den zu dieser Jahreszeit fast niemand besuchte. Es war ein Sonntag, unzählige Glocken schallten durch die stille, heitere Luft. Da sah er den Prinzen wieder verkleidet in der Ferne vorübergehen, neben ihm sein Bürgermädchen, im sonntäglichen Putze zierlich aufgeschmückt. Sie schien sehr zufrieden und glücklich und drückte sich oft fröhlich an seinen Arm. Friedrich nahm die Gitarre, setzte sich auf das Fenster und sang:

»Wann der kalte Schnee zergangen,
Stehst du draußen in der Tür,
Kommt ein Knabe schön gegangen,
Stellt sich freundlich da zu dir,
Lobet deine frischen Wangen,
Dunkle Locken, Augen licht,
Wann der kalte Schnee zergangen,
Glaub dem falschen Herzen nicht!

Wann die lauen Winde wehen,
Scheint die Sonne lieblich warm:
Wirst du wohl spazierengehen,
Und er führet dich am Arm,
Tränen dir im Auge stehen,
Denn so schön klingt, was er spricht;
Wann die lauen Winde wehen,
Glaub dem falschen Herzen nicht!

Wenn die Lerchen wieder schwirren,
Trittst du draußen vor das Haus,
Doch er mag nicht mit dir irren,
Zog weit in das Land hinaus;
Die Gedanken sich verwirren,
Wie du siehst den Morgen rot;
Wann die Lerchen wieder schwirren,
Armes Kind, ach, wärst du tot!«

Das Lied rührte Friedrich selbst mit einer unbeschreiblichen Gewalt. Die Glücklichen hatten ihn nicht bemerkt, er hörte das Mädchen noch munter lachen, als sie schon beide wieder verschwunden waren.

Der Winter neckte bald darauf noch einmal durch seine späten Züge. Es war ein unfreundlicher Abend, der Wind jagte den Schnee durch die Gassen, da ging Friedrich, in seinen Mantel fest eingewickelt, zu Rosa. Sie hatte ihm, da sie überhaupt jetzt mehr als sonst sich in Gesellschaften einließ, feierlich versprochen, ihn heut zu Hause zu erwarten. Er hatte eine Sammlung alter Bilder unter dem Mantel, die er erst unlängst aufgekauft, und an denen sie sich heut ergötzen wollten. Er freute sich unbeschreiblich darauf, ihr die Bedeutung und die alten Geschichten dazu zu erzählen. Wie groß war aber sein Erstaunen, als er alles im Hause still fand. Er konnte es noch nicht glauben, er stieg hinauf. Ihr Wohnzimmer war auch leer und kein Mensch zur Auskunft da. Der Spiegel auf der Toilette stand noch aufgestellt, künstliche Blumen, goldene Kämme und Kleider lagen auf den Stühlen umher; sie mußte das Zimmer unlängst verlassen haben. Er setzte sich an den Tisch und schlug einsam seine Bilder auf. Die treue Farbenpracht, die noch so frisch aus den alten Bildern schaute, als wären sie heute gemalt, rührte ihn; wie da die Genoveva arm und bloß im Walde stand, das Reh vor ihr niederstürzt und hinterdrein der Landgraf mit Rossen, Jägern und Hörnern, wie da so bunte Blumen stehen, unzählige Vögel in den Zweigen mit den glänzenden Flügeln schlagen, wie die Genoveva so schön ist und die Sonne prächtig scheint, alles grün und golden musizierend, und Himmel und Erde voller Freude und Entzückung. – »Mein Gott, mein Gott«, sagte Friedrich, »warum ist alles auf der Welt so anders geworden!« – Er fand ein Blatt auf dem Tische, worauf Rosa die Zeichnung einer Rose angefangen. Er schrieb, ohne selbst recht zu wissen, was er tat: »Lebe wohl« auf das Blatt. Darauf ging er fort.

Draußen auf der Straße fiel ihm ein, daß heute Ball beim Minister sei. Nun übersah er den ganzen Zusammenhang und ging sogleich hin, um sich näher zu überzeugen. Dicht und unkenntlich in seinen Mantel gehüllt, stellte er sich in die Tür unter die zusehenden Bedienten. Er mußte lachen, wie der Marquis soeben im festlichen Staate einzog und mit einer vornehmen Geckenhaftigkeit ihn mit den andern Leuten auf die Seite schob. Er bemerkte wohl, wie die Bedienten heimlich lachten. Gott steh dem Adel bei, dachte er dabei, wenn dies noch seine einzige Unterscheidung und Halt sein soll in der gewaltsam drängenden Zeit, wo untergehen muß, was sich nicht ernstlich rafft!

Die Tanzmusik schallte lustig über den Saal, wie ein wogendes Meer, wo unzählige Sterne glänzend auf- und untergingen. Da sah er Rosa mit dem Prinzen walzen. Alle sahen hin und machten willig Platz, so schön war das Paar. Sie langte im Fluge ohnweit der Tür an und warf sich atemlos in ein Sofa. Ihre Wangen glühten, ihr Busen, dessen Weiße die schwarz herabgeringelten Locken noch blendender machten, hob sich heftig auf und nieder; sie war überaus reizend. Er konnte sehen, wie sie dem Prinzen, der lange mit Bitten in sie zu dringen schien, tändelnd etwas reichte, das er schnell zu sich steckte. Der Prinz sagte ihr darauf etwas ins Ohr, worauf sie so leichtfertig lachte, daß es Friedrich durch die Seele schnitt.

Höchst sonderbar, erst hier in diesem Taumel, in dieser Umgebung glaubte Friedrich auf einmal in des Prinzen Reden dieselbe Stimme wiederzuerkennen, die er auf dem Maskenballe, da er Rosa zum ersten Male wiedergesehen, bei ihrem Begleiter, und dann in dem dunklen Gäßchen, als er von der kleinen Marie herauskam, bei dem einen von den zwei verhüllten Männern gehört hatte. – Er erschrak innerlichst über diese Entdeckung. Er dachte an das arme Bürgermädchen, an Leontins Haß gegen den Prinzen, an die verlorne Marie, an alle die schönen auf immer vergangenen

Zeiten, und stürzte sich wieder hinunter in das lustige Schneegestöber.

Als er nach Hause kam, fand er Erwin auf dem Sofa eingeschlummert. Schreibzeug lag umher, er schien geschrieben zu haben. Er lag auf dem Rücken, in der rechten Hand, die auf dem Herzen ruhte, hielt er ein zusammengelegtes Papier lose zwischen den Fingern. Friedrich hielt es für einen Brief, da es immer Erwins liebstes Geschäft war, ihn mit den neuangekommenen Briefen bei seiner Nachhausekunft selbst zu überraschen. Er zog es dem Knaben leise aus der Hand und machte es, ohne es näher zu betrachten, schnell auf.

Er las: »Die Wolken ziehn immerfort, die Nacht ist so finster. Wo führst du mich hin, wunderbarer Schiffer? Die Wolken und das Meer haben kein Ende, die Welt ist so groß und still, es ist entsetzlich, allein zu sein.« – Weiter unten stand: »Liebe Julie, denkst du noch daran, wie wir im Garten unter den hohen Blumen saßen und spielten und sangen, die Sonne schien warm, du warst so gut. Seitdem hat niemand mehr Mitleid mit mir.« – Wieder weiter: »Ich kann nicht länger schweigen, der Neid drückt mir das Herz ab.« – Friedrich bemerkte erst jetzt, daß das Papier nur wie ein Brief zusammengelegt und ohne alle Aufschrift war. Voll Erstaunen legte er es wieder neben Erwin hin und sah den lieblich atmenden Knaben nachdenklich an.

Da wachte Erwin auf, verwunderte sich, Friedrich und den Brief neben sich zu sehen, steckte das Papier hastig zu sich und sprang auf. Friedrich faßte seine beiden Hände und zog ihn vor sich hin. »Was fehlt dir?« fragte er ihn unwiderstehlich gutmütig. Erwin sah ihn mit den großen, schönen Augen lange an, ohne zu antworten, dann sagte er auf einmal schnell, und eine lebhafte Fröhlichkeit flog dabei über sein seelenvolles Gesicht: »Reisen wir aus der Stadt und weit fort von den Menschen, ich führ dich in den großen Wald.« – Von einem großen Walde darauf und einem kühlen

Strome und einem Turme darüber, wo ein Verstorbener wohne, sprach er wunderbar wie aus dunklen, verworrenen Erinnerungen, oft alte Aussichten aus Friedrichs eigener Kindheit plötzlich aufdeckend. Friedrich küßte den begeisterten Knaben auf die Stirn. Da fiel er ihm um den Hals und küßte ihn heftig, mit beiden Armen ihn fest umklammernd. Voll Erstaunen machte sich Friedrich nur mit Mühe aus seinen Armen los, es war etwas ungewöhnlich Verändertes in seinem Gesichte, eine seltsame Lust in seinen Küssen, seine Lippen brannten, das Herz schlug fast hörbar, er hatte ihn noch niemals so gesehen.

Der Bediente trat eben ein, um Friedrich auszukleiden. Erwin war verschwunden. Friedrich hörte, wie er darauf in seiner Stube sang:

»Es weiß und rät es doch keiner,
Wie mir so wohl ist, so wohl!
Ach, wüßt es nur einer, nur einer,
Kein Mensch sonst es wissen sollt!

So still ist's nicht draußen im Schnee,
So stumm und verschwiegen sind
Die Sterne nicht in der Höhe,
Als meine Gedanken sind.

Ich wünscht, es wäre schon Morgen,
Da fliegen zwei Lerchen auf,
Die überfliegen einander,
Mein Herze folgt ihrem Lauf:

Ich wünscht, ich wäre ein Vöglein
Und zöge über das Meer,

Wohl über das Meer und weiter,
Bis daß ich im Himmel wär!«

Funfzehntes Kapitel

Schwül und erwartungsvoll schauen wir in den dunkelblauen Himmel, schwere Gewitter steigen ringsum herauf, die über manche liebe Gegend und Freunde ergehen sollen, der Strom schießt dunkelglatt und schneller vorbei, als wollte er seinem Geschick entfliehen, die ganze Gegend verwandelt plötzlich seltsam ihre Miene. Keine Glockenklänge wehen mehr fromm über die Felder, die Wolken zu zerteilen, der Glaube ist tot, die Welt liegt stumm, und viel Teures wird untergehen, eh die Brust wieder frei aufatmet.

Friedrich fühlte diesen gewitternden Druck der Luft und waffnete sich nur desto frömmer mit jenem Ernst und Mute, den ein großer Zweck der Seele gibt. Er warf sich mit doppeltem Eifer wieder auf seine Studien, sein ganzes Sinnen und Trachten war endlich auf sein Vaterland gerichtet. Dies mochte ihn abhalten, Erwin damals genauer zu beobachten, der seit jenem Abend stiller als je geworden und sich an einem wunderbaren Triebe nach freier Luft und Freiheit langsam zu verzehren schien. Rosa mochte er seitdem nicht wieder besuchen. Romana hatte sich seit einiger Zeit seltsam von allen größeren Gesellschaften entfernt. – Wir aber stürzen uns lieber in die Wirbel der Geschichte, denn es wird der Seele wohler und weiter im Sturm und Blitzen, als in dieser feindlich lauernden Stille.

Es war ein Feiertag im März, da ritt Friedrich mit dem Prinzen auf einem der besuchtesten Spaziergänge. Nach allen Richtungen hin zogen unzählige bunte Schwärme zu den dunklen Toren aus und zerstreuten sich lustig in die neue, warme, schallende Welt. Schaukeln und Ringelspiele drehten sich auf den offenen Rasenplätzen, Musiken klangen von allen Seiten ineinander, eine unübersehbare Reihe prächtiger Wagen bewegte sich schimmernd die Allee hinunter. Romana teilte die Menge rasch zu Pferde wie eine Amazone. Friedrich hatte sie nie so schön und wild gesehen. Rosa war nirgends zu sehen. Als sie an das Ende der Allee kamen, hörten sie plötzlich einen Schrei. Sie sahen sich um und erblickten mehrere Menschen, die bemüht schienen, jemand Hülfe zu leisten. Der Prinz ritt sogleich hinzu; alles machte ehrerbietig Platz und er erblickte sein Bürgermädchen, die ohnmächtig in den Armen ihrer Mutter lag. Wie versteinert schaute er in das totenbleiche Gesicht des Mädchens. Er bat Friedrich, für sie Sorge zu tragen, wandte sein Pferd und sprengte davon. Er hatte sie zum letzten Male gesehen.

Die Mutter, welche sich selbst von Staunen und Schreck nicht erholen konnte, erzählte Friedrich, nachdem er alle unnötigen Gaffer zu entfernen gewußt, wie sie heut mit ihrer Tochter hierher spazierengegangen, um einmal den Hof zu sehen, der, wie sie gehört, an diesem Tage gewöhnlich hier zu erscheinen pflege. Ihr Kind sei besonders fröhlich gewesen und habe noch oft gesagt: »Wenn er doch mit uns wäre, so könnte er uns alle die Herrschaften nennen!« Auf einmal hörten sie hinter sich: »Der Prinz! der Prinz!« Alles blieb stehen und zog den Hut. Sowie ihre Tochter den Prinzen nur erblickte, sei sie sogleich umgefallen. – Friedrich rührte die stille Schönheit des Mädchens mit ihren geschlossenen Augen tief. Er ließ sie sicher nach Hause bringen; er selbst wollte sie nicht begleiten, um alles Aufsehn zu vermeiden.

Noch denselben Abend spät sprach er mit dem Prinzen über diese Begebenheit. Dieser war sehr bewegt. Er hatte das Mädchen des Abends besucht. Sie aber wollte ihn durchaus nicht wiedersehen und hatte ebenso hartnäckig ein fürstliches Geschenk, das er ihr anbot, ausgeschlagen. Übrigens schiene sie, wie er hörte, ganz gesund.

Erwin fing um diese Zeit an zu kränkeln, es war, als erdrückte ihn die Stadtluft. Seine seltsame Gewohnheit, die Nächte im Freien zuzubringen, hatte er hier ablegen müssen. Es schien seit frühester Kindheit eine wunderbare Freundschaft zwischen ihm und der Natur mit ihren Wäldern, Strömen und Felsen. Jetzt, da dieser Bund durch das beengte Leben zerstört war, schien er, wie ein erwachter Nachtwandler, auf einmal allein in der Welt.

So versank er mitten in der Stadt immer tiefer in Einsamkeit. Nur um Rosa bekümmerte er sich viel und mit einer auffallenden Leidenschaftlichkeit. Übrigens erlernte er noch immer nichts, obschon es nicht am guten Willen fehlte. Ebenso las er auch sehr wenig und ungern, desto mehr, ja fast unaufhörlich, schrieb er, seit er es beim Grafen gelernt, sooft er allein gewesen. Friedrich fand manchmal dergleichen Zettel. Es waren einzelne Gedanken, so seltsam weit abschweifend von der Sinnes- und Ausdrucksart unsrer Zeit, daß sie oft unverständlich wurden, abgebrochene Bemerkungen über seine Umgebungen und das Leben, wie fahrende Blitze auf durchaus nächtlichem, melancholischem Grunde, wunderschöne Bilder aus der Erinnerung an eine früher verlebte Zeit und Anreden an Personen, die Friedrich gar nicht kannte, dazwischen Gebete wie aus der tiefsten Seelenverwirrung eines geängstigten Verbrechers, immerwährende Beziehung auf eine unselige verdeckte Leidenschaft, die sich selber nie deutlich schien, kein einziger Vers, keine Ruhe, keine Klarheit überall.

Friedrich versuchte unermüdlich seine frühere Lebensgeschichte auszuspüren, um nach so erkannter Wurzel des Übels vielleicht das aufrührerische Gemüt des Knaben sicherer zu beruhigen und ins Gleichgewicht zu bringen. Aber vergebens. Wir wissen, mit welcher Furcht er das Geheimnis seiner Kindheit hütete. »Ich muß sterben, wenn es jemand erfährt«, war dann jedesmal seine Antwort. Eine ebenso unbegreifliche Angst hatte er auch vor allen Ärzten.

Sein Zustand wurde indes immer bedenklicher. Friedrich hatte daher alles einem verständigen Arzte von seiner Bekanntschaft anvertraut und bat denselben, ihn, ohne Seine Absicht merken zu lassen, des Abends zu besuchen, wann Erwin bei ihm wäre.

Als Friedrich des Abends an Erwins Tür kam, hörte er ihn drin nach einer rührenden Melodie ohne alle Begleitung eines Instruments folgende Worte singen:

»Ich kann wohl manchmal singen,
Als ob ich fröhlich sei,
Doch heimlich Tränen dringen,
Da wird das Herz mir frei.

So lassen Nachtigallen,
Spielt draußen Frühlingsluft,
Der Sehnsucht Lied erschallen
Aus ihres Käfigts Gruft.

Da lauschen alle Herzen,
Und alles ist erfreut,
Doch keiner fühlt die Schmerzen,
Im Lied das tiefe Leid.«

Friedrich trat während der letzten Strophe unbemerkt in die Stube. Der Knabe ruhte auf dem Bette, und sang so liegend mit geschlossenen Augen.

Er richtete sich schnell auf, als er Friedrich erblickte. »Ich bin nicht krank«, sagte er, »gewiß nicht!« – damit sprang er auf. Er war sehr blaß. Er zwang sich, munter zu scheinen, lachte und sprach mehr und lustiger, als gewöhnlich. Dann klagte er über Kopfweh. – Friedrich strich ihm die nußbraunen Locken aus den

Augen. »Tu nicht schön mit mir, ich bitte dich!« – sagte der Knabe da, sonderbar und wie mit verhaltenen Tränen.

Der Arzt trat eben in das Zimmer. Erwin sprang auf. Er erriet ahnend sogleich, was der fremde Mann wolle, und machte Miene zu entspringen. Er wollte sich durchaus nicht von ihm berühren lassen und zitterte am ganzen Leibe. Der Arzt schüttelte den Kopf. »Hier wird meine Kunst nicht ausreichen«, sagte er zu Friedrich, und verließ das Zimmer bald wieder, um den Knaben in diesem Augenblicke zu schonen. Da sank Erwin ermattet zu Friedrichs Füßen. Friedrich hob ihn freundlich auf seine Knie und küßte ihn. Er aber küßte und umarmte ihn nicht wieder, wie damals, sondern saß still und sah, in Gedanken verloren, vor sich hin.

Schon spannen wärmere Sommernächte draußen ihre Zaubereien über Berge und Täler, da war es Friedrich einmal mitten in der Nacht, als riefe ihn ein Freund, auf den er sich nicht besinnen könnte, wie aus weiter Ferne. Er wachte auf, da stand eine lange Gestalt mitten in dem finstern Zimmer. Er erkannte Leontin an der Stimme. »Frisch auf, Herzensbruder!« sagte dieser, »die eine Halbkugel rührt sich hellbeleuchtet, die andere träumt; mir war nicht wohl, ich will den Rhein einmal wiedersehen, komm mit!« Er hatte die Fenster aufgemacht, einzelne graue Streifen langten schon über den Himmel, unten auf der Gasse blies der Postillion lustig auf dem Horne.

Da galt kein Staunen und kein Zögern, Friedrich mußte mit ihm hinunter in den Wagen. Auch Erwin war mit unbegreiflicher Schnelligkeit reisefertig. Friedrich erstaunte, ihn auf einmal ganz munter und gesund zu sehen. Mit funkelnden Augen sprang er mit in den Wagen, und so rasselten sie durch das stille Tor ins Freie hinaus.

Sie fuhren schnell durch unübersehbare stille Felder, durch einen dunkeldichten Wald, später zwischen engen, hohen Bergen, an deren Fuß manch Städtlein zu liegen schien, ein Fluß, den sie nicht sahen, rauschte immerfort seitwärts unter der Straße, alles feenhaft verworren. Leontin erzählte ein Märchen mit den wechselnden Wundern der Nacht, wie sie sich die Seele ausmalte, in Worten kühl spielend. Friedrich schaute still in die Nacht, Erwin ihm gegenüber hatte die Augen weit offen, die unausgesetzt, solange es dunkel war, auf ihn geheftet schienen, der Postillion blies oft dazwischen. Der Tag fing indes an von der einen Seite zu hellen, sie erkannten nach und nach ihre Gesichter wieder, einzelne zu früh erwachte Lerchen schwirrten schon, wie halb im Schlafe, hoch in den Lüften ihr endloses Lied, es wurde herrlich kühl.

Bald darauf langten sie an dem Gebirgsstädtchen an, wohin sie wollten. Das Tor war noch geschlossen. Der Torwächter trat schlaftrunken heraus, wünschte ihnen einen guten Morgen und pries die Reisenden glückselig und beneidenswert in dieser Jahreszeit. In dem Städtchen war noch alles leer und still. Nur einzelne Nachtigallen vor den Fenstern und unzählige von den Bergen über dem Städtchen schlugen um die Wette. Mehrere alte Brunnen mit zierlichem Gitterwerk rauschten einförmig auf den Gassen. In dem Wirtshause, wo sie abstiegen, war auch noch niemand auf. Der Postillion blies daher, um sie zu wecken, mehrere Stücke, daß es über die stillen Straßen weg in die Berge hineinschallte. Erwin saß indes auf einem Springbrunnen auf dem Platze und wusch sich die Augen klar.

Friedrich und Leontin ließen Erwin bei dem Wagen zurück und gingen von der andern Seite ins Gebirge. Als sie aus dem Walde auf einen hervorragenden Felsen heraustraten, sahen sie auf einmal aus wunderreicher Ferne, von alten Burgen und ewigen Wäldern kommend, den Strom vergangener Zeiten und unvergänglicher Begeisterung, den königlichen Rhein. Leontin sah lange still in Gedanken in die grüne Kühle hinunter, dann fing er sich schnell an auszukleiden. Einige Fischer fuhren auf dem Rheine vorüber und sangen ihr Morgenlied, die Sonne ging eben prächtig auf, da

206

sprang er mit ausgebreiteten Armen in die kühlen Fluten hinab. Friedrich folgte seinem Beispiele, und beide rüstige Schwimmer rangen sich lange jubelnd mit den vom Morgenglanze trunkenen, eisigen Wogen. Unbeschreiblich leicht und heiter kehrten sie nach dem Morgenbade wieder in das Städtchen zurück, wo unterdes alles schon munter geworden. Es war die Weihe der Kraft für lange Kämpfe, die ihrer harrten.

Als die Sonne schon hoch war, bestiegen sie die alte, wohlerhaltene Burg, die wie eine Ehrenkrone über der altdeutschen Gegend stand. Des Wirtes Tochter ging ihnen mit einigen Flaschen Wein lustig die dunklen, mit Efeu überwachsenen Mauerpfade voran, ihr junges, blühendes Gesicht nahm sich gar zierlich zwischen dem alten Gemäuer und Bilderwerk aus. Sie legte vor der Sonne die Hand über die Augen und nannte ihnen die zerstreuten Städte und Flüsse in der unermeßlichen Aussicht, die sich unten auftat. Leontin schenkte Wein ein, sie tat ihnen Bescheid und gab jedem willig zum Abschiede einen Kuß.

Sie stieg nun wieder den Berg hinab, die beiden schauten fröhlich in das Land hinaus. Da sahen sie, wie jenseits des Rheins zwei Jägerburschen aus dem Walde kamen und einen Kahn bestiegen, der am Ufer lag. Sie kamen quer über den Rhein auf das Städtchen zugefahren. Der eine saß tiefsinnig im Kahne, der andere tat mehrere Schüsse, die vielfach in den Bergen widerhallten. Erwin hatte sich in ein ausgebrochenes Bogenfenster der Burg gesetzt, das unmittelbar über dem Abgrunde stand. Ohne allen Schwindel saß er dort oben, seine ganze Seele schien aus den sinnigen Augen in die wunderbare Aussicht hinauszusehen. Er sagte voller Freuden, er erblicke ganz im Hintergrunde einen Berg und einen hervorragenden Wald, den er gar wohl kenne. Leontin ließ sich die Gegend zeigen und schien sie ebenfalls zu erkennen. Er sah darauf den Knaben ernsthaft und verwundert an, der es nicht bemerkte.

Erwin blieb in dem Fensterbogen sitzen, sie aber durchzogen das Schloß und den Berg in die Runde. Junge, grüne Zweige und wildbunte Blumen beugten sich überall über die dunklen Trümmer der Burg, der Wald rauschte kühl, Quellen sprangen in hellen, frischlichen Bogen von den Steinen, unzählige Vögel sangen, von allen Seiten die unermeßliche Aussicht, die Sonne schien warm über der Fläche, in tausend Strömen sich spiegelnd; es war, als sei die Natur hier rüstiger und lebendiger vor Erinnerung im Angesichte des Rheins und der alten Zeit. »Wo ein Begeisterter steht, ist der Gipfel der Welt«, rief Leontin fröhlich aus.

»Willkommen, Freund, Bruder!« sagte da auf einmal eine Stimme mit Pathos, und ein fremder junger Mann, den sie vorher nicht bemerkt hatten, faßte Leontin fest bei der Hand. »Ach, was Bruder!« fuhr Leontin heraus, ärgerlich über die unerwartete Störung. Der Fremde ließ sich nicht abschrecken, sondern sagte: »Jene Worte logen nicht, Sie sind ein Verehrer der Natur, ich bin auch stolz auf diesen Namen.« – »Wahrhaftig, mein Herr«, erwiderte Leontin geschwind, sich komisch erwehrend, »Sie irren sich entsetzlich, ich bin weder biederherzig, wie Sie sich vorstellen, noch begeistert, noch ein Verehrer der Natur, noch –« Der Fremde fuhr ganz blind erpicht fort: »Lassen Sie die Gewöhnlichen sich ewig suchen und verfehlen, die Seltenen wirft ein magnetischer Zug einander an die männliche Brust, und der ewige Bund ist ohne Wort geschlossen in des Eichenwaldes heiligen Schatten, wenn die Orgel des Weltbaues gewaltig dahinbraust.« – Bei diesen Worten fiel ihm ein Buch aus der Tasche. »Sie verlieren Ihre Noten«, sagte Leontin, Schillers Don Carlos erkennend. »Warum Noten?« fragte der Fremde. »Darum«, sagte Leontin, »weil Euch die ganze Natur nur der Text dazu ist, den Ihr nach den Dingern da aborgelt, und je schwieriger und würgender die Koloraturen sind, daß Ihr davon ganz rot und blau im Gesichte werdet und die Tränen samt den Augen heraustreten, je begeisterter und gerührter seid Ihr. Macht doch die Augen fest zu in der Musik und im Sausen des Waldes, daß Ihr die ganze Welt vergeßt und *Euch* vor allem!«

Der Fremde wußte nicht recht, was er darauf antworten sollte. Leontin fand ihn zuletzt gar possierlich; sie gingen und sprachen noch viel zusammen und es fand sich am Ende, daß er ein abgedankter Liebhaber der Schmachtenden in der Residenz sei, den er früher manchmal bei ihr gesehen. Der Einklang der Seelen hatte sie zusammen –, und ich weiß nicht was, wieder auseinandergeführt. Er rühmte viel, wie dieses seelenvolle Weib mit Geschmack, treu und tugendhaft liebe. »Treu? – sie ist ja verheiratet«, sagte Friedrich unschuldig. »Ei, was!« fiel ihm Leontin ins Wort, »diese Alwinas, diese neuen Heloisen, diese Erbschleicherinnen der Tugend sind pfiffiger als Gottes Wort. Nicht wahr, der Teufel stinkt nicht und hat keine Hörner, und Ehebrechen und Ehebrechen ist zweierlei?« – Der Fremde war verlegen wie ein Schulknabe.

Es neigte sich indes zum Abend, aber die Luft war schwül geworden und man hörte von fern donnern. Das letztere war dem Fremden eben recht; der Donner, den er nicht anders als rollend nannte, schien ihn mit einem neuen Anfalle von Genialität aufzublähen. Er versicherte, er müsse im Gewitter einsam und im Freien sein, das wäre von jeher so seine Art, und nahm Abschied von ihnen. Leontin klopfte ihn beim Weggehn tüchtig auf die Achsel: »Beten und fasten Sie fleißig und dann schauen Sie wieder in Gottes Welt hinaus, wie da der *Herr* genialisch ist. Es ist doch nichts lächerlicher«, sagte er, da jener fort war, »als eine aus der Mode gekommene Genialität. Man weiß dann gar nicht, was die Kerls eigentlich haben wollen.«

Es gewitterte indes immer stärker und näher. Leontin bestieg schnell eine hohe Tanne, die am Abhange stand, um das Wetter zu beschauen. Der Wind, der dem Gewitter vorausflog, rauschte durch die dunklen Äste des Baumes und neigte den Wipfel über den Abgrund hinaus. »Ich sehe in das Städtchen, in alle Straßen hinab«, rief Leontin von oben, »wie die Leute eilig hin und her laufen, und die Fenster und Türen schließen, und mit den Laden klappern vor dem heranziehenden Wetter! Es achtet ihrer doch nicht und zieht über sie weg. Unsern Don Carlos sehe ich auf einer Felsenspitze, den Batterien des Gewitters gegenüber, er steht, die Arme über der Brust verschränkt, den Hut tief in die Augen gedrückt, den einen Fuß trotzig vorwärts, pfui, pfui, über den Hochmut! Den Rhein seh ich kommen, zu dem alle Flüsse des Landes flüchten, langsam und dunkelgrün, Schiffe rudern eilig ans Ufer, eines seh ich mit Gott geradaus fahren; fahre, herrlicher Strom! Wie Gottes Flügel rauschen, und die Wälder sich neigen, und die Welt still wird, wenn der Herr mit ihr spricht. Wo ist dein Witz, deine Pracht, deine Genialität? Warum wird unten auf den Flächen alles eins und unkenntlich wie ein Meer, und nur die Burgen stehen einzeln und unterschieden zwischen den wehenden Glockenklängen und schweifenden Blitzen. Du könntest mich wahnwitzig machen unten, erschreckliches Bild meiner Zeit, wo das zertrümmerte Alte in einsamer Höhe steht, wo nur das einzelne gilt und sich, schroff und scharf im Sonnenlichte abgezeichnet, hervorhebt, während das Ganze in farblosen Massen gestaltlos liegt, wie ein ungeheurer, grauer Vorhang, an dem unsere Gedanken, gleich Riesenschatten aus einer andern Welt, sich abarbeiten.« – Der Wind verwehte seine Worte in die grenzenlose Luft. Es regnete schon lange. Der Regen und der Sturm wurden endlich so heftig, daß er sich nicht mehr auf dem Baume erhalten konnte. Er stieg herab, und sie kehrten zu der Burg zurück.

Als das Wetter sich nach einiger Zeit wieder verzogen hatte, brachen sie aus ihrem Schlupfwinkel auf, um sich in das Städtchen hinunterzubegeben. Da trafen sie an dem Ausgange der Burg mit den zwei Jägern zusammen, die sie frühmorgens über den Rhein fahren gesehen, und die ebenfalls das Gewitter in der Burg belagert gehalten hatte. Es war schon dunkel geworden, so daß sie einander nicht wohl erkennen konnten. Die Bäume hingen voll heller Tropfen, der enge Fußsteig war durch den Regen äußerst glatt geworden. Die beiden Jäger gingen sehr vorsichtig und furchtsam, hielten sich an alle Sträucher und glitten mehrere Male bald Friedrich, bald Leontin in die Arme, worüber sie vom letztern, der ihnen durchaus nicht helfen wollte, viel Gelächter ausstehn mußten. Erwin sprang mit einer ihm sonst nie gewöhnlichen Wildheit allen weit voraus, wie ein Gems den Berg hinab.

Allen wurde wohl, als sie nach der langen Einsamkeit in das Städtchen hinunterkamen, wo es recht patriarchalisch aussah. Auf den Gassen ging jung und alt, sprechend und lachend, nach dem Regen spazieren, die Mädchen des Städtchens saßen draußen vor ihren Türen unter den Weinlauben. Der Abend war herrlich, alles erquickt nach dem Gewitter, das nur noch von fern nachhallte, Nachtigallen schlugen wieder von den Bergen, vor ihren Augen rauschte der Rhein an dem Städtchen vorüber. Leontin zog mit seiner Gitarre, wie ein reisender Spielmann aus alter Zeit, von Haus zu Haus und erzählte den Mädchen Märchen, oder sang ihnen neue Melodien auf ihre alten Lieder, wobei sie still mit ihren sinnigen Augen um ihn herumsaßen. Friedrich saß neben ihm auf der Bank, den Kopf in beide Arme auf die Knie gestützt, und erholte sich recht an den altfränkischen Klängen.

Die zwei Jäger hatten sich nicht weit von ihnen um einen Tisch gelagert, der auf dem grünen Platze zwischen den Häusern und dem Rheine aufgeschlagen war, und schäkerten mit den Mädchen, denen sie gar wohl zu gefallen schienen. Die Mädchen verfertigten schnell einen fröhlichen, übervollen Kranz von hellroten Rosen, den sie dem einen, welcher der lustigste schien, auf die Stirn drückten. Leontin, der wenig darauf achtgab, begann folgendes Lied über ein am Rheine bekanntes Märchen:

»Es ist schon spät, es wird schon kalt,
Was reitst du einsam durch den Wald?
Der Wald ist lang, du bist allein,
Du schöne Braut! ich führ dich heim!«

Da antwortete der Bekränzte drüben vom andern Tische mit der folgenden Strophe des Liedes:

»Groß ist der Männer Trug und List,
Vor Schmerz mein Herz gebrochen ist,
Wohl irrt das Waldhorn her und hin,
O flieh! du weißt nicht, wer ich bin.«

Leontin stutzte und sang weiter:

»So reich geschmückt ist Roß und Weib,
So wunderschön der junge Leib,
Jetzt kenn ich dich – Gott steh mir bei!
Du bist die Hexe Lorelei.«

Der Jäger antwortete wieder:

»Du kennst mich wohl – von hohem Stein,
Schaut still mein Schloß tief in den Rhein.
Es ist schon spät, es wird schon kalt,
Kommst nimmermehr aus diesem Wald!«

Der Jäger nahm nun ein Glas, kam auf sie los und trank Friedrich keck zu: »Unsere Schönen sollen leben!« Friedrich stieß mit an. Da zersprang der Römer des Jägers klingend an dem seinigen. Der Jäger erblaßte und schleuderte das Glas in den Rhein. –

212

Es war unterdes schon spät geworden, die Mädchen fingen an einzunicken, die Alten trieben ihre Kinder zu Bett, und so verlor sich nach und nach eines nach dem andern, bis sich unsere Reisenden allein auf dem Platze sahen. Die Nacht war sehr warm, Leontin schlug daher vor, die ganze Nacht über auf dem Rheine nach der Residenz hinunterzufahren, er sei ein guter Steuermann und kenne jede Klippe auswendig. Alle willigten sogleich ein, der eine Jäger nur mit Zaudern, und so bestiegen sie einen Kahn, der am Ufer angebunden war. Den Knaben Erwin, der während Leontins Liedern zu Friedrichs Füßen eingeschlafen, hatten sie, da er durchaus nicht zu ermuntern war, in den Kahn hineintragen müssen, wo er auch nach einem kurzen, halbwachen Taumel sogleich wieder in Schlaf versank. Friedrich saß vorn, die beiden Jäger in der Mitte, Leontin am Steuerruder lenkte keck gerade auf die Mitte los, die Gewalt des Stromes faßte recht das Schiffchen, zu beiden Seiten flogen Weingärten, einsame Schlünde und Felsenriesen mit ausgebreiteten Eichenarmen, wechselnd vorüber, als gingen die alten Helden unsichtbar durch den Himmel und würfen so ihre streifenden Schatten über die stille Erde.

Der Himmel hatte sich indes von neuem überzogen, die Gewitter schienen wieder näher zu kommen. Der eine von den Jägern, der überhaupt fast noch gar nicht gesprochen, blieb fortwährend still. Der andere mit dem Rosenkranze dagegen saß schaukelnd und gefährlich auf dem Rande des Kahnes und hatte beide Beine, die bei jeder Schwankung die Wellen berührten, darüber heruntergehangen. Er sah in das Wasser hinab, wie die flüchtigen Wirbel kühl aufrauschend, dann wieder still, wunderbar hinunterlockten. Leontin hieß ihn die Beine einstecken. »Was schadet's«, sagte der Jäger innerlich heftig, »ich tauge doch nichts auf der Welt, ich bin schlecht, wär ich da unten, wäre auf einmal alles still.« – »Oho!« rief Leontin, »Ihr seid verliebt, das sind verliebte Sprüche. Sag an, wie sieht dein Liebchen aus? Ist's schlank, stolz, kühn, voll hohen

Graus', ist's Hirsch, Pfau oder eine kleine süße Maus?« – Der Jäger sagte: »Mein Schatz ist ein Hirsch, der wandelt in einer prächtigen Wildnis, die liegt so unbeschreiblich hoch und einsam, und die ganze Welt übersieht man von dort, wie sich die Sonne ringsum in Seen und Flüssen und allen Kreaturen wunderbar bespiegelt. Es ist des Jägers dunkelwüste Lust, das Schönste, was ihn rührt, zu verderben. So nahm er Abschied von seinem alten Leben und folgte dem Hirsche immer höher mühsam hinauf. Als die Sonne aufging, legte er oben in der klaren Stille lauernd an. Da wandte sich der Hirsch plötzlich und sah ihn keck und fromm an, wie den Herzog Hubertus. Da verließen den Jäger auf einmal seine Künste und seine ganze Welt, aber er konnte nicht niederknieen, wie jener, denn ihm schwindelte vor dem Blick und der Höhe, und es faßte ihn ein seltsames Gelüst, die dunkle Mündung auf seine eigene, ausgestorbene Brust zu kehren.« –

Die beiden Grafen überhörten bei dem Winde, der sich nach und nach zu erheben anfing, diese sonderbaren Worte des Verliebten. Fahrende Blitze erhellten inzwischen von Zeit zu Zeit die Gegend, und ihr Schein fiel auf die Gesichter der beiden Jäger. Sie waren gar lieblich anzusehen, schienen beide noch Knaben. Der eine hatte ein silbernes Horn an der Seite hängen. Leontin sagte, er solle eins blasen; er versicherte aber, daß er es nicht könne. Leontin lachte ihn aus, was sie für Jäger wären, nahm das Horn und blies sehr geschickt ein altes, schönes Lied. Der eine gesprächige Jäger sagte, es fiele ihm dabei eben ein Lied ein, und sang zu den beiden Grafen mit einer angenehmen Stimme:

> »Wir sind so tief betrübt, wenn wir auch scherzen,
> Die armen Menschen mühn sich ab und reisen,
> Die Welt zieht ernst und streng in ihren Gleisen,
> Ein feuchter Wind verlöscht die lust'gen Kerzen. –

Du hast so schöne Worte tief im Herzen,
Du weißt so wunderbare alte Weisen,
Und wie die Stern am Firmamente kreisen,
Ziehn durch die Brust dir ewig Lust und Schmerzen.

So laß dein Stimme hell im Wald erscheinen!
Das Waldhorn fromm wird auf und nieder wehen,
Die Wasser gehn, und Rehe einsam weiden.

Wir wollen stille sitzen und nicht weinen,
Wir wollen in den Rhein hinuntersehen,
Und, wird es finster auf der Welt, nicht scheiden.«

Kaum hatte er die letzten Worte ausgesungen, als Erwin, der durch den Gesang aufgewacht war und bei einem langen Blitze das Gesicht des andern stillen Jägers plötzlich dicht vor sich erblickte, mit einem lauten Schrei aufsprang und sich in demselben Augenblicke über den Kahn in den Rhein stürzte. Die beiden Jäger schrieen entsetzlich, der Knabe aber schwamm wie ein Fisch durch den Strom und war schnell hinter dem Gesträuch am Ufer verschwunden.

Leontin lenkte sogleich ihm nach ans Ufer und alle eilten verwundert und bestürzt ans Land. Sie fanden sein Tuch zerrissen an den Sträuchern hängen; es war fast unbegreiflich, wie er durch dieses Dickicht sich hindurchgearbeitet.

Friedrich und Leontin begaben sich in verschiedenen Richtungen ins Gebirge, sie durchkletterten alle Felsen und Schluchten und riefen nach allen Seiten hin. Aber alles blieb nächtlich still, nur der Wald rauschte einförmig fort. Nach langem Suchen kamen sie endlich müde beide wieder auf der Höhe über ihrem Landungsplatze zusammen. Der Kahn stand noch am Ufer, die beiden Jäger aber unten waren verschwunden. Der Rhein rauschte prächtig funkelnd in der Morgensonne zwischen den Bergen hin. Erwin kehrte nicht mehr zurück.

Sechszehntes Kapitel

Die heftige Romana liebte Friedrich vom ersten Blicke an mit der ihr eigentümlichen Gewalt. Seitdem er aber in jener Nacht auf dem Schlosse von ihr fortgeritten, als sie bemerkte, wie ihre Schönheit, ihre vielseitigen Talente, die ganze Phantasterei ihres künstlich gesteigerten Lebens alle Bedeutung verlor und zuschanden wurde an seiner höhern Ruhe, da fühlte sie zum ersten Male die entsetzliche Lücke in ihrem Leben, und daß alle Talente Tugenden werden müssen oder nichts sind, und Schauderte vor der Lügenhaftigkeit ihres ganzen Wesens. Friedrichs Verachtung war ihr durchaus unerträglich, obgleich sie sonst die Männer verachtete. Da raffte sie sich innerlichst zusammen, zerriß alle ihre alten Verbindungen und begab sich in die Einsamkeit ihres Schlosses. Daher ihr plötzliches Verschwinden aus der Residenz.

Sie mochte sich nicht stückweise bessern, ein ganz neues Leben der Wahrheit wollte sie anfangen. Vor allem bestrebte sie sich mit ehrlichem Eifer, den schönen, verwilderten Knaben, den wir dort kennengelernt, zu Gott zurückzuführen, und er übertraf mit seiner Kraft eines unabgenützten Gemütes gar bald seine Lehrerin. Sie knüpfte Bekanntschaften an mit einigen häuslichen Frauen der Nachbarschaft, die sie sonst unsäglich verachtet, und mußte beschämt vor mancher Trefflichkeit stehen, von der sie sich ehedem nichts träumen ließ. Die Fenster und Türen ihres Schlosses, die sonst Tag und Nacht offenstanden, wurden nun geschlossen, sie wirkte still und fleißig nach allen Seiten und führte eine strenge Hauszucht. Friedrich sollte ihretwegen von alledem nichts wissen, das war ihr, wie sie meinte, einerlei. –

Es war ihr redlicher Ernst, anders zu werden, und noch nie hatte sich ihre Seele so rein triumphierend und frei gefühlt, als in dieser Zeit. Aber es war auch nur ein Rausch, obgleich der schönste in ihrem Leben. Es gibt nichts Erbarmungswürdigeres, als ein reiches, verwildertes Gemüt, das in verzweifelter Erinnerung an seine ursprüngliche, alte Güte, sich lüderlich an dem Besten und Schlechtesten berauscht, um nur jenes Andenken loszuwerden, bis es, so ausgehöhlt, zugrunde geht. Wenn uns der Wandel tugendhafter Frauen wie die Sonne erscheint, die in gleich verbreiteter Klarheit, still und erwärmend, täglich die vorgeschriebenen Kreise beschreibt, so möchten wir dagegen Romanas rasches Leben einer Rakete vergleichen, die sich mit schimmerndem Geprassel zum Himmel aufreißt und oben unter dem Beifallsklatschen der staunenden Menge in tausend funkelnde Sterne ohne Licht und Wärme prächtig zerplatzt.

Sie hatte die Einfalt, diese Grundkraft aller Tugend, leichtsinnig verspielt; sie kannte gleichsam alle Schliche und Kniffe der Besserung. Sie mochte sich stellen, wie sie wollte, sie konnte, gleich einem Somnambulisten, ihre ganze Bekehrungsgeschichte wie ein wohlgeschriebenes Gedicht, Vers vor Vers, inwendig vorauslesen, und der Teufel saß gegenüber und lachte ihr dabei immerfort ins Gesicht. In solcher Seelenangst dichtete sie oft die herrlichsten Sachen, aber mitten im Schreiben fiel es ihr ein, wie doch alles eigentlich nicht wahr sei – wenn sie betete, kreuzten ihr häufig unkeusche Gedanken durch den Sinn, daß sie erschrocken aufsprang.

Ein alter, frommer Geistlicher vom Dorfe besuchte die schöne Büßerin fleißig. Sie erstaunte, wie der Mann so eigentlich ohne alle Bildung und doch so hochgebildet war. Er sprach ihr oft stundenlang von den tiefsinnigsten Wahrheiten seiner Religion, und war dabei immer so herzlich heiter, ja, oft voll lustiger Schwänke, während sie dabei jedesmal in eine peinliche, gedankenvolle Traurigkeit versank. Er fand manchmal geistliche Lieder und Legenden bei ihr, die sie soeben gedichtet. Nichts glich dann seiner Freude darüber; er nannte sie sein liebes Lämmchen, las die Lieder viele Male sehr aufmerksam und legte sie in sein Gebetbuch. Mein Gott! sagte da Romana in Gedanken verloren oft zu sich selbst, wie ist der gute Mann doch unschuldig! –

In dieser Zeit schrieb sie, weniger aus Freundschaft, als aus Laune und Bedürfnis sich auszusprechen, mehrere Briefe an die Schmachtende in der Residenz, im tiefsten Jammer ihrer Seele verfaßt. Sie erstaunte über sich selbst, wie moralisch sie zu schreiben wußte, wie ganz klar ihr Zustand ihr vor Augen lag und sie es doch nicht ändern konnte. Die Schmachtende konnte sich nicht enthalten, diese interessanten Briefe ihrem Abendzirkel mitzuteilen. Man nahm dieselben dort für Grundrisse zu einem Romane, und bewunderte die feine Anlage und den Geist der Gräfin.

Romana hielt es endlich nicht länger aus, sie mußte ihren hohen Feind und Freund, den Grafen Friedrich, wiedersehen. Kaum hatte sie sich diesen Wunsch einmal erlaubt, als sie auch schon auf dem Pferde saß und der Residenz zuflog. Dies war damals, als sie Friedrich an dem warmen Märzfeste so wild die Menge teilend vorüberreiten sah. Als sie nun ihren Geliebten wieder vor sich sah, noch immer unverändert ruhig und streng wie vorher, während eine ganz neue Welt in ihr auf- und untergegangen war, da schien es ihr unmöglich, seine Tugend und Größe zu erreichen. Die beiden vor ihr Leben gespannten, unbändigen Rosse, das schwarze und das weiße, gingen bei dem Anblick von neuem durch mit ihr, alle ihre schönen Pläne lagen unter den heißen Rädern des Wagens zerschlagen, sie ließ die Zügel schießen und gab sich selber auf.

Friedrich war indes noch mehrere Tage lang mit Leontin in dem Gebirge herumgestrichen, um Erwin wiederzufinden. Aber alle Nachforschungen blieben vergebens. Es blieb ihm nichts übrig, als auf immer Abschied zu nehmen von dem lieben Wesen, dessen wunderbare Nähe ihm durch die lange Gewohnheit fast unentbehrlich geworden war.

Rüstig und neu gestärkt durch die kühle Wald- und Bergluft, die wieder einmal sein ganzes Leben angeweht, kehrte er in die Residenz zurück und ging freudiger, als jemals, wieder an seine Studien, Hoffnungen und Pläne. Aber wie vieles hatte sich gar bald verändert. Die braven Gesellen, welche der Winter tüchtig zusammengehalten, zerstreute und erschlaffte die warme Jahreszeit. Der eine hatte eine schöne, reiche Braut gefunden und rechnete die gemeinsame Not seiner Zeit gegen sein eigenes einzelnes Glück zufrieden ab, seine Rolle war ausgespielt. Andere fingen an auf öffentlichen Promenaden zu paradieren, zu spielen und zu liebeln, und wurden nach und nach kalt und beinahe ganz geistlos. Mehrere rief der Sommer in ihre Heimat zurück. Aller Ernst war verwittert, und Friedrich stand fast allein. Mehr jedoch, als diese Treulosigkeit einzelner, auf die er doch nie gebaut, kränkte ihn die allgemeine Willenlosigkeit, von der er sich immer deutlicher überzeugen mußte. So bemerkte er, unter vielen andern Zeichen der Zeit, oft an einem Abend und in einer Gesellschaft zwei Arten von Religionsnarren. Die einen prahlten da, daß sie das ganze Jahr nicht in die Kirche gingen, verspotteten freigeisterisch alles Heilige und hingen auf alle Weise, die Gott sei Dank! bereits abgenutzte und schäbige Paradedecke der Aufklärung aus. Aber es war nicht wahr, denn sie schlichen heimlich vor Tagesanbruch, wenn der Küster aufschloß, zum Hinterpförtchen in die Kirchen hinein und beteten fleißig. Die andern fielen dagegen gar weidlich über diese her, verfochten die Religion und begeisterten sich durch ihre eigenen schönen Redensarten. Aber es war auch nicht wahr, denn sie gingen in keine Kirche und glaubten heimlich selber nicht, was sie sagten. Das war es, was Friedrich empörte, die überhandnehmende Desorganisation gerade unter den Bessern, daß niemand mehr wußte, wo er ist, die landesübliche Abgötterei unmoralischer Exaltation, die eine allgemeine Auflösung nach sich führen mußte.

Um diese Zeit erhielt Friedrich nach so vielen Monaten unerwartet einen Brief von dem Gute des Herrn v. A. An den langen Drudenfüßen sowohl, als an dem fast komisch falsch gesetzten Titel erkannte er sogleich den halbvergessenen Viktor. Er erbrach schnell und voll Freude das Siegel. Der Brief war folgenden Inhalts:

»Es wird uns alle sehr freuen, wenn wir hören, daß Sie und der Herr Graf Leontin sich wohl befinden, wir sind hier alle Gott sei Dank! gesund. Als Sie beide weggereist sind, war es hier so still, als wenn ein Kriegslager aufgebrochen wäre und die Felder nun einsam und verlassen stünden, im ganzen Schlosse sieht's aus, wie in einer alten Rumpelkammer. Ich mußte anfangs an den langen Abenden auf dem Schlosse aus dem Abraham a St. Clara vorlesen. Aber es ging gar nicht recht. Der Herr v. A. sagte: ja, wenn der Leontin dabei wäre! Die gnädige Frau sagte: es wäre doch alles gar zu dummes Gewäsch durcheinander, und Fräulein Julie dachte Gott weiß an was, und paßte gar nicht auf. Es ist gar nichts mehr auf der Welt anzufangen. Ich kann das verdammte traurige Wesen nicht leiden! Ich bin daher schon über einen Monat weder aufs Schloß, noch sonstwo ausgekommen. Sie sind doch recht glücklich! Sie sehen immer neue Gegenden und neue Menschen. Ich weiß die vier Wände in meiner Kammer schon auswendig. Ich habe meine zwei kleinen Fenster mit Stroh verhangen, denn der Wind bläst schon infam kalt durch die Löcher herein, auch alle meine Wanduhren habe ich ablaufen lassen, denn das ewige Picken möcht einen toll machen, wenn man so allein ist. Ich denke mir dann gar oft, wie Sie jetzt auf einem Balle mit schönen, vornehmen Damen tanzen, oder weit von hier am Rheine fahren oder reiten, und rauche Tabak, daß das Licht auf dem Tische oft auslischt. Gestern hat es zum ersten Male den ganzen Tag wie aus einem

Sacke geschneit. Das ist meine größte Lust. Ich ging noch spätabends, in den Mantel gehüllt, auf den Berg hinaus, wo wir immer nachmittags im Sommer zusammen gelegen haben. Das Rauchtal und die ganze, schöne Gegend war verschneit und sah kurios aus. Es schneite immerfort tapfer zu. Ich tanzte, um mich zu erwärmen, über eine Stunde in dem Schneegestöber herum.

Dies hab ich schon vor einigen Monaten geschrieben. Gleich nach jener Nacht, da ich draußen getanzt, verfiel ich in eine langwierige Krankheit. Alle Leute fürchteten sich vor mir, weil es ein hitziges Fieber war, und ich hätte wie ein Hund umkommen müssen; aber Fräulein Julie besuchte mich alle Tage und sorgte für Medizin und alles, wofür sie Gott belohnen wird. Ich wußte nichts von mir. Sie sagt mir aber, ich hätte immerfort von Ihnen beiden phantasiert und oft auch gar in Reimen gesprochen. Ich muß mir das Zeug durch die Erkältung zugezogen haben. – Jetzt bin ich, Gott sei Dank, wiederhergestellt, und mache wieder fleißig Uhren. – Neues weiß ich weiter nichts, als daß seit mehreren Wochen ein fremder Kavalier, der in der Nachbarschaft große Herrschaften gekauft, zu uns auf das Schloß kommt. Er soll viele Sprachen kennen und sehr gelehrt und bereist sein, und will unser Fräulein Julie haben. Die gnädige Frau möchte es gern sehen, aber dem Fräulein gefällt er gar nicht. Wenn sie nachmittags oben im Garten beim Lusthause sitzt und ihn von weitem unten um die Ecke heranreiten sieht, klettert sie geschwind über den Gartenzaun und kommt zu mir. Was will ich tun? Ich muß sie in meiner Kammer einsperren, und gehe unterdes spazieren. Neulich, als ich schon ziemlich spät wieder zurückkam und meine Tür aufschloß, fand ich sie ganz blaß und am ganzen Leibe zitternd. Sie war noch völlig atemlos vor Schreck und fragte mich schnell, ob ich ihn nicht gesehen? Dann erzählte sie mir: als es angefangen finster zu werden, habe sie auf meinem Bette in Gedanken gesessen, da habe auf einmal etwas an das Fenster geklopft. Sie hätte den Atem eingehalten und unbeweglich gesessen, da wäre plötzlich das Fenster aufgegangen und Ihr leibhaftiger Page, der Erwin, habe mit totenblassem Gesicht und verwirrten Haaren in die Stube hineingeguckt. Als er sich überall umgesehen und sie auf dem Bett erblickt, habe er ihr mit dem Finger gedroht und sei wieder verschwunden. Ich sagte ihr, sie sollte sich solches dummes Zeug nicht in den Kopf setzen. Sie aber hat es sich sehr zu Herzen genommen, und ist seitdem etwas traurig. Die Tante soll nichts davon wissen. Was gibt's denn mit dem guten Jungen, ist er nicht mehr bei Ihnen? – Soeben, wie ich dies schreibe, sieht Fräulein Julie drüben über den Gartenzaun. – Als ich sagte, daß ich an Sie schriebe, kam sie schnell aus dem Garten zu mir herüber und ich mußte ihr eine Feder schneiden; sie wollte selber etwas dazuschreiben. Dann wollte sie wieder nicht und lief davon. Sie sagte mir, ich solle Sie von ihr grüßen und bitten, Sie möchten auch den Herrn Grafen Leontin von ihr grüßen, wenn er bei Ihnen wäre. Kommen Sie beide doch bald wieder einmal zu uns! Es ist jetzt wieder sehr schön im Garten und auf den Feldern. Ich gehe wieder, wie damals, alle Morgen vor Tagesanbruch auf den Berg, wo Sie und Leontin mich immer auf meinem Sitze besucht haben. Die Sonne geht gerade in der Gegend auf, wo Sie mir immer an den schwülen Nachmittagen beschrieben haben, daß die Residenz liegt und der Rhein geht. Ich rufe dann mein Hurra und werfe meinen Hut und meine Pfeife hoch in die Luft.

P. S. Die niedliche Braut, auf die Sie sich vielleicht noch von dem Tanze auf dem Jagdschlosse her erinnern, besucht uns jetzt oft und empfiehlt sich. Sie leben recht gut in ihrer Wildnis, sie hat schon ein Kind und ist noch schöner geworden und sehr lustig. Adieu!«

Friedrich legte das Papier stillschweigend zusammen. Ihn befiel eine unbeschreibliche Wehmut bei der lebhaften Erinnerung an jene Zeiten. Er dachte sich, wie sie alle dort noch immer, wie damals, seit hundert Jahren und immerfort zwischen ihren Bergen und Wäldern friedlich wohnen, im ewig gleichen Wechsel einförmiger Tage frisch und arbeitsam Gott loben und glücklich sind, und nichts wissen von der andern Welt, die seitdem mit tausend Freuden und Schmerzen durch seine Seele gegangen. Warum konnte er, und wie er wohl bemerkte, auch Viktor nicht ebenso glücklich und ruhig sein? –

Dabei hatte ihn die Nachricht von Erwins unerklärlicher, flüchtiger Erscheinung heftig bewegt. Er ging sogleich mit dem Briefe zu Leontin. Aber er fand weder ihn, noch Faber zu Hause. Er sah durch das offene Fenster, der reine Himmel lag blau und unbegrenzt über den fernen Dächern und Kuppeln bis in die neblige Weite. Er konnt es nicht aushalten; er nahm Hut und Stock und wanderte durch die Vorstädte ins Freie hinaus. Unzählige Lerchen schwirrten hoch in der warmen Luft, die neugeschmückte Frühlingsbühne sah ihn wie eine alte Geliebte an, als wollte ihn alles fragen: Wo bist du so lange gewesen? Hast du uns vergessen? – Ihm war so wohl zum Weinen. Da blies neben ihm ein Postillion lustig auf dem Horne. Eine schöne Reisekutsche mit einem Herrn und einem jungen Frauenzimmer fuhr schnell an ihm vorüber. Das Frauenzimmer sah lachend aus dem Wagen nach ihm zurück. Er täuschte sich nicht, es war Marie. Verwundert sah Friedrich dem Wagen nach, bis er weit in der heitern Luft verschwunden war. Die Straße ging nach Italien hinunter.

Da es sich zum Abend neigte, wandte er sich wieder heimwärts. In den Vorstädten war überall ein sommerabendliches Leben und Weben, wie in den kleinen Landstädtchen. Die Kinder spielten mit wirrem Geschrei vor den Häusern, junge Burschen und Mädchen gingen spazieren, der Abend wehte von draußen fröhlich durch alle Gassen. Da bemerkte Friedrich seitwärts eine alte, abgelegene

Kirche, die er sonst noch niemals gesehen hatte. Er fand sie offen und ging hinein.

Es schauderte ihn, wie er aus der warmen, fröhlich bunten Wirrung so auf einmal in diese ewig stille Kühle hineintrat. Es war alles leer und dunkel drinnen, nur die ewige Lampe brannte wie ein farbiger Stern in der Mitte vor dem Hochaltare; die Abendsonne schimmerte durch die gemalten, gotischen, Fenster. Er kniete in eine Bank hin. Bald darauf bemerkte er in einem Winkel eine weibliche Gestalt, die vor einem Seitenaltare, im Gebet versunken, auf den Knien lag. Sie erhob sich nach einer Weile und sah ihn an. Da kam es ihm vor, als wäre es das Bürgermädchen, die unglückliche Geliebte des Prinzen. Doch konnte er sich gar nicht recht in die Gestalt finden; sie schien ihm weit größer und ganz verändert seitdem. Sie war ganz weiß angezogen und sah sehr blaß und seltsam aus. Sie schien weder erfreut, noch verwundert über seinen Anblick, sondern ging, ohne ein Wort zu sprechen, tief in einen dunklen Seitengang hinein, auf den Ausgang der Kirche zu. Friedrich ging ihr nach, er wollte mit ihr sprechen. Aber draußen fuhren und gingen die Menschen bunt durcheinander, und er hatte sie verloren.

Als er nach Hause kam, fand er den Prinzen bei sich, der, den Kopf in die Hand gestützt, am Fenster saß und ihn erwartete. »Mein hohes Mädchen ist tot!« rief er aufspringend, als Friedrich hereintrat. Friedrich fuhr zusammen: »Wann ist sie gestorben?« – »Vorgestern.« – Friedrich stand in tiefen Gedanken und hörte kaum, wie der Prinz erzählte, was er von der alten Mutter der Dahingeschiedenen gehört: wie das Mädchen anfangs nach der Ohnmacht in allen Kirchen herumgezogen und Gott inbrünstig gebetet, daß er sie doch noch einmal glücklich in der Welt machen möchte. Nach und nach aber fing sie an zu kränkeln und wurde melancholisch. Sie sprach sehr zuversichtlich, daß sie bald sterben würde, und von einer großen Sünde, die sie abzubüßen hätte, und fragte die Mutter oft ängstlich, ob sie denn noch in den Himmel kommen könnte? Den Prinzen wollte sie noch immer nicht wiedersehen. Die letzten Tage vor ihrem Tode wurde sie merklich besser und heiter. Noch den letzten Tag kam sie sehr fröhlich nach Hause und sagte mit leuchtenden Augen, sie habe den Prinzen wiedergesehen, er sei, ohne sie zu bemerken, an ihr vorbeigeritten. Den Abend darauf starb sie. Der Prinz zog hierbei ein Papier heraus und las Friedrich ein Totenopfer vor, welches er heut in einer Reihe von Sonetten auf den Tod des Mädchens gedichtet hatte. Die ersten Sonette enthielten eine wunderfeine Beschreibung, wie der Prinz das Mädchen verführt. Friedrich graute, wie schön sich da die Sünde ausnahm. Das letzte Sonett schloß:

»Einsiedler will ich sein und einsam stehen,
Nicht klagen, weinen, sondern büßend beten,
Du bitt für mich dort, daß ich besser werde!

Nur einmal, schönes Bild, laß dich mir sehen,
Nachts, wenn all' Bilder weit zurücke treten,
Und nimm mich mit dir von der dunklen Erde!«

»Wie gefällt Ihnen das Gedicht?« – »Gehn Sie in jene Kirche, die dort so dunkel hersieht«, sagte Friedrich erschüttert, »und wenn der Teufel mit meinen gesunden Augen nicht sein Spiel treibt, so werden Sie sie dort wiedersehen.« – »Dort ist sie begraben«, antwortete der Prinz, und wurde blaß und immer blässer, als ihm Friedrich erzählte, was ihm begegnet. »Warum fürchten Sie sich?« sagte Friedrich hastig, denn ihm war, als sähe ihn das stille, weiße Bild wie in der Kirche wieder an, »wenn Sie den Mut hatten, das hinzuschreiben, warum erschrecken Sie, wenn es auf einmal Ernst wird und die Worte sich rühren und lebendig werden? Ich möchte nicht dichten, wenn es nur Spaß wäre, denn wo dürfen wir jetzt noch redlich und wahrhaft sein, wenn es nicht im Gedichte ist? Haben Sie den rechten Mut, besser zu werden, so gehn Sie in die Kirche und bitten Sie Gott inbrünstig um seine Kraft und Gnade. Ist aber das Beten und alle unsere schönen Gedanken um des Reimes willen auf dem Papiere, so hol der Teufel auf ewig den Reim samt den Gedanken!« –

Hier fiel der Prinz Friedrich ungestüm um den Hals. »Ich bin durch und durch schlecht«, rief er, »Sie wissen gar nicht und niemand weiß es, wie schlecht ich bin! die Gräfin Romana hat mich zuerst verdorben vor langer Zeit; das verstorbene Mädchen habe ich sehr künstlich verführt; der damals in der Nacht zu Marie bei Ihnen vorbeischlich, das war ich; der auf jener Redoute –« Hier hielt er inne. – »Betrügerisch, verbuhlt, falsch und erbärmlich bin ich ganz«, fuhr er weiter fort. »Der Mäßigung, der Gerechtigkeit, der großen, schönen Entwürfe, und was wir da zusammen beschlossen, geschrieben und besprochen, dem bin ich nicht gewachsen, sondern im Innersten voller Neid, daß ich's nicht bin. Es war mir nie Ernst damit und mit nichts in der Welt. – Ach, daß Gott sich meiner erbarme!« Hierbei zerriß er sein Gedicht in kleine Stückchen, wie ein Kind, und weinte fast. Friedrich, wie aus den Wolken gefallen, sprach kein einziges Wort der Liebe und Tröstung, sondern die Brust voll Schmerzen und kalt wandte er sich zum offenen Fenster von dem gefallenen Fürsten, der nicht einmal ein Mann sein konnte.

Siebzehntes Kapitel

Rosa saß frühmorgens am Putztische und erzählte ihrem Kammermädchen folgenden Traum, den sie heut nacht gehabt: »Ich stand zu Hause in meiner Heimat im Garten; der Garten war noch ganz so, wie er ehedem gewesen, ich erinnere mich wohl, mit allen den

Alleen, Gängen und Figuren aus Buchsbaum. Ich selber war klein, wie damals, da ich als Kind in dem Garten gespielt. Ich verwunderte mich sehr darüber, und mußte auch wieder lachen, wenn ich mich ansah, und fürchtete mich vor den seltsamen Baumfiguren. Dabei war es mir, als wäre mein vergangenes Leben und daß ich schon einmal groß gewesen, nur ein Traum. Ich sang immerfort ein altes Lied, das ich damals als Kind alle Tage gesungen und seitdem wieder vergessen habe. Es ist doch seltsam, wie ich es in der Nacht ganz auswendig wußte! Ich habe heut schon viel nachgesonnen, aber es fällt mir nicht wieder ein. Meine Mutter lebte auch noch. Sie stand seitwärts vom Garten an einem Teiche. Ich rief ihr zu, sie sollte herüberkommen. Aber sie antwortete mir nicht, sondern stand still und unbeweglich, vom Kopfe bis zu den Füßen in ein langes, weißes Tuch gehüllt. Da trat auf einmal Graf Friedrich zu mir. Es war mir, als sähe ich ihn zum ersten Male, und doch war er mir wie längst bekannt. Wir waren wieder gute Freunde, wie sonst – ich habe ihn nie so gut und freundlich gesehen. Ein schöner Vogel saß mitten im Garten auf einer hohen Blume und sang, daß es mir durch die Seele ging, meinen Bruder sah ich unten über das glänzende Land reiten, er hatte die kleine Marie, die eine Zimbel hoch in die Luft hielt, vor sich auf dem Rosse, die Sonne schien prächtig. ›Reisen wir nach Italien!‹ sagte da Friedrich zu mir. – Ich folgte ihm gleich, und wir gingen sehr schnell durch viele schöne Gegenden immer nebeneinander fort. Sooft ich mich umsah, sah ich hinten nichts, als ein grenzenloses Abendrot, und in dem Abendrot meiner Mutter Bild, die unterdes sehr groß geworden war, in der Ferne wie eine Statue stehen, immerfort so still nach uns zugewendet, daß ich vor Grauen davon wegsehen mußte. Es war unterdes Nacht geworden und ich sah vor uns unzählige Schlösser auf den Bergen brennen. Jenseits wanderten in dem Scheine, der von den brennenden Schlössern kam, viele Leute mit Weib und Kindern, wie Vertriebene, sie waren alle in seltsamer, uralter Tracht; es kam mir vor, als sähe ich auch meinen Vater und meine Mutter unter ihnen, und mir war unbeschreiblich bange. Wie wir so fortgingen, schien es mir, als würde Friedrich selbst nach und nach immer größer. Er war still und seine Mienen veränderten sich seltsam, so daß ich mich vor ihm fürchtete. Er hatte ein langes, blankes Schwert in der Hand, mit dem er vor uns her den Weg aushaute; sooft er es schwang, warf es einen weitblitzenden Schein über den Himmel und über die Gegend unten. Vor ihm ging sein langer Schatten, wie ein Riese, weit über alle Täler gestreckt. Die Gegend wurde indes immer seltsamer und wilder, wir gingen zwischen himmelhohen, zackigen Gebirgen. Wenn wir an einen Strom kamen, gingen wir auf unsern eigenen Schatten, wie auf einer Brücke, darüber. Wir kamen so auf eine weite Heide, wo ungeheure Steine zerstreut umherlagen. Mich befiel eine niegefühlte Angst, denn je mehr ich die zerstreuten Steine betrachtete, je mehr kamen sie mir wie eingeschlafene Männer vor. Die Gegend lag unbeschreiblich hoch, die Luft war kalt und scharf. Da sagte Friedrich: ›Wir sind zu Hause!‹ Ich sah ihn erschrocken an und erkannte ihn nicht wieder, er war völlig geharnischt, wie ein Ritter. Sonderbar! es hing ein altes Ritterbild sonst in einem Zimmer unsers Schlosses, vor dem ich oft als Kind gestanden. Ich hatte längst alle Züge davon vergessen, und geradeso sah jetzt Friedrich auf einmal aus. – Ich fror entsetzlich. Da ging die Sonne plötzlich auf und Friedrich nahm mich in beide Arme und preßte mich so fest an seine Brust, daß ich vor Schmerz mit einem lauten Schrei erwachte.« –

»Glaubst du an Träume?« sagte Rosa nach einer Weile in Gedanken zu dem Kammermädchen. Das Mädchen antwortete nicht. »Wo mag nun wohl Marie sein, die Ärmste?« sagte Rosa unruhig wieder. – Dann stand sie auf und trat ans Fenster. Es war ein Gartenhaus der Gräfin Romana, das sie bewohnte; der Morgen blitzte unten über den kühlen Garten, weithin übersah man die

Stadt mit ihren duftigen Kuppeln, die Luft war frisch und klar. Da warf sie plötzlich alle Schminkbüchschen, die auf dem Fenster standen, heimlich hinaus und zwang sich, zu lächeln, als es das Mädchen bemerkte. –

Denselben Tag abends erhielt sie einen Brief von Romana, die wieder seit einiger Zeit auf einem ihrer entferntesten Landgüter im Gebirge sich aufhielt. Es war eine sehr dringende Einladung zu einer Gemsenjagd, die in wenigen Tagen dort gehalten werden sollte. Der Brief bestand nur in wenigen Zeilen und war auffallend verwirrt und seltsam geschrieben, selbst ihre Züge schienen verändert und hatten etwas Fremdes und Verwildertes. Ganz unten stand noch: »Letzthin, als Du auf dem Balle beim Minister warst, war Friedrich unbemerkt auch da und hat Dich gesehen.« –

Rosa versank über dieser Stelle in tiefe Gedanken. Sie erinnerte sich aller Umstände jenes Abends auf einmal sehr deutlich, wie sie Friedrich versprochen hatte, ihn zu Hause zu erwarten, und wie er seitdem nicht wieder bei ihr gewesen. Ein Schmerz, wie sie ihn noch nie gefühlt, durchdrang ihre Seele. Sie ging unruhig im Zimmer auf und ab. Sie konnte es endlich nicht länger aushalten, sie wollte alle Mädchenscheu abwerfen, sie wollte Friedrich, auf welche Art es immer sei, noch heute sehn und sprechen. Sie war eben allein, draußen war es schon finster. Mehrere Male nahm sie ihren Mantel um und legte ihn zaudernd wieder hin. Endlich faßte sie ein Herz, schlich unbemerkt aus dem Hause und über die dunklen Gassen fort zu Friedrichs Wohnung. Atemlos mit klopfendem Herzen flog sie die Stiegen hinauf, um, so ganz sein und um alle Welt nichts fragend, an seine Brust zu fallen. Aber das Unglück wollte, daß er eben nicht zu Hause war. Da stand sie im Vorhaus und weinte bitterlich. Mehrere Türen gingen indes im Hause auf und zu, Bediente eilten hin und her über die Gänge. Sie konnte nicht länger weilen, ohne verraten zu werden.

Die Furcht, so allein und zu dieser Zeit auf der Gasse erkannt zu werden, trieb sie schnell durch die Gassen zurück, das Gesicht tief in den seidenen Mantel gehüllt. Aber das Geschick war in seiner teuflischen Laune. Als sie eben um eine Ecke bog, stand der Prinz plötzlich vor ihr. Eine Laterne schien ihr gerade ins Gesicht, er hatte sie erkannt. Ohne irgendein Erstaunen zu äußern, bot er ihr den Arm, um sie nach Hause zu begleiten. Sie sagte nichts, sondern hing kraftlos und vernichtet vor Scham an seinem Arm. Er wunderte sich nicht, er lächelte nicht, er fragte um nichts, sondern sprach artig von gewöhnlichen Dingen. – Als sie an ihr Haus kamen, bat er sie scherzend um einen Kuß. Sie willigte verwirrt ein, er umschlang sie heftig und küßte sie zum ersten Male. Eine lange Gestalt stand indes unbemerkt gegenüber an der Mauer und kam plötzlich auf den Prinzen los. Der Prinz, der sich nichts Gutes versah, sprang schnell in ein Nebenhaus und schloß die Tür hinter sich zu. Es war Friedrich, den der Zufall eben hier vorbeigeführt hatte. Sie hatten beide einander nicht erkannt. Er saß noch die halbe Nacht dort auf der Schwelle des Hauses und lauerte auf den unbekannten Gast. Die wildesten Gedanken, wie er sie sein Lebelang nicht gehabt, durchkreuzten seine Seele. Aber der Prinz kam nicht wieder heraus. – Rosa hatte von der ganzen letzten Begebenheit nichts mehr gesehen. – Der Prinz hatte sie überrascht. Noch niemals war er ihr so bescheiden, so gut, so schön und liebenswürdig vorgekommen, und sein Kuß brannte die ganze Nacht verführerisch auf ihren schönen Lippen fort.

Es war ein herrlicher Morgen, als Friedrich und Leontin in den ewigen Zwinger der Alpen einritten, wohin auch sie von der Gräfin Romana zur Jagd geladen waren. Als sie um die letzte Bergecke herumkamen, fanden sie schon die Gesellschaft auf einer schönen Wiese zwischen grünen Bergen bunt und schallend zerstreut. Einzelne Gruppen von Pferden und gekoppelten Hunden standen rings in der schönen Wildnis umher, im Hintergrunde erhob sich lustig ein farbiges Zelt. Mitten auf der glänzenden Wiese stand die zauberische Romana in einer grünen Jagdkleidung, sehr geschmückt, fast phantastisch wie eine Waldfee anzusehn. Neben ihr, auf ihre Achsel gelehnt, stand Rosa in männlichen Jagdkleidern und versteckte ihr Gesicht an der Gräfin, da der Prinz eben zu ihr sprach, als sie Friedrich mit ihrem Bruder von der andern Seite ankommen sah. Von allen Seiten vom Gebirge herab bliesen die Jäger auf ihren Hörnern, als bewillkommneten sie die beiden neuangekommenen Gäste. Friedrich hatte Rosa noch nie in dieser Verkleidung gesehen und betrachtete lange ernsthaft das wunderschöne Mädchen.

Romana kam auf die beiden los und empfing sie mit einer auffallenden Heftigkeit. Nun entlud sich auch das Zelt auf einmal eines ganzen Haufens von Gästen, und Leontin war in dem Gewirre gar bald in seine launigste Ausgelassenheit hineingeärgert, und spielte in kecken, barocken Worten, die ihm wie von den hellen Schneehäuptern der Alpen zuzufliegen schienen, mit diesem Jagdgesindel, das ein einziger Auerochs verjagt hätte. Auch hier war die innerliche Antipathie zwischen ihm und dem Prinzen bemerkbar. Der Prinz wurde still und vermied ihn, wo er konnte, wie ein Feuer, das überall mit seinen Flammenspitzen nach ihm griff und ihn im Innersten versengte. Nur Romana war heute auf keine Weise aus dem Felde zu schlagen, sie schien sich vielmehr an seiner eigenen Weise nur immer mehr zu berauschen. Er konnte sich, wie immer, wenn er sie sah, nicht enthalten, mit zweideutigen Witzen und Wortspielen ihre innerste Natur herauszukitzeln, und sie hielt ihm heute tapfer Stich, so daß Rosa mehrere Male rot wurde und endlich fortgehn mußte. »Gott segne uns alle«, sagte er zuletzt zu einem vornehmen Männlein, das eben sehr komisch bei ihm stand, »daß wir heute dort oben an einem schmalen Felsenabhange nicht etwa einem von unsern Ahnherren begegnen, denn die verstehn keinen Spaß, und wir sind schwindlige Leute.« –

Hier wurde er durch das Jagdgeschrei unterbrochen, das nun plötzlich von allen Seiten losbrach. Die Hörner forderten wie zum Kriege, die Hunde wurden losgelassen, und alles griff nach den Gewehren. Leontin war bei dem ersten Signal mitten in seiner Rede fortgesprungen, er war der erste unter dem Haufen der anführenden Jäger. Mit einer schwindelerregenden Kühnheit sah man ihn, sich an die Sträucher haltend, geschickt von Fels zu Fels über die Abgründe immer höher hinaufschwingen; er hatte bald alle Jäger weit unter sich und verschwand in der Wildnis. Mehrere von der Gesellschaft schrien dabei ängstlich auf. Romana sah ihm furchtlos mit unverwandten Blicken nach; »wie sind die Männer beneidenswert!« sagte sie, als er sich verloren hatte.

Die Gesellschaft hatte sich unterdes nach allen Richtungen hin zerstreut, und die Jagd ging wie ein Krieg durch das Gebirge. In tiefster Abgeschiedenheit, wo Bäche in hellen Bogen von den Höhen sprangen, sah man die Gemsen schwindlig von Spitze zu Spitze hüpfen, einsame Jäger dazwischen auf den Klippen erscheinen und wieder verschwinden, einzelne Schüsse fielen hin und her, das Hifthorn verkündigte von Zeit zu Zeit den Tod eines jeden Tieres. Da sah Friedrich auf einem einsamen Fleck nach mehreren Stunden seinen Leontin wagehalsig auf der höchsten von allen den Felsspitzen stehen, daß das Auge den Anblick kaum ertragen konnte. Er erblickte Friedrich und rief zu ihm hinab: »Das Pack da unten ist mir unerträglich; wie sie hinter mir drein quiekten, als ich vorher hinaufstieg! Ich bleibe in den Bergen oben, lebe wohl, Bruder!« Hierauf wandte er sich wieder weiter und kam nicht mehr zum Vorschein.

Der Abend rückte heran, in den Tälern wurde es schon dunkel. Die Jagd schien geendigt, nur einzelne kühne Schützen sah man noch hin und wieder an den Klippen hängen, von den letzten Widerscheinen der Abendsonne scharf beleuchtet. Friedrich stand eben in höchster Einsamkeit an seine Flinte gelehnt, als er in einiger Entfernung im Walde singen hörte:

>»Dämmrung will die Flügel spreiten,
Schaurig rühren sich die Bäume,
Wolken ziehn wie schwere Träume –
Was will dieses Graun bedeuten?

Hast ein Reh du lieb vor andern,
Laß es nicht alleine grasen,
Jäger ziehn im Wald und blasen,
Stimmen hin und wider wandern.

Hast du einen Freund hienieden,
Trau ihm nicht zu dieser Stunde,
Freundlich wohl mit Aug und Munde,
Sinnt er Krieg im tück'schen Frieden.

Was heut müde gehet unter,
Hebt sich morgen neugeboren.
Manches bleibt in Nacht verloren –
Hüte dich, bleib wach und munter!«

Es wurde wieder still. Friedrich erschrak, denn es kam ihm nicht anders vor, als sei er selber mit dem Liede gemeint. Die Stimme war ihm durchaus unbekannt. Er eilte auf den Ort zu, woher der Gesang gekommen war, aber kein Laut ließ sich weiter vernehmen.

Als er eben so um eine Felsenecke bog, stand plötzlich Rosa in ihrer Jägertracht vor ihm. Sie konnte der Sänger nicht gewesen sein, denn der Gesang hatte sich nach einer ganz andern Richtung hin verloren. Sie schien heftig erschrocken über den unerwarteten Anblick Friedrichs. Hochrot im Gesicht, ängstlich und verwirrt, wandte sie sich schnell und sprang wie ein aufgescheuchtes Reh, ohne der Gefahr zu achten, von Klippe zu Klippe die Höhe hinab, bis sie sich unten im Walde verlor. Friedrich sah ihr lange verwundert nach, später stieg auch er ins Tal hinab.

Dort fand er die Gesellschaft auf der schönen Wiese schon größtenteils versammelt. Das Zelt in der Mitte derselben schien von den vielen Lichtern wie in farbigen Flammen zu stehn, eine Tafel mit Wein und allerhand Erfrischungen schimmerte lüstern lockend zwischen den buntgewirkten Teppichen hervor, Männer und Frauen waren in freien Scherzen ringsumher gelagert. Die vielen wandelnden Windlichter der Jäger, deren Scheine an den Felsenwänden und am Walde auf und nieder schweiften, gewährten einen zauberischen Anblick. Mitten unter den fröhlich Gelagerten und den magischen Lichtern ging Romana für sich allein, eine Gitarre im Arm, auf der Wiese auf und ab. Friedrich glaubte eine auffallende Spannung in ihrem Gesichte und ganzem Wesen zu bemerken. Sie sang:

»In goldner Morgenstunde,
Weil alles freudig stand,
Da ritt im heitern Grunde
Ein Ritter über Land.

Rings sangen auf das beste
Die Vöglein mannigfalt,
Es schüttelte die Äste
Vor Lust der grüne Wald.

Den Nacken, stolz gebogen,
Klopft er dem Rösselein –
So ist er hingezogen
Tief in den Wald hinein.

Sein Roß hat er getrieben,
Ihn trieb der frische Mut;
›Ist alles fern geblieben,
So ist mir wohl und gut!‹«

Sie ging während des Liedes immerfort unruhig auf und ab und sah mehrere Male seitwärts in den Wald hinein, als erwartete sie jemand. Auch sprach sie einmal heimlich mit einem Jäger, worauf dieser sogleich forteilte. Friedrich glaubte manchmal eine plötzliche, aber ebenso schnell wieder verschwindende Ähnlichkeit ihres Gesanges mit jener Stimme auf dem Berge zu bemerken, da sie wieder weitersang:

»Mit Freuden mußt er sehen
Im Wald ein' grüne Au,
Wo Brünnlein kühle gehen,
Von Blumen rot und blau.

Vom Roß ist er gesprungen,
Legt sich zum kühlen Bach,
Die Wellen lieblich klungen,
Das ganze Herz zog nach.

So grüne war der Rasen,
Es rauschte Bach und Baum,
Sein Roß tät stille grasen,
Und alles wie ein Traum.

Die Wolken sah er gehen,
Die schifften immerzu,
Er konnt nicht widerstehen –
Die Augen sanken ihm zu.

Nun hört' er Stimmen rinnen,
Als wie der Liebsten Gruß,
Er konnt sich nicht besinnen –
Bis ihn erweckt ein Kuß.

Wie prächtig glänzt' die Aue!
Wie Gold der Quell nun floß,
Und einer süßen Fraue,
Lag er im weichen Schoß.

›Herr Ritter! wollt Ihr wohnen
Bei mir im grünen Haus:
Aus allen Blumenkronen
Wind ich Euch einen Strauß!

Der Wald ringsum wird wachen,
Wie wir beisammen sein,
Der Kuckuck schelmisch lachen,
Und alles fröhlich sein.‹

Es bog ihr Angesichte
Auf ihn, den süßen Leib,
Schaut mit den Augen lichte
Das wunderschöne Weib.

Sie nahm sein'n Helm herunter,
Löst Krause ihm und Bund,
Spielt mit den Locken munter,
Küßt ihm den roten Mund.

Und spielt' viel süße Spiele
Wohl in geheimer Lust,

Es flog so kühl und schwüle
Ihm um die offne Brust.«

Friedrichs Jäger trat hier eiligst zu seinem Herrn und zog ihn abseits in den Wald, wo er sehr bewegt mit ihm zu sprechen schien. Romana hatte es bemerkt. Sie verwandte gespannt kein Auge von Friedrich und folgte ihm in einiger Entfernung langsam in den Wald nach, während sie dabei weitersang:

»Um ihn nun tät sie schlagen
Die Arme weich und bloß,
Er konnte nichts mehr sagen,
Sie ließ ihn nicht mehr los.

Und diese Au zur Stunde
Ward ein kristallnes Schloß,
Der Bach, ein Strom gewunden,
Ringsum gewaltig floß.

Auf diesem Strome gingen
Viel Schiffe wohl vorbei,
Es konnt ihn keines bringen
Aus böser Zauberei.«

Sie hatte kaum noch die letzten Worte ausgesungen, als Friedrich plötzlich auf sie zukam, daß sie innerlichst zusammenfuhr. »Wo ist Rosa?« fragte er rasch und streng. »Ich weiß es nicht«, antwortete Romana schnell wieder gefaßt, und suchte mit erzwungener Gleichgültigkeit auf ihrer Gitarre die alte Melodie wiederzufinden. Friedrich wiederholte die Frage noch einmal dringender. Da hielt sie sich nicht länger. Als wäre ihr innerstes Wesen auf einmal losgebunden, brach sie schnell und mit fast schreckhaften Mienen aus: »Du kennst noch nicht mich und jene unbezwingliche Gewalt der Liebe, die wie ein Feuer alles verzehrt, um sich an dem freien Spiele der eigenen Flammen zu weiden und selber zu verzehren, wo Lust und Entsetzen in wildem Wahnsinn einander berühren. Auch die grünblitzenden Augen des buntschillernden, blutleckenden Drachen im Liebeszauber sind keine Fabel, ich kenne sie wohl und sie machen mich noch rasend. Oh, hätte ich Helm und Schwert wie Armida! – Rosa kann mich nicht hindern, denn ihre Schönheit ist blöde und dein nicht wert. Ja, gegen dich selber will ich um dich kämpfen. Ich liebe dich unaussprechlich, bleibe bei mir, wie ich nicht mehr von dir fort kann!« – Sie hatte ihn bei den letzten Worten fest umschlungen. Friedrich fuhr mit einem Male aus tiefen Gedanken auf, streifte schnell die blanken Arme von sich ab, und eilte, ohne ein Wort zu sagen, tief in den Wald, wo er sein Pferd bestieg, mit dem ihn der Jäger schon erwartete, und fort hinaussprengte.

Romana war auf den Boden niedergesunken, das Gesicht mit beiden Händen verdeckt. Das fröhliche Lachen, Singen und Gläserklirren von der Wiese her schallte ihr wie ein höllisches Hohngelächter.

Rosa war, als sich Tag und Jagd zu Ende neigten, von Romana und aller Begleitung, wie durch Zufall, verlassen worden. Der Prinz hatte sie den ganzen Tag über beobachtet, war ihr überall im Grünen begegnet und wieder verschwunden. Sie hatte sich endlich halb zögernd entschlossen, ihn zu fliehen und höher ins Gebirge hinaufzusteigen. Sein blühendes Bild heimlich im Herzen, das die Waldhornsklänge immer wieder von neuem weckten, unschlüssig, träumend und halbverwirrt, zuletzt noch von dem Liede des Unbekannten, das auch sie hörte, seltsam getroffen und verwirrt, so war sie damals bis zu dem Flecke hinaufgekommen, wo sie so auf einmal Friedrich vor sich sah. Der Ort lag sehr hoch und wie von aller Welt geschieden, sie dachte an ihren neulichen Traum und eine unbeschreibliche Furcht befiel sie vor dem Grafen, die sie schnell von dem Berge hinabtrieb.

Unten, fern von der Jagd, saß der Prinz auf einem ungeheuren Baume. Da hörte er das Geräusch hinter sich durch das Dickicht brechen. Er sprang auf und Rosa fiel atemlos in seine ausgebreiteten Arme. Ihr gestörtes Verhältnis zu Friedrich, das Lied oben, und tausend alte Erinnerungen, die in der grünen Einsamkeit wieder wach geworden, hatten das reizende Mädchen heftig bewegt. Ihr Schmerz machte sich hier endlich in einem Strome von Tränen Luft. Ihr Herz war zu voll, sie konnte nicht schweigen. Sie erzählte dem Prinzen alles aus tiefster, gerührter Seele.

Es ist gefährlich für ein junges Mädchen, einen schönen Vertrauten zu haben. Der Prinz setzte sich neben ihr auf den Rasen hin. Sie ließ sich willig von ihm in den Arm nehmen und lehnte ihr Gesicht müde an seine Brust. Die Abendscheine spielten schon zuckend durch die Wipfel, unzählige Vögel sangen von allen Seiten, die Waldhörner klangen wollüstig durch den warmen Abend aus der Ferne herüber. Der Prinz hatte ihre langen Haare, die aufgegangen waren, um seinen Arm gewickelt und sprach ununterbrochen so wunderliebliche, zauberische Worte, gleich sanfter Quellen Rauschen, kühlelockend und sinnenberauschend, wie Töne alter Lieder aus der Ferne verführend herüberspielen. Rosa bemerkte endlich mit Schrecken, daß es indes schon finster geworden war, und drang ängstlich in den Prinzen, sie zu der Gesellschaft zurückzuführen. Der Prinz sprang sogleich seitwärts in den Wald und brachte zu ihrem Erstaunen zwei gesattelte Pferde mit hervor. Er hob sie schnell auf das eine hinauf, und sie ritten nun, so geschwind als es die Dunkelheit zuließ, durch den Wald fort.

Sie waren schon weit auf verschiedenen, sich durchkreuzenden Wegen fortgetrabt, aber die Wiese mit dem Zelte wollte noch immer nicht erscheinen. Die Waldhornsklänge, die sie vorher gehört hatten, waren schon lange verstummt, der Mond trat schon zwischen den Wolken hervor. Rosa wurde immer ängstlicher, aber der Prinz wußte sie jedesmal wieder zu beruhigen.

Endlich hörten sie die Hörner von neuem aus der Ferne vor sich. Sie verdoppelten ihre Eile, die Klänge kamen immer näher. Doch wie groß war Rosas Schrecken, als sie auf einmal aus dem Walde herauskam und ein ganz fremdes, unbekanntes Schloß vor sich auf dem Berge liegen sah. Entrüstet wollte sie umkehren und machte dem Prinzen weinend die bittersten Vorwürfe. Nun legte der Prinz die Maske ab. Er entschuldigte seine Kühnheit mit der unwiderstehlichen Gewalt seiner lange heimlich genährten Sehnsucht, umschlang und küßte die Weinende und beschwor alle Teufel seiner Liebe herauf. Die Hörner klangen lockend immerfort, und zitternd, halb gezwungen und halb verführt, folgte sie ihm endlich den Berg hinauf. Es war ein abgelegenes Jagdschloß des Prinzen. Nur wenige verschwiegene Diener hatten dort alles zu ihrem Empfange bereitet.

Friedrich ritt indes zwischen den Bergen fort. Sein Jäger, der gegen Abend weit von der Jagd abgekommen war, hatte zufällig Rosa mit dem Prinzen auf ihrer Flucht durch den Wald fortjagen gesehen, und war sogleich zu seinem Herrn zurückgeeilt, um ihm diese Entdeckung mitzuteilen. Dies war es, was Friedrich so schnell auf sein Pferd getrieben hatte.

Als er endlich nach manchem Umwege an die letzten Felsen kam, welche diese Wiese umschlossen, erblickte er plötzlich im Walde seitwärts eine weiße Figur, die, eine Flinte im Arm, gerade auf seine Brust zielte. Ein flüchtiger Mondesblick beleuchtete die unbewegliche Gestalt, und Friedrich glaubte mit Entsetzen Romana zu erkennen. Sie ließ erschrocken die Flinte sinken, als er sich nach ihr umwandte, und war im Augenblick im Walde verschwunden. Ein seltsames Graun befiel dabei den Grafen. Er setzte die Sporen ein, bis er das ganze furchtbare Jagdrevier weit hinter sich hatte.

Unermüdet durchstreifte er nun den Wald nach allen Richtungen, denn jede Minute schien ihm kostbar, um der Ausführung dieser Verräterei zuvorzukommen. Aber kein Laut und kein Licht rührte sich weit und breit. So ritt er ohne Bahn fort und immerfort, und der Wald und die Nacht nahmen kein Ende.

Drittes Buch

Achtzehntes Kapitel

Wir finden Friedrich fern von dem wirrenden Leben, das ihn gereizt und betrogen, in der tiefsten Einsamkeit eines Gebirges wieder. Ein unaufhörlicher Regen war lange wie eine Sündflut herabgestürzt, die Wälder wogten wie Ährenfelder im feuchten Sturme. Als er endlich eines Abends auf die letzte Ringmauer von Deutschland kam, wo man nach Welschland heruntersieht, fing das Wetter auf einmal an sich auszuklären, und die Sonne brach warm durch den Qualm. Die Bäume tröpfelten in tausend Farben blitzend, unzählige Vögel begannen zu singen, das liebreizende, vielgepriesene Land unten schlug die Schleier zurück und blickte ihm wie eine Geliebte ins Herz.

Da er eben in die weite Tiefe zu den aufgehenden Gärten hinablenken wollte, sah er auf einer der Klippen einen jungen, schlanken Gemsenjäger keck und trotzig ihm gegenüberstehn und seinen Stutz auf ihn anlegen. Er wandte schnell um und ritt auf den Jäger los. Das schien diesem zu gefallen, er kam schnell zu Friedrich herabgesprungen und sah ihn vom Kopf bis auf den Fuß groß an, während er dem Pferde desselben, das ungeduldig stampfte, mit vieler Freude den gebogenen Hals streichelte. »Wer gibt dir das Recht, Reisende aufzuhalten?« fuhr ihn Friedrich an. »Du sprichst ja deutsch«, sagte der Jäger, ihn ruhig auslachend, »du könntest jetzt auch etwas Besseres tun, als reisen! Komm nur mit mir!« Friedrich erfrischte recht das kecke, freie Wesen, das feine Gesicht voll Ehre, die gelenke, tapfere Gestalt; er hatte nie einen schönern Jäger gesehen. Er zweifelte nicht, daß er einer von jenen sei, um derentwillen er schon seit mehreren Tagen das verlassene Gebirge vergebens durchschweift hatte, und trug daher keinen Augenblick Bedenken, dem Abenteuer zu folgen. Der Jäger ging singend voraus, Friedrich ritt in einiger Entfernung nach.

So zogen sie immer tiefer in das Gebirge hinein. Die Sonne war lange untergegangen, der Mond schien hell über die Wälder. Als sie ohngefähr eine halbe Stunde so gewandert waren, blieb der Jäger in einiger Entfernung plötzlich stehen, nahm sein Hifthorn und stieß dreimal hinein. Sogleich gaben unzählige Hörner nacheinander weit in das Gebirge hinein Antwort. Friedrich stutzte und wurde einen Augenblick an dem ehrlichen Gesichte irre. Er hielt sein Pferd an, zog sein Pistol heraus und hielt es, gefaßt gegen alles, was daraus werden durfte, auf seinen Führer. Der Jäger bemerkte es. »Lauter Landsleute!« rief er lachend, und schritt ruhig weiter. Aller Argwohn war verschwunden, und Friedrich ritt wieder nach.

So kamen sie endlich schon bei finsterer Nacht auf einem hochgelegenen, freien Platze an. Ein Kreis bärtiger Schützen war dort um ein Wachtfeuer gelagert, grüne Reiser auf den Hüten, und ihre Gewehre neben sich auf dem Boden. Friedrichs Führer war schon voraus mitten unter ihnen und hatte den Fremden angemeldet. Mehrere von den Schützen sprangen sogleich auf, umringten Friedrich bei seiner Ankunft und fragten ihn um Neuigkeiten aus dem flachen Lande. Friedrich wußte sie wenig zu befriedigen, aber seine Freude war unbeschreiblich, sich endlich am Ziele seiner Irrfahrt zu sehen. Denn dieser Trupp war, wie er gleich beim ersten Anblick vermutet, wirklich eine Partei des Landsturmes, den das Gebirgsvolk bei dem unlängst ausgebrochenen Kriege gebildet hatte.

Die Flamme warf einen seltsamen Schein über den soldatischen Kreis von Gestalten, die rings umherlagen. Die Nacht war still und sternhell. Einer von den Jägern, die draußen auf dem Felsen auf der Lauer lagen, kam und meldete, wie in dem Tale nach Deutschland zu ein großes Feuer zu sehen sei. Alles richtete sich auf und lief weiter an den Bergesrand. Man sah unten die Flammen aus der stillen Nacht sich erheben, und konnte ungeachtet der Entfernung die stürzenden Gebälke der Häuser deutlich unterscheiden. Die meisten kannten die Gegend, einige nannten sogar die Dörfer, welche brennen müßten. Alle aber waren sehr verwundert über die unerwartete Nähe des Feindes, denn diesem schrieben sie den Brand zu. Man erwartete mit Ungeduld die Zurückkunft eines Trupps, der schon gestern in die Täler auf Kundschaft ausgezogen war.

Einige Stunden nach Mitternacht ohngefähr hörte man in einiger Entfernung im Walde von mehreren Wachen das Losungswort erschallen; bald darauf erschienen einige Männer, die man sogleich für die auf Kundschaft Ausgeschickten erkannte und begrüßte. Sie hatten einen jungen, fremden Mann bei sich, der aber über der üblen Zeitung, welche die Kundschafter mitbrachten, anfangs von allen übersehen wurde. Sie sagten nämlich aus, eine ansehnliche feindliche Abteilung habe ihre heimlichen Schlupfwinkel entdeckt und sie durch einen rastlosen, mühsamen Marsch umgangen. Der Feind stehe nun auf dem Gebirge selbst mitten zwischen ihren einzelnen, auf den Höhen zerstreuten Haufen, um sie mit Tagesanbruch so einzeln aufzureiben. – Ein allgemeines Gelächter erscholl bei den letzten Worten im ganzen Trupp. »Wir wollen sehn, wer härter ist«, sagte einer von den Jägern, »unsere Steine oder ihre Köpfe!« Die Jüngsten warfen ihre Hüte in die Luft, alles freute sich, daß es endlich zum Schlagen kommen sollte.

Man beratschlagte nun eifrig, was unter diesen Umständen das klügste sei. Zum Überlegen war indes nicht lange Zeit es mußte für den immer mehr herannahenden Morgen ein rascher Entschluß gefaßt werden. Friedrich, der allen wohl behagte, gab den Rat, sie sollten sich heimlich auf Umwegen neben den feindlichen Posten hin vor Tagesanbruch mit allen den andern zerstreuten Haufen auf einem festen Fleck zu vereinigen suchen. Dies wurde einmütig angenommen, und der Älteste unter ihnen teilte hiermit alsogleich den ganzen Haufen in viele kleine Trupps und gab jedem einen jungen, rüstigen Führer zu, der alle Stege des Gebirges am besten kannte. Über die einsamsten und gefährlichsten Felsenpfade wollten sie heimlich mitten durch ihre Feinde gehen, alle ihre andern Haufen, auf die sie unterwegs stoßen mußten, an sich ziehn und auf dem höchsten Gipfel, wo sie wußten, daß ihr Hauptstamm sich befände, wieder zusammenkommen, um sich bei Anbruch des Tages von dort mit der Sonne auf den Feind zu stürzen.

Das Unternehmen war gefährlich und gewagt, doch nahmen sie sehr vergnügt Abschied voneinander. Friedrich hatte sich auch ein grünes Reis auf den Hut gesteckt und auf das beste bewaffnet. Ihm war der junge Jäger, den er zuerst auf der Straße nach Italien getroffen, zum Führer bestimmt worden, zu seinen Begleitern hatte er noch zwei Schützen und den jungen Menschen, den die Kundschafter vorhin mitgebracht. Dieser hatte die ganze Zeit über, ohne einigen Anteil an der Begebenheit verspüren zu lassen, seitwärts auf einem Baumsturze gesessen, den Kopf in beide Hände gestützt, als schliefe er. Sie rüttelten ihn nun auf. Wie erstaunte da Friedrich, als er sich aufrichtete und in ihm denselben Studenten wiedererkannte, den er damals auf der Wiese unter den herumziehenden Komödianten getroffen hatte, als er auf Romanas Schloß zum Besuche ritt. Doch hatte er sich seitdem sehr verändert, er sah blaß aus, seine Kleidung war abgerissen, er schien ganz herunter. Sie setzten sich sogleich in Marsch, und da es zum Gesetz gemacht worden war, den ganzen Weg nichts miteinander zu sprechen, so konnte Friedrich nicht erfahren, wie derselbe aufs Gebirge und in diesen Zustand geraten war.

Sie gingen nun zwischen Wäldern, Felsenwänden und unabsehbaren Abgründen immer fort; der ganze Kreis der Berge lag still, nur die Wälder rauschten von unten herauf, ein scharfer Wind ging auf der Höhe. Der Gemsenjäger schritt frisch voran, sie sprachen kein Wort. Als sie einige Zeit so fortgezogen waren, hörten sie plötzlich über sich mehrere Stimmen in ausländischer Sprache. Sie blieben stehen und drückten sich alle hart an die Felsenwand an. Die Stimmen kamen auf sie los und schienen auf einmal dicht bei ihnen; dann lenkten sie wieder seitwärts und verloren sich schnell. Dies bewog den Führer, einen andern, mehr talwärts führenden Umweg einzuschlagen, wo sie sicherer zu sein hofften.

Sie hatten aber kaum die untere Region erlangt, als ihnen ein Gewirre von Reden, Lachen und Singen durcheinander entgegenscholl. Zum Umkehren war keine Zeit mehr, seitwärts von dem Platze, wo das Schallen sich verbreitet, führte nur ein einziger Steg über den Strom, der dort in das Tal hinauskam. Als sie an den Bach kamen, sahen sie zwei feindliche Reiter auf dem Stege, die beschäftigt waren, Wasser zu schöpfen. Sie streckten sich daher schnell unter die Sträucher auf den Boden nieder, um nicht bemerkt zu werden. Da konnten sie zwischen den Zweigen hindurch die vom Monde hell beleuchtete Wiese übersehen. Ringsum an dem Rande des Waldes stand dort ein Kreis von Pferden angebunden, eine Schar von Reitern war lustig über die Aue verbreitet. Einige putzten singend ihre Gewehre, andere lagen auf dem Rasen und würfelten auf ihren ausgebreiteten Mänteln, mehrere Offiziere saßen vorn um ein Feldtischchen und tranken. Der eine von ihnen hatte ein Mädchen auf dem Schoße, das ihn mit dem einen Arme umschlungen hielt. Friedrich erschrak im Innersten, denn der Offizier war einer seiner Bekannten aus der Residenz, das Mädchen die verlorne Marie. Es war einer von jenen leichten, halbbärtigen Brüdern, die im Winter zu seinem Kreise gehört, und bei anbrechendem Frühling Ernst, Ehrlichkeit und ihre gemeinschaftlichen Bestrebungen mit den Bällen und andern Winterunterhaltungen vergaßen.

Ihn empörte dieses Elend ohne Treue und Gesinnung, wie er mit vornehmer Zufriedenheit seinen Schnauzbart strich und auf seinen Säbel schlug, gleichviel für was oder gegen wen er ihn zog. Der Lauf seines Gewehres war zufällig gerade auf ihn gerichtet; er hätte es in diesem Augenblicke auf ihn losgedrückt, wenn ihn nicht die Furcht, alle zu verraten, davon abgehalten hätte.

Der Offizier stand auf, hob sein Glas in die Höh und fing an Schillers Reiterlied zu singen, die andern stimmten mit vollen Kehlen ein. Noch niemals hatte Friedrich das fürchterliche Lied so widerlich und höllisch-gurgelnd geklungen. Ein anderer Offizier mit einem feuerroten Gesichte, in dem alle menschliche Bildung zerfetzt war, trat dazu, schlug mit dem Säbel auf den Tisch, daß die Gläser klirrten, und pfiff durchdringend den Dessauer Marsch drein. Ein allgemeines wildes Gelächter belohnte seine Zote. –

Unterdes hatten die beiden Reiter den Steg wieder verlassen. Friedrich und seine Gesellen rafften sich daher schnell vom Boden auf und eilten über den Bach von der andern Seite wieder ins Gebirge hinauf. Je höher sie kamen, je stiller wurde es ringsumher. Nach einer Stunde endlich wurden sie von den ersten Posten der Ihrigen angerufen. Hier erfuhren sie auch, daß fast alle die übrigen Abteilungen, die sich teils durchgeschlichen, teils mit vielem Mute durchgeschlagen hatten, bereits oben angekommen wären. Es war ein freudenreicher Anblick, als sie bald darauf den weiten, freien Platz auf der letzten Höhe glücklich erreicht hatten. Die ganze unübersehbare Schar saß dort, auf ihre Waffen gestützt, auf den Zinnen ihrer ewigen Burg, die großen Augen gedankenvoll nach der Seite hingerichtet, wo die Sonne aufgehn sollte. Friedrich lagerte sich vorn auf einem Felsen, der in das Tal hinausragte. Unten rings um den Horizont war bereits ein heller Morgenstreifen sichtbar, kühle Winde kamen als Vorboten des Morgens angeflogen. Eine feierliche, erwartungsvolle Stille war über die Schar verbreitet, einzelne Wachen nur hörte man von Zeit zu Zeit weit über das

Gebirge rufen. Ein Jäger vorn auf dem Felsen begann folgendes Lied, in das immer zuletzt alle die andern mit einfielen:

»In stiller Bucht, bei finstrer Nacht,
Schläft tief die Welt im Grunde,
Die Berge rings stehn auf der Wacht,
Der Himmel macht die Runde,
Geht um und um
Ums Land herum
Mit seinen goldnen Scharen,
Die Frommen zu bewahren.

Kommt nur heran mit eurer List,
Mit Leitern, Strick und Banden,
Der Herr doch noch viel stärker ist,
Macht euren Witz zuschanden.
Wie wart ihr klug! –
Nun schwindelt Trug
Hinab vom Felsenrande –
Wie seid ihr dumm! o Schande!

Gleichwie die Stämme in dem Wald
Wolln wir zusammenhalten,
Ein' feste Burg, Trutz der Gewalt,
Verbleiben treu die alten.
Steig, Sonne, schön!
Wirf von den Höhn
Nacht und die mit ihr kamen,
Hinab in Gottes Namen!«

Friedrich ärgerte es recht, daß der Student immerfort so traurig dabeisaß. Seine Komödiantin, wie er Friedrich hier endlich entdeckte, hatte ihn von neuem verlassen und diesmal auch alle seine Barschaft mitgenommen. Arm und bloß und zum Tode verliebt, war er nun dem aufrührerischen Gebirge zugeeilt, um im Kriege sein Ende zu finden. »Aber so seid nur nicht gar so talket!« sagte ein Jäger, der seine Erzählung mit angehört hatte. »Mein Schatz«, sang ein anderer neben ihm:

»Mein Schatz, das ist ein kluges Kind,
Die spricht: ›Willst du nicht fechten,
Wir zwei geschiedne Leute sind;
Erschlagen dich die Schlechten,
Auch keins von beiden dran gewinnt.‹
Mein Schatz, das ist ein kluges Kind,
Für die will ich *lebn* und fechten!«

»Was ist das für eine Liebe, die so wehmütige, weichliche Tapferkeit erzeugt?« sagte Friedrich zum Studenten, denn ihm kam seine Melancholie in dieser Zeit, auf diesen Bergen und unter diesen Leuten unbeschreiblich albern vor. »Glaubt mir, das Sterben ist viel zu ernsthaft für einen sentimentalischen Spaß. Wer den Tod fürchtet und wer ihn sucht, sind beide schlechte Soldaten, wer aber ein schlechter Soldat ist, der ist auch kein rechter Mann.«

Sie wurden hier unterbrochen, denn soeben fielen von mehreren Seiten Schüsse tief unten im Walde. Es war das verabredete Zeichen zum Aufbruch. Sie wollten den Feind nicht erwarten, sondern ihn von dieser Seite, wo er es nicht vermutete, selber angreifen. Alles sprang fröhlich auf und griff nach den herumliegenden Waffen. In kurzer Zeit hatten sie den Feind im Angesicht. Wie ein heller Strom brachen sie aus ihren Schluchten gegen den blinkenden Damm der feindlichen Glieder, die auf der halben Höhe des Berges steif gespreizt standen. Die ersten Reihen waren bald gebrochen, und das Gefecht zerschlug sich in so viele einzelne Zweikämpfe, als es ehrenfeste Herzen gab, die es auf Tod und Leben meinten. Es kommandierte, wem Besonnenheit oder Begeisterung die Übermacht gab. Friedrich war überall zu sehen, wo es am gefährlichsten herging, selber mit Blut überdeckt. Einzelne rangen da auf schwindligen Klippen, bis beide einander umklammernd in den Abgrund stürzten. Blutrot stieg die Sonne auf die Höhen, ein wilder Sturm wütete durch die alten Wälder, Felsenstücke stürzten zermalmend auf den Feind. Es schien das ganze Gebirge selbst wie ein Riese die steinernen Glieder zu bewegen, um die fremden Menschlein abzuschütteln, die ihn dreist geweckt hatten und an ihm heraufklettern wollten. Mit grenzenloser Unordnung entfloh endlich der Feind nach allen Seiten weit in die Täler hinaus.

Nur auf einem einzigen Flecke wurde noch immer fortgefochten. Friedrich eilte hinzu und erkannte inmittelst jenen Offizier wieder, der in der Residenz zu seinen Genossen gehörte. Dieser hatte sich, von den Seinigen getrennt, schon einmal gefangengegeben, als er zufällig um den Anführer seiner Sieger fragte. Mehrere nannten einstimmig Friedrich. Bei diesem Namen hatte er plötzlich einem seiner Führer den Säbel entrissen und versuchte wütend, noch einmal sich durchzuschlagen. Als er nun Friedrich selber erblickte, verdoppelte er seine fast schon erschöpften Kräfte von neuem und hieb in Wut blind um sich, bis er endlich von der Menge entwaffnet wurde. Stillschweigend folgte er nun, wohin sie ihn führten, und wollte durchaus kein Wort sprechen. Friedrich mochte ihn in diesem Augenblicke nicht anreden.

Das Verfolgen des flüchtigen Feindes dauerte bis gegen Abend. Da langte Friedrich mit den Seinigen ermüdet auf einem altfränkischen Schlosse an, das am Abhange des Gebirges stand. Hof und Schloß stand leer; alle Bewohner hatten es aus Furcht vor Freund und Feind feigherzig verlassen. Der Trupp lagerte sich sogleich auf dem geräumigen Hofe, dessen Pflaster schon hin und wieder mit Gras überwachsen war. Rings um das Schloß wurden Wachen ausgestellt.

Friedrich fand eine Tür offen und ging in das Schloß. Er schritt durch mehrere leere Gänge und Zimmer und kam zuletzt in eine Kapelle. Ein einfacher Altar war dort aufgerichtet, mehrere alte Heiligenbilder auf Holz hingen an den Wänden umher, auf dem Altare stand ein Kruzifix. Er kniete vor dem Altare nieder und dankte Gott aus Grund der Seele für den heutigen Tag. Darauf stand er neugestärkt auf und fühlte die vielen Wunden kaum, die er in dem Gefechte erhalten. Er erinnerte sich nicht, daß ihm jemals in seinem Leben so wohl gewesen. Es war das erstemal, daß es ihm genügte, was er hier trieb und vorhatte. Er war völlig überzeugt, daß er das Rechte wolle, und sein ganzes voriges Leben, was er sonst einzeln versucht, gestrebt und geübt hatte, kam ihm nun nur wie eine lange Vorschule vor zu der sichern, klaren und großen Gesinnung, die jetzt sein Tun und Denken regierte.

Er ging nun durch das Schloß, wo fast alle Türen geöffnet waren. In dem einen Gemache fand er ein altes Sofa. Er streckte sich darauf; aber er konnte nicht schlafen, so müde er auch war. Denn tausenderlei Gedanken zogen wechselnd durch seine Seele, während er dort von der einen Seite durch die offene Tür den Schloßhof übersah, wo die Schützen um ein Feuer lagen, das die alten Gemäuer seltsam beleuchtete, von der andern Seite durchs Fenster die Wolkenzüge über den stillen, schwarzen Wäldern. Er gedachte seines vergangenen ruhigen Lebens, wie er noch mit seiner Poesie zufrieden und glücklich war, an seinen Leontin, an Rosa, an den stillen Garten beim Herrn v. A., wie das alles so weit von hier hinter den Bergen jetzt im ruhigen Schlafe ruhte.

Das Feuer aus dem Hofe warf indes einen hellen Widerschein über die eine Wand der Stube. Da wurde er auf ein großes, altes Bild aufmerksam, das dort hing. Es stellte die heilige Mutter Anna vor, wie sie die kleine Maria lesen lehrte. Sie hatte ein großes Buch vor sich auf dem Schoße. An ihren Knien stand die kleine Maria mit vor der Brust gefalteten Händchen, die Augen fleißig auf das Buch niedergeschlagen. Eine wunderbare Unschuld und Frömmigkeit, wie die demütige Ahnung einer künftigen, unbeschreiblichen Schönheit und Herrlichkeit, ruhte auf dem Gesichte des Kindes. Es war, als müßte sie jeden Augenblick die schönen, klaren Kindesaugen aufschlagen, um der Welt Trost und himmlischen Frieden zu geben. Friedrich war erstaunt, denn je länger er das stille Köpfchen ansah, je deutlicher schienen alle Züge desselben in ein ihm wohlbekanntes Gesicht zu verschwimmen. Doch verlor sich diese Erinnerung in seine früheste Kindheit, und er konnte sich durchaus nicht genau besinnen. Er sprang auf und untersuchte das Bild von allen Seiten, aber nirgends war irgendein Name oder besonderes Zeichen zu sehen.

Verwundert ging er in den Hof hinaus und fragte nach den Bewohnern des Schlosses. Nur einige wußten Bescheid und sagten aus, das Schloß werde gewöhnlich bloß von einem Vogte bewohnt und gehöre eigentlich einer Edelfrau im Auslande, die alle Jahre immer nur auf wenige Tage herkomme. Sonst konnte er nichts erfahren. Ihm fiel dabei unwillkürlich die weiße Frau ein, die er schon fast wieder vergessen hatte. –

Sein Schlaf war vorbei – er begab sich daher auf die alte steinerne Galerie, die auf der Waldseite über eine tiefe Schlucht hinausging, um dort den Morgen abzuwarten. Dort fand er auch den gefangenen Offizier, der in einem dunklen Winkel zusammengekrümmt lag. Er setzte sich zu ihm auf das halb abgebrochene Geländer.

»Das Unglück macht vieles wieder gut«, sagte er, und reichte ihm die Hand. – Der Offizier wickelte sich fester in seinen Mantel und antwortete nicht. – »Hast du denn alles vergessen«, fuhr Friedrich fort, »was wir in der guten Zeit vorbereitet? Mir war es Ernst mit dem, was ich vorhatte. Ich war ein ehrlicher Narr, und ich will es lieber sein, als klug ohne Ehre.« – Der Offizier fuhr auf, schlug seinen Mantel auseinander und rief: »Schlag mich tot wie einen Hund!« – »Laß diese weibische Wut, wenn du nichts Besseres kannst«, sagte Friedrich ruhig. »Du siehst so wüst und dunkel aus, ich kenne dein Gesicht nicht mehr wieder. Ich liebte dich sonst, so bist du mir gar nichts wert.« – Bei diesen Worten sprang der Offizier, der Friedrichs ruhige Züge nicht länger ertragen konnte, auf, packte ihn bei der Brust und wollte ihn über die Galerie in den Abgrund stürzen. Sie rangen einige Zeit miteinander; Friedrich war vom vielen Blutverluste ermattet und taumelte nach dem schwindligen Rande zu. Da fiel ein Schuß aus einem Fenster des Schlosses; ein Schütze hatte alles mit angesehen. – »Jesus Maria!« rief der Offizier getroffen, und stürzte über das Geländer in den Abgrund hinunter. – Da wurde es auf einmal still, nur der Wald rauschte finster von unten herauf. Friedrich wandte sich schaudernd von dem unheimlichen Orte.

Die Schützen hatten unterdes ausgerastet, das Morgenrot begann bereits sich zu erheben. Neue Nachrichten, die soeben eingelaufen waren, bestimmten den Trupp, sogleich von seinem Schlosse aufzubrechen, um sich mit den andern tiefer im Lande zu vereinigen.

Eine seltsame Erscheinung zog jedoch bald darauf aller Augen auf sich. Als sie nämlich auf der einen Seite des Schlosses herauskamen, sahen sie jenseits zwischen den Bäumen auf einer hohen Klippe eine weibliche Gestalt stehen, welche zwei von den Ihrigen, die ihr nachstiegen, mit dem Degen abwehrte. Friedrich wurde hinzugerufen. Er erfuhr, das Mädchen sei gegen Morgen allein mit verwirrtem Haar und einem Degen in der Hand an dem Schlosse herumgeirrt, als suche sie etwas. Als sie dann auf den erschossenen Offizier gestoßen, habe sie ihn schnell in die Arme genommen, und den Leichnam mit einer bewunderungswürdigen Kraft und Geduld in das Gebirge hinaufgeschleppt. Zwei Schützen, denen ihr Herumschleichen verdächtig wurde, waren ihr bis zu diesem Felsen gefolgt, den sie nun wie ihre Burg verteidigte.

Als Friedrich näher kam, erkannte er in dem wunderbaren Mädchen sogleich Marie, sie kam ihm heute viel größer und schöner vor. Ihre langen, schwarzen Locken waren auseinandergerollt, sie hieb nach allen Seiten um sich, so daß keiner, ohne sie zu verletzen, die steile Klippe ersteigen konnte. Als dieselbe Friedrich unter den fremden Männern erblickte, ließ sie plötzlich den Degen fallen, sank auf die Knie und verbarg ihr Gesicht an der kalten Brust ihres Geliebten. Die bärtigen Männer blieben erstaunt stehn. »Ist in dir eine solche Gewalt wahrhafter Liebe«, sagte Friedrich gerührt zu ihr, »so wende sie zu Gott, und du wirst noch große Gnade erfahren!«

Die Umstände nötigten indes immer dringender zum Aufbruch. Friedrich ließ daher einen des Weges kundigen Jäger bei Marie zurück, der sie in Sicherheit bringen sollte. Das Mädchen richtete sich halb auf und sah still dem Grafen nach; sie aber zogen singend über die Berge weiter, über denen soeben die Sonne aufging.

Neunzehntes Kapitel

Der Krieg wütete noch lange fort. Friedrich hatte im Laufe desselben den Ruhm seines alten Namens durch alte Tugend wieder angefrischt. Der Fürst, dem er angehörte, war unter den Feinden. Friedrichs Güter wurden daher eingezogen. Das Kriegsglück wandte sich, die Seinigen wurden immer geringer und schwächer, alles ging schlecht: er blieb allein desto hartnäckiger gut und wich nicht. Endlich wurde der Friede geschlossen. Da nahm er, zurückgedrängt auf die höchsten Zinnen des Gebirges, Abschied von seinen Hochländern und eilte güterlos und geächtet hinab. Über das platte Land verbreitete sich der Friede weit und breit in schallender Freude; er allein zog einsam hindurch, und seine Gedanken kann niemand beschreiben, als er die letzten Gipfel des Gebirges hinter sich versinken sah. Er gedachte wenig seiner eigenen Gefahr, da rings in dem Lande die feindlichen Truppen noch zerstreut lagen, von denen er wohl wußte, daß sie seiner habhaft zu werden trachteten. Er achtete sein Leben nicht, es schien ihm nun zu nichts mehr nütze. –

So langte er an einem unfreundlichen, stürmischen Abend in einem abgelegenen Dorfe an. Die Gärten waren alle verwüstet, die Häuser niedergebrannt, die wenigen übriggebliebenen schienen von den Bewohnern verlassen; es war ein trauriges Denkmal des kaum geendigten Krieges, der an diesen Gegenden besonders seine Wut recht ausgelassen hatte. An dem andern Ende des Dorfes fand Friedrich endlich einen Mann, der auf einem schwarzgebrannten Balken seines umgerissenen Hauses saß und an einem Stück trockener Brotrinde nagte. Friedrich fragte um Unterkommen für sich und sein Pferd. Der Mann lachte ihm widerlich ins Gesicht und zeigte auf das abgebrannte Dorf.

Ermüdet band Friedrich sein Pferd an und setzte sich zu dem Manne hin. Er befragte ihn, wie so großes Unglück insonderheit dieses Dorf getroffen? – Der Mann sagte gleichgültig und wortkarg: »Wir haben uns den Feinden widersetzt, worauf unser Dorf abgebrannt und mancher von uns erschossen wurde. Was kümmert mich aber das, und das Land und die ganze Welt«, fuhr er nach einer Weile fort, »mir tut's nur leid um mich, denn zu fressen muß man doch haben!« – Friedrich sah ihn von der Seite an, wie er so an seinem Brote kauete, sein Gesicht war hager und bleichgelb, und sah nach nichts Gutem aus.

Eine lustige Tanzmusik schallte inzwischen immerfort durch die Nacht zu ihnen herüber. Sie kam aus einem altertümlichen Schlosse, das dem Dorfe gegenüber auf einer Anhöhe stand. Die Fenster waren alle hell erleuchtet. Inwendig sah man eine Menge

Leute sich drehen und wirren; manches Paar lehnte sich in die offenen Fenster und sah in die regnerische Gegend hinaus.

»Wem gehört das Schloß da droben, wo es so lustig hergeht?« fragte Friedrich. »Der Gräfin Romana«, war die Antwort. Unwillkürlich schauderte er bei dieser unerwarteten Antwort zusammen. Erstaunt drang er nun mit Fragen in den Mann und hörte mit den seltsamsten Empfindungen zu, da dieser erzählte: »Als die letzte Schlacht verloren war und alles recht drunter und drüber ging, heisa! da wurde unsere Gräfin so lustig! – Ihr Vermögen war verloren, ihre Güter und Schlösser verwüstet, und als unser Dorf in Flammen aufging, sahen wir sie mit einem feindlichen Offiziere an dem Brande vorbeireiten, der hatte sie vorn vor sich auf seinem Pferde, und so ging es fort in alle Welt. Seit einigen Tagen hatte der Feind dort unten auf den Feldern sein Lager aufgeschlagen; da war ein Trommeln, Jubeln, Musizieren, Saufen und Lachen, Tag und Nacht, und unsere Gräfin mitten unter ihnen, wie eine Marketenderin. Gestern ist das Lager aufgebrochen und die Gräfin gibt den Offizieren, die heute auch noch nachziehen, droben den Abschiedsschmaus.« – Friedrich war über dieser Erzählung in Nachdenken versunken. – »Ich sehe den Offizier noch immer vor mir«, fuhr der Mann bald darauf wieder fort, »der den Befehl gab, unsere Häuser anzustecken. Ich lag eben hinter einem Zaune, ganz zusammengehauen. Er saß seitwärts nicht weit von mir auf seinem Pferde, der Widerschein von den Flammen fiel ihm durch die dunkle Nacht gerade auf sein wohlgenährtes, glattes Gesicht. Ich würde das Gesicht in hundert Jahren noch wiedererkennen.« –

Die Lichter in dem Schlosse, während sie so sprachen, fingen indes an zu verlöschen, die Musik hörte auf, und es wurde nach und nach immer stiller. Der Mann wurde seltsam unruhig. »Jetzt werden die Offiziere auch fortziehn, wollen wir ihnen nicht sicheres Geleit geben?« – sagte er abscheulich lachend, und stand auf. Friedrich bemerkte dabei, daß er etwas Blitzendes, wie ein Gewehr, unter seinem Kittel verborgen hatte. Eh er sich aber besann, war der Mann schon hinter den Häusern in der Finsternis verschwunden. Friedrich trauete ihm nicht recht, er zweifelte nicht, daß er etwas Gräßliches vorhabe. Er eilte ihm daher nach, um ihn auf alle Fälle zu verhindern. Tief im Walde sah er ihn noch einmal von weitem, wie er eben eilig um eine Felsenecke herumbog; darauf verschwand er ihm für immer, und er hatte sich vergebens ziemlich weit vom Dorfe in dem Gebirge verstiegen.

Als er eben auf einer Höhe ankam, um sich von dort wieder zurechtzufinden, stand sehr unerwartet die Gräfin Romana plötzlich vor ihm. Sie hatte eine kurze Flinte auf dem Rücken und dieselbe feenhafte Jägerkleidung, in welcher er sie zum letzten Male auf der Gemsenjagd gesehen hatte. Versteinert wie eine Bildsäule blieb sie stehen, als sie Friedrich so unverhofft erblickte. Dann sah sie ringsherum und sagte: »Ich habe mich hier oben verirrt, ich weiß den Weg nicht mehr nach Hause – führe mich, wohin du willst, es ist alles einerlei!« – Friedrich fiel das ungewohnte »Du« auf, auch bemerkte er in ihrem Gesichte jene leidenschaftliche Blässe, die ihn sonst schon oft an ihr gestört hatte. Die Nacht überdeckte schon unten die stillen Wälder, der Mond ging von der andern Seite über den Bergen auf. Er führte sie an Klippen und schwindligen Abhängen vorüber den hohen, langen Berg hinab, sie sprachen kein Wort miteinander.

So kamen sie endlich nach einem mühsamen Wege zu dem Schlosse der Gräfin zurück. Es war eine alte Burg, mitten in der Wildnis, halb verfallen, kein Mensch war darin zu sehen. »Das ist mein Stammschloß«, sagte Romana, »und ich bin die letzte des alten, berühmten Geschlechts.«

Sie führte ihn durch die hohen, gewölbten Gemächer. In dem einen Zimmer lag alles vom Feste noch unordentlich umher, zerbrochene Weinflaschen und umgeworfene Stühle; durch das zerschlagene Fenster pfiff der Wind herein und flackerte mit dem einzigen Lichte, das, fast schon bis an den Leuchter herabgebrannt, in der Mitte auf einem Tische stand und spielende Scheine auf eine Reihe altväterischer Ahnenbilder warf, die rings an den Wänden umherhingen.

»Sie sind alle schon morsch, die guten Gesellen«, sagte Romana in einem Anfalle von gespannter, unmenschlicher Lustigkeit, als sie die Verwüstung betrat, die noch vor so kurzer Zeit vom Getümmel und freudenreichen Schalle belebt war, nahm ihre Stutzflinte vom Rücken und stieß ein Bild nach dem andern von der Wand, daß sie zertrümmert auf die Erde fielen. Dazwischen kehrte sie sich auf einmal zu Friedrich und sagte:

»Als ich mich vorhin im Gebirge umwandte, um wieder zum Schlosse zurückzukehren, sah ich plötzlich auf einer Klippe mir gegenüber einen langen, wilden Mann stehen, den ich sonst in meinem Leben nicht gesehen, der hatte in der einsamen Stille seine Flinte unbeweglich mit der Mündung gerade auf mich angelegt. Ich sprang fort, denn mir kam es vor, als stehe der Mann seit tausend Jahren immer und ewig so dort oben.« – Friedrich bemerkte bei diesen verwirrten Worten, die ihn an den Halbverrückten erinnerten, dem er vorhin gefolgt, daß der Hahn an ihrer Flinte, die sie unbekümmert in der Hand hielt und häufig gegen sich kehrte, noch gespannt sei. Er verwies es ihr. Sie sah in die Mündung hinein und lachte wild auf. »Schweigen Sie still«, sagte Friedrich ernst und streng, und faßte sie unsanft an. –

Er trat an das eine Fenster, setzte sich in den Fensterbogen und sah in die vom Monde beschienenen Gründe hinab. Romana setzte sich zu ihm. Sie sah noch immer blaß, aber auch in der Verwüstung noch schön aus, ihr Busen war unanständig fast ganz entblößt; sie hielt seine Hand, er bemerkte, daß die ihrige bisweilen zuckte.

»Heftiges, unbändiges Weib«, sagte Friedrich, der sich nicht länger mehr hielt, sehr ernsthaft, »gehn Sie beten! Beschauen Sie recht den Wunderbau der hundertjährigen Stämme da unten, die alten Felsenriesen und den ewigen Himmel darüber, wie da die Elemente, sonst wechselseitig vernichtende Feinde gegeneinander, selber ihre rauhen, verwitternden Riesennacken und angeborne Wildheit vor ihrem Herrn beugend, Freundschaft schließen und in weiser Ordnung und Frömmigkeit die Welt tragen und erhalten. Und so soll auch der Mensch die wilden Elemente, die in seiner eigenen dunklen Brust nach der alten Willkür lauern und an ihren Ketten reißen und beißen, mit göttlichem Sinne besprechen und zu einem schönen, lichten Leben die Ehre, Tugend und Gottseligkeit in Eintracht verbinden und formieren. Denn es gibt etwas Festeres und Größeres, als der kleine Mensch in seinem Hochmute, das der Scharfsinn nicht begreift und die Begeisterung nicht erfindet und macht, die, einmal abtrünnig, in frecher, mutwilliger, verwilderter Willkür wie das Feuer alles ringsum zerstört und verzehrt, bis sie über dem Schutte in sich selber ausbrennt – Sie glauben nicht an Gott!« –

Friedrich sprach noch viel. Romana saß still und schien ganz ruhig geworden zu sein, nur manchmal, wenn die Wälder heraufrauschten, schauerte sie, als ob sie der Frost schüttelte. Sie sah Friedrich mit ihren großen Augen unverwandt an, denn sie wußte alles, was er in der letzten Zeit getan und aufgeopfert, und es war im tiefsten Grunde nur ihre unbezwingliche Leidenschaft zu ihm im zerknirschenden Gefühl, ihn nie erreichen zu können, was das heftige Weib nach und nach bis zu diesem schwindligen Abgrund verwildert hatte. Es war, als ginge bei seinem neuen Anblick die Erinnerung an ihre eigene ursprüngliche, zerstörte Größe noch einmal schneidend durch ihre Seele. Sie stand auf und ging, ohne ein Wort zu sagen, nach der einen Seite fort.

Friedrich blieb noch lange dort sitzen, denn sein Herz war noch nie so bekümmert und gepreßt, als diese Nacht. Da fiel plötzlich ganz nahe im Schlosse ein Schuß. Er sprang, wie vom Blitze gerührt, auf, eine entsetzliche Ahnung flog durch seine Brust. Er eilte durch mehrere Gemächer, die leer und offen standen, das letzte war fest verschlossen. Er riß die Tür mit Gewalt ein: welch ein erschrecklicher Anblick versteinerte da alle seine Sinne! Über den Trümmern ihrer Ahnenbilder lag dort Romana in ihrem Blute hingestreckt, das Gewehr, wie ihren letzten Freund, noch fest in der Hand.

Ihn überfiel im ersten Augenblicke ein seltsamer Zorn, er faßte sie in beide Arme, als müßte er sie mit Gewalt noch dem Teufel entreißen. Aber das wilde Spiel war für immer verspielt, sie hatte sich gerade ins Herz geschossen. Der müde Leib ruhte schön und fromm, da ihn die heidnische Seele nicht mehr regierte. Er kniete neben ihr hin und betete für sie aus Herzensgrunde.

Da sah er auf einmal helle Flammen zu den Fenstern hereinschlagen, durch die offene Tür erblickte er auch schon die andern Gemächer in vollem Brande. Kein Mensch war da, die Nacht auch gewitterstill, sie mußte das Schloß in ihrer Raserei selber angesteckt haben, vielleicht um Friedrich zugleich mit sich zu verderben. Er nahm den Leichnam und trug ihn durch das brennende Tor ins Freie hinaus. Dort legte er sie unter eine Eiche und bedeckte sie mit Zweigen, damit sie die Raben nicht fräßen, bis er im nächsten Dorfe die nötigen Vorkehrungen zu ihrem Begräbnisse getroffen. Dann eilte er den Berg hinab und schwang sich auf sein Pferd.

Hinter ihm stieg die Flamme auf die höchste Zinne der Burg und warf gräßliche Scheine weit zwischen den Bäumen. Das Schloß sank wie ein dunkler Riese in dem feurigen Ofen zusammen, über der alten, guten Zeit hielt das Flammenspiel im Winde seinen wilden Tanz; es war, als ginge der Geist ihrer Herrin noch einmal durch die Lohen. –

Zwanzigstes Kapitel

Es war Friedrich seltsam zumute, als er den andern Tag am Saume des Waldes herauskam und den wirtlichen, zierlich bepflanzten Berg mit seinen bunten Lusthäusern und dunklen Lauben dort auf einmal vor sich sah, auf dem er beim Antritt seiner Reise die ersten einsamen, fröhlichen Stunden nach der Trennung von seinen Universitätsfreunden zugebracht hatte. Überrascht blieb er eine Weile vor der weiten, von der Sonne hell beschienenen Gegend stehen, die ihm wie ein Traum, wie eine liebliche Zauberei vorkam; denn eine Gegend aus unserm ersten, frischen Jugendglanze bleibt uns wie das Bild der ersten Geliebten ewig erinnerlich und reizend. Dann lenkte er langsam den lustigen Berg hinan.

Dort oben war alles noch wie damals, die Tische und Bänke im Grünen standen noch immer an derselben Stelle, mehrere Gesellschaften waren wieder bunt und fröhlich über den grünen Platz zerstreut und schmausten und lachten, aller kaum vergangenen Not vergessend. Auch der alte Harfenist lebte noch und sang draußen seine vorigen Lieder. Friedrich suchte das luftige Sommerhaus auf, wo er damals gespeist und den eben verlassenen Gesellen frisch zugetrunken hatte. Dort fand er den Namen Rosa wieder, den er an jenem schwülen Nachmittage mit seinem Ringe in die Fensterscheibe gezeichnet. – Er hielt beide Hände vor die Augen, so tief überfiel ihn die Gewalt dieser Erinnerung. Die treuen Züge blitzten noch frisch in der Sonne, aber die Züge jenes wunderschönen Bildes, das er damals in der Seele hatte, waren unterdes im Leben verworren und verloren für immer. –

Er lehnte sich zum Fenster hinaus und übersah die schöne, noch gar wohlbekannte Gegend, und sein ganzer damaliger Zustand wurde ihm dabei so deutlich, wie wenn man ein lange vergessenes, frühes Gedicht nach vielen Jahren wiederliest, wo alles vergangen ist, was einen zu dem Liede verführt. Wie anders war seitdem alles in ihm geworden! Damals segelten seine Gedanken und Wünsche mit den Wolken ins Blaue über das Gebirge fort, hinter dem ihm das Leben mit seinen Reisewundern wie ein schönes, überschwenglich reiches Geheimnis lag. Jetzt stand er an demselben Orte, wo er begonnen, wie nach einem mühsam beschriebenen Zirkel, frühzeitig an dem andern, ernstern und stillern Ende seiner Reise und hatte keine Sehnsucht mehr nach dem Plunder hinter den Bergen und weiter. Die Poesie, seine damalige, süße Reisegefährtin genügte ihm nicht mehr, alle seine ernstesten, herzlichsten Pläne waren an dem Neide seiner Zeit gescheitert, seine Mädchenliebe mußte, ohne daß er es selbst bemerkte, einer höheren Liebe weichen, und jenes große, reiche Geheimnis des Lebens hatte sich ihm endlich in Gott gelöst.

Während er dies alles so überdachte, fiel ihm ein, wie Leontins Schloß ganz in der Nähe von hier sei. Er fühlte ein recht herzliches Verlangen, diesen seinen Bruder und jene Waldberge wiederzusehen. Der Gedanke bewegte ihn so, daß er sogleich sein Pferd bestieg und von dem Berge hinab die schattige Landstraße wieder einschlug.

Die Sonne stand noch hoch, er hoffte den Wald noch vor Anbruch der Nacht zurückzulegen. Nach einiger Zeit erlangte er einen hohen Bergrücken. Die Lage der Wälder, der Kreis von niederern Bergen ringsumher, alles kam ihm so bekannt vor. Er ritt langsam und sinnend fort, bis er sich endlich erinnerte, daß es dieselbe Heide sei, über welche er in jener Nacht, da er sich verirrt und das seltsame Abenteuer in der Mühle bestanden, sein Pferd am Zügel geführt hatte. Der Schlag der Eisenhämmer kam nur schwach und verworren durch das Singen der Vögel und den schallenden Tag aus der fernen Tiefe herauf. Es war ihm, als rückte sein ganzes Leben Bild vor Bild so wieder rückwärts, wie ein Schiff nach langer

Fahrt, die wohlbekannten Ufer wieder begrüßend, endlich dem alten, heimatlichen Hafen bereichert zufährt.

Ein Gebirgsbach fand sich dort in der Einsamkeit mit seiner plauderhaften Emsigkeit neben ihm ein. Er wußte, daß es der nämliche sei, der die schöne Wiese von Leontins Schlosse durchschnitt, und folgte ihm daher auf einem Fußsteige die Höhen hinab. Da erblickte er nach einem langen Wege unerwartet auch die berüchtigte Waldmühle im Grunde wieder. Wie anders, gespensterhaft und voll wunderbarer Schrecken hatte ihm damals die phantastische Nacht diese Gegend ausgebildet, die heute recht behaglich im Sonnenscheine vor ihm lag. Der Bach rauschte melancholisch an der alten Mühle vorüber, die halbverfallen dastand und schon lange verlassen zu sein schien; das Rad war zerbrochen und stand still.

Auf der einen Seite der Mühle war ein schöner, lichtgrüner Grund, über welchem frische Eichen ihre kühlen Hallen woben. Dort sah Friedrich ein Mädchen in einem reinlichen, weißen Kleide am Boden sitzen, halb mit dem Rücken nach ihm gekehrt. Er hörte das Mädchen singen und konnte deutlich folgende Worte verstehen:

»In einem kühlen Grunde,
Da geht ein Mühlenrad,
Mein' Liebste ist verschwunden,
Die dort gewohnet hat.

Sie hat mir Treu versprochen,
Gab mir ein'n Ring dabei,
Sie hat die Treu gebrochen,
Mein Ringlein sprang entzwei.

263

Ich möcht als Spielmann reisen
Weit in die Welt hinaus,
Und singen meine Weisen
Und gehn von Haus zu Haus.

Ich möcht als Reiter fliegen,
Wohl in die blut'ge Schlacht,
Um stille Feuer liegen
Im Feld bei dunkler Nacht.

Hör ich das Mühlrad gehen,
Ich weiß nicht, was ich will –
Ich möcht am liebsten sterben,
Da wär's auf einmal still.«

Diese Worte, so aus tiefster Seele herausgesungen, kamen Friedrich in dem Munde eines Mädchens sehr seltsam vor. Wie erstaunt, ja wunderbar erschüttert aber war er, als sich das Mädchen während des Gesanges, ohne ihn zu bemerken, einmal flüchtig umwandte, und er bei dem Sonnenstreif, der durch die Zweige gerade auf ihr Gesicht fiel, nicht nur eine auffallende Ähnlichkeit mit dem Mädchen, das ihm damals in der Mühle hinaufgeleuchtet, bemerkte, sondern in dieser Kleidung und Umgebung vielmehr jenes wunderschöne Kind aus längst verklungener Zeit wiederzusehen glaubte, mit der er als kleiner Knabe so oft zu Hause im Garten gespielt, und die er seitdem nie wiedergesehen hatte. Jetzt fiel es ihm auch plötzlich wie Schuppen von den Augen, daß dies dieselben Züge seien, die ihm in dem verlassenen Gebirgsschlosse auf dem Bilde der heiligen Anna in dem Gesichte des Kindes Maria so sehr aufgefallen waren. –

Verwirrt durch so viele sich durchkreuzende, uralte Erinnerungen, ritt er auf das Mädchen zu, da sie eben ihr Lied geendigt hatte. Sie aber, von dem Geräusche aufgeschreckt, sprang, ohne sich weiter umzusehen, fort, und war bald in dem Walde verschwunden.

Da sah er auf der Anhöhe, wohin sich das Mädchen geflüchtet, eine andere weibliche Gestalt zwischen den Bäumen erscheinen, groß, schön und herrlich. – Es war Friedrich, als begrüße ihn sein ganzes vergangenes Leben hier wie in einem Traume noch einmal in tausend schönwirrenden Verwandlungen; denn je näher er dem Berge kam, je deutlicher glaubte er in jener Gestalt Julie wiederzuerkennen. Er stieg vom Pferde und eilte die Anhöhe hinauf, wo unterdes die liebliche Erscheinung sich wieder verloren hatte.

Oben fand er sie ruhig auf dem Boden sitzend, es war wirklich Julie. »Stille, stille«, sagte sie, als er näher trat, nicht weniger überrascht als er, und wies auf Leontin, der neben ihr, an einem Baume angelehnt, eingeschlummert lag. Er war auffallend blaß, sein linker Arm ruhte in einer Binde. Friedrich betrachtete verwundert bald Leontin, bald Julie. Julie schien dabei das Unschickliche ihrer einsamen Lage mit Leontin einzufallen, und sie sah errötend in den Schoß.

Leontin war indes erwacht und machte die Augen groß auf, da er neben der Geliebten auch noch den Freund vor sich sah. »Da mag schlafen, wer Lust hat, wenn es wieder so lustig auf der Welt aussieht«, sagte er, und sprang rasch auf. Friedrich erstaunte, wie männlicher seitdem sein ganzes Wesen geworden. »Aber sage, wie hat dich der Himmel wieder hierhergebracht?« fuhr er fort, »ich dachte, die Zeit würde uns beide mit verschlingen; aber ich glaube, sie fürchtet sich, uns nicht verdauen zu können.« – Friedrich kam nun vor lauter Fragen nicht selber zum Fragen, sosehr es ihm auch am Herzen lag; er mußte sich bequemen, die Geschichte seines Lebens seit ihrer Trennung zu erzählen. Als er auf den Tod der Gräfin Romana kam, wurde Leontin nachdenkend. Julie, die auch sonst schon viel von ihr gehört, konnte sich in diese ihre seltsame

Verwilderung durchaus nicht finden und verdammte ihr schimpfliches Ende ohne Erbarmen, ja, mit einer ihr sonst ungewöhnlichen Art von Haß.

Nach vielem Hin- und Herreden, das jedes Wiedersehen mit sich zu bringen pflegt, bat endlich auch Friedrich die beiden, seinen Bericht mit einer ausführlichen Erzählung ihrer seitherigen Begebenheiten zu erwidern, da er aus ihren kurzen, unzusammenhängenden Antworten noch immer nicht klug werden konnte. Vor allem erkundigte er sich nach dem Mädchen, das, wie er meinte, zu ihnen geflüchtet sein müsse. Julie sah dabei Leontin unentschlossen an. – »Lassen wir das jetzt!« sagte dieser, »die Gegend und meine Seele ist so klar und heiter, wie nach einem Gewitter, es ist mir gerade alles recht lebhaft erinnerlich, ich will dir erzählen, wie wir hier zusammengekommen.«

Er nahm hierbei eine Flasche Wein aus einem Körbchen, das neben Julie stand, und setzte sich damit an den Abhang mit der Aussicht in die grüne Waldschlucht bei der Mühle; Friedrich und Julie setzten sich zu beiden Seiten neben ihn. Sie wollte ihm durchaus die Flasche wieder entreißen, da sie wohl wußte daß er mehr trinken werde, als seinen Wunden noch zuträglich war. Aber er hielt sie fest in beiden Händen. »Wo es«, sagte er, »wieder so gut, frisch Leben gibt, wer fragt da, wie lange es dauert!« Und Julie mußte sich am Ende selber bequemen, mitzutrinken. Sie hatte sich mit beiden Armen auf seine Knie gestützt, um die Geschichte, die sie beinahe schon auswendig wußte, noch einmal recht aufmerksam anzuhören. Friedrich, der sie nun ruhig betrachten konnte, bemerkte dabei, wie sich ihre ganze Gestalt seitdem entwickelt hatte. Alle ihre Züge waren entschieden und geistreich. So begann nun Leontin folgendermaßen:

»Als ich auf jener Alp während der Gemsenjagd von dir Abschied nahm, wurde mir sehr bange, denn ich wußte wahrhaftig nicht, was ich in der Welt eigentlich wollte und anfangen sollte.

Was recht Tüchtiges war eben nicht zu tun, gleichviel, ob am Guten oder am Schlechten; bloß um der Tätigkeit willen abzuarbeiten, wie man etwa spazierengeht, um sich Motion zu machen, war von jeher meine größte Widerwärtigkeit. Wäre ich recht arm gewesen, ich hätte aus lauter Langeweile arbeiten können, um mir Geld zu erwerben, und hinterdrein die Leute überredet, es geschehe alles um des Staates willen, wie die andern tun. Unter solchen moralischen Betrachtungen ritt ich über das Gebirge fort, und es tat mir recht ohne allen Hochmut leid, wie da alle die Städte und Dörfer gleich Ameisenhaufen und Maulwurfshügeln so tief unter mir lagen; denn ich habe nie mehr Menschenliebe, als wenn ich weit von den Menschen bin. Da wurde es nach und nach schwül und immer schwüler unten über dem deutschen Reiche, die Donau sah ich wie eine silberne Schlange durch das unendliche, blauschwüle Land gehn, zwei Gewitter, dunkel, schwer und langsam standen am äußersten Horizonte gegeneinander auf; sie blitzten und donnerten noch nicht, es war eine erschreckliche Stille. – Ich erinnere mich, wie frei mir zumute wurde, als ich endlich die ersten Soldaten unten über die Hügel kommen und hin und wider reiten, wirren und blitzen sah.

Ich zog in den Krieg hinunter. Was da geschah, ist dir bekannt. Nach der großen Schlacht, die wir verloren, war das Korps, zu dem ich gehörte, erschlagen und zersprengt, ich selber von den Meinigen getrennt. Ich suchte durch verschiedene Umwege mich wieder zu vereinigen, aber je länger ich ritt, je tiefer verirrte ich mich in dem verteufelten Walde. Es regnete und stürmte in einem fort, aber ich mochte nirgends einkehren, denn ich war innerlichst so zornig, daß ich mich in dem Wetter noch am leidlichsten befand.

Am Abend des andern Tages fingen endlich die Wolken an sich zu zerteilen, die Sonne brach wieder hindurch und schien warm und dampfend auf den Erdboden, da kam ich auf einer Höhe plötzlich aus dem Walde und stand – vor Juliens Gegend. Ich kann es nicht beschreiben, mit welcher Empfindung ich aus der kriegerischen Wildnis meines empörten Gemüts so auf einmal in die friedens- und segensreiche Gegend voll alter Erinnerungen und Anklänge hinaussah, die, wie du wissen wirst, zwischen ihren einsamen Bergen und Wäldern mitten im Kriege in tiefster Stille lag.

Überrascht blieb ich oben stehen. Da sah ich den blauen Strom unten wieder gehn und Segel fahren, das freundliche Schloß am Hügel und den wohlbekannten Garten ringsumher, alles in alter Ruhe, wie damals. Den Herrn v. A. sah ich auf dem mittelsten Gange des Gartens hinab ruhig spazierengehen. Auf den weiten Plänen jenseits des Stromes, über welche die eben untergehende Sonne schräg ihre letzten Strahlen warf, kam ein Reiter auf das Schloß zugezogen, ich konnte ihn nicht erkennen. Julie erblickte ich nirgends.

Es ließ mir da oben nicht länger Ruh; ich eilte den Berg hinunter, ich wollte Julie, ihren Vater, den Viktor wiedersehen, die ganze Vergangenheit noch einmal in einem schnellen Zuge durchleben und genießen. Tiefer unten am Abhange erblickte ich den Reiter plötzlich wieder. Es war eine junge, hagere, verlebte Figur, durchaus modern, einer von den gäng und gäben alten Jungen mit der Brille auf der Nase. Mich überlief ein Ärger, daß dieses modische, mir nur zu sehr bekannte Gezücht auch schon bis in diese glücklich verborgenen Täler gedrungen war. Er aber sah mich flüchtig vornehm an, lenkte auf einem bequemeren, aber weiteren Umwege nach dem Schlosse und verschwand bald wieder.

Ein Bauer aus dem Dorfe des Herrn v. A., der auch von der Arbeit nach Hause ging, hatte sich indes neben mir eingefunden. Ich erinnerte mich seines Gesichts sogleich wieder, er aber kannte mich nicht mehr. Von diesem erfuhr ich nach einem schnell angeknüpften Gespräche, daß die Tante schon seit längerer Zeit tot sei. – Ich fragte ihn darauf, wer der fremde Herr sei, der eben vorbeigeritten. Er antwortete mir mit heimlicher Miene: ›Fräulein Juliens Bräutigam.‹« –

Hier schüttelte Julie lächelnd den Kopf und wollte Leontins Erzählung unterbrechen. Leontin fuhr aber sogleich wieder fort:

»Es war inzwischen völlig Nacht geworden, als ich das Dorf erreichte. Ich mochte nach jener Nachricht nun niemand aus dem Hause sprechen, noch sehen – nur einen flüchtigen Streifzug durch den alten, schuldlosen Garten wollt ich machen, und sogleich wieder fort.

Ich band mein Pferd an einem Baume an und stieg übern Zaun in den Garten. Dort war jeder Gang, jede Bank, ja, jedes Blumenbeet noch immer auf dem alten Platze, so daß die Seele nach so vielen inzwischen durchlebten Gedanken und Veränderungen diesen gemütlichen Stillstand kaum fassen konnte. Der Sturm wütete indes noch immer heftig fort und riß ein Heer von Wolken nebst vielen verspäteten Abendvögeln, die kreischend dazwischenruderten, in einer unabsehbaren Flucht über den Garten hinaus, während unten die Bäume sich neigten und einzelne Nachtigallentöne aus den Tälern durch den Wind heraufklagten; es war eine recht dunkelschwüle Gespensternacht.

Ein ungewöhnlich starkes Licht, das aus dem einen Fenster in den Garten hinausschien, zog mich zum Schlosse hin. Ich stellte mich gerade vor das Fenster und konnte das ganze Zimmer übersehen, das von einem Kaminfeuer so hell erleuchtet wurde. Der Herr v. A. saß in einem Lehnstuhle und las Zeitungen, Julie saß am Kamine und sang, hatte aber den Rücken gegen das Fenster gekehrt, so daß ich ihr Gesicht nicht sehen konnte. Was sie sang, war eine alte Romanze, die mir schon als Kind bekannt war. Sie ist mir noch erinnerlich:

›Hoch über den stillen Höhen
Stand in dem Wald ein Haus,

Dort war's so einsam zu sehen
Weit übern Wald hinaus.

Drin saß ein Mädchen am Rocken
Den ganzen Abend lang,
Der wurden die Augen nicht trocken,
Sie spann und sann und sang:

»Mein Liebster, der war ein Reiter,
Dem schwur ich Treu bis in Tod,
Der zog über Land und weiter
Zu Kriegeslust und – not.

Und als ein Jahr war vergangen,
Und wieder blühte das Land,
Da stand ich voller Verlangen
Hoch an des Waldes Rand.

Und zwischen den Bergesbogen,
Wohl über den grünen Plan,
Kam mancher Reiter gezogen,
Der meine kam nicht mit an.

Und zwischen den Bergesbogen,
Wohl über den grünen Plan,
Ein Jägersmann kam geflogen,
Der sah mich so mutig an.

So lieblich die Sonne schiene,
Das Waldhorn scholl weit und breit,
Da führt' er mich in das Grüne.
Das war eine schöne Zeit! –

Der hat so lieblich gelogen
Mich aus der Treue heraus,
Der Falsche hat mich betrogen,
Zog weit in die Welt hinaus.« –

Sie konnte nicht weitersingen,
Vor bitterem Schmerz und Leid,
Die Augen ihr übergingen
In ihrer Einsamkeit.‹

Julie ging es wohl nicht besser, denn sie stand plötzlich auf, öffnete das Fenster und lehnte sich in die Nacht hinaus. Überhaupt glaubte ich während des Singens eine große Unruhe an ihr bemerkt zu haben. ›Was ist das für ein erschrecklicher Sturm!‹ hört ich den Herrn v. A. drin sagen, ›der bedeutet noch Krieg, Gott steh unsern Leuten bei, die schlagen sich wohl jetzt wieder.‹ – ›Und ich muß hier sitzen!‹ sagte Julie aus tiefster Seele. – Ich stand seitwärts, an einen Pfeiler gelehnt, und die Töne gingen in dem rasenden Winde gar seltsam wehmütig über den Garten hinaus, in dem ich mir nun wie ein lange Verbannter vorkam, da Julie bald in ihrem Gesange am offenen Fenster wieder also fortfuhr:

›Die Muhme, die saß beim Feuer
Und wärmet sich am Kamin,
Es flackert und sprüht das Feuer,
Hell über die Stub es schien.

Sie sprach: »Ein Kränzlein in Haaren,
Das stünde dir heut gar schön,
Willst draußen auf dem See nicht fahren?
Hohe Blumen am Ufer dort stehn.«

»Ich kann nicht holen die Blumen,
Im Hemdlein weiß am Teich
Ein Mädchen hütet die Blumen,
Die sieht so totenbleich.«

»Und hoch auf des Sees Weite,
Wenn alles finster und still,
Da rudern zwei stille Leute, –
Der eine dich haben will.«

»Sie schauen wie alte Bekannte,
Still, ewig stille sie sind,
Doch einmal der eine sich wandte,
Da faßt' mich ein eiskalter Wind. –

Mir ist zu wehe zum Weinen –
Die Uhr so gleichförmig pickt,
Das Rädlein, das schnurrt so in einem,
Mir ist, als wär ich verrückt. –

Ach Gott! wann wird sich doch röten
Die fröhliche Morgenstund!
Ich möchte hinausgehn und beten,
Und beten aus Herzensgrund!

So bleich schon werden die Sterne,
Es rührt sich stärker der Wald,
Schon krähen die Hähne von ferne,
Mich friert, es wird so kalt!

Ach, Muhme! was ist Euch geschehen?
Die Nase wird Euch so lang,

Die Augen sich seltsam verdrehen –
Wie wird mir vor Euch so bang!«

Und wie sie so grauenvoll klagte,
Klopft's draußen ans Fensterlein,
Ein Mann aus der Finsternis ragte,
Schaut still in die Stube herein.

Die Haare wild umgehangen,
Von blutigen Tropfen naß,
Zwei blutige Streifen sich schlangen,
Wie Kränzlein, ums Antlitz blaß.

Er grüßt' sie so fürchterlich heiter,
Er heißt sie sein' liebliche Braut,
Da kannt sie mit Schaudern den Reiter,
Fällt nieder auf ihre Knie.

Er zielt' mit dem Rohre durchs Gitter
Auf die schneeweiße Brust hin;
»Ach, wie ist das Sterben so bitter,
Erbarm dich, weil ich so jung noch bin!« –

Stumm blieb sein steinerner Wille,
Es blitzte so rosenrot,
Da wurd es auf einmal stille
Im Walde und Haus und Hof. –

Frühmorgens da lag so schaurig
Verfallen im Walde das Haus,
Ein Waldvöglein sang so traurig,
Flog fort über den See hinaus.‹

Gegen das Ende ihres Gesanges hatte Julie von ohngefähr meinen Schatten bemerkt, den das Licht vom Zimmer lang und unbeweglich in den Garten warf. Sie sah sich stutzend um, und da sie nichts erblicken konnte, schloß sie nachdenkend und schweigend das Fenster. In diesem Augenblick klopfte es drin an die Stubentür. Sie fuhr erschrocken zusammen und vom Fenster auf. Ich blickte noch einmal hinein und sah jenen gehässigen Reiter, dem ich vorhin begegnet, eilfertig eintreten. ›Er lebt!‹ rief Julie außer sich vor Freude und stürzte dem Manne um den Hals. –

Hatt ich schon vorher draußen in dem Fremden sogleich einen von jenen poetischen Jüngern erkannt, die's niemals zum Meister oder überhaupt zu einem Manne bringen, so kam mir jetzt der hagere, blasse Poet neben der gesunden Julie, die unterdes so wunderbar hoch geworden war, und deren große Augen in diesem Augenblicke vor Freude ordentliche Strahlen warfen, gar erbärmlich vor. Mir kamen die Verse aus Goethes Fischerin zwischen die Zähne:

> ›Wer soll Bräutigam sein?
> Zaunkönig soll Bräutigam sein!
> Zaunkönig sprach zu ihnen
> Hinwieder den beiden:
> »Ich bin ein sehr kleiner Kerl,
> Kann nicht Bräutigam sein,
> Ich kann nicht der Bräutigam sein!«‹

Ich schwang mich sogleich wieder über den Gartenzaun, band mein Pferd los und ging, es hinter mir herführend, aus dem Dorfe hinaus.

Da kam ich am andern Ende desselben an dem kleinen Häuschen Viktors vorüber, ich guckte ihm ins Fenster hinein, das, wie du weißt, im Sommer Tag und Nacht offensteht. Er saß eben mit dem

Rücken gegen das Fenster, über einem alten, dicken Buche, den Kopf in die Hand gestützt. Das Licht auf dem Tische flackerte ungewiß umher, die vielen Uhren an den Wänden pickten einförmig immerfort, es war eine unendliche Einsamkeit drinnen. Ich begrüßte ihn endlich mit dem Vers, der ihm im ganzen Faust der liebste war: ›Ich guckte der Eule in ihr Nest, Hu! die macht' ein Paar Augen!‹ Er wandte sich schnell um, und als er mein Gesicht völlig erkannte, sprang er auf, warf die Bücher und alles, was auf dem Tische lag, auf die Erde und tanzte wie unsinnig in der Stube herum. Ich kletterte sogleich durchs Fenster zu ihm hinein, ergriff eine halbbespannte Geige, die an der Wand hing, und so walzten wir beide mit den seltsamsten Gebärden und großem Getös nebeneinander in der kleinen Stube auf und ab, bis er endlich erschöpft vor Lachen auf den Boden hinsank. Es dauerte lange, ehe wir zu einem vernünftigen Diskurs kamen, während welchem er einen ungeheuren Krug voll Wein anschleppte. Er ist noch immer der alte, noch immer nicht fetter, nicht ruhiger, nicht klüger, und wie sonst wütend kriegerisch gegen alle Sentimentalität, die er ordentlich mißhandelt.

Gegen Mitternacht endlich, so viel er auch dagegen hatte, zog ich wieder von dannen, das gelobte Land in ruhigem Schlafe hinter mir und die weite Stille ringsumher gesegnend, während Viktor, der mich ein Stück begleitet hatte, auf der letzten Höhe mir wie eine Windmühle in der Dunkelheit mit dem Hute nachschwenkte und nachrief, bis alles in den großen, grauen Schoß versunken war.

›In den Krieg denn von neuem in Gottes Namen hinaus!‹ rief ich draußen und nahm die Richtung auf mein Schloß, da ich indes erfahren hatte, daß der Tummelplatz jetzt dort in der Nähe sei. Bei Sonnenaufgang sah ich die Unsrigen in dem weiten Tale bunt und blitzend zerstreut wieder, und das Herz ging mir auf bei dem Anblick. Die lustige Bewegung, die mir von weitem so mutig entgegenblitzte, war aber nichts anderes, als eine verworrene, grenzenlose Flucht. Der Feind war noch ziemlich weit, ich ritt daher an den zerstreuten Trupps langsam vorüber. Da sah ich den Haufen in dumpfer Resignation herumtaumeln, mehrere weise Mienen achselzuckend zur Schau tragen, als steckten wohl ganz andere Pläne dahinter – keinem hätte das Herz im Leibe zerspringen mögen. Da fiel mir ein, was mir Viktor oft in seinen melancholischsten Stunden gesagt: besser, Uhren machen, als Soldaten spielen.

Ich meinesteils war fest entschlossen, da alles, was mir ehrwürdig und lieb auf Erden war, zugrunde gehen sollte, lieber fechtend selber mit unterzugehn, als gefangen in der gemeinen Schande zurückzubleiben. Ich sprengte eilig auf mein Schloß und bot alle meine Jäger und Diener auf, deren Gesinnung und Treue ich kannte, viele Freiwillige von der Armee gesellten sich wacker dazu, und so verschanzten und besetzten wir mein Schloß und Garten, da ich wohl wußte, daß der Feind bei seiner Verfolgung diesen Weg nehmen und demselben an dieser vorteilhaften Höhe besonders viel gelegen sein mußte. Wir wehrten uns verzweifelt oder vielmehr tollkühn gegen die Übermacht. Die feindlichen Kugeln hatten mein Schloß fürchterlich zerrissen, die Gesimse brannten, ein Burgtor nach dem andern stürzte in den Lohen zusammen, alles war verloren, und ich fiel, der letzte, nieder. – Als ich die Augen wieder aufschlug, lag ich im Sonnenscheine in dem schönen Garten des Herrn v. A. vor der großen Aussicht, und Julie stand still neben mir.« –

Hier hielt Leontin inne, denn Julie, die sich schon einige Zeit mit ängstlicher Unruhe umgesehen hatte, sagte ihm etwas ins Ohr, stand schnell auf und ging in den Wald hinein, worauf Leontin, nachdem er ihr eine Weile nachgesehen, folgendermaßen wieder fortfuhr:

»Es war mir wie im Traume, als ich so wieder meinen ersten Blick in die Welt tat, alles auf einmal so stille um mich, und Julie neben mir, die mich schweigend und ernsthaft betrachtete. Sie sagte mir damals nichts, aber später erfuhr und erriet ich Folgendes: Der moderne Junge, dem ich damals in der Nacht auf dem Schlosse des Herrn v. A. begegnet, war ein Edelmann aus der Nachbarschaft, der erst unlängst von Universitäten auf seine Güter zurückgekehrt war. Seine fast täglichen Besuche bei Julie, seine ungebundene Art, mit ihr umzugehen, und die voreilig geschwätzigen Andeutungen der anfangs noch lebenden Tante veranlaßten, daß er binnen kurzer Zeit allgemein für Juliens Bräutigam gehalten wurde. Er war nach seiner Art verliebt in Julie, aber ein Mädchen im Ernste zu lieben oder gar zu heiraten, hielt er für lächerlich, denn – er war zum Dichter berufen. Als nachher der Krieg ausbrach und das Gerücht mein Benehmen dabei auch bis dorthin trug, pries er mit grenzenlosem Enthusiasmus, doch immer mit der vornehmen Miene eines eigenen, höheren Standpunktes, solche erzgediegne, lebenskräftige Naturen, ewig zusammenhaltende Granitblöcke des Gemeinwesens usw., aber selbst mit dreinschlagen konnt er nicht, denn – er war zum Dichter berufen. Übrigens hat er ein ganz ordinär sogenanntes gutes Herz. Daher ritt er, als mich allerhand widersprechende Gerüchte bald für tot, bald für verwundet ausgaben, aus Mitleid für Julie auf Kundschaft aus, und kehrte eben in jener Nacht, da ich ihm begegnete, mit der gewissen Botschaft meines Lebens zurück, und Juliens: ›Er lebt!‹ das mich damals so schnell vom Fenster und übern Zaun und aus dem Dorfe trieb, galt mir.

Erstaunt erfuhr Julie am Morgen von Viktor meinen schnellen Durchzug, und bald nachher auch das Los meiner Burg. Ohne Verwirrung, im Schreck wie in der Freude, sattelte sie noch in der Nacht, wo sie die Nachricht erhalten, ihr Pferd und ritt, ohne ihren Vater zu wecken, mit einem Bedienten nach meinem Schloß. Der vermeinte Bräutigam, der noch dort war, ließ es sich durchaus nicht nehmen, die Romanze, wie er es nannte, mitzumachen. Er schmückte sich in aller Eile sehr phantastisch und abenteuerlich aus, bewaffnete sich mit einem Schwert, einer Flinte und mehreren Pistolen, obschon die Feinde mein Schloß längst wieder verlassen hatten, da es ihnen jetzt, bei dem großen Vorsprunge der Unsrigen, ganz unnütz geworden war. Julie suchte unermüdlich zwischen den zusammengefallenen Steinen, erkannte mich endlich und trug mich selbst aus den dampfenden Trümmern. Der Bräutigam machte ein Sonett darauf, und Julie heilte mich zu Hause aus.

Da aber meine Verteidigung des Schlosses als unberufen, und in einem bereits eroberten Lande als rebellisch angesehen wird, so wurde mir vom Feinde nachgestellt, und ich befand mich auf dem Schlosse des Herrn v. A. nicht mehr sicher. Man brachte mich daher auf die abgelegene Mühle hier, wo mich Julie täglich besucht, bis ich endlich jetzt wieder ganz hergestellt bin.«

So endigte Leontin seine Erzählung. – »Und wohin willst du nun?« fragte Friedrich. »Jetzt weiß ich nichts mehr in der Welt«, sagte Leontin unmutig. – Sie mußten abbrechen, denn eben kam Julie wieder zurück und winkte Leontin heimlich mit den Augen, als sei etwas Bewußtes glücklich vollbracht.

Sie hatten indes über diesen Unterhaltungen alle nicht bemerkt, daß es bereits anfing dunkel zu werden. Julie wurde es zuerst gewahr, und zwar nicht ohne sichtbare Verlegenheit, denn jetzt in der Nacht nach Hause zu reiten, war wegen der noch immer umherstreifenden Soldaten für ihr Geheimnis höchst bedenklich, andererseits überfiel sie ein mädchenhafter Schauer bei dem Gedanken, so allein mit den zwei Männern im Walde über Nacht zu bleiben. Am Ende mußte sie sich doch zu dem letztern bequemen, und so lagerten sie sich denn, so gut sie konnten, vergnüglich in das hohe Gras auf der Anhöhe.

Die Nacht dehnte langsam die ungeheuren Drachenflügel über den Kreis der Wildnis unter ihnen, die Wälder rauschten dunkel aus der grenzenlosen Stille herauf. Julie war ohne alle Furcht.

Leontin aber, der noch matt war, fing endlich an sich nach kräftigerer Ruhe zu sehnen, und auch Julie wurde die zunehmende Frische der Nacht nach und nach empfindlich. Sie brachen daher auf und begaben sich zu der nahen, alten, verlassenen Mühle, wo Leontin, wie gesagt, schon seit einigen Tagen heimlich sein Quartier hatte. Friedrich wollte draußen auf der Schwelle bleiben und als ein wackrer Ritter die Jungfrau im Kastell bewachen, Julie bat ihn aber errötend, mit hineinzugehen, und er willigte lächelnd ein, während einem Bedienten, den Julie mitgebracht, aufgetragen wurde, vor der Tür Haus und Pferde zu bewachen.

Das Stübchen, das sie in Beschlag nahmen, war eng und nur zur Not vor dem Wetter verwahrt. Ein Bett, das Julie für Leontin mitgebracht hatte, wurde verteilt und nebst einigem Stroh auf dem Fußboden ausgebreitet, so daß es für alle drei hinreichte; Licht wagte man nicht zu brennen. Die beiden Grafen nahmen das Fräulein in ihre Mitte, Leontin war vor Müdigkeit bald eingeschlafen. Friedrich bemerkte, wie Julie sich fest aufs Ohr legte und tat, als ob sie schliefe, während sie beide Augen lauschend weit offen hatte und Leontin fortwährend ungestört betrachtete, bis sie endlich auch mit einschlummerte. Friedrich hatte sich mit halbem Leibe aufgerichtet und sah sich, auf den einen Arm gestützt, ringsum. Ein Schauder überlief ihn, sich wieder an demselben Orte zu erblicken, wo er damals die grausige Nacht verlebt. Er gedachte des jungen Mädchens wieder, das ihm damals in dieser Stube hier Feuer gepickt, ihm fiel dabei die rätselhafte Gestalt ein, die er heut bei seiner Ankunft vor der Mühle getroffen, und ihre flüchtige Ähnlichkeit mit jener, und er versank in ein Meer von Erinnerungen und Verwirrung. Julie hörte er leise neben sich atmen, es war eine unendlich stille, mondhelle Nacht.

Da erhob sich auf einmal draußen ein Gesang, von einer Zither begleitet, zuerst vom Walde, dann wie aus der Ferne melodisch schallend, das Haus mit wunderschönen Weisen erfüllend, dann wieder weiter verhallend. Friedrich wagte kaum zu atmen, um die Zauberei nicht zu stören. Doch, je länger er den leise verschwindenden Tönen lauschte, je unruhiger wurde er nach und nach; denn es war wieder jenes alte Lied aus seiner Kindheit, das er einmal in der Nacht auf Leontins Schlosse von Erwin auf der Mauer singen gehört; auch schien es dieselbe Stimme. Er raffte sich endlich auf und trat leise vor die Tür hinaus. Da lag und schlief der Bediente quer über der Schwelle, wie ein Toter. Draußen sah er den Sänger im hellen Mondenscheine unter den hohen Eichen wandeln. Er lief freudig auf ihn zu – es war Erwin! – Der Knabe wandte sich schnell, und als er Friedrich erblickte, stürzte er mit einem durchdringenden Schrei zu Boden, unter ihm lag seine Zither zerbrochen.

Der Bediente auf der Schwelle fuhr über dem Schrei taumelnd auf. »Verrückt! verrückt!« rief er, sich aufmunternd Friedrich zu, und eilte sehr ängstlich in das Haus hinein, um seine Herrschaft zu wecken. Friedrich schnitt dieser Ausruf wie Schwerter durchs Herz, denn er hatte es aus des Knaben unbegreiflicher Flucht längst gefürchtet.

Erwin sah indes wie aus einem langen Traume mit ungewiß schweifenden Blicken rings um sich her und dann Friedrich an, während sehr heftige innerliche Zuckungen, die sich immer mehr dem Herzen zu nähern schienen, durch seinen Körper fuhren. Abgebrochen durch den Schmerz, aber ohne sein schönes Gesicht zu verziehen, sagte er zu Friedrich: »Es war ein tiefes, weites, rosenrotes Meer, dich sah ich darin auf dem Grunde immerfort über hohe Gebirge gehen, ich sang die besten alten Lieder, die ich wußte, aber du erinnertest dich nicht mehr daran, ich konnte dich niemals erjagen, und unten stand der Alte tief im Meere, ich fürchtete mich vor seinen Augen. Manchmal ruhtest du, auf mich zugewendet, aus, da saß ich still dir gegenüber und sah dich vielhundert Jahre an – ach, ich war dir so gut, so gut! – Die Leute sagten, ich sei verrückt, ich hörte es wohl und hörte auch draußen die Uhren schlagen und die Welt ordentlich gehn und schallen wie durch Glas, aber ich konnte nicht mit hinein. Damals war mir wohl, jetzt bin ich wieder krank. – Glaube nur nicht, daß ich jetzt irre spreche, jetzt weiß ich wohl recht gut, was ich rede und wo ich bin – das ist ja der Eichgrund, das ist die alte Mühle –« bei diesen Worten versank er in ein starres Nachsinnen. Dann fuhr er unter immerwährenden Krämpfen wieder fort: »Dort, wo die Sonne aufgehn wird, ist ein großer Wald, in dem Walde wohnt ein Mann mit dunklen Augen und einer langen Schramme über dem rechten Auge, der kennt mich und euch alle, er –« hier nahmen die Zuckungen in immer engern Kreisen auf einmal sehr heftig zu. Der Knabe nahm Friedrichs Hand, drückte sie fest an seine Lippen und sagte: »Mein lieber Herr!« Ein plötzlicher Krampf streckte noch einmal seinen ganzen Leib, und er hörte auf zu atmen.

Friedrich, außer sich, stürzte über ihn her und öffnete oben schnell sein Wams, denn es war dieselbe phantastische Kleidung, die der Knabe sonst auf dem Schlosse des Herrn v. A. getragen hatte. Wie sehr erschrak und erstaunte er, als ihm da der schönste Mädchenbusen entgegenschwoll, noch warm, aber nicht mehr schlagend. – Er blieb wie eingewurzelt auf seinen Knien und starrte dem Mädchen in das stille Gesicht, als hätte er es noch nie vorher gesehn.

Leontin und Julie waren unterdes auch aus der Mühle herbeigeeilt. Sie schienen gar nicht erstaunt, Erwin hier zu sehen, noch weniger über die Entdeckung seines Geschlechts, sondern nur bestürzt über seinen jetzigen, unerwarteten Zustand. In stummer Geschäftigkeit, ohne sich wechselseitig zu erklären, waren alle nur bemüht, ihn ins Leben zurückzurufen – aber alles blieb vergebens, das schöne, seltsame Mädchen war tot.

Julie hatte sie trostlos vor sich auf dem Schoße liegen. Sie ruhte wie ein Engel still und schön. Kein Atem wehte mehr säuselnd durch die zarten, roten Lippen, die sonst zu so wunderschönen Tönen sich auftaten, ihre großen Augen, so lieblich wild, waren auf ewig verschlossen, nur eine einsame Nachtluft bewegte noch ihre Locken hin und her. Leontin und Friedrich saßen stillschweigend gegenüber. Friedrich, dem jetzt auf einmal viele Sonderbarkeiten des Mädchens nur zu klar wurden, klagte sich in tiefem, stummem Schmerze bei sich selber an, daß er ihre zerstörende, verhaltene Liebe zu ihm so schlecht belohnt, daß er sie bei größerer Achtsamkeit hätte schonen und retten können.

Währenddes fing jenseits über dem Walde der Morgen an zu dämmern und beleuchtete die seltsame Gruppe. Da kam plötzlich ein Bedienter von dem Schlosse des Herrn v. A. angesprengt und brachte atemlos die Nachricht, daß ein feindlicher Offizier mit seinem Trupp in der Nähe herumstreife und ihnen, wie er eben von Bauern erfahren, auf der Spur sei. Die Bestürzung aller über diese unerwartete Begebenheit war nicht gering. Leontin und Friedrich, die ein Schicksal verfolgte, waren in diesem Augenblick noch ohne weitern Plan; soviel war gewiß, daß Julie zum Vater zurückkehren und das tote Mädchen mitnehmen mußte. Die Leiche wurde daher eiligst auf ein lediges Handpferd gehoben. Dabei entdeckte Julie ein reichgefaßtes Medaillon, welches das Mädchen auf dem bloßen Leibe hängen hatte, und das sonst niemand jemals bei ihr bemerkt. Es war das Portrait eines sehr schönen, etwa neunjährigen Mädchens. Sie nahm es ab und überreichte es Friedrich.

Sein Gesicht veränderte sich, als er den ersten Blick darauf warf; denn es waren die Züge der kleinen Angelina, mit der er als Kind so oft im Garten gespielt, und welcher, wie es ihm nun ganz klar wurde, das Kind Maria auf dem Heiligenbilde des verlassenen Gebirgsschlosses so auffallend ähnlich sah. Er betrachtete es lange gerührt und stillschweigend. Da fielen ihm die rätselhaften Worte wieder ein, die Erwin sterbend von dem Alten im Walde gesagt hatte. Er zweifelte nicht, daß dieser um vieles wissen müsse, was ihnen Licht über das sonderbare Leben der Verstorbenen und ihren Zusammenhang mit seiner eigenen Kindheit geben könne. Er erzählte es Leontin. Dieser erschrak darüber und ward bei jedem Worte aufmerksamer; er schien den Alten selber schon gesehen zu haben, doch sagte er nicht, wann und wo.

Die beiden Freunde beschlossen nun, jenen Winken Erwins zufolge die Richtung nach dem beschriebenen Walde hin zu nehmen, um dort vielleicht eine erwünschte Auflösung zu erhalten, da überdies jene Wildnis von Feinden rein und der Weg Leontin ziemlich bekannt war. Es wurde schnell alles vorbereitet. Sie nahmen herzlichen Abschied von Julie, mit dem Versprechen, einander so bald als möglich wiederzusehen, und Julie ritt nun mit ihrer süßen, traurigen Last, die sie in ihrer bunten Kleidung wie eine abgebrochene Blume auf einem Pferde neben sich herführte, von der einen Seite nach Hause, während sie von der andern gegen Sonnenaufgang in den großen Wald fortzogen.

Einundzwanzigstes Kapitel

Der Morgen stieg dampfend aus den Wäldern, als die beiden Grafen schon fern über einen einsamen Wiesengrund hinritten, der seltsamen Ereignisse dieser Nacht gedenkend. Der Weg war für jeden Fremdling fast ungangbar, die Entfernung, die sie in den wenigen Stunden zurückgelegt, ziemlich beträchtlich, sie konnten schon langsamer und gemächlicher ziehn. Da erzählte Leontin Friedrich Folgendes:

»Es war ein schöner Sommermorgen, da Julie in ihrem Schlafzimmer, das, wie du weißt, auf den Garten hinausgeht, noch schlummerte, als sie draußen von einer bekannten Stimme mit einem bekannten Liede geweckt wurde. Sie trat in den Garten hinaus und sah Erwin, der wieder auf der Blumenterrasse saß und in das glänzende Land hinaussang. Mit pochendem Herzen flog sie zu ihm und fragte ihn nach seinem Herrn. Der Knabe sah sie aber starr an, er war blaß und seltsam verwildert im Gesichte, und aus seinen verwirrten Antworten bemerkte sie bald mit Schrecken, daß er verrückt sei. – In solchem Gemütszustande hatte er uns nämlich in jener Nacht auf dem Rheine so unbegreiflich verlassen, und auf unzähligen Umwegen zu dem Schlosse des Herrn v. A. sich geflüchtet, wahrscheinlich aus Eifersucht, denn die beiden Jäger, die wir damals in der alten Burg trafen, und die dann mit uns auf dem Rheine fuhren, waren, wie ich nachher erfuhr, niemand anders, als Romana und meine Schwester Rosa, welche Erwin bei dem schnellen Lichte des Blitzes, gleichwie mit schärferen Sinnen, plötzlich erkannt hatte.« – Friedrich verwunderte sich hier über die gewagte Kleidung der beiden Weiber und beklagte das unglückliche Ohngefähr, indem ihm dabei alles, was in jener Nacht vorgegangen, wieder erinnerlich ward. – Leontin fuhr fort: »Erwin verriet durch seine jetzige verwirrte Unachtsamkeit und seine tiefe, unüberwindliche Neigung zu dir gar bald sein Geschlecht. Das unglückliche Mädchen sang sehr viel, und ihre Lieder zeigten oft eine zeitig aufgereizte und heimlich genährte, heftige Sinnlichkeit. Von ihrem frühesten Leben war auch jetzt nicht das mindeste herauszukriegen. Julie bot alles auf, sie zu retten. Sie nannte sie Erwine, gab ihr Frauenzimmerkleider, suchte überhaupt alles erinnernde Phantastische aus ihrer Lebensweise zu entfernen und taufte sie so, nach dem gewöhnlichen Verfahren in solchen Fällen, in gemeingültige Prosa. Das Mädchen wurde dadurch auch stiller, aber es war eine wahre Grabesstille, von der sie sich nur manchmal im Gesange wieder zu erholen schien.

So traf ich sie, als ich verwundet auf dem Schlosse ankam. Mein erster Anblick verdarb auf einmal wieder viel an ihr, doch nur vorübergehend. Viel heftiger, und uns allen unerklärlich aber erschütterte sie der Anblick der alten Mühle, wohin wir sie mitnahmen, als ich hingebracht wurde; sie zitterte am ganzen Leibe. Julie nahm sie daher künftig niemals mehr mit dorthin. Gestern aber war sie ihr heimlich nachgeschlichen, und sie war es, die du im weißen Gewande singend vor der Mühle trafst. Wir waren in nicht geringer Besorgnis, daß sie dich nicht so plötzlich wiedersehe, und Julie schickte sie daher heimlich mit dem Bedienten sogleich wieder auf das Schloß zurück. Dort muß sie aber in der Nacht ihrer alten Knabentracht habhaft geworden und noch einmal entwichen sein.«

Der Schluß von Leontins Erzählung bestätigte Friedrichs Ahnung, daß Erwin wirklich dasselbe Mädchen sein müsse, das ihm damals in jener fürchterlichen Nacht in der Mühle Feuer gemacht und hinaufgeleuchtet hatte, womit auch ihre schon bemerkte Ähnlichkeit vollkommen übereinstimmte. Er versank darüber in Gedanken und sie beschleunigten beide stillschweigend wieder ihre Reise.

Gegen Abend erblickten sie auf einmal von einer Höhe fern unten die Kuppeln der Residenz. Ein von plötzlichem Regen angeschwollener Gebirgsbach hinderte sie zugleich, ihren Weg in der bisherigen Richtung fortzusetzen. Sie blieben eine Weile unentschlossen stehen. Die Dämmerung fing indes an, sich niederzusenken, da bemerkten sie mit Verwunderung Feuerblicke und schnell entstehende und wieder verschwindende Sterne in der Gegend der Residenz, die sie für Raketen hielten. »Das sieht recht lustig aus«, sagte Leontin. »Hier können wir ohnedies nicht weiter, laß uns einen Streifzug dorthinaus wagen und sehen, was es in der Stadt gibt. Wir kommen wohl in der Dunkelheit unerkannt durch und sind, ehe der Tag anbricht, wieder im Gebirge.« – Friedrich willigte ein, und so zogen sie ins Tal hinunter.

Noch vor Mitternacht langten sie vor der Residenz an. Der ganze Kreis der Stadt war bis zu den höchsten Turmspitzen hinauf erleuchtet, und lag mit seinen unzähligen Fenstern wie eine Feeninsel in der stillen Nacht vor ihnen. Sie hatten die Kühnheit, bis ins Tor hineinzureiten. Ein verworrener Schwall von Musik und Lichtern quoll ihnen da entgegen. Herren und Damen wandelten wie am Tage geputzt durch die Gassen, unzählige Wagen mit Fackeln tosten dazwischen, sich mannigfaltig durchkreuzend, eine fröhliche Menge schwärmte hin und her. – »Nun, was gibt's denn hier noch für eine rasende Freude?« fragte Leontin endlich einen Handwerksmann, der, ein Schurzfell um den Leib und ein Glas Branntwein hoch in der Hand, unaufhörlich Vivat rief. Der Mann machte eine verteufelt pfiffige Miene und hätte gern die Unwissenheit der beiden Fremden tüchtig abgeführt, wenn ihm nicht eben sein Witz versagt hätte. Endlich sagte er: »Der Erbprinz hält heute Hochzeit mit der schönen Gräfin Rosa. Wer will mir da Branntwein verbieten! Mag der Gräfin voriger Bräutigam Wasser saufen, denn er ist lange tot, und ihr Bruder mit den Engeln Milch und Honig trinken, denn er treibt sich in allen Wäldern herum. Hol der Teufel alle Ruhestörer! Friede! Friede! Es leben alle Patrioten, vivat hoch!« – So taumelte der Branntweinzapf wieder weiter.

Die beiden Grafen sahen einander verwundert an. An Friedrichs Brust schallte die Neuigkeit ziemlich gleichgültig vorüber. Er hatte Rosa längst aufgegeben. Seine Phantasie, die Liebeskupplerin, war seitdem von größern Bildern durchdrungen, alle die hellen Quellen seiner irdischen Liebe waren in einen großen, ruhigen Strom gesammelt, der andere Wünsche und Hoffnungen zu einem andern Geliebten trug. –

Ein Bürger, der ihr Gespräch mit dem Betrunkenen mit angehört hatte, war unterdes zu ihnen getreten und sagte: »Es ist alles wahr, was der Kerl da so konfus vorgebracht. Die Gräfin Rosa hatte wirklich vorher schon einen Grafen zum Liebhaber; der ist aber im Kriege geblieben und es ist gut für ihn, denn er ist mit Lehn und Habe dem Staate verfallen. Der Bruder der Gräfin ebenfalls, aber wir wissen von sicherer Hand, daß man gegen diesen nicht streng verfahren wird und ihm gern verzeihen möchte, wenn er nur zurückkäme und Reue und Besserung verspüren lassen wollte.« –

Leontin lachte bei diesen Worten laut auf und gab seinem Pferde die Sporen. »Frischauf!« sagte er zu Friedrich, »ich ziehe mit den Toten, da die Lebendigen so abgestanden sind! Ich mag keinen von ihnen mehr wiedersehen, kommen wir wieder zurück auf unsere grünen Freiheitsburgen!«

Sie waren indes an das fürstliche Schloß gekommen. Tanzmusik schallte aus den hellen Fenstern. Eine Menge Volks war unten versammelt und gebärdete sich wie unsinnig vor Entzücken. Denn Rosa zeigte sich eben an der Seite ihres Bräutigams am Fenster. Man konnte sie deutlich sehen. Ihre blendende Schönheit, mit einem reichen Diadem von Edelsteinen geschmückt, funkelte und blitzte bei den vielen Lichtern manches Herz unten zu Asche. – So hatte sie ihr höchstes Ziel, die weltliche Pracht und Herrlichkeit, erreicht. – »Sie taugte niemals viel, Weltfutter, nichts als Weltfutter!« schimpfte Leontin ärgerlich immerfort. Friedrich drückte den Hut tief in die Augen, und so zogen die beiden dunklen Gestalten einsam durch den Jubel hindurch, zum Tore hinaus und wieder in die Berge zurück.

Nach mehreren einsamen Tagereisen, wobei auch die schönen Nächte zu Hülfe genommen wurden, kamen sie endlich immer höher auf das Gebirge. Die Gegend wurde immer größer und ernster, kaum noch lagen mehr einzelne Hirtenhütten in den tiefen, dunkelgrünen Schluchten hin und her zerstreut, es war eine grenzenlose Einsamkeit, nebenaus oft Streifen von unermeßlicher Aussicht. Ihre Herzen wurden wieder stark und weit, und voll kühler Freudenquellen.

Da erblickten sie sehr unerwartet mitten in der Wildnis einen niedrigen, zierlichen Zaun von weißem Birkenholz, dem es ordentlich Mühe zu kosten schien, die wilde Freiheit der Natur, die überall ihre grünen, festen Arme wie zum Spotte ungezogen durchstreckte, im Zaume zu halten. Sie lachten einander beide bei dem ersten Anblicke an, denn überraschender konnte ihnen nichts kommen, als gar eine moderne englische Anlage in dieser menschenleeren Gegend. Sie ritten längs des Zaunes hin, aber nirgends war die geringste Spur eines Einganges. Sie wußten wohl, daß sie bereits in dem großen Walde sein mußten, den Erwine sterbend meinte, auch waren sie nach der langen Tagereise begierig, endlich einmal Menschen, Speise und Trank wiederzufinden, sie banden daher ihre Pferde an und sprangen über den Zaun hinein.

Ein niedlicher Schlangenpfad, mit weißem Sande ausgestreut, führte sie dort bis an ein großes, dichtes Gebüsch von meist ausländischen Sträuchern, wo er sich plötzlich in zwei Arme teilte. Sie schlugen nun jeder für sich allein einen derselben ein, um so desto eher zu einer erwünschten Entdeckung zu gelangen. Doch diese schmalen Pfade gingen seltsam genug in einem ewigen Kreise immerfort um sich selber herum, so daß die beiden Grafen, je emsiger sie zuschritten, zwar immer ganz nahe blieben, aber einander niemals erjagen oder zusammenkommen konnten. Einige Male, wo die Gänge sich plötzlich durchkreuzten, stießen sie unverhofft aneinander, trennten sich von neuem und standen endlich, nachdem sie sich beinahe müde geirrt, auf einmal wieder vor dem Zaune, an demselben Orte, wo sie ausgelaufen waren.

Sie lachten und ärgerten sich zugleich über den sinnreichen Einfall. Doch machte sie diese kleine Probe aufmerksam und neugieriger auf die ganze sonderbare Anlage. Sie nahmen daher noch einmal einen beherzten Anlauf und drangen nun mitten durch das dicke Gehege gerade hindurch. Da kamen sie bald auf einen freien Platz zu einem Gebäude. Ihre Augen konnten sich bei dem ersten verwirrenden Anblick durchaus nicht aus dem labyrinthischen, höchst abenteuerlichen Gemisch dieses Tempels herausfinden, so unförmlich, obgleich klein, war alles über- und durcheinandergebaut. Den Haupteingang nämlich bildete ein griechischer Tempel mit zierlichem Säulenportal, welches sehr komisch aussah, da alles überaus niedlich und nur aus angestrichenem Holze war. Sie traten hinein und fanden in der Halle einen hölzernen Apollo, der die Geige strich, und dem der Kopf fehlte, weil nicht mehr Raum genug dazu übriggeblieben war. Gleich aus dem Tempel trat man in einen geschmackvollen Kuhstall nebst einer vollständigen holländischen Meierei in der neuesten Manier, aber alles leer. Über der Meierei hing, wie ein Bienenkorb, eine Art von schwebender Einsiedelei. Den zweiten Eingang bildete ein viereckiger Turm, wie bei den alten Burgen, der eine Ruine vorstellen sollte, und auf dessen Mauer hin und her Blumentöpfe mit Moos umherstanden. Über das ganze Gemisch hinweg endlich erhob sich ein feingeschnitztes, buntes, chinesisches Türmchen, an welchem unzählige Glöcklein im Winde musizierten. Unter diesem Türmchen in dem innersten Gemache saß inmitten des getäfelten Bodens ein unförmlicher, kleiner Chinese von Porzellan mit untergeschlagenen Beinen und dickem Bauche, und wackelte einsam fort mit dem breiten Kahlkopfe, als der einzige Bewohner seines unsinnigen Palastes.

»Nein, das ist zu toll!« sagte Leontin, »was gäb ich drum, wenn wir den Phantasten von Baumeister noch selber in seinem Zauberneste überraschten! Das ist ja ein wahrer Surrogattempel für allen Geschmack auf Erden.«

Währenddes waren sie endlich in dem letzten Gemache des Gebäudes angekommen, welches mit großen, goldenen Buchstaben »Gesellschaftssaal« überschrieben war. Sie erstaunten auch wirklich beim Eintritte nicht wenig über die ungeheure Gesellschaft, denn Wände und Decke bestanden daselbst aus künstlich geschliffenen Spiegeln, die ihre Gestalten auf einmal ins Unendliche vervielfältigten. Ihr Kopf war ganz überfüllt und verwirrt von dem Gesehenen. Kein Mensch war in der weiten Runde zu hören, es grauste ihnen fast, länger in dieser Verrückung so einsam zu verweilen, und sie begaben sich daher schnell wieder ins Freie.

Sie durchstrichen darauf noch den andern Teil des Parks, der auf die alltäglichste Art mit Trauerweiden, Baumgruppchen, Brückchen usw. angefüllt war. Auch die üblichen Aushängetafeln mit Inschriften waren im Überfluß vorhanden, nur mit dem Unterschiede, daß hier alle von einer ungeheuren Länge und Breite waren, so daß sie die jungen Bäume, an denen sie befestigt, fast bis auf die Erde herunterzogen. Unsere Reisenden verweilten verwundert hin und wieder, und lasen unter andern: »Wachsen, Blühen, Staubwerden.« – Gleich daneben stand auf einer andern Tafel die erste Strophe von: »Freuet euch des Lebens!« usw. nebst einigen andern Zoten.

So von groben Bäumen verfolgt, waren sie endlich am andern Ende des sonderbaren Parks angekommen, wo derselbe wieder durch ein niedliches Zäunchen von dem Walde geschieden war. Noch eine ungeheure Inschrift begrüßte sie dort folgendermaßen: »Gefühlvoller Wanderer! stehe still und vergieße einige Tränen über deine Narrheit!« Darunter stand nur noch halbleserlich mit Bleistift geschrieben: »Und dann kehre wieder um, denn mir bist du doch nur langweilig.« Nicht ohne Bedeutung, wie es schien, stieß diese letzte Partie des Gartens, welche besonders kleinlich aus allerlei Zwergbäumen nebst einem kaum bemerkbaren Wasserfalle bestand, auf einmal an den dunkelgrünen Saum des Hochwaldes. Zwischen Felsen stürzte dort ein einsamer Strom gerade hinab, als wollte er den ganzen Garten vernichten, wandte sich dann am Fuße der Höhe plötzlich, wie aus Verachtung, wieder seitwärts in den Wald zurück, dessen ernstes, ewig gleiches Rauschen gegen die unruhig phantastische Spielerei der Gartenanlage fast schmerzlich abstach, so daß die beiden Freunde überrascht stillstanden. Sie sehnten sich recht in die große, ruhige, kühle Pracht hinaus und atmeten erst frei, als sie wirklich endlich wieder zu Pferde saßen.

Während sie sich so über das Gesehene besprachen, verwundert, keine menschliche Wohnung ringsum zu erblicken, fing indes die Gegend an etwas lieblicher und milder zu werden. Vor ihnen erhob sich ein freundlicher, bis an den Gipfel mit Laubwald bedeckter Berg aus dem dunkelzackigen Chaos von Gebirgen. Hinter dem Berge schien es nach der einen Seite hin auf einmal freier zu werden und versprach eine große Aussicht. Sie zogen langsam ihres Weges fort, der Himmel war unbeschreiblich heiter, der Abend sank schon hernieder und spielte mit seinen letzten Strahlen lustig in dem lichten Grün des Berges vor ihnen. Friedrich hatte lange unverwandt in die Gegend vor sich hinausgesehen, dann hielt er plötzlich an und sagte: »Ich weiß nicht, wie mir ist, diese Aussicht ist mir so altbekannt, und doch war ich, solange ich lebe, nicht hier.« –

Je weiter sie kamen, je erinnernder und sehnsüchtiger sprach jede Stelle zu ihm; oft verwandelte sich auf einmal alles wieder, ein Baum, ein Hügel legte sich fremd vor seine Aussicht wie in eine uralte, wehmütige Zeit, doch konnte er sich durchaus nicht besinnen.

So hatten sie nach und nach den Gipfel des Berges erreicht. Freudig überrascht standen sie beide still, denn eine überschwengliche Aussicht über Städte, Ströme und Wälder, so weit die Blicke in das fröhlich-bunte Reich hinauslangten, lag unermeßlich unter ihnen. Da erinnerte sich Friedrich auf einmal: »das ist ja meine Heimat!« rief er, mit ganzer Seele in die Aussicht versenkt. »Was ich sehe, hier und in die Runde, alles gemahnt mich wie ein Zauberspiegel an den Ort, wo ich als Kind aufwuchs! Derselbe Wald, dieselben Gänge – nur das schöne, altertümliche Schloß Ende ich nicht wieder auf dem Berge.« –

Sie stiegen weiter und erblickten wirklich auf dem Gipfel im Gebüsche die Ruinen eines alten, verfallenen Schlosses. Sie kletterten über die umhergeworfenen Steine hinein und erstaunten nicht wenig, als sie dort ein steinernes Grabmal fanden, das ihnen durch seine Schönheit sowohl, als durch seine mannigfaltige Bedeutsamkeit auffiel. Es stellte nämlich eine junge, schöne, fast wollüstig gebaute weibliche Figur vor, die tot über den Steinen lag. Ihre Arme waren mit künstlichen Spangen, ihr Haupt mit Pfauenfedern geschmückt. Eine große Schlange, mit einem Krönlein auf dem Kopfe, hatte sich ihr dreimal um den Leib geschlungen. Neben und zum Teil über dem schönen Leichnam lag ein altgeformtes Schwert, in der Mitte entzweigesprungen, und ein zerbrochenes Wappen. Aus dieser Gruppe erhob sich ein hohes, einfaches Kreuz, mit seinem Fuße die Schlange erdrückend.

Friedrich traute seinen Augen kaum, da er bei genauerer Betrachtung auf dem zerbrochenen Schilde sein eigenes Familienwappen erkannte. Seine Augen fielen dabei noch einmal aufmerksamer auf die weibliche Gestalt, deren Gesicht soeben von einem glühenden Abendstrahle hell beleuchtet wurde. Er erschrak und wußte doch nicht, warum ihn diese Mienen so wunderbar anzogen. Endlich nahm er das kleine Porträt hervor, das sie auf Erwinens Brust gefunden hatten. Es waren dieselben Züge, es war das schöne Kind, mit dem er damals in dem Blumengarten seiner Heimat gespielt; nur das Leben schien seitdem viele Züge verwischt und seltsam entfremdet zu haben. Ein wehmütiger Strom von Erinnerung zog da durch seine Seele, dem er kaum mehr in jenes frühste, helldunkle Wunderland nachzufolgen vermochte. Er fühlte schaudernd seinen eigenen Lebenslauf in den geheimnisvollen Kreis dieser Berge mit hineingezogen.

Er setzte sich voller Gedanken auf das steinerne Grabmal und sah in die Täler hinunter, wie die Welt da nur noch in einzelnen, großen Farbenmassen durcheinander arbeitete, in welche Türme und Dörfer langsam versanken, bis es dann still wurde wie über einem beruhigten Meere. Nur das Kreuz auf ihrem Berge oben funkelte noch lange golden fort.

Da hörten sie auf einmal hinter ihnen eine Schalmei über die Berge wehen; die Töne blieben oft in weiter Ferne aus, dann brachen sie auf einmal wieder mit neuer Gewalt durch die ziehenden Wolken herüber. Sie sprangen freudig auf. Sie zweifelten längst nicht mehr, daß sie sich in dem Gebiete des sonderbaren Mannes befänden, zu dem sie von Erwin hingewiesen worden. Um desto willkommener war es ihnen, endlich einen Menschen zu finden, der ihnen aus diesem wunderbaren Labyrinthe heraushelfe, in dem ihre Augen sowie ihre Gedanken verwirrt und verloren waren. Sie bestiegen daher schnell ihre Pferde und ritten jenen Klängen nach.

Die Töne führten sie immerfort bergan zu einer ungeheuren Höhe, die immer öder und verlassener wurde. Ganz oben erblickten sie endlich einen Hirten, welcher, auf der Schalmei blasend, seine Herde in der Dämmerung vor sich her nach Hause trieb. Sie grüßten ihn, er dankte und sah sie ruhig und lange von oben bis unten an. »Wem dient Ihr?« fragte Leontin. – »Dem Grafen.« – »Wo wohnt der Graf?« – »Dort rechts auf dem letzten Berge in seinem Schlosse.« – »Wer liegt dort«, fuhr Leontin fort, »auf der grünen Höhe unter den steinernen Figuren begraben?« – Der Hirt sah ihn an und antwortete nicht; er wußte nichts davon und war noch niemals dort hinabgekommen. – Sie ritten langsam neben ihm her, da erzählte er ihnen, wie auch er weit von hier in den Tälern geboren und aufgewachsen sei, »aber das ist lange her«, sagte er, »und ich weiß nicht mehr, wie es unten aussieht.« Darauf wünschte er ihnen eine gute Nacht, nahm seine Schalmei wieder vor und lenkte links in das Gebirge hinein. – Sie blickten rings um sich, es war eine weite, kahle Heide und die Aussicht zwischen den einzelnen Fichten, die hin und her zerstreut standen, unbeschreiblich einsam, als wäre die Welt zu Ende. Es wurde ihnen angst und weh an dem Orte. Sie gaben ihren Pferden die Sporen und schlugen rechts den Weg ein, den ihnen der einsilbige Hirt zu dem Schlosse des Grafen angezeigt hatte.

Es war indes völlig dunkel geworden. Die Gegend wurde noch immer höher, die Luft schärfer; sie wickelten sich fest in ihre Mäntel ein und ritten schnell fort. Da erblickten sie endlich auf dem höchsten Gipfel des Gebirges das verheißene Schloß. Es war, soviel sie in der Dunkelheit unterscheiden konnten, weitläufig gebaut und alt. Der Weg führte sie von selbst durch ein dunkles Burgtor in den altertümlichen, gepflasterten Hof, in dessen Mitte sich ein großer Baum über einem steinernen Springbrunnen wölbte.

Das erste, das ihnen dort auffiel war ein seltsamer Mensch, mit einem langen, breiten Talare über den Achseln, einer Art von Krone, die etwas schief auf dem Kopfe saß, und einem langen Hirtenstabe in der Hand. Er näherte sich ihnen ein wenig, kehrte sich dann stolz wieder um und ging mit einem feierlich abgemessenen Schwebetritte langsam über den Hof, wobei der breite Mantel, wie der Schweif eines sich aufblähenden kalkuttischen Hahnes, hinter ihm drein rauschte. Ein alter Mann war unterdes heruntergekommen und sagte den beiden Gästen, sein Graf sei nicht zu Hause, bat sie aber, abzusteigen. Sie hatten die Augen noch auf jene vorüberschwebende Figur gerichtet und fragten erstaunt, was das zu bedeuten habe? »Er sucht den Karfunkelstein«, sagte der Alte trocken und führte ihre Pferde ab.

Ein junger Mensch, der sich inzwischen mit einem Lichte eingefunden hatte, bat sie, ihm zu folgen, und führte sie stillschweigend über verschiedene Wendeltreppen und einen langen Bogengang in ein großes, gotisch gewölbtes Gemach mit zwei Himmelbetten, ein paar großen, altmodischen Stühlen und einem ungeheuren runden Tische in der Mitte. Sie bemerkten mit Verwunderung, daß er ein ledernes Reiterwams trug und seine ganze Tracht überhaupt altdeutsch sei. Seine blonden Haare hatte er über der Stirne gescheitelt und in schönen Locken über die Schultern herabhängen.

Er setzte das Licht auf den Tisch und fragte sie, wann sie wieder weiterzuziehen gedächten? »Ach«, fügte er hinzu, ohne erst ihre Antwort abzuwarten, »ach, könnt ich mitziehn!« – »Und wer hält Euch denn hier?« fragte Leontin. – »Es ist meine eigene Unwürdigkeit«, entgegnete jener wieder, »wohl fehlt mir noch viel zu der ehrenfesten Gesinnung, zu der Andacht und der beständigen Begeisterung, um der Welt wieder einmal Luft zum Himmel zu hauen. Ich bin gering und noch kein Ritter, aber ich hoffe, es durch fleißige Tugendübung mit Gottes Gnade zu werden und gegen die Heiden hinauszuziehn; denn die Welt wimmelt wieder von Heiden. Die Burgen sind geschleift, die Wälder ausgehauen, alle Wunder haben Abschied genommen, und die Erde schämt sich recht in ihrer fahlen, leeren Nacktheit vor dem Kruzifixe, wo noch eines einsam auf dem Felde steht; aber die Heiden hantieren und gehen hochmütig vorüber und schämen sich nicht.« – Er sprach dies mit einer wirklich rührenden Demut, doch selbst in der steigenden Begeisterung, in die er sich bei den letzten Worten hineingesprochen hatte, blieb etwas modern Fades in seinen Zügen zurück. Leontin faßte ihn bei der Hand und wußte nicht, was er aus ihm machen sollte, denn für einen Menschen, der seine ordentliche Vernunft besitzt, hatte er ihm doch beinahe zu gescheit gesprochen.

Unterdes hatte sich der Ritter nachlässig in einen Stuhl geworfen, zog eine Lorgnette unter dem Wams hervor, betrachtete die beiden Grafen flüchtig und sagte, seine letzten Worte wohlgefällig wiederholend: »Aber die Heiden gehen vorüber und schämen sich nicht. – Recht gut gesagt, nicht wahr, recht gut?« – Beide sahen ihn erstaunt an. – Er lorgnettierte sie von neuem. »Aber ihr seid doch recht einfältig«, fuhr er darauf lachend fort, »daß ihr das alles eigentlich so für baren Ernst nehmt! Ihr seid wohl noch niemals in

Berlin gewesen? Seht, ich möchte wohl eigentlich ein Ritter sein, aber, aufrichtig gesprochen, das ist doch im Grunde alles närrisches Zeug, welcher gescheite Mensch wird im Ernste an so etwas glauben! Über dies wäre es auch schrecklich langweilig, so strenge auf Tugend und Ehre zu halten. Ich versichere euch aber, ich bin wohl eigentlich ein Ritter, aber ihr faßt das nur nicht, ihr andern Leute, ich halte aus ganzer Seele gleichsam auf die alte Ehre, aber seht, das ist ganz anders zu verstehen – das ist – aber ihr versteht mich doch nicht – das ist« – hierbei schien er verwirrt und zerstreut zu werden. Er zog sein Ritterwams vom Leibe und erschien auf einmal in einem überaus modernen Negligé vom feinsten, weißen Perkal, von dem er mit vieler Grazie hin und wieder die Staubfleckchen abzuklopfen und wegzublasen bemüht war.

Nach einer Weile nahm er das Augenglas wieder vor und musterte die beiden Fremden, sich vornehm auf dem Sessel hin und her schaukelnd. »Bei welchem Schneider lassen Sie arbeiten?« sagte er endlich. Dann stand er auf und befühlte ihre Hemden an der Brust. »Aber, mein Gott! wie kann man so etwas tragen?« sagte er, »bon soir, bon soir, mes amis!« Hiermit ging er, laut ein französisches Liedchen trällernd, ab. In der Tür begegnete er einem Mädchen, das eben mit einem Korbe voll Erfrischungen heraufkam. Er nahm sie sogleich in den Arm und wollte sie küssen. Sie schien aber keinen Spaß zu verstehen und warf den Ritter, wie sie an dem Gepolter wahrnehmen konnten, ziemlich unsanft die Stiege hinab.

»Nun wahrhaftig«, sagte Friedrich, »hier geht es lustig zu, ich sehe nur, wann wir beide selber anfangen, mit verrückt zu werden.« – »Mir war bei dem Kerl zumute«, meinte Leontin, »als sollten wir ihn hundemäßig durchprügeln.«

Das Mädchen hatte unterdes, ohne ein Wort zu sprechen, mit unglaublicher Geschwindigkeit den Tisch gedeckt und Essen aufgetragen. Ihre Hast fiel ihnen auf, sie betrachteten dieselbe genauer und erschraken beide, als sie in ihr die verlorne Marie erkannten.

Sie war leichenblaß, ihr schönes Haar war seltsam aufgeputzt und phantastisch mit bunten Federn und Flitter geschmückt. Der überraschte Leontin nahm sie sanft streichelnd bei dem weichen, vollen Arme, und sah ihr in die sonst so frischen Augen, die er seit ihrem Abschiede auf der Gebirgsreise nicht wiedergesehen hatte. Sie aber wand die Hand los, legte den Finger geheimnisvoll auf den Mund, und war so im Augenblicke zur Tür hinaus. Vergebens eilten und riefen sie ihr nach, sie war gleich einer Lazerte zwischen dem alten Gemäuer verschwunden.

Beide hatte dieses unerwartete Begegnis sehr bewegt. Sie lehnten sich in das Fenster und sahen über die Wälder hinaus, die der Mond herrlich beleuchtete. Leontin wurde immer stiller. Endlich sagte er: »Es ist doch seltsam, wie gegenwärtig mir hier eine Begebenheit wird, die mich einst heftig erschütterte; und ich täusche mich nicht, daß ich hier endlich eine Auflösung darüber erhalten werde.« Friedrich bat ihn, sie ihm mitzuteilen, und Leontin erzählte:

»Ich hatte einst ein Liebchen hinter dem Walde bei meinem Schlosse, ein gutes, herziges, verliebtes Ding. Ich ritt gewöhnlich spätabends zu ihr, und sie litt mich wohl manchmal über Nacht. Eines Abends, da ich eben auch hinkomme, sieht sie ungewöhnlich blaß und ernsthaft aus, und empfängt mich ganz feierlich, ohne mir, wie sonst, um den Hals zu fallen. Doch schien sie mehr traurig, als schmollend. Wir gingen an dem Teiche spazieren, der bei ihrem Häuschen lag, wo sie mit ihrer Mutter einsam wohnte; da sagte sie mir: ich sei ja gestern abends noch sehr spät bei ihr gewesen, und da sie mich küssen wollen, hätte ich sie ermahnt, lieber Gott, als die Männer zu lieben, darauf hätte ich noch eine Weile sehr streng und ernsthaft mit ihr gesprochen, wovon sie aber nur wenig verstanden, und wäre dann ohne Abschied fortgegangen.

Ich erschrak nicht wenig über diese Rede, denn ich war jenen Abend nicht von meinem Schlosse weggekommen. Während sie noch so erzählte, bemerkte ich, daß sie plötzlich blaß wurde und starr auf einen Fleck im Walde hinsah. Ich konnte nirgends etwas erblicken, aber sie fiel auf einmal für tot auf die Erde. –

Als sie sich zu Hause, wohin ich sie gebracht, nach einiger Zeit wieder erholt hatte, schien sie sich ordentlich vor mir zu fürchten, und bat mich in einer sonderbaren Gemütsbewegung, niemals mehr wiederzukommen. Ich mußt es ihr versprechen, um sie einigermaßen zu beruhigen. Dessenungeachtet trieb mich die Besorgnis um das Mädchen und die Neugierde den folgenden Abend wieder hinaus, um wenigstens von der Mutter etwas zu erfahren.

Es war schon ziemlich spät, der Mond schien wie heute. Als ich in dem Walde, durch den ich hindurch mußte, eben auf einem etwas freien, mondhellen Platz herumbiege, steigt auf einmal mein Pferd und mein eigenes Haar vom Kopfe in die Höh. Denn einige Schritte vor mir, lang und unbeweglich an einem Baume, stehe ich selber leibhaftig. Mir fiel dabei ein, was das Mädchen gestern sagte; mir grauste durch Mark und Bein bei dem gräßlichen Anblicke. Darauf faßte mich, ich weiß selbst nicht wie, ein seltsamer Zorn, das Phantom zu vernichten, das immer unbeweglich auf mich sah. Ich spornte mein Pferd, aber es stieg schnaubend in die Höh und wollte nicht daran. Die Angst steckte mich am Ende mit an, ich konnte es nicht aushalten, länger hinzusehn, mein Pferd kehrte unaufhaltsam um eine unbeschreibliche Furcht bemächtigte sich seiner und meiner, und so ging es windschnell durch Sträucher und Hecken, daß die Äste mich hin und her blutig schlugen, bis wir beide atemlos wieder bei dem Schlosse anlangten. Das war jener Abend vor unserer Gebirgsreise, da ich so wild und ungebärdet tat, als du mit Faber ruhig am Tische auf der Wiese saßest. – Später erfuhr ich, daß das Mädchen denselben Abend um dieselbe Stunde gestorben sei. – Und so wolle Gott jeden Schnapphahn kurieren, denn ich habe mich seitdem gebessert, das kann ich redlich sagen!«

Friedrich erinnerte sich bei dieser wunderlichen Geschichte an eine Nacht auf Leontins Schlosse, wie er Erwinen einmal von der Mauer sich mit einem fremden Manne unterhalten gehört und dann einen langen, dunklen Schatten von ihm in den Wald hineingehn gesehen hatte. – »Allerdings«, sagte Leontin, »habe ich selber einmal dergleichen bemerkt, und es kam mir zu meinem Erstaunen vor, als wäre es dieselbe Gestalt, die mir im Walde erschienen. Aber du weißt, wie geheimnisvoll Erwine immer war und blieb; doch so viel wird mir nach verschiedenen flüchtigen Äußerungen von ihr immer wahrscheinlicher, daß dieses Bild hier in diesem Walde spuke oder lebe, es sei nun was es wolle. – Ich weiß nicht, ob du noch unsres Besuches auf dem Schlosse der Frau v. A. gedenkest. Dort sah ich ein altes Ritterbild, vor dem ich augenblicklich zurückfuhr. Denn es war offenbar sein Portrait. Es waren meine eigenen Züge, nur etwas älter und ein fremder Zug auf der Stirn über den Augen.«

Während Leontin noch so sprach, hörten sie auf einmal ein Geräusch auf dem Hofe unten, und ein Reiter sprengte durch das Tor herein; mehrere Windlichter füllten sogleich den Platz, in deren über die Mauern hinschweifenden Scheinen sich alle Figuren nur noch dunkler ausnahmen. »Er ist's!« rief Leontin. – Der Reiter, welcher der Herr des Schlosses zu sein schien, stieg schnell ab und ging hinein, die Windlichter verschwanden mit ihm, und es war plötzlich wieder dunkel und still wie vorher.

Leontin war sehr bewegt, sie beide blieben noch lange voll Erwartung am Fenster, aber es rührte sich nichts im Schlosse. Ermüdet warfen sie sich endlich auf die großen, altmodischen Betten, um den Tag zu erwarten, aber sie konnten nicht einschlafen, denn der Wind knarrte und pfiff unaufhörlich an den Wetterhähnen und Pfeilern des alten, weitläufigen Schlosses, und ein seltsames Sausen, das nicht vom Walde herzukommen schien, sondern wie ferner Wellenschlag tönte, brauste die ganze Nacht hindurch.

Zweiundzwanzigstes Kapitel

Kaum fing der Morgen draußen an zu dämmern, so sprangen die beiden schon von ihrem Lager auf und eilten aus ihrem Zimmer auf den Gang hinaus. Aber kein Mensch war noch da zu sehen, die Gänge und Stiegen standen leer, der steinerne Brunnen im Hofe rauschte einförmig fort. Sie gingen unruhig auf und ab; nirgends bemerkten sie einen neuen Bau oder Verzierung an dem Schlosse, es schien nur das Alte gerade zur Notdurft zusammengehalten. Bunte Blumen und kleine grüne Bäumchen wuchsen hin und wieder auf dem hohen Dache, zwischen denen Vögel lustig sangen. Sie kamen endlich über mehrere Gänge in dem abgelegensten und verfallensten Teile des Schlosses in ein offenes, hochgelegenes Gemach, dessen Wände sie mit Kohle bemalt fanden. Es waren meist flüchtige Umrisse von mehr als lebensgroßen Figuren, Felsen und Bäumen, zum Teil halb verwischt und unkenntlich. Gleich an der Tür war eine seltsame Figur, die sie sogleich für den Eulenspiegel erkannten. Auf der andern Wand erkannte Friedrich höchst betroffen einen großen, ziemlich weitläufigen Umriß seiner Heimat, das große alte Schloß und den Garten auf dem Berge, den Strom unten, den Wald und die ganze Gegend. Aber es war unbeschreiblich einsam anzusehen, denn ein ungeheurer Sturm schien über die winterliche Gegend zu gehen, und beugte die entlaubten Bäume alle nach einer Seite, sowie auch eine wilde Flammenkrone, die aus dem Dache des Schlosses hervorbrach, welches zum Teil schon in der Feuersbrunst zusammenstürzte.

Friedrich konnte die Augen von diesen Zügen kaum wegwenden, als Leontin einen Haufen von Zeichnungen und Skizzen hervorzog, die ganz verstaubt und vermodert in einem Winkel des Zimmers lagen. Sie setzten sich beide auf den Fußboden hin und rollten eine nach der andern auf. Die meisten Blätter waren komischen Inhalts, fast alle von einem ungewöhnlichen Umfange. Die Züge waren durchaus keck und oft bis zur Härte streng, aber keine der Darstellungen machte einen angenehmen, viele sogar einen widrigen Eindruck. Unter den komischen Gesichtern glaubte Friedrich zu seiner höchsten Verwunderung manche alte Bekannte aus seiner Kindheit wiederzufinden.

Der erste Morgenschein fiel indes soeben durch die hohen Bogenfenster, und spielte gar seltsam an den Wänden der Polterkammer und in die wunderliche Welt der Gedanken und Gestalten hinein, die rings um sie her auf dem Boden zerstreut lagen. Es war ihnen dabei wie in einem Traume zumute. – Sie schoben endlich alle die Bilder wieder in den Winkel zusammen und lehnten sich zum Fenster hinaus.

Alles war noch nächtlich und grenzenlos still, nur einige frühe Vögel zogen pfeifend hin und her über den Wald und begrüßten die ersten Morgenstrahlen, die durch die Wipfel funkelten. Da hörten sie auf einmal draußen in einiger Entfernung folgendes Lied singen:

»Ein Stern still nach dem andern fällt
Tief in des Himmels Kluft,
Schon zucken Strahlen durch die Welt,
Ich wittre Morgenluft.

In Qualmen steigt und sinkt das Tal;
Verödet noch vom Fest
Liegt still der weite Freudensaal,
Und tot noch alle Gäst.

Da hebt die Sonne aus dem Meer
Eratmend ihren Lauf:

Zur Erde geht, was feucht und schwer,
Was klar, zu ihr hinauf.

Hebt grüner Wälder Trieb und Macht
Neu rauschend in die Luft,
Zieht hinten Städte, eitel Pracht,
Blau' Berge durch den Duft.

Spannt aus die grünen Tepp'che weich,
Von Strömen hell durchrankt,
Und schallend glänzt das frische Reich,
So weit das Auge langt.

Der Mensch nun aus der tiefen Welt
Der Träume tritt heraus,
Freut sich, daß alles noch so hält,
Daß noch das Spiel nicht aus.

Und nun geht's an ein Fleißigsein!
Umsumsend Berg und Tal,
Agieret lustig groß und klein
Den Plunder allzumal.

Die Sonne steiget einsam auf,
Ernst über Lust und Weh,
Lenkt sie den ungestörten Lauf
In stiller Glorie. –

Und wie er dehnt die Flügel aus,
Und wie er auch sich stellt:
Der Mensch kann nimmermehr hinaus,
Aus dieser Narrenwelt.«

Die beiden Freunde eilten Sogleich auf das sonderbare Lied hinunter und aus dem Schlosse hinaus. Die Wälder rauchten ringsum aus den Tälern, eine kühle Morgenluft griff stärkend an alle Glieder. Der Gesang hatte unterdes aufgehört, doch erblickten sie in jener Gegend, wo er hergekommen war, einen großen, schönen, ziemlich jungen Mann an dem Eingange des Waldes. Er stand auf und schien weggehn zu wollen, als er sie gewahr wurde; dann blieb er stehen und sah sie noch einmal an, kam darauf auf sie zu, faßte Friedrich bei der Hand und sagte sehr gleichgültig: »Willkommen Bruder!« –

Wie dem Schweizer in der Fremde, wenn plötzlich ein Alphorn ertönt, alle Berge und Täler, die ihn von der Heimat scheiden, in dem Klange versinken, und er die Gletscher wiedersieht, und den alten, stillen Garten am Bergeshange, und alle die morgenfrische Aussicht in das Wunderreich der Kindheit, so fiel auch Friedrich bei dem Tone dieser Stimme die mühsame Wand eines langen, verworrenen Lebens von der Seele nieder; – er erkannte seinen wilden Bruder Rudolf, der als Knabe fortgelaufen war, und von dem er seitdem nie wieder etwas gehört hatte.

Keine ruhige, segensreiche Vergangenheit schien aus diesen dunkelglühenden Blicken hervorzusehen, eine Narbe über dem rechten Auge entstellte ihn seltsam. Leontin stand still dabei und betrachtete ihn aufmerksam, denn es war wirklich dasselbe Bild, das ihm mitten im bunten Leben oft so schaurig begegnet. »Oh, mein lieber Bruder«, sagte Friedrich, »so habe ich dich denn wirklich wieder! Ich habe dich immer geliebt. Und als ich dann größer wurde und die Welt immer kleiner und enger, und alles so wunderlos und zahm, wie oft hab ich da an dich zurückgedacht und mich nach deinem wunderbaren härtern Wesen gesehnt!« – Rudolf schien wenig auf diese Worte zu achten, sondern wandte sich zu Leontin um und sagte: »Wie geht es Euch, mein Signor Amoroso? Durch diesen Wald geht kein Weg zum Liebchen.« –

»Und keiner in der Welt mehr«, fiel Leontin, der wohl wußte, was er meine, empfindlich ihm ins Wort, »denn Eure Possen haben das Mädchen ins Grab gebracht.« – »Besser tot, als eine H–« sagte Rudolf gelassen. »Aber«, fuhr er fort, »was treibt euch aus der Welt hier zu mir herauf? Sucht ihr Ruhe: ich habe selber keine; sucht ihr Liebe: ich liebe keinen Menschen, oder wollt ihr mich listig aussondieren, zerstreuen und lustig machen: so zieht nur in Frieden wieder hinunter, eßt, trinkt, arbeitet fleißig, schlaft bei euren Weibern oder Mädchen, seid lustig und lacht, daß ihr euch krähend die Seiten halten müßt, und danket Gott, daß er euch weiße Lebern, einen ordentlichen Verstand, keinen überflüssigen Witz, gesellige Sitten und ein langes, wohlgefälliges Leben bescheret hat – denn mir ist das alles zuwider.« – Friedrich sah den Bruder staunend an, dann sagte er: »Wie ist dein Gemüt so feindselig und wüst geworden! Hat dich die Liebe –« – »Nein«, sagte Rudolf, »ihr seid gar verliebt, da lebt recht wohl!«

Hiermit ging er wirklich mit großen Schritten in den Wald hinein und war bald hinter den Bäumen verschwunden. Leontin lief ihm einige Schritte nach, aber vergebens. »Nein«, rief er endlich aus, »er soll mich nicht so verachten, der wunderliche Gesell! Ich bin so reich und so verrückt wie er!« – Friedrich sagte: »Ich kann es nicht mit Worten ausdrücken, wie es mich rührt, den tapfern, gerechten, rüstigen Knaben, der mir immer vorgeschwebt, wenn ich dich ansah, so verwildert wiederzusehen. Aber ich bleibe nun gewiß auch wider seinen Willen hier, ich will keine Mühen sparen, sein reines Gold, denn solches war in ihm, aus dem wüst verfallenen Schachte wieder ans Tageslicht zu fördern.« – »Oh«, fiel ihm Leontin ins Wort, »das Meer ist nicht so tief, als der Hochmütige in sich selber versunken ist! Nimm dich in acht! er zieht dich eher schwindelnd zu sich hinunter, ehe du ihn zu dir hinauf.«

Friedrich hatte der Anblick seines Bruders auf das heftigste bewegt. Er ging schnell von Leontin fort und allein tief in den Wald hinein. Er brauchte der stillen, vollen Einsamkeit, um die neuen Erscheinungen, die auf einmal so gewaltsam auf ihn eindrangen, zu verarbeiten und seine seltsam aufgeregten Geister zu beruhigen.

Lange war er so im Walde herumgeschweift, als auch Leontin wieder zu ihm stieß. Dieser hatte währenddes wieder jene Bilderstube bestiegen und die Zeit unter den Zeichnungen gesessen. Dabei waren ihm in dieser Einsamkeit die Figuren oft wie lebendig geworden vorgekommen und verschiedene Lieder eines Wahnsinnigen eingefallen, die er, wie Sprüche auf die alten Bilder, den Gestalten aus dem Munde auf die Wand aufgeschrieben hatte.

Die Sonne fing schon wieder an sich von der Mittagshöhe herabzuneigen. Weder Leontin noch Friedrich wußten recht, wo Sie sich befanden, denn kein ordentlicher Weg führte vom Schlosse hierher. Sie schlugen daher die ohngefähre Richtung ein, sich über den melancholischen Rudolf besprechend. Als sie nach langem Irren eben auf einer Höhe angelangt waren, hörten sie plötzlich mehrere lebhafte Stimmen vor sich. Ein undurchdringliches Dickicht, durch welches von dieser Seite kein Eingang möglich war, trennte sie von den Sprechenden. Leontin bog die obersten Zweige mit Gewalt auseinander: da eröffnete sich ihnen auf einmal das seltsamste Gesicht. Mehrere auffallende Figuren nämlich, worunter sie sogleich Marie, den Karfunkelsteinspäher und den Ritter von gestern erkannten, lagen und saßen dort auf einer grünen Wiese zerstreut umher. Die große Einsamkeit, die fremdartigen, zum Teil ritterlichen Trachten, womit die meisten angetan, gaben der Gruppe ein überraschendes, buntes und wundersames Ansehen, als ob ein Zug von Rittern und Frauen aus alter Zeit hier ausraste.

Marie war ihnen besonders nahe, doch ohne sie zu bemerken. Sie war mit langen Kränzen von Gras behangen und hatte eine Gitarre vor sich auf dem Schoße. Auf dieser spielte sie und sang das Lied, das sie damals auf dem Rehe gesungen, als sie Friedrich zum ersten Male auf der Wiese bei Leontins Schlosse traf. Nach der ersten Strophe hielt sie, in Gedanken verloren, inne, als wollte sie sich auf das Weitere besinnen, und fing dann das Lied immer wieder vom Anfang an. –

Mitten unter den Narren saß Rudolf auf einem umgefallenen Baumstamme, den Kopf vornhin in beide Arme auf die Knie gestützt. Er war ohne Hut und sah sehr blaß aus. Mit Verwunderung hörten sie, wie er mit ihnen allen in ein lebhaftes Gespräch vertieft war. Er wußte dem Wahnsinn eines jeden eine Tiefe und Bedeutung zu geben, über welche sie erstaunten, und je verrückter die Narren sprachen, je witziger und ausgelassener wurde er in seinem wunderlichen Humor. Aber sein Witz war scharf ohne Heiterkeit, wie Dissonanzen einer großen, zerstörten Musik, die keinen Einklang finden können oder mögen.

Leontin, der aufmerksam zugehört hatte, war es durchaus unmöglich, das wilde Spiel länger zu ertragen. Er hielt sich nicht mehr, riß mit Gewalt durch das Dickicht und eilte auf Rudolf zu. Rudolf, durch sein Gespräch exaltiert, sprang über der plötzlichen, unerwarteten Erscheinung rasch auf, und riß dem verrückten Ritter, der neben ihm saß, den Degen aus der Scheide. So mit dem Degen aufgerichtet, sah der lange Mann mit seinen verworrenen Haaren und bleichem Gesichte fast gespensterartig aus. Beide hieben in demselben Augenblicke wütend aufeinander ein, denn Leontin ging unter diesen Verrückten nicht unbewaffnet aus. Ein Strom von Blut drang plötzlich aus Rudolfs Arme und machte der seltsamen Verblendung ein Ende. Alles dieses war das Werk eines Augenblicks.

Friedrich war indes auch herbeigeeilt, und beide Freunde waren bemüht, das Blut des verwundeten Rudolfs mit ihren Tüchern zu stillen, worauf sie ihn näher an sein Schloß führten.

Als er sich nach einiger Zeit wieder erholt hatte, und die Gemüter beruhigt waren, äußerte Friedrich seine Verwunderung, wie er so einsam in dieser Gesellschaft aushalten könne.

»Und was ist es denn mehr und anders«, sagte Rudolf, »als in der andern gescheiten Welt? Da steht auch jeder mit seinen besondern, eigenen Empfindungen, Gedanken, Ansichten und Wünschen neben dem andern wieder mit seinem besondern Wesen, und wie sie sich auch, gleichwie mit Polypenarmen, künstlich betasten und einander recht aus dem Grunde herauszufühlen trachten, es weiß ja doch am Ende keiner, was er selber ist oder was der andere eigentlich meint und haben will, und so muß jeder dem andern verrückt sein, wenn es übrigens Narren sind, die überhaupt noch etwas meinen oder wollen. Das einzige Tolle bei jenen Verrückten von Profession aber ist nur, daß sie dabei noch glücklich sind.«

Bei diesen Worten erblickte er das vielerwähnte Medaillon von Erwin, das Friedrich nur halbverborgen unter dem Rocke trug. Er ging schnell auf Friedrich zu. »Woher hast du das?« fragte er, und nahm das Bild zu sich. Er schien bewegt, als sie ihm erzählten, von wem sie es hatten und daß Erwin gestorben sei, doch konnte man nicht unterscheiden, ob es Zorn oder Rührung war. Er sah darauf das Bild lange Zeit an und sagte kein Wort.

Durch die Ermattung von dem Blutverluste, sowie durch den unerwarteten Anblick des Portraits, schien seine Wildheit einigermaßen gebändigt. Die beiden Freunde drangen daher in ihn, ihnen endlich Aufschluß über das alles zu geben, und, wo möglich, seine Lebensgeschichte zu erzählen, auf welche sie beide sehr begierig waren, da sie wohl bemerkten, daß er mit diesem Mädchen und vielen andern Rätseln in einem nahen Zusammenhange stehen müsse. Er war heut wirklich ruhig genug dazu. Er setzte sich, ohne sich weiter nötigen zu lassen, neben ihnen auf den Rasen und begann sogleich folgendermaßen:

Dreiundzwanzigstes Kapitel

»Wenn ich mein Leben überdenke, ist mir so totenstill und nüchtern, wie nach einem Balle, wenn der Saal noch wüst und schwül qualmt und ein Licht nach dem andern verlöscht, weil andere Lichter durch die zerschlagenen Fenster hineinschielen, und man reißt die Kleider von der Brust und steigt draußen auf den höchsten Berg und sieht der Sonne entgegen, ob sie nicht bald aufgehn will – Doch ich will ruhig erzählen:

Die erste Begebenheit meines Lebens, an die ich mich wie an einen Traum erinnere, war eine große Feuersbrunst. Es war in der Nacht, die Mutter fuhr mit uns und noch einigen fremden Leuten, auf die ich mich nicht mehr besinne, im Kahne über einen großen See. Mehrere Schlösser und Dörfer brannten ringsumher an den Ufern und der Widerschein von den Flammen spiegelte sich bis weit in den See hinein. Meine Wärterin hob mich aus dem Kahne hoch in die Höhe und ich langte mit beiden Armen nach dem Feuer. Alle die fremden Leute im Kahne waren still, meine Mutter weinte sehr; man sagte mir, mein Vater sei tot. –

Noch eines Umstandes muß ich dabei gedenken, weil er seltsam mit meinem übrigen Leben zusammenhängt. Als wir nämlich, soviel ich mich erinnere, gleichsam aus Flammen in den Kahn einstiegen, erblickte ich einen Knaben etwa von meinem Alter, den ich sonst nie gesehn hatte. Der lachte uns aus, tanzte an dem Feuer mit höhnenden Gebärden und schnitt mir Gesichter. Ich nahm schnell einen Stein und warf ihn ihm mit einer für mein Alter ungewöhnlichen Kraft an den Kopf, daß er umfiel. Sein Gesicht ist mir noch jetzt ganz deutlich und ich wurde den widrigen Eindruck dieser Begebenheit niemals wieder los. – Das ist alles, was mir von jener merkwürdigen Nacht übrigblieb, deren Stille, Wunderbilder und feurige Widerscheine sich meinem kindischen Gemüte unverlöschlich einprägten. In dieser Nacht sah ich meine Mutter zum letzten Male.

Nachher erinnere ich mich wieder auf nichts, als Berge und Wälder, große Haufen von Soldaten und blitzenden Reitern, die mit klingendem Spiele über Brücken zogen, unbekannte Täler und Gegenden, die wie ein Schattenspiel schnell an meiner Seele vorüberflogen.

Als ich mich endlich zum ersten Male mit Besinnung in der Welt umzuschauen anfing, befand ich mich allein mit dir in einem fremden, schönen Schloß und Garten unter fremden Leuten. Es war, wie du weißt, unser Vormund, und das Schloß, obschon unser Eigentum, doch nicht unser Geburtsort. Wir beide sind am Rheine geboren. – Es mochte mir hier bald nicht behagen. Besonders stach mir gegen das niemals in meiner Erinnerung erloschene Bild meiner Mutter, die ernst, hoch und schlank war, die neue, kleine, wirtschaftliche und dickliche Mutter zu sehr ab. Ich wollte ihr niemals die Hand küssen. Ich mußte viel sitzen und lernen, aber ich konnte nichts erlernen, besonders keine fremde Sprache. Am wenigsten aber wollte mir das sogenannte gewisse Etwas in Gesellschaften anpassen, wobei ich mich denn immer sehr schlecht und zu allgemeiner Unzufriedenheit präsentierte. Mir war dabei das Verstellen und das zierliche Niedlichtun der Vormünderin und des Hofmeisters unbegreiflich, die immer auf einmal ganz andere Leute waren, wenn Gäste kamen. Ja, ich erinnere mich, daß ich den letztern einige Male, wenn er so außer dem gewöhnlichen Wege besonders klug sprach, hinten am Rocke zupfte und laut auflachte, worauf ich denn jedesmal mit drohenden Blicken aus dem Zimmer verwiesen wurde. Mit Prügeln war bei mir nichts auszurichten, denn ich verteidigte mich bis zum Tode gegen den Hofmeister und jedermann, der mich schlagen wollte. So kam es denn endlich, daß ich bei jeder Gelegenheit hintenangesetzt wurde. Man hielt mich für einen trübseligen Einfaltspinsel, von dem weder etwas zu hoffen noch zu fürchten sei. Ich wurde dadurch nur noch immer tiefsinniger und einsamer und träumte unaufhörlich von einer geheimen Verschwörung aller gegen mich, selbst dich nicht ausgenommen, weil du mit den meisten im Hause gut standest.

Ein einziges liebes Bild ging in dieser dunklen, schwerer Träume vollen Zeit an mir vorüber. Es war die kleine *Angelina*, die Tochter eines verwandten italienischen Marchese, der sich auch vor den Unruhen in Italien zu uns geflüchtet hatte und lange Zeit dort blieb. Du wirst dich des lieblichen, wunderschönen Kindes erinnern, wie sie von uns Deutsch lernte und so schöne, welsche Lieder wußte. Ich hatte damals Tag und Nacht keine Seelenruh vor diesem schönen Bilde. Inzwischen glaubte ich zu bemerken, daß sie überall dich mehr begünstigte, als mich; ich war ihr zu wild, sie schien sich vor mir zu fürchten. Mein alter Argwohn, Haß und Bangigkeit nahm täglich zu, ich saß, wie in mir selbst gefangen, bis endlich ein seltsamer Umstand alle die Engel und Teufel, die damals noch dunkel in mir rangen, auf einmal losmachte.

Ich war nämlich eines Abends eben mit Angelina im Garten an dem eisernen Gitter, durch das man auf die Straße hinaussah. Angelina stand am Springbrunnen und spielte mit den goldenen Kugeln, welche die Wasserkunst glänzend auf- und niederwarf. Da kam eine alte Zigeunerin am Gitter vorbei und verlangte, als sie uns drinnen erblickte, auf die gewöhnliche ungestüme Art, uns zu prophezeien. Ich streckte sogleich meine Hand hinaus. Sie las lange Zeit darin. Währenddes ritt ein junger Mensch, der ein Reisender schien, draußen die Straße vorbei und grüßte uns höflich. Die Zigeunerin sah erstaunt mich, Angelina und den vorüberziehenden Fremden wechselseitig an, endlich sagte sie, auf uns und ihn deutend: ›Eines von euch dreien wird den andern ermorden.‹ – Ich blickte dem Reiter scharf nach, er sah sich noch einmal um, und ich erkannte erschrocken und zornig sogleich das Gesicht desselben unbekannten Knaben wieder, der uns bei unsrem Auszuge aus der Heimat an dem Feuer so verhöhnt hatte. – Die Zigeunerin war unterdes verschwunden, Angelina furchtsam fortgelaufen, und ich blieb allein in dem großen, dämmernden Garten und glaubte fest, nun als Mörder auch sogar von Gott verlassen zu sein; niemals fühlte ich mich so finster und leer.

In der Nacht konnt ich nicht schlafen, ich stand auf und zog mich völlig an. Es war alles still, nur die Wetterhähne knarrten im Hofe, der Mond schien sehr hell. Du schliefst still neben mir, das Gebetbuch lag noch halb aufgeschlagen bei dir, ich wußte nicht, wie du so ruhig sein könntest. Ich küßte dich auf den Mund, ging dann schnell aus dem Hause, durch den Garten, und kehrte niemals mehr wieder.

Von nun an geht mein Leben rasch, bunt, ungenügsam, wechselnd, und in allem Wechsel doch unbefriedigt. Ich will nur einige Augenblicke herausheben, die mich, wie einsam erleuchtete Berggipfel über dem dunkelwühlenden Gewirre, noch immer von weitem ansehn.

Als ich zu Ende jener Nacht die letzte Höhe erreicht hatte, ging eben die Sonne prächtig auf. Die Gegend unten, so weit die Blicke reichten, war mit bunten Zelten, unermeßlich blitzenden Reihen, und Lust und Schallen überdeckt. Einzelne bunte Reiter flogen in allen Richtungen über den grünen Anger, einzelne Schüsse fielen bis in die tiefste Ferne hin und her im Walde. Ich stand wie eingewurzelt vor Lust bei dem Anblick. Ich glaubte es nun auf einmal gefunden zu haben, was mir fehlte und was ich eigentlich wollte. Ich eilte daher schnell hinunter und ließ mich anwerben.

Wir brachen noch denselben Tag von dem Orte auf, aber schon da auf dem Marsche fing ich an zu bemerken, daß dieses nicht das Leben war, das ich erwartete. Der platte Leichtsinn, das Prahlen und der geschäftige Müßiggang ekelte mich an, besonders unerträglich aber war mir, daß ein einziger, unbeschreiblicher Wille das Ganze wie ein dunkles Fatum regieren sollte, daß ich im Grunde nicht mehr wert sein sollte, als mein Pferd – und so versenkten mich diese Betrachtungen in eine fürchterliche Langeweile, aus der mich kaum die Signale, welche die Schlacht ankündigten, aufzurütteln vermochten.

Damals bekam mein Oberst von meinem Vormund, der mich aufgespürt hatte, einen Brief, worin er ihn bat, mich auszuliefern. Aber es war zu spät, denn das Treffen war eben losgegangen. Mitten im blitzenden Dampfe und Todesgewühl erblickt ich plötzlich das beinahe bleiche Gesicht des Unbekannten wieder mir feindlich gegenüber. – Wütend, daß das Gespenst mich überall verfolgte, stürzte ich auf ihn ein. Er focht so gut, wie ich. Endlich sah ich sein Pferd stürzen, während ich selbst, leicht verwundet, vor Ermattung bewußtlos hinsank. Als ich wieder erwachte, war alles ringsum finster und totenstill über der weiten Ebene, die mit Leichen bedeckt war. Mehrere Dörfer brannten in der Runde, und nur einzelne Figuren, wie am Jüngsten Gericht, erhoben sich hin und her und wandelten dunkel durch die Stille. Ein unbeschreibliches Grausen überfiel mich vor dem wahnwitzigen Jammerspiel, ich raffte mich schnell auf und lief, bis es Tag wurde.

In einem Städtchen las ich in der Zeitung die Bekanntmachung meines Vormunds, daß ich in dem Treffen geblieben sei, auch hörte ich, daß der Marchese mit seiner Tochter unser Schloß wieder verlassen habe. Ich war zu stolz und aufgeregt, um nach Hause zurückzukehren. Indes erwachte das Bild der kleinen Angelina von neuem in meinem Herzen. Ich bildete mir die liebliche Erinnerung mit allen Kräften meiner Seele aus, und so malte ich damals jenes Engelsköpfchen, das du hier zu meinem Erstaunen mitgebracht hast. Es ist Angelinens Portrait.

Mein unruhiges und doch immer in sich selbst verschlossenes Gemüt bekam nun auf einmal die erste entschiedene Richtung nach außen. Ich warf mich mit einem unerhörten Fleiße auf die Malerei und streifte mit dem Gelde, das ich mir dadurch erwarb, in Italien herum. Ich glaubte damals, die Kunst werde mein Gemüt ganz befriedigen und ausfüllen. Aber es war nicht so. Es blieb immer ein dunkler, harter Fleck in mir, der keine Farben annahm und doch mein eigentlicher, innerster Kern war. Ich glaube, wenn ich in meiner Angst einen neuen Münster hätte aus mir herausbauen können, mir wäre wohler geworden, so felsengroß lag immer meine Entzückung auf mir. Meine Skizzen waren immer besser als die Gemälde, weil ihre Ausführung meistens unmöglich war. Gar oft in guten Stunden ist mir wohl eine solche Glorie von nie gesehenen Farben und unbeschreiblich himmlischer Schönheit vorgekommen, daß ich mich kaum zu fassen wußte. Aber dann war's auch wieder aus, und ich konnte sie niemals ausdrücken. – So schmückt sich wohl jede tüchtige Seele einmal ihren Kerker mit Künsten aus, ohne deswegen zum Künstler berufen zu sein. Und überhaupt ist es am Ende doch nur Putz und eitel Spielerei. Oder würdet ihr den nicht für töricht halten, der sich im Wirtshause, wo er übernachtet, eifrig auszieren wollte? Und wir machen so viel Umstände mit dem Leben und wissen nicht, ob wir noch eine Stunde bleiben!

An einem schönen Sommerabende fuhr ich einmal in Venedig auf dem Golf spazieren. Der Halbkreis von Palästen mit ihren still erleuchteten Fenstern gewährte einen prächtigen Anblick. Unzählige Gondeln glitten aneinander vorüber über das ruhige Wasser, Gitarren und tausend weiche Gesänge zogen durch die laue Nacht. Ich ruderte voll Gedanken fort und immer fort, bis nach und nach die Lieder verhallten und alles um mich her still und einsam geworden war. Ich dachte an die ferne Heimat und sang ein altes, deutsches Lied, eines von denen, die ich noch als Knabe Angelina gelehrt hatte. Wie sehr erstaunte ich, als mir da auf einmal eine wunderschöne weibliche Stimme von dem Altan eines Hauses mit der nächstfolgenden Strophe desselben Liedes antwortete. Ich sprang sogleich ans Ufer und eilte auf das Haus zu, von dem der

Gesang herkam. Eine weiße Mädchengestalt neigte sich zwischen den Orangenbäumen und Blumen über den Balkon herab und sagte flüsternd: ›Rudolf!‹ Ich erkannte bei dem hellen Mondenscheine sogleich Angelina. Sie schien noch mehr sprechen zu wollen, aber die Tür auf dem Balkon öffnete sich von innen, und sie war verschwunden.

Verwundert und entzückt in allen meinen Sinnen, setzt ich mich an einen steinernen Springbrunnen, der auf dem weiten, stillen Platze vor dem Hause stand. Ich mochte ohngefähr eine Stunde dort gesessen haben, als ich die Glastür oben leise wieder öffnen hörte. Angelina trat, sich furchtsam auf dem Platze umsehend, noch einmal auf den Balkon heraus. Ihre schönen Locken fielen auf den schneeweißen, nur halbverhüllten Busen herab, sie war barfuß und im leichtesten Nachtkleide. Sie erschrak, als sie mich wirklich noch unten erblickte. Sie legte den Finger auf den Mund, während sie mit der andern Hand auf die Tür deutete, lehnte sich stillschweigend über das Geländer und sah mich so lange Zeit unbeschreiblich lieblich an. Darauf zog sie ein Papierchen hervor, warf es mir hinab lispelte kaum hörbar: ›Gute Nacht!‹ und ging zaudernd wieder hinein. – Auf dem Zettel stand mit Bleistift der Name einer Kirche aufgeschrieben.

Ich begab mich am Morgen zu der benannten Kirche und sah das Mädchen wirklich zur bestimmten Stunde mit einer ältlichen Frau, die ihre Vertraute schien, schon von weitem die Straße heraufkommen. Ich erschrak fast vor Freuden, so überaus schön war sie geworden. Als sie mich ebenfalls erblickte, wurde sie rot vor Scham über die vergangene Nacht und schlug den Schleier fest über das Gesicht. Auf dem Wege und in der Kirche erzählte sie mir nun ungestört, daß sie schon lange wieder in Italien zurück seien, daß ihr Vater, da ihre Mutter bei ihrer Geburt in Todesnot war, das feierliche Gelübde getan, sie, Angelina, als Klosterjungfrau dem Himmel zu weihn, und daß der dazu bestimmte Tag nicht mehr fern sei. – Das verliebte Mädchen sagte dies mit Tränen in den Augen.

Wir kamen darauf noch oft, bald in der Kirche, bald in der Nacht am Balkon zusammen; der Tag, wo Angelina aus dem väterlichen Hause fort ins Kloster sollte, rückte immer näher heran, und wir verabredeten endlich, miteinander zu entfliehn.

In der Nacht, die wir zur Flucht bestimmt hatten, trat sie, mit dem Notwendigsten versehen und reich geschmückt wie eine Braut, hervor. Die heftige Bewegung, in der ihr Gemüt war, machte ihr Gesicht wunderschön, und ich sehe sie in diesem Zustande, in diesem Kleide, noch wie heute vor mir stehn. Sie war noch in ihrem Leben nicht um diese Zeit allein auf der Gasse gewesen, sie wurde daher noch im letzten Augenblick von neuem schüchtern und halb unschlüssig; sie weinte und fiel mir um den Hals. Ich faßte sie endlich um den Leib und trug sie in den Kahn, den ich im Golf bereithielt. Ich stieß schnell vom Ufer ab, das Segel schwoll im lauen Winde, der Halbkreis der erleuchteten Fenster versank allmählich hinter uns, und wir befanden uns allein auf der stillen, unermeßlichen Fläche.

Die Liebe hatte sie nun ganz in meine Gewalt gegeben. Sie wurde nun ruhig. Innerlichst fröhlich, aber still saß sie fest an mich gedrückt und sah mit den weit offenen, sinnigen Augen unverwandt ins Meer hinaus. Ich bemerkte, daß sie oft heimlich zusammenschauerte, bis sie endlich ermüdet einschlummerte.

Da rauschte plötzlich ein Kahn mit mehreren Leuten und Fackelschein vorüber nach Venedig zu. Der eine von ihnen schwang eben seine Fackel und ich erblickte bei dem flüchtigen Scheine den unbekannten, wunderbar mit mir verknüpften Fremden wieder, der mitten im Kahne aufrecht stand. Ich fuhr unwillkürlich bei dem Anblick zusammen, und höchst seltsam, obschon die ganze Erscheinung ohne das mindeste Geräusch vorübergeglitten war, so wachte doch Angelina in demselben Augenblicke von selber auf und sagte mir erschrocken, es habe ihr etwas Fürchterliches geträumt, sie wisse sich nun aber nicht mehr darauf zu besinnen. Ich beruhigte sie und sagte ihr nichts von dem Begegnis, worauf sie denn bald von neuem einschlief.

Ein lauter Freudenschrei entfuhr ihrer Brust, als sie nach einigen Stunden die hellen Augen aufschlug, denn die Sonne ging eben prächtig über der Küste von Italien auf, die in duftigem Wunderglanze vor uns dalag. Es war der erste überschwengliche Blick des jungen Gemütes in das freie, lüstern lockende, reiche, noch ungewisse Leben. Wir stiegen nun ans Land und setzten unsre Reise zu Pferde nach Rom fort. Dieses Ziehen in den blauen, lieblichen Tagen über grüne Berge, Täler und Flüsse, rollt sich noch jetzt blendend vor meiner Erinnerung auf, wie ein mit prächtig glänzenden, wunderbaren Blumen gestickter Teppich, auf dem ich mich selbst als lustige Figur mit bunt geflickter Narrenjacke erblicke.

In Rom nisteten wir uns in einem entlegenen Quartiere der Stadt ein, wo uns niemand bemerkte. Wir führten einen wunderlichen, ziemlich unordentlichen Haushalt miteinander, denn Angelina gewöhnte sich sehr bald auch an das freie, sorglose Künstlerwesen. Sie hatte, gleich als wir ans Land stiegen, Mannskleider anlegen müssen, um nicht erkannt zu werden, und ich gab sie so für meinen Vetter aus. Die Tracht, in der sie mich nun auch frei auf allen Spaziergängen begleitete, stand ihr sehr niedlich; sie sah oft aus wie Correggios Bogenschütz. Sie mußte mir oft zum Modell sitzen, und sie tat es gern, denn sie wußte wohl, wie schön sie war. Damals wurden meine Gemälde weniger hart, angenehmer und sinnreicher in der Ausführung.

Indes entging es mir nicht, daß Angelina anfing mit der Mädchentracht nach und nach auch ihr voriges mädchenhaftes, bei aller Liebe verschämtes Wesen abzulegen, sie wurde in Worten und Gebärden kecker, und ihre sonst so schüchternen Augen schweiften lüstern rechts und links. Ja, es geschah wohl manchmal, wenn ich sie unter lustige Gesellen mitnahm, mit denen wir in einem Garten oft die Nacht durchschwärmten, daß sie sich berauschte, wo sie dann mit den furchtsam dreisten Mienen und glänzend schmachtenden Augen ein ungemein reizendes Spiel der Sinnlichkeit gab.

Weiber ertragen solche kühnere Lebensweise nicht. – Ein Jahr hatten wir so zusammengelebt, als mir Angelina eine Tochter gebar. Ich hatte sie einige Zeit vorher auf einem Landhause bei Rom vor aller Welt Augen verborgen, und auf ihr eigenes Verlangen, welches meiner Eifersucht auffiel, blieb sie nun auch noch lange nach ihrer Niederkunft mit dem Kinde dort. –

Eines Morgens, als ich eben von Rom hinkomme, finde ich alles leer. – Das alte Weib, welches das Haus hütete, erzählt mir zitternd: Angelina habe sich gestern abend sehr zierlich als Jäger angezogen, sie habe darauf, da der Abend sehr warm war, lange Zeit bei ihr vor der Tür auf der Bank gesessen und angefangen so betrübt und melancholisch zu sprechen, daß es ihr durch die Seele ging, wobei sie öfters ausrief: ›Wär ich doch lieber ins Kloster gegangen!‹ Dann sagte sie wieder lustig: ›Bin ich nicht ein schöner Jäger?‹ Darauf sei sie hinaufgegangen, habe, während schon alles schlief, noch immerfort Licht gebrannt und am offenen Fenster allerlei zur Laute gesungen. Besonders habe sie folgendes Liedchen zum öftern wiederholt, welches auch mir gar wohlbekannt war, da es Angelina von mir gelernt hatte:

»Ich hab gesehn ein Hirschlein schlank
Im Waldesgrunde stehn,
Nun ist mir draußen weh und bang,
Muß ewig nach ihm gehn.

›Frischauf, ihr Waldgesellen mein!
Ins Horn, ins Horn frischauf!

Das lockt so hell, das lockt so fein,
Aurora tut sich auf!‹

Das Hirschlein führt den Jägersmann
In grüner Waldesnacht
Talunter, schwindelnd und bergan,
Zu nie geseh'ner Pracht.

›Wie rauscht schon abendlich der Wald,
Die Brust mir schaurig schwellt!
Die Freunde fern, der Wind so kalt,
So tief und weit die Welt!‹

Es lockt so tief, es lockt so fein
Durchs dunkelgrüne Haus,
Der Jäger irrt und irrt allein,
Findt nimmermehr heraus.« –

›Gegen Mitternacht ohngefähr‹, fuhr die Alte fort, ›hörte ich ein leises Händeklatschen vor dem Hause. Ich öffnete leise die Lade meines Guckfensters und sah einen großen Mann, bewaffnet und in einen langen Mantel vermummt, unter Angelinas Fenster stehn, seitwärts im Gebüsch hielt ein Wagen mit Bedienten und vier Pferden. In demselben Augenblicke kam auch Angelina, ihr Kind auf dem Arme, unten zum Hause heraus. Der fremde Herr küßte sie und hob sie geschwind in den Wagen, der pfeilschnell davonrollte. Eh ich mich besann, herauslief und schrie, war alles in der dicken Finsternis verschwunden.‹

Auf diesen verzweifelten Bericht der Alten stürzte ich in das Zimmer hinauf. Alles lag noch wie sonst umher, sie hatte nichts mitgenommen, als ihr Kind. Ein Bild, das nach ihr kopiert war, stand noch ruhig auf der Staffelei, wie ich es verlassen. Auf dem

Tische daneben lag ein ungeheurer Haufen von Goldstücken. Wütend und außer mir, warf ich alle das Gold, das Bild und alle andere Bilder und Zeichnungen hinterdrein zum Fenster hinaus. Die Alte tanzte unten mit widrig vor Staunen und Gier verzerrten Gebärden wie eine Hexe zwischen dem Goldregen herum, und ich glaubte da auf einmal in ihren Zügen dieselbe Zigeunerin zu erkennen, die mir damals an dem Gartengitter prophezeit hatte. – Ich eilte zu ihr hinab, aber sie hatte sich bereits mit dem Golde verloren. – Ich lud nun meine Pistolen warf mich auf mein Pferd und jagte der Spur des Wagens nach, die noch deutlich zu kennen war. Ich war vollkommen entschlossen, Angelina und ihren Entführer totzuschießen. – So erbärmliches Zeug ist die Liebe, diese liederliche Anspannung der Seele! –

So durchstreifte ich fast ganz Italien nach allen Richtungen, ich fand sie nimmermehr. Als ich endlich, erschöpft von den vielen Zügen, auf den letzten Gipfeln der Schweiz ankam, schauderte mir, als ich da auf einmal aus dem italienischen Glanze nach Deutschland hinabsah, wie das so ganz anders, still und ernsthaft mit seinen dunklen Wäldern, Bergen und dem königlichen Rheine dalag. – Ich hatte keine Sehnsucht mehr nach der Ferne und versank in eine öde Einsamkeit. Mit meiner Kunst war es aus. –

Dagegen lockte mich nun bald die Philosophie unwiderstehlich in ihre wunderbaren Tiefen. Die Welt lag wie ein großes Rätsel vor mir, die vollen Ströme des Lebens rauschten geheimnisvoll, aber vernehmlich, an mir vorüber, mich dürstete unendlich nach ihren heiligen, unbekannten Quellen. Der kühnere Hang zum Tiefsinn war eigentlich mein angebornes Naturell. Schon als Kind hatte ich oft meinen Hofmeister durch seltsame, ungewöhnliche Fragen in Verwirrung gebracht, und selbst meine ganze Malerei war im Grunde nur ein falsches Streben, das Unaussprechliche auszusprechen, das Undarstellbare darzustellen. Besonders verspürte ich schon damals dieses Gelüst vor manchen Bildern des großen

Albrecht Dürer und Michelangelo. Ich studierte nun mit eisernem, unausgesetztem Fleiß alle Philosopheme, was die Alten ahneten und die Neuen grübelten oder phantasierten. Aber alle Systeme führten mich entweder von Gott ab, oder zu einem falschen Gott.

Alles aufgebend und verzweifelt, daß ich auf keine Weise die Schranken durchbrechen und aus mir selber herauskommen konnte, stürzt ich mich nun wütend, mit wenigen lichten Augenblicken schrecklicher Reue, in den flimmernden Abgrund aller sinnlichen Ausschweifungen und Greuel, als wollt ich mein eigenes Bild aus meinem Andenken verwischen. Dabei wurde ich niemals fröhlich, denn mitten im Genuß mußte ich die Menschen verhöhnen, die, als wären sie meinesgleichen, halb schlecht und halb furchtsam, nach der Weltlust haschten und dabei wirklich und in allem Ernst zufrieden und glücklich waren. Niemals ist mir das Hantieren und Treiben der Welt so erbärmlich vorgekommen, als damals, da ich mich selber darin untertauchte.

Eines Abends sitz ich am Pharotisch, ohne aufzublicken und mich um die Gesellschaft zu bekümmern. Ich spielte diesen Abend wider alle sonstige Gewohnheit immerfort unglücklich, und wagte immer toller, je mehr ich verlor. Zuletzt setzte ich mein noch übriges Vermögen auf die Karte. – ›Verloren!‹ hört ich den Bankhalter am andern Ende der Tafel rufen. Ich springe auf und erblicke den geheimnisvollen Unbekannten, den ich fast schon vergessen hatte. Er wurde sichtbar bleich, als er mich erkannte. Ich weiß nicht, mit welcher Medusengewalt gerade in diesem Augenblicke sein Bild auf meine Seele wirkte. In der Verblendung dieses Anblicks warf ich alle Karten nach dem Orte, wo die Erscheinung gestanden, aber er war schon fort und schnell aus der Stube verschwunden. Alle sahen mich erstaunt an, einige murrten, ich stürzte zur Tür hinaus auf die Straße.

Ich ging eilig durch die Gassen und blickte rechts und links in die erleuchteten Fenster hinein, wie da einige soeben ruhig und vollauf zu Abend schmausten, dort andere ein L'hombrechen spielten, anderswo wieder lustige Paare sich drehten und jubelten, und allen so philisterhaft wohl war. Mich hungerte gewaltig. Betteln mocht ich nicht. ›Schmaust, jubelt und dreht euch nur, ihr Narren!‹ rief ich, und ging mit starken Schritten aus dem Tore aufs Feld hinaus. Es war eine stockfinstere Nacht, der Wind jagte mir den Regen ins Gesicht.

Als ich eben an den Saum eines Waldes kam, erblickte ich plötzlich hart vor mir zwei lange Männer, heimlich lauernd an eine Eiche gelehnt, die ich sogleich für Schnapphähne erkannte. Ich ging im Augenblick auf sie los, und packte den einen bei der Brust. ›Gebt mir was zu essen, ihr elenden Kerle!‹ schrie ich sie an, und mußte auch gleich darauf laut auflachen, was sie über diese unerwartete Wendung der Sache für Gesichter schnitten. Doch schien ihnen das zu gefallen, sie betrachteten mich als einen würdigen Kumpan, und führten mich freundschaftlich tiefer in den Wald hinein.

Wir kamen bald auf einen freien, einsamen Platz, wo bärtige Männer, Weiber und Kinder um ein Feldfeuer herumlagen, und ich bemerkte nun wohl, daß ich unter einen Zigeunerhaufen geraten war. Da wurde geschlachtet, geschunden, gekocht und geschmort, alle sprachen und sangen ihr Kauderwelsch verworren durcheinander, dabei regnete und stürmte es immerfort; es war eine wahre Walpurgisnacht. Mir war recht kannibalisch wohl. Übrigens war es, außer daß sie alle ausgemachte Spitzbuben waren, eine recht gute, unterhaltende Gesellschaft. Sie gaben mir zu essen, Branntwein zu trinken, tanzten, musizierten und kümmerten sich um die ganze Welt nicht.

Mitten in dem Haufen bemerkte ich bald darauf ein altes Weib, die ich bei dem Widerscheine der Flamme nicht ohne Schreck für dieselbe Zigeunerin wiedererkannte, die mir als Kind geweissagt hatte. Ich ging zu ihr hin, sie kannte mich nicht mehr. – Von unserm letzten Zusammentreffen bei Rom wußte oder mochte sie nichts wissen. – Ich reichte ihr noch einmal die Hand hin. Sie betrachtete alle Linien sehr genau, dann sah sie mir scharf in die Augen und sagte, während sie mit seltsamen Gebärden nach allen Weltgegenden in die Luft focht: ›Es ist hoch an der Zeit, der Feind ist nicht mehr weit, hüte dich, hüte dich!‹ Darauf verlor sie sich augenblicklich unter dem Haufen, und ich sah sie nicht mehr wieder. Mir wurde dabei nicht wohl zumute und die abenteuerlichen Worte gingen mir wunderlich im Kopfe herum.

Indes brachten mich die andern Gesellen wieder auf andere Gedanken. Denn sie drängten sich immer vertraulicher um mich, und erzählten mir ihre verübten Schwänke und Schalkstaten, worunter eine besonders meine Aufmerksamkeit auf sich zog. Ein junger Bursch erzählte mir nämlich, wie seine Großmutter vor vielen Jahren einmal einer reisenden, welschen Dame, die mit einem Herrn im Wirtshause übernachtete, ihr kleines Kind gestohlen habe, weil es so wunderschön aussah. Er beschrieb mir dabei alle Nebenumstände so genau, daß ich fast nicht zweifeln konnte, die reisende, welsche Dame sei niemand anders, als *Angelina* selbst gewesen. – Ich sprang auf und drang in ihn, mir die Geraubte sogleich zu zeigen. Bestürzt über meinen unerklärlichen Ungestüm, antwortete er mir: ›Das geraubte Fräulein wuchs teils unter uns, teils unter unsern Brüdern in einer Waldmühle auf, wo sie vor einigen Tagen plötzlich mit Mann und Maus verschwunden ist, ohne daß wir wissen, wohin?‹« –

»So war also Erwine deine Tochter!« fiel hier Friedrich seinem Bruder erstaunt ins Wort. – »Seit ich dieses kleine Bild hier gesehen«, sagte dieser, »und ihre weitere Geschichte und Namen von euch gehört habe, ist es mir gewiß. Ich habe sie später, nachdem ich schon von der Welt geschieden war, manchmal von der Mauer gesehn und gesprochen, wenn ich des Nachts an Leontins Schlosse vorbeistreifte. Aber mir war der Knabe, für den ich sie hielt, wie ihr, nur reizend als eine besondere neue Art von Narren, als von welcher mir noch keiner vorgekommen war. Denn auch ich konnte und mochte niemals etwas von ihrem früheren Leben aus ihr herauskriegen. Das gute Kind fürchtete wahrscheinlich noch immer Strafe für die unwillkürliche, schändliche Verbindung, in der sie ihre Kindheit zugebracht. – Doch, hört nun meine Geschichte völlig aus, denn das viele Plaudern ist mir schon zuwider:

Noch vor Tagesanbruch also, als wir so lagen und erzählten, kam ein junger Kerl von der Bande, der auf Kundschaft ausgeschickt worden war, mit fröhlicher Botschaft zurück, die sogleich den ganzen Haufen in Alarm brachte. ›Der reiche Graf‹, sagte er nämlich aus, ›wird heute abend auf dem Schlosse seinen Geburtstag feiern, da gibt's was zu schmausen und zu verdienen!‹ Es wurde sogleich beschlossen, dem Feste, auf was immer für eine Art, ungeladen beizuwohnen. Das Wetter hatte sich aufgeklärt, wir brachen daher alle schnell auf und zogen lustig über das Gebirge fort.

Gegen Abend lagerten wir uns auf einem schönen, waldigen Berge, dem gräflichen Schlosse gegenüber, das jenseits eines Stromes ebenfalls auf einer Anhöhe mit seinen Säulenportalen und seinem italienischen Dache sich recht lustig ausnahm. Wir wollten hier die Dunkelheit abwarten. Der letzte Widerschein der untergehenden Sonne flog eben wie ein Schattenspiel über die Gegend. Unten auf dem Flusse zogen mehrere aufgeschmückte Schiffe voll Herren und Damen mit bunten Tüchern und Federn lustig auf das Schloß zu, während von beiden Seiten Waldhörner weit in die Berge hinein verhallten.

Als es endlich ringsumher still und finster wurde, sahen wir, wie im Schlosse drüben ein Fenster nach dem andern erleuchtet wurde und Kronleuchter mit ihren Kreisen von Lichtern sich langsam zu drehen anfingen. Auch im Garten entstand ein Licht nach dem andern, bis auf einmal der ganze Berg mit Sternen, Bogengängen und Girlanden von buntfarbigen Glaskugeln erleuchtet, sich wie eine Feeninsel aus der Nacht hervorhob. Ich überließ meine Begleiter ihren Beratschlagungen und Kunstgriffen und begab mich allein hinüber zu dem Feste, ohne eigentlich selber zu wissen, was ich dort wollte.

Von der Seite, wo ich auf dem Berge hinaufgekommen, war kein Eingang. Ich schwang mich daher auf die Mauer und sah, so da droben sitzend, in den Zaubergarten hinein, aus dem mir überall Musik entgegenschwoll. Herren und Frauen spazierten da in zierlicher Fröhlichkeit zwischen den magischen Lichtern, Klängen und schimmernden Wasserkünsten prächtig durcheinander. Auch mehrere Masken sah ich wie Geister durch den lebendigen Jubel auf und ab wandeln.

Mich faßte bei dem Anblick auf meiner Mauer oben ein blindes, wildes, unglückseliges Gelüst, mich mit hineinzumischen. Aber meine von Regen und Wind zerzauste Kleidung war wenig zu einem solchen Abenteuer eingerichtet. Da erblickte ich seitwärts durch ein offenes Fenster eine Menge verschiedener Masken in der Vorhalle des Schlosses umherliegen. Ohne mich zu besinnen, sprang ich von der Mauer herab und in das Vorhaus hinein. Eine Menge Bedienten, halb berauscht, rannten dort mit Gläsern und Tellern durcheinander, ohne mich zu bemerken oder doch weiter zu beachten. Ich zettelte daher den bunten Plunder von Masken ungestört auseinander und zog zufällig eine schwarze Rittertracht nebst Schwert und allem Zubehör hervor. Ich legte sie schnell an, nahm eine danebenliegende Larve vor und begab mich so mitten unter das Gewirre in den Glanz hinaus.

Ich kam mir in der Fröhlichkeit vor wie der Böse, denn mir war nicht anders zumute, als dem Zigeunerhauptmann auf dem Jahrmarkt zu Plundersweilern. Am Ende eines erleuchteten Bogenganges hörte ich auf einmal einige Damen ausrufen: ›Sieh da, die Frau vom Hause! Welche Perlen! Welche Juwelen!‹ Ich sehe mich schnell um und erblicke – *Angelina*, die in voller Pracht ihrer Schönheit die Allee heraufkommt. – Mein mörderischer Zorn, der mich damals durch ganz Italien hin und her gehetzt hatte, war längst vorüber, denn ich war nicht mehr verliebt. Es war mir eben alles einerlei auf der Welt. Ich wandte mich daher, und wollte, ohne sie zu sprechen, in einen andern Gang herumbiegen. Wie sehr erstaunte ich aber, als Angelina mir schnell nachhüpfte und sich vertraulich in meinen Arm hing. – ›Kennst du mich?‹ rief ich ganz entrüstet. – ›Wie sollt ich doch nicht‹, sagte sie scherzend, ›hab ich dir denn nicht selber die Halskrause zu der Maske genäht?‹ – Ich bemerkte nun wohl, daß sie mich verkannte, konnte aber nicht wissen, für wen sie mich hielt, und ging daher stillschweigend neben ihr her.

Wir waren indes von der Gesellschaft abgekommen, die Musik schallte nur noch schwach nach, die Beleuchtung ging gar aus, von fern gewitterte es hin und wieder. ›Warum bist du so still?‹ sagte sie wieder. ›Ich weiß nicht‹, fuhr sie fort, ›ich bin heut traurig bei aller Lust, und ich könnte es auch nicht beschreiben, wie mir zumute ist. Aber ihr harten Männer achtet gar wenig darauf.‹ – Wir kamen an eine Laube, in deren Mitte eine Gitarre auf einem Tischchen lag. Sie nahm dieselbe und fing an, ein italienisches Liedchen zu singen. Mitten in dem Liede brach sie aber wieder ab. ›Ach, in Italien war es doch schöner!‹ sagte sie, und lehnte die Stirn an meine Brust. ›Angelina!‹ rief ich, um sie zu ermuntern. Sie richtete sich schnell auf und lauschte dem Rufe wie einem alten, wohlbekannten Tone auf den sie sich nicht recht besinnen konnte. – Dann sagte sie: ›Ich bitte dich, singe etwas, denn mir ist zum Sterben bange!‹ Ich nahm die Gitarre und sang folgende Romanze, die mir in diesem Augenblick sehr deutlich durch den Sinn ging:

›Nachts durch die stille Runde
Rauschte des Rheines Lauf,

Ein Schifflein zog im Grunde,
Ein Ritter stand darauf.

Die Blicke irre schweifen
Von seines Schiffes Rand,
Ein blutigroter Streifen
Sich um das Haupt ihm wand.

Der sprach: »Da oben stehet
Ein Schlößlein überm Rhein,
Die an dem Fenster stehet:
Das ist die Liebste mein.

Sie hat mir Treu versprochen,
Bis ich gekommen sei,
Sie hat die Treu gebrochen,
Und alles ist vorbei.«‹

Ich bemerkte hier bei dem Scheine eines Blitzes, daß Angelina heftig geweint hatte und noch fortweinte. Ich sang weiter:

›Viel Hochzeitleute drehen
Sich oben laut und bunt,
Sie bleibet einsam stehen,
Und lauschet in den Grund.

Und wie sie tanzen munter,
Und Schiff und Schiffer schwand,
Stieg sie vom Schloß herunter,
Bis sie im Garten stand.

Die Spielleut musizierten,
Sie sann gar mancherlei,
Die Töne sie so rührten,
Als müßt das Herz entzwei.

Da trat ihr Bräut'gam süße
Zu ihr aus stiller Nacht,
So freundlich er sie grüßte,
Daß ihr das Herze lacht.

Er sprach: »Was willst du weinen,
Weil alle fröhlich sein?
Die Stern so helle scheinen,
So lustig geht der Rhein.

Das Kränzlein in den Haaren
Steht dir so wunderfein,
Wir wollen etwas fahren
Hinunter auf dem Rhein.«

Zum Kahn folgt' sie behende,
Setzt' sich ganz vorne hin,
Er setzt' sich an das Ende
Und ließ das Schifflein ziehn.

Sie sprach: »Die Töne kommen
Verworren durch den Wind,
Die Fenster sind verglommen,
Wir fahren so geschwind.

Was sind das für so lange
Gebirge weit und breit?

Mir wird auf einmal bange
In dieser Einsamkeit!

Und fremde Leute stehen
Auf mancher Felsenwand,
Und stehen still und sehen
So schwindlig übern Rand.« –

Der Bräut'gam schien so traurig
Und sprach kein einzig Wort,
Schaut in die Wellen schaurig
Und rudert immerfort.

Sie sprach: »Schon seh ich Streifen
So rot im Morgen stehn,
Und Stimmen hör ich schweifen,
Am Ufer Hähne krähn.

Du siehst so still und wilde,
So bleich ist dein Gesicht,
Mir graut vor deinem Bilde –
Du bist mein Bräut'gam nicht!«‹ –

›Ich bitte dich um Gottes willen‹, unterbrach mich hier Angelina
dringend, ›nimm die Larve ab, ich fürchte mich vor dir.‹ – ›Laß
das‹, sagte ich abwehrend, ›es gibt fürchterliche Gesichter, die das
Herz in Stein verwandeln, wie das Haupt der Medusa.‹ – Ich hatte
fast zu viel gesagt und griff rasch wieder in die Saiten:

›Da stand er auf – das Sausen
Hielt an in Flut und Wald –

Es rührt mit Lust und Grausen
Das Herz ihr die Gestalt.

Und wie mit steinern'n Armen
Hob er sie auf voll Lust,
Drückt ihren schönen, warmen
Leib an die eis'ge Brust.

Licht wurden Wald und Höhen,
Der Morgen schien blutrot,
Das Schifflein sah man gehen,
Die schöne Braut drin tot.‹

Kaum hatte ich noch die letzte Strophe geendigt, als Angelina mit einem lauten Schrei neben mir zu Boden fiel. Ich schaue ringsum und erblicke mein eigenes, leibhaftiges Konterfei im Eingange des Bosketts: dieselbe schwarze Rittermaske, die nämliche Größe und Gestalt. – ›Laß mein Weib, verführerisches Blendwerk der Hölle!‹ rief die Maske außer sich, und stürzte mit blankem Schwerte so wütend auf mich ein, daß ich kaum Zeit genug hatte, meinen eigenen Degen zu ziehn. Ich erstaunte über die Ähnlichkeit seiner Stimme mit der meinigen, und begriff nun, daß mich Angelina für diesen ihren Mann gehalten hatte. In der Bewegung des Gefechts war ihm indes die Larve vom Gesicht gefallen, und ich erkannte mit Grausen den fürchterlichen Unbekannten wieder, dessen Schreckbild mich durchs ganze Leben verfolgt. Mir fiel die Prophezeiung ein. Ich wich entsetzt zurück, denn er focht unbesonnen in blinder Eifersucht und ich war im Vorteil. Aber es war zu spät, denn in demselben Augenblicke rannte er sich wütend selber meine Degenspitze in die Brust und sank tot nieder.

Mein dunkler, wilder, halb unwillkürlicher Trieb war nun erfüllt. Finsterer, als die Nacht um mich, eilte ich den Garten hinab. Ein

Kahn stand unten am Ufer des Stromes angebunden. Ich stieg hinein und ließ ihn den Strom hinabfahren. Die Nacht verging, die Sonne ging auf und wieder unter, ich saß und fuhr noch immerfort.

Den andern Morgen verlor sich der Strom zwischen wilden, einsamen Wäldern und Schluchten. Der Hunger trieb mich ans Land. Es war diese Gegend hier. Ich fand nach einigem Herumirren das Schloß, das ihr gesehen. Ein alter, verrückter Einsiedler wohnte damals darin, von dessen früherem Lebenslaufe ich nie etwas erfahren konnte. Es gefiel mir gar wohl in dieser Wüste und ich blieb bei ihm. Kurze Zeit darauf starb der Alte und hinterließ mir seine alten Bücher, sein verfallenes Schloß und eine Menge Goldes in den Kellern. Ich hätte nun wieder in die Welt zurück- kehren können mit dem Schatze zum allgemeinen Nutzen und Vergnügen. Aber ich passe nirgends mehr in die Welt hinein. Die Welt ist ein großer, unermeßlicher Magen und braucht leichte, weiche, bewegliche Menschen, die er in seinen vielfach verschlun- genen, langweiligen Kanälen verarbeiten kann. Ich tauge nicht dazu, und sie wirft solche Gesellen wieder aus, wie unverdauliches Eisen, fest, kalt, formlos und ewig unfruchtbar.« –

So endigte Rudolf seine Erzählung, welche die beiden Grafen in eine nachdenkliche Stille versenkt hatte. Leontin hatte sich, als Rudolf das Schloß der Angelina beschrieb, an jenen kurzen Besuch erinnert, den er nach dem Brande mit Friedrich auf dem Schlosse der weißen Frau abgelegt, und konnte sich der Vermutung nicht erwehren, daß diese vielleicht Angelina selber war. – Es war unter- des dunkel geworden, der Mond trat eben über den einsamen Bergen hervor. »Ihr wißt nun alles, gute Nacht!« sagte Rudolf schnell und ging von ihnen fort. Sie sahen ihm lange nach, wie sein langer, dunkler Schatten sich zwischen den hohen Bäumen verlor.

Als sie wieder oben in ihrem Zimmer waren, ergriff Leontin Mariens Gitarre, die sie dort vergessen hatte, und sang über den stillen Kreis der Wälder hinaus:

»Nächtlich dehnen sich die Stunden,
Unschuld schläft in stiller Bucht,
Fernab ist die Welt verschwunden,
Die das Herz in Träumen sucht.

Und der Geist tritt auf die Zinne,
Und noch stiller wird's umher,
Schauet mit dem starren Sinne
In das wesenlose Meer.

Wer ihn sah bei Wetterblicken
Stehn in seiner Rüstung blank:
Den mag nimmermehr erquicken
Reichen Lebens frischer Drang. –

Fröhlich an den öden Mauern
Schweift der Morgensonne Blick,
Da versinkt das Bild mit Schauern
Einsam in sich selbst zurück.«

Vierundzwanzigstes Kapitel

Friedrich und Leontin vermehrten nun auch den wunderlichen Haushalt auf dem alten Waldschlosse. Der unglückliche Rudolf lag gegen beide und gegen alle Welt mit Witz zu Felde, sooft er mit ihnen zusammenkam. Doch geschah dies nur selten, denn er schweifte oft tagelang allein im Walde umher, wo er sich mit sich selber oder den Rehen, die er sehr zahm zu machen gewußt, in lange Unterredungen einzulassen pflegte. Ja, es geschah gar oft, daß sie ihn in einem lebhaften und höchst komischen Gespräche mit irgendeinem Felsen oder Steine überraschten, der etwa durch eine mundähnliche Öffnung oder durch eine weise vorstehende Nase eine eigene, wunderliche Physiognomie machte. Dabei bildeten die Narren, welche er auf seinen Streifzügen, die er noch bisweilen ins Land hinab machte, zusammengerafft, eine seltsame Akademie um ihn, alle ernsthaften Torheiten der Welt in fast schauerlicher und tragischer Karikatur travestierend. Jeder derselben hatte seine bestimmte Tagesarbeit im Hauswesen. Durch diese fortlaufende Beschäftigung, die Einsamkeit und reine Bergluft kamen viele von ihnen nach und nach wieder zur Vernunft, worauf sie dann Rudolf wieder in die Welt hinaussandte und gerührt auf immer von ihnen Abschied nahm.

In Friedrich entwickelte diese Abgeschiedenheit endlich die ursprüngliche, religiöse Kraft seiner Seele, die schon im Weltleben, durch gutmütiges Staunen geblendet, durch den Drang der Zeiten oft verschlagen und falsche Bahnen suchend, aus allen seinen Bestrebungen, Taten, Poesieen und Irrtümern hervorleuchtete. Jetzt hatte er alle seine Pläne, Talentchen, Künste und Wissenschaften unten zurückgelassen, und las wieder die Bibel, wie er schon einmal als Kind angefangen. Da fand er Trost über die Verwirrung der Zeit, und das einzige Recht und Heil auf Erden in dem heiligen Kreuze. Er hatte endlich den phantastischen, tausendfarbigen Pilgermantel abgeworfen, und stand nun in blanker Rüstung als Kämpfer Gottes gleichsam an der Grenze zweier Welten. Wie oft, wenn er da über die Täler hinaussah, fiel er auf seine Knie und betete inbrünstig zu Gott, ihm Kraft zu verleihen, was er in der Erleuchtung erfahren, durch Wort und Tat seinen Brüdern mitzuteilen. – Leontin dagegen wurde hier oben ganz melancholisch und wehmütig, wie ihn Friedrich noch niemals gesehen. Es fehlte ihm hier alle Handhabe, das Leben anzugreifen. –

Eines Tages, da sie beide zusammen einen ihnen bis jetzt noch unbekannten Weg eingeschlagen und sich weiter als gewöhnlich von dem Schlosse verirrt hatten, kamen sie auf einmal auf eine Anhöhe zwischen den Bäumen heraus zu einer wundervollen Aussicht, die sie innigst überraschte. Mitten in der Waldeseinsamkeit stand nämlich ein Kloster auf einem Berge; hinter dem Berge lag plötzlich das Meer in seiner schauerlichen Unermeßlichkeit; von der andern Seite sah man weit in das ebene Land hinaus. Es schien eben ein Fest in dem Kloster gewesen zu sein, denn lange, bunte Züge von Wallfahrern wallten durch das Grün den Berg hinab und sangen geistliche Lieder, deren rührende Weise sich gar anmutig mit den Klängen der Abendglocken vermischte, die ihnen von dem Kloster nachhallten.

Leontin sah ihnen stillschweigend nach, bis ihr Gesang in der Ferne verhallte und die Gegend in dämmernde Stille versank. Dann nahm er die Gitarre, die hier überall seine Begleiterin war, und sang folgendes Lied:

»Laß, mein Herz, das bange Trauern
Um vergangnes Erdenglück,
Ach, von dieser Felsen Mauern
Schweifet nur umsonst dein Blick!

Sind denn alle fortgegangen:
Jugend, Sang und Frühlingslust?
Lassen, scheidend, nur Verlangen
Einsam mir in meiner Brust?

Vöglein hoch in Lüften reisen,
Schiffe fahren auf der See,

Ihre Segel, ihre Weisen
Mehren nur des Herzens Weh.

Ist vorbei das bunte Ziehen,
Lustig über Berg und Kluft,
Wenn die Bilder wechselnd fliehen,
Waldhorn immer weiter ruft?

Soll die Lieb auf sonn'gen Matten
Nicht mehr baun ihr prächtig Zelt,
Übergolden Wald und Schatten
Und die weite, schöne Welt? –

Laß das Bangen, laß das Trauern,
Helle wieder nur den Blick!
Fern von dieser Felsen Mauern
Blüht dir noch gar manches Glück!«

Beide Freunde wurden still nach dem Liede und gingen schweigend nebeneinander wieder nach dem Schlosse zurück. Die abgefallenen Blätter raschelten schon unter ihren Tritten auf dem Boden, ein herbstlicher Wind durchstrich den seufzenden Wald und verkündigte, daß die fröhliche Sommerzeit bald Abschied nehmen wolle. Sie schienen beide besondern Gedanken und Entschlüssen nachzuhängen, die sie an jenem Platze gefaßt hatten.

Als der Mond die alten Zinnen des Schlosses beleuchtete, trat Leontin auf einmal reisefertig vor Friedrich. »Ich ziehe fort«, sagte er, »der Winter kommt bald, mir ist, als läge das ganze Leben wie diese Felsen hier auf meiner Brust, und ein Strom von Tränen möchte aus dem tiefsten Herzen ausbrechen, um die Berge wegzuwälzen; ich muß fort, ziehe du auch mit!« – Friedrich schüttelte lächelnd den Kopf, aber im Innersten war er traurig, denn er fühlte, daß sich ihr Lebenslauf nun bedeutend und vielleicht auf immer scheiden werde.

Leontin zog endlich sein Pferd hervor und führte es langsam am Zügel hinter sich her, während ihm Friedrich noch eine Strecke weit das Geleite gab. Der volle Mond ging eben über dem stillen Erdkreise auf, man konnte in der Tiefe weit hinaus den Lauf der Ströme deutlich unterscheiden. Leontin war ungewöhnlich gerührt und drang nochmals in Friedrich, mit hinunterzuziehn. »Du weißt nicht, was du forderst«, sagte dieser ernst, »locke mich nicht noch einmal hinab in die Welt, mir ist hier oben unbeschreiblich wohl, und ich bin kaum erst ruhig geworden. Dich will ich nicht halten, denn das muß von innen kommen, sonst tut es nicht gut. Und also ziehe mit Gott!« Die beiden Freunde umarmten einander noch einmal herzlich, und Leontin war bald in der Dunkelheit verschwunden.

Ihm zogen nun bald auch Vögel, Laub, Blumen und alle Farben nach. Der alte, grämliche Winter saß melancholisch mit seiner spitzen Schneehaube auf dem Gipfel des Gebirges zog die bunten Gardinen weg, stellte wunderlich nach allen Seiten die Kulissen der lustigen Bühne, wie in einer Rumpelkammer, auseinander und durcheinander, baute sich phantastisch blitzende Eispaläste und zerstörte sie wieder, und schüttelte unaufhörlich eisige Flocken aus seinem weiten Mantel darüber. Der stumme Wald sah aus wie die Säulen eines umgefallenen Tempels, die Erde war weiß, so weit die Blicke reichten, das Meer dunkel; es war eine unbeschreibliche Einsamkeit da droben.

Rudolfs seltsam verwildertem Gemüt war diese Zeit eben recht. Er streifte oft halbe Tage lang mitten im Sturm und Schneegestöber auf allen den alten Plätzen umher. Abends pflegte er häufig bis tief in die Nacht auf seiner Sternwarte zu sitzen und die Konjunkturen der Gestirne zu beobachten. Eine Menge alter astrologischer

Bücher lag dabei um ihn her, aus denen er verschiedenes auszeichnete und geheimnisvolle Figuren bildete.

Nach solchen Perioden machte er dann gewöhnlich wieder größere Streifzüge, manchmal bis ans Meer, wo es ihm eine eigene Lust war, ganz allein auf einem Kahne mit Lebensgefahr in die wilde, unermeßliche Einöde hinauszufahren. Bisweilen verirrte er sich auch wohl in den Tälern zu manchem einsamen Landschlosse, wenn er in der Faschingszeit die Fenster hellerleuchtet sah. Er betrachtete dann gewöhnlich draußen die Tanzenden durchs Fenster, wurde aber immer bald von dem rasenden Trompeten und Geigen wieder vertrieben.

Als er einmal von so einem Zuge zurückkam, erzählte er Friedrich, er habe unten, weit von hier, einen großen Leichenzug gesehen, der sich bei Fackelschein und mit schwarzbehängten Pferden langsam über die beschneiten Felder hinbewegte. Er habe weder die Gegend, noch die Personen gekannt, die der Leiche im Wagen folgten. Aber *Leontin* sei bei dem Zuge, ohne ihn zu bemerken, an ihm vorübergesprengt. – Friedrich erschrak über diese düstere Botschaft. Aber er konnte nicht erraten, welchem alten Bekannten der Zug gegolten, da sich Rudolf weiter um nichts bekümmert hatte.

Friedrich setzte indes noch immer seine geistlichen Betrachtungen fort. Er besuchte, sooft es nur das Wetter erlaubte, das nahgelegene Kloster, das er an Leontins Abschiedstage zum ersten Male gesehen, und blieb oft wochenlang dort. Rudolf konnte er niemals bewegen, ihn zu begleiten, oder auch nur ein einziges Mal die Kirche zu besuchen. Er fand in dem Prior des Klosters einen frommen erleuchteten Mann, der besonders auf der Kanzel in seiner Begeisterung, gleich einem Apostel, wunderbar und altertümlich erschien. Friedrich schied nie ohne Belehrung und himmlische Beruhigung von ihm, und mochte sich bald gar nicht mehr von ihm trennen. Und so bildete sich denn sein Entschluß, selber ins Kloster zu gehen, immer mehr zur Reife.

Der Winter war vergangen, die schöne Frühlingszeit ließ die Ströme los und schlug weit und breit ihr liebliches Reich wieder auf. Da erblickte Friedrich eines Morgens, als er eben von der Höhe schaute, unten in der Ferne zwei Reiter, die über die grünen Matten hinzogen. Sie verschwanden bald hinter den Bäumen, bald erschienen sie wieder auf einen Augenblick, bis sie Friedrich endlich in dem Walde völlig aus dem Gesichte verlor.

Er wollte nach einiger Zeit eben wieder in das Schloß zurückkehren, als die beiden Reiter plötzlich vor ihm aus dem Walde den Berg heraufkamen. Er erkannte sogleich seinen Leontin. Sein Begleiter, ein feiner, junger Jäger, sprang ebenfalls vom Pferde und kam auf ihn zu.

»Setzen wir uns«, sagte Leontin gleich nach der ersten Begrüßung munter, »ich habe dir viel zu sagen. Vor allem: kennst du den?« Hierbei hob er dem Jäger den Hut aus der Stirne, und Friedrich erkannte mit Erstaunen die schöne Julie, die in dieser Verkleidung mit niedergeschlagenen Augen vor ihm stand. »Wir sind auf einer großen Reise begriffen«, sagte er darauf. »Die Jungfrau Europa, die so hochherzig mit ihren ausgebreiteten Armen dastand, als wolle sie die ganze Welt umspannen, hat die alten, sinnreichen, frommen, schönen Sitten abgelegt und ist eine Metze geworden. Sie buhlt frei mit dem gesunden Menschenverstande, dem Unglauben, Gewalt und Verrat, und ihr Herz ist dabei besonders eingeschrumpft. – Pfui, ich habe keine Lust mehr an der Philisterin! Ich reise weit fort von hier in einen andern Weltteil, und Julie begleitet mich.« – Friedrich sah ihn bei diesen Worten groß an. – »Es ist mein voller Ernst«, fuhr Leontin fort, »Juliens Vater ist auch gestorben und ich kann hier nicht länger mehr leben, wie ich nicht mag und darf.«

Friedrich erfuhr nun auch, daß sie Land und alles, was sie hier besessen, zu Gelde gemacht, und ein eigenes Schiff bereits in der abgelegenen Bucht, die an das erwähnte Kloster stieß, bereitliege, um sie zu jeder Stunde aufzunehmen. – Er konnte, ungeachtet der schmerzlichen Trennung, nicht umhin, sich über dieses Vorhaben zu freuen, denn er wußte wohl, daß nur ein frisches, weites Leben seinen Freund erhalten könne, der hier in der allgemeinen Misere durch fruchtlose Unruhe und Bestrebung nur sich selber vernichtet hätte.

Sie sprachen dort noch lange darüber. Julie saß unterdes still, mit dem einen Arme auf Leontins Knie gestützt, und sah überaus reizend aus. – »Seid ihr denn getraut?« fragte Friedrich Leontin leise. – Julie hatte es dessenungeachtet gehört, und wurde über und über rot.

Es wurde nun sogleich beschlossen, die Trauung noch heute in dem Kloster zu vollziehen. Man begab sich daher in das alte Schloß, die Felleisen wurden abgeschnallt und Julie mußte sich umziehen. Friedrich bereitete unterdes fröhlich alles, was sich hier schaffen ließ, zu einem lustigen Hochzeitsfeste, während Leontin, der sich in dieser Lage als feierlicher Bräutigam gar komisch vorkam, aller-hand Possen machte, und die seltsamsten Anstalten traf, um das Fest recht phantastisch auszuschmücken.

Endlich erschien Julie wieder. Sie hatte ein weißes Kleid, die schönen, goldenen Haare fielen in langen Locken über den Nacken und die Schultern, man konnte sie nicht ansehen ohne sich an ir-gendein schönes, altdeutsches Bild zu erinnern. Sie bestiegen nun alle ihre Pferde und zogen so, Julie in die Mitte nehmend, auf das Kloster zu. Als sie die letzte Höhe vor demselben erreichten, wo auf einmal das Meer durch die Wälder und Hügel seinen furchtbar großen Geisterblick hinaufsandte, tat Julie einen Freudenschrei über den unerwarteten, noch nie gehabten Anblick, und sah dann den ganzen Weg über mit den großen, sinnigen Augen stumm in das wunderbare Reich, wie in eine unbekannte, gewaltige Zukunft. Die Glockenklänge von dem Klosterturme kamen ihnen wunderbar tröstend aus der unermeßlichen Aussicht entgegen.

In dem Kloster selbst war eben das Wallfahrtsfest, das alle Jahre einige Male gefeiert wurde, wiedergekehrt. Die Einsamkeit ringsherum war wieder bunt belebt, eine Menge Pilger war, als sie dort ankamen, in kleinen Haufen unter den grünen Bäumen vor der Kirche gelagert, die Kirche selbst mit Blumen und grünen Reisern freundlich geschmückt. Friedrich hatte schon früher den Prior von ihrer Ankunft benachrichtigen lassen, und so wurden denn Leontin und Julie noch diesen Vormittag in der Kirche feierlich zusammengegeben.

Die Menge fremder Pilger freute sich über das fremde Paar. Nur eine hohe, junge Dame, die einen dichten Schleier über das Gesicht geschlagen hatte, lag seitwärts vor einem einsamen Altare voll Andacht auf den Knien und schien von allem, was hinter ihr in der Kirche vorging, nichts zu bemerken. Friedrich sah sie; sie kam ihm bekannt vor. – Diese einsame Gestalt, das unaufhörliche Ringen und Brausen der Orgeltöne, der fröhliche Sonnenschein, der draußen vor der offenen Tür auf dem grünen Platze spielte, alles drang so seltsam rührend auf ihn ein, als wollte das ganze vergangene Leben noch einmal mit den ältesten Erinnerungen und lang vergessenen Klängen an ihm vorübergehen, um auf immer Abschied zu nehmen. Ihm fiel dabei recht ein, wie nun auch Leontin fortreise und wahrscheinlich nie mehr wiederkomme, und eine unbeschreibliche Wehmut bemächtigte sich seiner, so daß er ins Freie hinaus mußte. Er ging draußen unter den hohen Bäumen vor der Kirche auf und ab und weinte sich herzlich aus.

Die Zeremonie war unterdes geendigt, und sie ritten wieder nach dem alten Schlosse zurück. Auf dem grünen Platze vor demselben empfing sie unter den hohen Bäumen ein reinlich gedeckter Tisch; große Blumensträuße und vielfarbiges Obst stand in silbernen Gefäßen zwischen dem golden blickenden Wein und hellgeschliffenen Gläsern, alle das fröhlich bunte Gemisch von Farben gab in dem Grün und unter blauheiterm Himmel einen frischer lockenden Schein. Man hatte, was in dem Schlosse nicht zu finden war, schnell aus dem Kloster herbeigeschafft. Rudolf ließ sich nirgends sehen.

Sie aßen und tranken nun in der grünen Einsamkeit, während der Kreis der Wälder in ihre Gespräche hineinrauschte. Julie saß still in die Zukunft versenkt und schien innerlich entzückt, daß nun endlich ihr ganzes Leben in des Geliebten Gewalt gegeben sei.

So kam der Abend heran. Da sahen sie zwei Männer, die in einem lebhaften Gespräche miteinander begriffen schienen, aus dem Walde zu ihnen heraufkommen. Sie erkannten Rudolf an der Stimme. Kaum hatte ihn Julie, die schon von dem vielen Weine erhitzt war, erblickt, als sie laut aufschrie und sich furchtsam an Leontin andrückte. Es war dieselbe dunkle Gestalt, die sie aus dem Wagen bei dem Leichenzuge ihres Vaters einsam auf dem beschneiten Felde hatte stehen sehen. –

»O seht, was ich da habe«, rief ihnen Rudolf schon von weitem entgegen, »ich habe im Walde einen Poeten gefunden, wahrhaftig, einen Poeten! Er saß unter einem Baume und schmälte laut auf die ganze Welt in schönen, gereimten Versen, daß ich bis zu Tränen lachen mußte. ›Gib dich zufrieden, Gevatter!‹ sagte ich so gelind als möglich zu ihm, aber er nimmt keine Vernunft an und schimpft immerfort.« – Rudolf lachte hierbei so übermäßig und aus Herzensgrunde, wie sie ihn noch niemals gesehen.

Sie hatten indes in seinem Begleiter mit Freuden den lang entbehrten Herrn Faber erkannt. Leontin sprang sogleich auf, ergriff ihn, und walzte mit ihm auf der Wiese herum, bis sie beide nicht mehr weiter konnten. »Et tu Brute?« – rief endlich Faber aus, als er wieder zu Atem gekommen war, »nein, das ist zu toll, der Berg muß verzaubert sein! Unten begegne ich der kleinen Marie, ich will sie aus alter Bekanntschaft haschen und küssen, und bekomme eine Ohrfeige; weiter oben sitzt auf einer Felsenspitze eine Figur mit breitem Mantel und Krone auf dem Haupte, wie der Metall-fürst, und will mir grämlich nicht den Weg weisen, ein als Ritter verkappter Phantast rennt mich fast um; dann falle ich jenem Melancholikus da in die Hände, der nicht weiß, warum er lacht; und nachdem ich mich endlich mit Lebensgefahr hinaufgearbeitet habe, seid ihr hier oben am Ende auch noch verrückt.« – »Das kann wohl sein«, sagte Leontin lustig, »denn ich bin verheiratet« (hierbei küßte er Julie, die ihm die Hand auf den Mund legte) »und Friedrich da«, fuhr er fort, »will ins Kloster gehn. Aber du weißt ja den alten Spruch: sie haben sich zu Toren gemacht vor der Welt. – Und nun sage mir nur, wie in aller Welt du uns hier aufgefunden hast?«

Faber erzählte nun, daß er auf einer Wallfahrt zu dem Kloster begriffen gewesen, von dessen schöner Lage er schon viel gehört. Unterwegs habe er am Meere von Schiffsleuten vernommen, daß sich Leontin hier oben aufhalte, und daher den Berg bestiegen. – Rudolf verwandte unterdes mit komischer Aufmerksamkeit kein Auge von dem kurzen, runden, wohlhäbigen Manne, der mit so lebhaften Gebärden sprach. Faber setzte sich zu ihnen, und sie teilten ihm nun zu seiner Verwunderung ihre Pläne mit. Rudolf war indes auch wieder still geworden und saß wie der steinerne Gast unter ihnen am Tische. Julie blickte ihn oft seitwärts an und konnte sich noch immer einer heimlichen Furcht vor ihm nicht erwehren, denn es war ihr, als verginge diesem kalten und klugen Gesichte gegenüber ihre Liebe und alles Glück ihres Lebens zu nichts.

Die Nacht war indes angebrochen, die Sterne prangten an dem heitern Himmel. Da erklang auf einmal Musik aus dem nächsten Gebüsche. Es waren Spielleute aus dem Kloster, die Leontin bestellt hatte. Rudolf stand bei den ersten Klängen auf, sah sich ärgerlich um und ging fort.

Leontin, von den plötzlichen Tönen wie im innersten Herzen erweckt, hob sein Glas hoch in die Höhe und rief: »Es lebe die Freiheit!« – »Wo?« – fragte Faber, indem er selbst langsam sein Glas aufhob. – »Nur nicht etwa in der Brust des Philosophen allein«, erwiderte Leontin, unangenehm gestört. »Diese allgemeine, natürliche, philosophische Freiheit, der jede Welt gut genug ist, um sich in ihrem Hochmute frei zu fühlen, ist mir ebenso in der Seele zuwider, als jene natürliche Religion, welcher alle Religionen einerlei sind. Ich meine jene uralte, lebendige Freiheit, die uns in großen Wäldern wie mit wehmütigen Erinnerungen anweht, oder bei alten Burgen sich wie ein Geist auf die zerfallene Zinne stellt, der das Menschenschifflein unten wohl zufahren heißt, jene frische, ewig junge Waldesbraut, nach welcher der Jäger frühmorgens aus den Dörfern und Städten hinauszieht, und sie mit seinem Horne lockt und ruft, jener reine, kühle Lebensatem, den die Gebirgsvölker auf ihren Alpen einsaugen, daß sie nicht anders leben können, als wie es der Ehre geziemt. – Aber damit ist es nun aus. – Wenn unserer Altvordern Herzen wohl mit dreifachem Erz gewappnet waren, das vor dem rechten Strahle erklang, wie das Erz von Dodona; so sind die unsrigen nun mit sechsfacher Butter des häuslichen Glückes, des guten Geschmacks, zarter Empfindungen und edelmütiger Handlungen umgeben, durch die kein Wunderlaut bis zu der Talggrube hindurchdringt. Zieht dann von Zeit zu Zeit einmal ein wunderbarer, altfränkischer Gesell, der es noch ehrlich und ernsthaft meint, wie Don Quijote, vorüber, so sehen Herren und Damen nach der Tafel gebildet und gemächlich zu den Fenstern hinaus, stochern sich die Zähne und ergötzen sich an seinen wunderlichen Kapriolen, oder machen wohl gar auch Sonette auf ihn, und meinen, er sei eine recht *interessante* Erscheinung, wenn er nur nicht eigentlich verrückt wäre. – Das alte große Racheschwert haben sie sorglich vergraben und verschüttet, und keiner weiß den Fleck mehr, und darüber auf dem lockern Schutt bauen sie nun ihre Villen, Parks, Eremitagen und Wohnstuben, und meinen in ihrer vernünftigen Dummheit, der Plunder könne so fortbestehn. Die Wälder haben sie ausgehauen, denn sie fürchten sich vor ihnen, weil sie von der alten Zeit zu ihnen sprechen und am Ende den Ort noch verraten könnten, wo das Schwert vergraben liegt.« – Leontin ergriff hierbei hastig die Gitarre, die neben ihm auf dem Rasen lag, und sang:

>»O könnt ich mich niederlegen
>Weit in den tiefsten Wald,
>Zu Häupten den guten Degen,
>Der noch von den Vätern alt!

>Und dürft von allem nichts spüren
>In dieser dummen Zeit,
>Was sie da unten hantieren,
>Von Gott verlassen, zerstreut;

>Von fürstlichen Taten und Werken,
>Von alter Ehre und Pracht,
>Und was die Seele mag stärken,
>Verträumend die lange Nacht!

>Denn eine Zeit wird kommen,
>Da macht der Herr ein End,
>Da wird den Falschen genommen
>Ihr unechtes Regiment.

>Denn wie die Erze vom Hammer,
>So wird das lockre Geschlecht,

Gehaun sein von Not und Jammer
Zu festem Eisen recht.

Da wird Aurora tagen
Hoch über den Wald hinauf,
Da gibt's was zu siegen und schlagen,
Da wacht, ihr Getreuen, auf!

Und so«, sagte er, »will ich denn in dem noch unberührten Waldesgrün eines andern Weltteils Herz und Augen stärken, und mir die Ehre und die Erinnerung an die vergangene große Zeit, sowie den tiefen Schmerz über die gegenwärtige heilig bewahren, damit ich der künftigen, bessern, die wir alle hoffen, würdig bleibe, und sie mich wach und rüstig finde. Und du«, fuhr er zu Julie gewendet fort, »wirst du ganz ein Weib sein, und, wie Shakespeare sagt, dich dem Triebe hingeben, der dich zügellos ergreift und dahin oder dorthin reißt, oder wirst du immer Mut genug haben, dein Leben etwas Höherem unterzuordnen? Und dämmert endlich die Zeit heran, die mich Gott erleben lasse! wirst du fröhlich sagen können: ›Ziehe hin! denn was du willst und sollst, ist mehr wert, als dein und mein Leben?‹« – Julie nahm ihm fröhlich die Gitarre aus der Hand und antwortete mit folgender Romanze:

»Von der deutschen Jungfrau

Es stand ein Fräulein auf dem Schloß,
Erschlagen war im Streit ihr Roß,
Schnob wie ein See die finstre Nacht,
Wollt überschrein die wilde Schlacht.

Im Tal die Brüder lagen tot,
Es brannt die Burg so blutigrot,

In Lohen stand sie auf der Wand,
Hielt hoch die Fahne in der Hand.

Da kam ein röm'scher Rittersmann,
Der ritt keck an die Burg hinan,
Es blitzt sein Helm gar mannigfach,
Der schöne Ritter also sprach:

›Jungfrau, komm in die Arme mein!
Sollst deines Siegers Herrin sein.
Will baun dir einen Palast schön,
In prächt'gen Kleidern sollst du gehn.

Es tun dein Augen mir Gewalt,
Kann nicht mehr fort aus diesem Wald,
Aus wilder Flammen Spiel und Graus
Trag ich mir meine Braut nach Haus!‹

Der Ritter ließ sein weißes Roß,
Stieg durch den Brand hinauf ins Schloß,
Viel Knecht ihm waren da zur Hand,
Zu holen das Fräulein von der Wand.

Das Fräulein stieß die Knecht hinab,
Den Liebsten auch ins heiße Grab,
Sie selbst dann in die Flammen sprang,
Über ihnen die Burg zusammensank.«

Faber brach, als sie geendigt hatte, einen Eichenzweig von einem
herabhängenden Aste, bog ihn schnell zu einem Kranze zusammen
und überreichte ihr denselben, indem er mit altritterlicher Galan-
terie vor ihr hinkniete. Julie drückte den Kranz mit seinen frisch-

grünen, vollen Blättern lächelnd in ihre blonden Locken über die ernsten, großen Augen, und sah so wirklich dem Bilde nicht unähnlich, das sie besungen. –

»Es ist seltsam«, sagte Faber darauf, »wie sich unser Gespräch nach und nach beinahe in einen Wechselgesang aufgelöst hat. Der weite, gestirnte Himmel, das Rauschen der Wälder ringsumher, der innere Reichtum und die überschwengliche Wonne, mit welcher neue Entschlüsse uns jederzeit erfüllen, alles kommt zusammen; es ist, als hörte die Seele in der Ferne unaufhörlich eine große, himmlische Melodie, wie von einem unbekannten Strome, der durch die Welt zieht, und so werden am Ende auch die Worte unwillkürlich melodisch, als wollten sie jenen wunderbaren Strom erreichen und mitziehen. So fällt auch mir jetzt ein Sonett ein, das euch am besten erklären mag, was ich von Leontins Vorhaben halte.« Er sprach:

›In Wind verfliegen sah ich, was wir klagen,
Erbärmlich Volk um falscher Götzen Thronen,
Wen'ger Gedanken, deutschen Landes Kronen,
Wie Felsen, aus dem Jammer einsam ragen.

Da mocht ich länger nicht nach euch mehr fragen,
Der Wald empfing, wie rauschend! den Entflohnen,
In Burgen alt, an Stromeskühle wohnen,
Wollt ich auf Bergen bei den alten Sagen.

Da hört ich Strom und Wald dort so mich tadeln:
»Was willst, Lebend'ger du, hier überm Leben,
Einsam verwildernd in den eignen Tönen?

Es soll im Kampf der rechte Schmerz sich adeln,
Den deutschen Ruhm aus der Verwüstung heben,
Das will der alte Gott von seinen Söhnen!«‹

Friedrich sagte: »Es ist wahr, wovon Ihr Sonett da spricht, und doch billige ich Leontins Plan vollkommen. Denn wer, von Natur ungestüm, sich berufen fühlt, in das Räderwerk des Weltganges *unmittelbar* mit einzugreifen, der mag von hier flüchten, so weit er kann. Es ist noch nicht an der Zeit, zu bauen, solange die Backsteine, noch weich und unreif, unter den Händen zerfließen. Mir scheint in diesem Elend, wie immer, keine andere Hülfe, als die *Religion*. Denn wo ist in dem Schwalle von Poesie, Andacht, Deutschheit, Tugend und Vaterländerei, die jetzt, wie bei der babylonischen Sprachverwirrung, schwankend hin und her summen, ein sicherer Mittelpunkt, aus welchem alles dieses zu einem klaren Verständnis, zu einem lebendigen Ganzen gelangen könnte? Wenn das Geschlecht vorderhand einmal alle seine irdischen Sorgen, Mühen und fruchtlosen Versuche, der Zeit wieder auf die Beine zu helfen, vergessen und wie ein Kleid abstreifen, und sich dafür mit voller, siegreicher Gewalt zu Gott wenden wollte, wenn die Gemüter auf solche Weise von den göttlichen Wahrheiten der Religion lange vorbereitet, erweitert, gereinigt und wahrhaft durchdrungen würden, daß der Geist Gottes und das Große im öffentlichen Leben wieder Raum in ihnen gewönne, dann erst wird es Zeit sein, unmittelbar zu handeln, und das alte Recht, die alte Freiheit, Ehre und Ruhm in das wiedereroberte Reich zurückzuführen. Und in dieser Gesinnung bleibe ich in Deutschland und wähle mir das Kreuz zum Schwerte. Denn, wahrlich, wie man sonst Missionarien unter Kannibalen aussandte, so tut es jetzt viel mehr not in Europa, dem *ausgebildeten* Heidensitze.«

Faber kam aus tiefen Gedanken zurück, als Friedrich ausgeredet hatte. »Wie Ihr da so sprecht«, sagte er, »ist mir gar seltsam zumute. War mir doch, als verschwände dabei die Poesie und alle Kunst wie in der fernsten Ferne, und ich hätte mein Leben an eine reizende Spielerei verloren. Denn das Haschen der Poesie nach außen, das geistige Verarbeiten und Bekümmern um das, was eben vorgeht, das Ringen und Abarbeiten an der Zeit, so groß und lobenswert als Gesinnung, ist doch immer unkünstlerisch. Die Poesie mag wohl Wurzel schlagen in demselben Boden der Religion und Nationalität, aber unbekümmert, bloß um ihrer himmlischen Schönheit willen, als Wunderblume zu uns heraufwachsen. Sie will und soll zu nichts brauchbar sein. Aber das versteht Ihr nicht und macht mich nur irre. Ein fröhlicher Künstler mag sich vor Euch hüten. Denn wer die Gegenwart aufgibt, wie Friedrich, wem die frische Lust am Leben und seinem überschwenglichen Reichtume gebrochen ist, mit dessen Poesie ist es aus. Er ist wie ein Maler ohne Farben.«

Friedrich, den die Zurückrufung der großen Bilder seiner Hoffnungen innerlichst fröhlich gemacht hatte, nahm statt aller Antwort die Gitarre, und sang nach einer alten, schlichten Melodie:

»Wo treues Wollen, redlich Streben
Und rechten Sinn der Rechte spürt,
Das muß die Seele ihm erheben,
Das hat mich jedesmal gerührt.

Das Reich des Glaubens ist geendet,
Zerstört die alte Herrlichkeit,
Die Schönheit weinend abgewendet,
So gnadenlos ist unsre Zeit.

O Einfalt gut in frommen Herzen,
Du züchtig schöne Gottesbraut!

Dich schlugen sie mit frechen Scherzen,
Weil dir vor ihrer Klugheit graut.

Wo findst du nun ein Haus, vertrieben,
Wo man dir deine Wunder läßt,
Das treue Tun, das schöne Lieben,
Des Lebens fromm vergnüglich Fest?

Wo findest du den alten Garten,
Dein Spielzeug, wunderbares Kind,
Der Sterne heil'ge Redensarten,
Das Morgenrot, den frischen Wind?

Wie hat die Sonne schön geschienen!
Nun ist so alt und schwach die Zeit;
Wie stehst so jung du unter ihnen,
Wie wird mein Herz mir stark und weit!

Der Dichter kann nicht mit verarmen;
Wenn alles um ihn her zerfällt,
Hebt ihn ein göttliches Erbarmen –
Der Dichter ist das Herz der Welt.

Den blöden Willen aller Wesen,
Im Irdischen des Herren Spur,
Soll er durch Liebeskraft erlösen,
Der schöne Liebling der Natur.

Drum hat ihm Gott das Wort gegeben,
Das kühn das Dunkelste benennt,
Den frommen Ernst im reichen Leben,
Die Freudigkeit, die keiner kennt.

Da soll er singen frei auf Erden,
In Lust und Not auf Gott vertraun,
Daß aller Herzen freier werden,
Eratmend in die Klänge schaun.

Der Ehre sei er recht zum Horte,
Der Schande leucht er ins Gesicht!
Viel Wunderkraft ist in dem Worte,
Das hell aus reinem Herzen bricht.

Vor Eitelkeit soll er vor allen
Streng hüten sein unschuld'ges Herz,
Im Falschen nimmer sich gefallen,
Um eitel Witz und blanken Scherz.

O laßt unedle Mühe fahren,
O klinget, gleißt und spielet nicht
Mit Licht und Gnad, so ihr erfahren,
Zur Sünde macht ihr das Gedicht!

Den lieben Gott laß in dir walten,
Aus frischer Brust nur treulich sing!
Was wahr in dir, wird sich gestalten,
Das andre ist erbärmlich Ding. –

Den Morgen seh ich ferne scheinen,
Die Ströme ziehn im grünen Grund,
Mir ist so wohl! – die's ehrlich meinen,
Die grüß ich all aus Herzensgrund!«

Faber reichte Friedrich, der die Gitarre wieder weglegte, die Hand
zur Versöhnung. – Der Morgen warf unterdes wirklich schon vom

Meere her ungewisse Scheine über den dämmernden Himmel, hin und wieder erwachten schon frühe Vögel im Walde, alle Wipfel fingen an sich frischer zu rühren. Da sprang Leontin fröhlich mitten auf den Tisch, hob sein Glas hoch in die Höh und sang:

»Kühle auf dem schönen Rheine
Fuhren wir vereinte Brüder,
Tranken von dem goldnen Weine,
Singend gute deutsche Lieder.
Was uns dort erfüllt' die Brust,
Sollen wir halten,
Niemals erkalten,
Und vollbringen treu mit Lust!
Und so wollen wir uns teilen,
Eines Fels' verschiedne Quellen,
Bleiben so auf hundert Meilen
Ewig redliche Gesellen!«

Alle stießen freudig mit ihren Gläsern an, und Leontin sprang wieder vom Tische herab. Denn soeben sahen sie Rudolf, unter beiden Armen schwer bepackt, aus der Burg auf sie zukommen. »Lustig! lustig!« rief er, als er den gläserklirrenden Jubel sah, »frisch, spielt auf, Flöten und Geigen! Da habt ihr Gold!« Hierbei warf er zwei große Geldsäcke vor ihnen auf die Erde, daß die Goldstücke nach allen Seiten in das Gras hervorrollten. – »Das ist ein lustiges Metall«, fuhr er fort, »wie es in die fröhliche, unschuldige Welt hinaushüpft und rollt, mit den verwunderten Gräsern funkelnd spielt und mit dunkelroten, irren Flammen zuckt, liebäugelnd, klingend und lockend! Verfluchter, unterirdischer, rotäugiger Lügengeist, der niemals hält, was er verspricht! Da, nehmt alles, greift zu! Kauft Ehre, kauft Liebe, kauft Ruhm, Lust und alles Ergötzen der Erde, seid immer satt und immer wieder durstiger bis ans

Grab, und wenn ihr einmal fröhlich und zufrieden werdet, so mögt ihr mir danken.« –

Alle sahen ihn erstaunt an. Faber sagte: »Ich achte das Geld nur, wenn ich es brauche. Aber Dichter brauchen immer Geld.« Und hiermit packte er ruhig seine Taschen voll, so daß er mit dem aufgeschwollnen Rocke sehr lächerlich anzusehen war.

Rudolf nahm hierauf kurzen Abschied von allen und wandte sich wieder nach seinem Schlosse zurück. Friedrich eilte ihm nach, er wollte ihn so nicht gehn lassen. Da kehrte er sich noch einmal zu ihm. »Du willst ins Kloster?« fragte er ihn, und blieb stehn. »Ja«, sagte Friedrich, und hielt seine Hand fest, »und was willst du nun künftig beginnen?« – »Nichts –« war Rudolfs Antwort. – »Ich bitte dich«, sagte Friedrich, »versenke dich nicht so fürchterlich in dich selbst. Dort findest du nimmermehr Trost. – Du gehst niemals in die Kirche.« – »In mir«, erwiderte Rudolf, »ist es wie ein unabsehbarer Abgrund, und alles still.« – Friedrich glaubte dabei zu bemerken, daß er heimlich im Innersten bewegt war. –

»O könnt ich alles Große wecken«, fuhr er dringender fort, »was in dir verzweifelt und gebunden ringt! Hast du doch selber erzählt, daß dich alle wissenschaftliche Philosophie nicht befriedigte, daß du darin Gott und dich nie erkanntest. So wende dich denn zur Religion zurück, wo Gott selber unmittelbar zu dir spricht, dich stärkt, belehrt und tröstet!« – »Du meinst es gut«, sagte Rudolf finster, »aber das ist es eben in mir: ich kann nicht *glauben*. Und da mich denn der Himmel nicht mag, so will ich mich der Magie ergeben. Ich gehe nach Ägypten, dem Lande der alten Wunder.« – Hiermit drückte er seinem Bruder schnell die Hand und ging mit großen Schritten in den Wald hinein. Sie sahen ihn nicht mehr wieder.

Lange blickten sie ihm nach und bedauerten den unglücklich Verwirrten, als ein Schiffer ankam, um Leontin an die Abfahrt zu mahnen, indem soeben ein günstiger Wind vom Lande trieb. Alle sahen einander stillschweigend an und schienen erschrocken, da nun der Augenblick wirklich da war, den sie selber lange vorbereitet hatten.

Der Schiffer übernahm das wenige Gepäck, und sie machten sich sogleich auf den Weg nach dem Meere. Friedrich begleitete sie. Langsam rückten Berge und Wälder bei jedem Schritte immer weiter hinter ihnen zurück, das Meer rollte sich vor ihren Blicken auseinander.

Friedrich sagte unterwegs: »Mir scheint unsre Zeit dieser weiten, ungewissen Dämmerung zu gleichen! Licht und Schatten ringen noch ungeschieden in wunderbaren Massen gewaltig miteinander, dunkle Wolken ziehn verhängnisschwer dazwischen, ungewiß, ob sie Tod oder Segen führen, die Welt liegt unten in weiter, dumpf-stiller Erwartung. Kometen und wunderbare Himmelszeichen zeigen sich wieder, Gespenster wandeln wieder durch unsre Nächte, fabelhafte Sirenen selber tauchen, wie vor nahen Gewittern, von neuem über den Meeresspiegel und singen, alles weist wie mit blutigem Finger warnend auf ein großes, unvermeidliches Unglück hin. *Unsere* Jugend erfreut kein sorglos leichtes Spiel, keine fröhliche Ruhe, wie unsere Väter, uns hat frühe der Ernst des Lebens gefaßt. Im Kampfe sind wir geboren, und im Kampfe werden wir, überwunden oder triumphierend, untergehn. Denn aus dem Zauberrauche unsrer Bildung wird sich ein Kriegsgespenst gestalten, geharnischt, mit bleichem Totengesicht und blutigen Haaren; wessen Auge in der Einsamkeit geübt, der sieht schon jetzt in den wunderbaren Verschlingungen des Dampfes die Lineamente dazu aufringen und sich leise formieren. Verloren ist, wen die Zeit unvorbereitet und unbewaffnet trifft; und wie mancher, der weich und aufgelegt zu Lust und fröhlichem Dichten, sich so gern mit der Welt vertrüge, wird, wie Prinz Hamlet, zu sich selber sagen: ›Weh, daß ich zur Welt, sie einzurichten, kam!‹ Denn aus ihren Fugen wird sie noch einmal kommen, ein unerhörter Kampf zwischen Altem und Neuem beginnen, die Leidenschaften, die jetzt verkappt schleichen, werden die Larven wegwerfen, und flammender Wahnsinn sich mit Brandfackeln in die Verwirrung stürzen, als wäre die Hölle losgelassen, Recht und Unrecht, beide Parteien, in blinder Wut einander verwechseln – Wunder werden zuletzt geschehen, um der Gerechten willen, bis endlich die neue und doch ewig alte Sonne durch die Greuel bricht, die Donner rollen nur noch fernab an den Bergen, die weiße Taube kommt durch die blaue Luft geflogen, und die Erde hebt sich verweint, wie eine befreite Schöne, in neuer Glorie empor. – O Leontin! wer von uns wird das erleben!« –

Sie waren unterdes ans Gestade gekommen. Leontin umarmte hierauf noch einmal die Freunde, Friedrich küßte Julie auf die Stirn, und die drei bestiegen ihr Schiff. Faber ritt landeinwärts fort. Friedrich kehrte ins Kloster zurück, um es niemals mehr zu verlassen.

Als er in die Kirche eintrat, fand er dort noch alles leer und still. Nur einige fromme Pilger waren noch hin und her in den Bänken zerstreut. Auch die hohe, verschleierte Dame von gestern bemerkte er wieder unter ihnen. Er kniete vor einen Altar und betete. Als er wieder aufstand und sich umwandte, wobei ihm durch ein offenes Fenster die Morgenhelle gerade auf Brust und Gesicht fiel, sank plötzlich die Dame ohnmächtig auf den Boden nieder. Mehrere Bedienten sprangen herbei und brachten sie vor die Tür, wo ein Wagen ihrer zu warten schien. – Es war Rosa.

Friedrich hatte nichts mehr davon bemerkt. Beruhigt und glückselig war er in den stillen Klostergarten hinausgetreten. Da sah er noch, wie von der einen Seite Faber zwischen Strömen, Weinbergen und blühenden Gärten in das blitzende, buntbewegte Leben hinauszog, von der andern Seite sah er Leontins Schiff mit seinem weißen Segel auf der fernsten Höhe des Meeres zwischen

Himmel und Wasser verschwinden. Die Sonne ging eben prächtig auf.

Biographie

1788 *10. März:* Joseph Karl Benedikt Freiherr von Eichendorff wird auf Schloss Lubowitz bei Ratibor (Oberschlesien) als Sohn des preußischen Offiziers Adolf Theodor Rudolf von Eichendorff und seiner Frau Karoline, geb. Koch, geboren.

1793 Aristokratisch-katholische Erziehung durch den geistlichen Hauslehrer Bernhard Heinke (bis 1801).

1794 *Oktober:* Die Familie reist nach Prag.

1800 *12. November:* Beginn der Tagebuchaufzeichnungen. Umfassende Lektüre, unter anderem von Sagen, Abenteuer- und Ritterromanen sowie erste eigene literarische Versuche.

1801 *Oktober:* Zusammen mit dem zwei Jahre älteren Bruder Wilhelm besucht Eichendorff das katholische Gymnasium in Breslau, und lebt im St.-Josephs-Konvikt (bis 1804).
Besonderes Interesse am Theater.
Auf der Leseliste stehen nun Homer, Horaz, deutsche Volksbücher und Gedichte.

1802 Eichendorff spielt kleinere Rollen im Schülertheater.
Er verfasst einige Gedichte und Prosastücke.

1805 Zusammen mit dem Bruder Wilhelm Immatrikulation zum Jurastudium in Halle.
Nebenbei hören sie Literatur- und Philosophievorlesungen bei Friedrich August Wolf und Friedrich Schleiermacher.
Herbst: Reise durch den Harz, nach Hamburg und an die Ostsee.

1807 *Mai:* Fortsetzung des Studiums in Heidelberg. Die Eichendorff-Brüder besuchen unter anderem die Ästhetikvorlesungen von Johann Joseph von Görres.
Bekanntschaft mit Johann Diederich Gries, einem Dichter und Übersetzer romanischer Klassiker.

Beginn der Freundschaft mit dem romantischen Lyriker und Dramatiker Otto Heinrich Graf von Loeben.

Lektüre von Arnims und Brentanos im Vorjahr erschienener Volksliedsammlung »Des Knaben Wunderhorn«.

1808 *April–Juli:* Reise nach Paris und Wien.

Juli: Ankunft in Lubowitz, wo die Brüder den Vater bei der Bewirtschaftung der Familiengüter unterstützen (bis 1810).

1809 *Winter:* Gemeinsame Reise von Wilhelm und Joseph nach Berlin (Aufenthalt dort bis 1810) und Zusammentreffen mit Clemens Brentano, Achim von Arnim, Heinrich von Kleist und Adam Müller.

1810 Eichendorff beginnt mit der Arbeit an »Ahnung und Gegenwart«, einige später darin aufgenommene Gedichte entstehen.

Oktober: Zum Abschluss des Studiums reisen die Brüder nach Wien.

1811 Bekanntschaft mit der Familie Schlegel und Freundschaft mit dem Sohn Dorothea Schlegels, Philipp Veit.

1812 Besuch literaturwissenschaftlicher Vorlesungen bei Friedrich Schlegel und Adam Müller.

Die Eichendorff-Brüder legen die juristischen Referendarsprüfungen ab.

1813 Die Brüder gehen nun getrennte Wege. Wilhelm bleibt in Wien und wird dort österreichischer Beamter.

April: Joseph reist nach Breslau, um als Leutnant im Lützowschen Freikorps am Befreiungskrieg teilzunehmen (bis Dezember 1814).

1814 *Januar:* Militärdienst in Torgau (bis Mai).

Sommer und Herbst: Urlaubsaufenthalt in Lubowitz.

Dezember: Nach der Entlassung aus der Armee reist Eichendorff nach Berlin.

1815   *7. April:* Heirat mit Luise von Larisch.

April: Teilnahme am Befreiungskrieg in Lüttich und Paris (bis Januar 1816).

Eichendorffs erstes Prosawerk, der gesellschaftskritische Roman »Ahnung und Gegenwart« (6 Bände) wird von Fouqué herausgegeben. In dem Buch sind mehr als 50 Gedichte enthalten, darunter »In einem kühlen Grunde« und »O Täler weit, o Höhen«.

30. August: Geburt des Sohnes Hermann Joseph.

1816   Rückkehr aus Frankreich.

Juni: Umzug nach Breslau.

Referendariat bei der Königlichen Regierung (bis 1819).

1817   *Spätsommer:* Aufenthalt in Lubowitz.

Beginn der Arbeit am »Taugenichts«.

Geburt der Tochter Marie Therese Alexandrine.

1818   *27. April:* Der Vater stirbt.

Die Lorelei-Novelle »Das Marmorbild«, die Eichendorff 1817 in Breslau fertig gestellt hatte, erscheint in Fouqués »Frauentaschenbuch für das Jahr 1819«.

1819   *Oktober:* Eichendorff legt in Berlin die Assessorprüfung ab.

November: Anstellung in Breslau als Assessor bei der Königlichen Regierung.

Geburt des Sohnes Rudolf Joseph Julius.

1820   *Mai:* In Wien Treffen mit dem Bruder und mit Adam Müller.

1821   *Januar:* Eichendorff wird Konsistorial- und Schulrat in Danzig.

September: Anstellung als Regierungsrat.

Geburt der Tochter Agnes Clara.

1822   *April:* Tod der Mutter.

1823   Das erste Kapitel des »Taugenichts« wird in den »Deutschen Blättern« veröffentlicht.

Herbst: Vertretungstätigkeit am Berliner Ministerium für geistliche, Unterrichts- und Medizinal-Angelegenheiten. Umgang mit Adelbert von Chamisso, Willibald Alexis und Julius Eduard Hitzig.

»Krieg den Philistern. Dramatisches Märchen in fünf Abenteuern« (vordatiert auf 1824).

1824   Eichendorff wird Oberpräsidialrat in Königsberg.

1826   Eine der bekanntesten romantischen Novellen, »Aus dem Leben eines Taugenichts«, erscheint. Auch in diesem Prosawerk Eichendorffs finden sich viele, zum Teil sehr bekannte Gedichte, z.B. »Wem Gott will rechte Gunst erweisen« und »Wohin ich geh und schaue«.

1827   Da sich wegen Uneinigkeit mit seinem Vorgesetzten die Arbeitsbedingungen in Königsberg zunehmend verschlechtern, beginnt Eichendorff, sich um eine neue Anstellung in West- oder Süddeutschland zu bemühen.

1828   »Meierbeths Glück und Ende. Tragödie mit Gesang und Tanz«.

»Ezzelin von Romano« (Trauerspiel).

1830   »Der letzte Held von Marienburg« (Trauerspiel). Geburt der Tochter Anna Hedwig Josephine.

1831   *Sommer*: Eichendorff arbeitet in Berlin in mehreren Ministerien, ab Herbst im Außenministerium (bis Juni 1832).

1832   Tod der Tochter Anna Hedwig Josephine. Eichendorff schreibt den Gedichtzyklus »Auf meines Kindes Tod«.

»Viel Lärmen um Nichts«, eine satirische Erzählung mit autobiographischen Elementen, erscheint (vordatiert auf 1833).

1833   »Die Freier« (Lustspiel in Prosa und Versen). Beginn der Veröffentlichung von Gedichten im von Chamisso und Gustav Schwab herausgegebenen »Deutschen Musenalmanach«.

1834 »Dichter und ihre Gesellen« (Erzählung).

1836 Die Novelle »Das Schloß Dürande« erscheint in »Urania. Taschenbuch auf das Jahr 1837«.

1837 Die erste Sammlung von Eichendorffs »Gedichten«, zum Teil aus den erzählenden Werken, wird veröffentlicht. Viele der Gedichte sind, vertont von Robert Schumann und anderen, zu bekannten Volksliedern geworden.

1838 Aufenthalt in München und Treffen mit Görres und Brentano.
Weiterreise nach Wien.

1840 Eichendorffs Übersetzung der im 14. Jahrhundert entstandenen Erzählung »Der Graf Lucanor« von Don Juan Manuel erscheint.

1841 *Januar:* Eichendorff wird zum Geheimen Regierungsrat ernannt und in den Vorstand des Berliner Vereins für den Kölner Dombau berufen.
»Werke« (4 Bände).

1843 *Februar:* Eichendorff erkrankt an einer Lungenentzündung.
Mai–September: Arbeitsaufenthalt in Danzig und Marienburg.

1844 »Die Wiederherstellung des Schlosses zu Marienburg«.
Juni/Juli: Eichendorff wird aus gesundheitlichen Gründen pensioniert.

1845 *Sommer:* Aufenthalt in Sedlnitz und Wien, wo er den Bruder Wilhelm trifft.

1846 »Geistliche Schauspiele von Calderon« (Übersetzungen).
September: Reise nach Wien (bis Mai 1847).
Zusammentreffen mit Adalbert Stifter und Franz Grillparzer.

1847 Bekanntschaft mit dem Komponisten Robert Schumann.

»Über die ethische und religiöse Bedeutung der neueren romantischen Poesie in Deutschland«.

Dezember: Umzug nach Berlin.

1848   *Mai*: Wegen der Berliner Revolution Wohnungswechsel nach Köthen und Dresden.

Entstehung politischer Gedichte.

Der Aufsatz »Die deutschen Volksschriftsteller« erscheint in den »Historisch-politischen Blättern«.

1849   *Januar*: Tod des Bruders Wilhelm.

Mai: Wegen des Dresdener Aufstandes vorübergehende Übersiedlung nach Köthen.

Herbst: Rückkehr nach Berlin.

1851   *Sommer*: Besuch in Sedlnitz.

»Der deutsche Roman des achtzehnten Jahrhunderts in seinem Verhältnis zum Christentum«.

1853   »Julian« (Epos).

»Geistliche Schauspiele von Calderon« (Übersetzungen, 2. Band).

November: Eichendorff erhält in München den Maximiliansorden für Wissenschaft und Kunst.

1854   In Berlin Zusammentreffen mit Theodor Fontane, Paul Heyse und Theodor Storm.

»Zur Geschichte des Dramas«.

1855   *Januar*: Die Ehefrau Luise erkrankt schwer.

Mai: Gemeinsame Übersiedlung nach Köthen.

»Robert und Guiscard« (Epos).

Sommer: Kur in Karlsbad.

November: Umzug nach Neiße.

3. Dezember: Tod Luises.

1856   *Sommer*: Auf Einladung des Breslauer Fürstbischofs Heinrich Förster Aufenthalt auf Schloss Johannesberg.

Dezember: »Geschichte der poetischen Literatur Deutschlands« (2 Teile, vordatiert auf 1857).

1857   *Sommer:* Aufenthalt in Sedlnitz und auf Schloss Johannes-burg.

»Lucius« (Epos).

26. November: Eichendorff stirbt in Neiße.